Poppy J. Anderson

Taste of Love –
Küsse zum Nachtisch

Weitere Titel der Autorin:

Taste of Love – Geheimzutat Liebe

Titel auch als Hörbuch erhältlich

POPPY J. ANDERSON

TASTE OF LOVE

Roman

LÜBBE

BASTEI LÜBBE TASCHENBUCH
Band 17469

Dieser Titel ist auch als Hörbuch und E-Book erschienen

Originalausgabe
Copyright © 2017 by Bastei Lübbe AG, Köln
Lektorat: Bettina Steinhage
Umschlaggestaltung: ZERO Werbeagentur, München
unter Verwendung von Motiven von
© FinePic®, München
Satz: Urban SatzKonzept, Düsseldorf
Gesetzt aus der Scala Pro
Druck und Einband: GGP Media GmbH, Pößneck
Printed in Germany
ISBN 978-3-404-17469-0

5 4 3 2

Sie finden uns im Internet unter
www.luebbe.de
Bitte beachten Sie auch www.lesejury.de

Ein verlagsneues Buch kostet in Deutschland und Österreich jeweils überall dasselbe.
Damit die kulturelle Vielfalt erhalten und für die Leser bezahlbar bleibt,
gibt es die gesetzliche Buchpreisbindung. Ob im Internet, in der Großbuchhandlung,
beim lokalen Buchhändler, im Dorf oder in der Großstadt – überall bekommen Sie Ihre
verlagsneuen Bücher zum selben Preis.

Für Nancy

»Ich habe gestern den Mandelkuchen gebacken, den du so magst, Nicky. Möchtest du gleich ein Stück?«

Nick O'Reilly lag gerade unter dem tropfenden Spülbecken seiner Grandma und musterte den undichten Anschluss. Er rief nach oben: »Natürlich! Und packst du mir den Rest für die Arbeit ein, bitte?«

Zwar konnte er die Reaktion seiner Großmutter nicht sehen, aber ihr Kichern war ihm Antwort genug. Er setzte die Zange an, um ein Rohr festzuschrauben. Obwohl er wusste, dass er gegen eine Wand redete, fragte er möglichst unverfänglich: »Warum hast du keinen Installateur gerufen, wenn der Abfluss seit fast zwei Wochen verstopft ist?«

»Weißt du, was diese Installateure kosten?«, drang ihre empörte Stimme zu ihm in den Unterschrank der Spüle. Der Schrank war verdammt eng, Nick hatte kaum Platz. »Sie berechnen sogar die An- *und* Abfahrt! Es würde mich nicht wundern, wenn sie unterwegs Halt an einer Raststätte machen, um dort zu essen. Und die Zeit würden sie einem auch noch berechnen. Nein! Von mir sehen diese Halsabschneider keinen Penny.«

Nick verzog das Gesicht, weil er wusste, dass seine Großmutter es nicht sehen konnte – andernfalls hätte es nämlich Ärger gegeben. In ihrer Gegenwart vermied es Nick sogar zu fluchen, weil weder sein Alter noch seine stattliche Größe seine Großmutter davon abgehalten hätten, ihm die Ohren langzuziehen. Aus diesem Grund wollte er auch nicht, dass sie seine Grimasse sah, selbst wenn ihre Sparsamkeit, die andere Menschen als Geiz bezeichnet hätten, ihn dazu trieb. Wie oft hatte er ihr schon gesagt, dass sie ruhig für dies oder jenes Geld ausgeben konnte? Seine Granny leistete sich nicht einmal einen Kinobesuch, weil sie der Meinung war, dass jeder Film über kurz oder lang im Fernsehen lief. Dabei verdiente er als Küchenchef eines der nobelsten Restaurants in Boston gut genug, um seine Großmutter finanziell unterstützen zu können, damit sie sich endlich keine Gedanken mehr ums Geld machen musste. Sie hätte sich jederzeit unbesorgt einen Handwerker rufen können, wenn in ihrem Haus etwas repariert werden musste.

Doch da sie ihr ganzes Leben sparsam gewesen war und jeden Dollar hatte zweimal umdrehen müssen, achtete sie auch jetzt noch eisern auf ihre Ausgaben. Also verbrachte Nick seine wenige Freizeit oft damit, bei seiner Großmutter vorbeizuschauen und Abflüsse zu reparieren, auch wenn er von Beruf eigentlich Koch war. Schließlich wusste er genau, dass Maggie O'Reilly es sehr mochte, wenn ihr Enkelsohn bei ihr zu Besuch war, selbst wenn sie das nicht so offen zugeben wollte. Deswegen hatte er ihr auch als Überraschung ein Haus hier in Boston gekauft, in Charlestown, wo sie aufgewachsen war, bevor sie dann mit zwanzig nach Detroit gegangen war. Wie er gehofft hatte, fühlte seine Großmutter sich in diesem irisch geprägten Stadtteil sehr wohl, zumal ihre Cousine nur wenige Straßenblöcke entfernt lebte. Doch besonders glücklich war seine Granny erst dann, wenn sie ihn mit selbst gebackenem Mandelkuchen versorgen konnte. Und Nick wiederum hatte nichts dagegen einzuwenden, bei ihr die Spüle zu reparieren und anschließend ein riesiges Stück Kuchen serviert zu bekommen. Obwohl er als Küchenchef des *Knight's* tagtäglich exquisite Speisen zauberte und sich der Haute cuisine verschrieben hatte, ging nichts über den Mandelkuchen seiner Granny. Keine Crème brûlée und kein Trüffelsoufflée dieser Welt konnte es damit aufnehmen. Bereits beim Betreten ihres Hauses hatte er den Duft wahrgenommen, ihm war prompt das Wasser im Mund zusammengelaufen. Seither machte sein Magen sich laut und deutlich bemerkbar. Vielleicht hätte er mehr als eine Tasse Kaffee frühstücken sollen, bevor er sich auf sein Motorrad geschwungen hatte und zu ihr gefahren war. Die letzte Nacht, die er bis kurz vor Morgengrauen in der Küche des Restaurants verbracht hatte, um neue Gerichte zu kreieren, machte sich langsam bemerkbar.

Während ihm in Gedanken bereits der Mandelkuchen auf der Zunge zerging, hörte er mit einem Ohr zu, wie seine Großmutter noch immer über die Wucherpreise von Handwerkern schimpfte. Beinahe hätte er laut gelacht. In seinem Restaurant kosteten bereits Vorspeisen um die vierzig Dollar und waren damit ebenso teuer wie der Wocheneinkauf, mit dem seine Großmutter ihn und seine Schwester während ihrer Kindheit durchgebracht hatte. Für seine Granny wäre es unvorstellbar, in einem Restaurant wie dem seinen zu essen und für eine winzige Portion Foie Gras Unsummen auszugeben.

In gewisser Hinsicht hatte die Sparsamkeit seiner Granny durchaus auf ihn abgefärbt: Er wohnte in einem alten Loft am Hafen, legte überhaupt keinen Wert auf irgendeinen Schnickschnack und fuhr noch immer das Motorrad, das er während einer langen Pokernacht vor etlichen Jahren in New York gewonnen hatte. Doch für gutes Essen gab Nick gerne Geld aus. Anstatt seine schwer verdiente Kohle in einen Urlaub zu investieren, für den er sowieso keine Zeit hatte, oder sich eine dieser sauteuren Uhren zu kaufen, die Snobs gerne spazieren trugen, hielt er sein Geld lieber zusammen. In letzter Zeit wurde er zwar hin und wieder von seinem Alten angepumpt, der aus Detroit anrief und seinem Sohn vorjammerte, dass seine zweite Exfrau einen Haufen Alimente verlangte, aber Nick hätte einen Teufel getan und seinem Dad Geld geschickt. Da kaufte er lieber einen vorzüglichen 2009er Château Mouton-Rothschild und verarbeitete ihn in einem Gulasch – so lohnte sich die Investition wenigstens.

»Ich bin dir sehr dankbar, dass du so früh hergekommen bist, Nicky. Du hast doch sicherlich viel zu tun, oder?«

»Granny, du weißt doch, du musst mich nur anrufen, damit ich herkomme. Warum hast du überhaupt so lange gewartet?«

Die Stimme seiner Großmutter wurde zu einem Murmeln. »Ich wollte dich nicht stören. Mit dem Restaurant hast du immer so viel um die Ohren.«

»Aber ich wäre trotzdem hergekommen, um deinen Abfluss zu reparieren«, schalt er sie liebevoll. Im Küchenunterschrank wurde es immer stickiger, und Nick hob die Zange über seinen Kopf, um das Rohr noch etwas fester zu ziehen.

»Mhm.« Typisch für seine Großmutter wechselte sie das Thema, wenn ihr etwas unangenehm war. »Hast du in letzter Zeit mit Natalie gesprochen?«

Augenblicklich stieß er den Atem aus und zählte innerlich bis zehn. Dann versuchte er es mit einem scherzhaften Tonfall, auch wenn er seine Granny nicht so leicht aufs Glatteis führen konnte.

»Du kennst doch Natalie. Sie ist bestimmt noch immer damit beschäftigt, die Scheidung zu feiern, und ruft deshalb nicht an. Vielleicht sollte ich ihr eine Glückwunschkarte schicken.«

»Ich finde das gar nicht komisch, Nicky«, ließ sich seine katholische Großmutter vernehmen, die über die Scheidung innerhalb der Familie gar nicht glücklich wirkte.

Nick dagegen tat es mit einem Schulterzucken ab. »So was ist heutzutage kein Beinbruch. Außerdem wird sie viel gelernt haben, was sie beim nächsten Mal beachten muss.«

Seine Großmutter gab einen entsetzten Laut von sich. »Ich wiederhole: Ich finde das gar nicht komisch. Deine Schwester ist eine geschiedene Frau und braucht unsere Unterstützung. Warum rufst du sie nicht an und lädst sie ein, uns in Boston zu besuchen, Nicky? Natalie war noch nie hier, seit du hergezogen bist. Du könntest ihr dein Restaurant zeigen.«

»Es ist nicht *mein* Restaurant«, widersprach er freundlich. »Ich bin lediglich der Koch ...«

»Der Küchenchef«, verbesserte ihn seine Großmutter augenblicklich. »Du musst dein Licht nicht unter den Scheffel stellen. Und als Küchenchef eines so feinen Restaurants könntest du deine Schwester wirklich herumführen.«

Um seinen Widerwillen, seine Schwester nach Boston einzuladen und für sie womöglich den Fremdenführer spielen zu müssen, vor ihr zu verbergen, erklärte er möglichst freundlich: »Wenn Natalie nach Boston kommen will, soll sie das tun. Aber ich schätze, dass sie momentan zu sehr damit beschäftigt ist, ihren zukünftigen Exmann zu finden.«

»Du willst mich heute absichtlich ärgern, gib es zu!«

Wenn es etwas gab, was er nicht absichtlich tat, dann war das, seine Großmutter zu ärgern. Allerdings hatte er auch keine Lust dazu, mit ihr ein längeres Gespräch über seine Schwester zu führen. Einerseits gefiel es ihm nicht, dass seine fünfundzwanzigjährige Schwester geschieden war und ihr Studium für einen Job in einem Klamottengeschäft in New York abgebrochen hatte. Andererseits plagte ihn auch ein wenig das schlechte

Gewissen, immerhin war er selbst mit siebzehn nach New York gegangen, um dort in der Küche von Mathieu Raymond zu arbeiten. Er hatte kaum einen Gedanken daran verschwendet, was das für seine Schwester bedeuten könnte. Zwar hatte sich Granny weiterhin um die damals Fünfzehnjährige gekümmert, aber Natalie kam ein wenig zu sehr nach ihrer gemeinsamen Mutter, die man bestenfalls als flatterhaft bezeichnen konnte. Um ehrlich zu sein, überraschte es Nick, dass seine Schwester erst mit dreiundzwanzig nach Las Vegas durchgebrannt und nicht längst mit einer zahlreichen Kinderschar versorgt war.

Wie üblich spürte Nick einen Anflug von Ärger, wenn er über Natalie nachdachte. Schließlich hatte sie das College, für das seine Großmutter lange Zeit gespart und hart gearbeitet hatte, einfach abgebrochen, weil sie das Studium *langweilig* gefunden hatte. Als er ihr erklärt hatte, dass auch er es langweilig gefunden hatte, in den ersten Monaten seiner Ausbildung lediglich Zwiebeln zu hacken, hatte sie ihm vorgeworfen, ein Spießer geworden zu sein. Nick wusste nicht, was er schlimmer fand: die Tatsache, dass Natalie ein sauteures College geschmissen hatte oder dass sie ihn einen Spießer geschimpft hatte.

Er und ein Spießer! Leise schnaubte er auf. Er war so wenig ein Spießer, wie Paul Bocuse ein Pizzabäcker gewesen war!

»Wäre es nicht schön, wenn Natalie zu Besuch nach Boston käme, Nicky? Vielleicht am nächsten Wochenende? Wir drei könnten etwas zusammen unternehmen.«

Er erwiderte nichts, weil er seine Laune nicht noch tiefer sinken lassen wollte. Für das kommende Wochenende hatte er einen anderen Plan: Er würde seine neue Karte vorstellen, dafür sehr viel Lob einheimsen und sich auf einer Party eines Kumpels blicken lassen, zu der auch wenig schüchterne

Frauen kamen. Zur Krönung der Woche hoffte er auf heißen, hemmungslosen Sex. Nein, diese Aussichten wollte er sich von seiner Schwester nicht verderben lassen.

Ein letztes Mal zog er das neu eingesetzte Rohr fest und rutschte anschließend aus dem winzigen, engen Unterschrank heraus. Zu seiner Großmutter, die kaum einen Meter von ihm entfernt stand, sagte er zuvorkommend: »Fertig. Das sollte halten. Falls nicht, rufe ich einen Installateur an, Granny. Keine Widerrede.«

Ihr Seufzen sagte ihm, dass das letzte Wort über den Besuch seiner Schwester noch nicht gesprochen war. Doch Nick ignorierte es und stellte stattdessen den Wasserhahn an. Während er sich die Hände wusch und verfolgte, wie das Wasser problemlos ablief, musste er ein Gähnen unterdrücken.

»Danke, Nicky.«

»Nichts zu danken.« Er warf seiner Großmutter über die Schulter ein Lächeln zu. »Das nächste Mal kannst du ruhig früher anrufen, Granny.«

»Ach.« Sie zuckte mit den Schultern und machte sich daran, einen Teller aus einem der Oberschränke zu nehmen. Nicks Magen begann in freudiger Erwartung zu rumoren. »Ich habe Geduld. In diesem Journal stand ja, wie voll dein Restaurant immer ist.«

Belustigt drehte er das Wasser ab und griff nach einem Küchenhandtuch. Ohne es zu wollen, musste er lächeln. »Seit wann liest du denn Food-Journale?« Er drehte sich um und lehnte sich gegen die Arbeitsplatte. Gleichzeitig beobachtete er, wie seine Großmutter eilig den Tisch für ihn deckte und dabei nach dem Kaffeebecher griff, den er ihr als Zehnjähriger zu ihrem Geburtstag geschenkt hatte. Manche Dinge ändern sich nie, überlegte Nick zufrieden.

»Oh, ich nicht«, versicherte seine Großmutter ihm und

strahlte über das ganze Gesicht. »Natalie hat mir den Artikel vorgelesen. Sie ist wahnsinnig stolz auf dich, Nicky. Außerdem verfolgen ein paar Kirchenmitglieder deine Karriere. Am letzten Sonntag erzählte Ella Carpenter, dass ihr Mann sie zu ihrem Hochzeitstag ins *Knight's* ausführen will. Sie haben sogar schon einen Tisch reserviert.«

»Ella Carpenter?« Er runzelte die Stirn, während er wissen wollte: »Ist das nicht die Frau, die dir das Rezept für dein Irish Stew abgeschwatzt und es dann als ihres ausgegeben hat?«

Augenblicklich errötete seine Großmutter und wedelte abwehrend mit der Hand vor ihrem Gesicht herum. »Ach ... das. Das war nur ein Missverständnis.«

Nick zog seine Augenbrauen so weit in die Höhe, dass seine Stirn vermutlich so faltig wie ein missglückter Crêpe aussah. Ein Missverständnis? Er konnte sich noch lebhaft daran erinnern, wie seine Granny getobt hatte, als Ella Carpenter beim alljährlichen Kirchen-Dingsbums den ersten Preis für ein Stew erhalten hatte, das sie nach dem Rezept seiner Großmutter gekocht hatte. Wochenlang hatte er sich bei jedem Besuch im Haus seiner Großmutter anhören müssen, wie sie Ella Carpenter zum Teufel wünschte. Und jetzt war es nur ein Missverständnis? Frauen!

Mit der Ruhe, die auch ein Don Vito Corleone ausgestrahlt hatte, schlug er seiner Granny gespielt ernsthaft vor: »Soll ich ihr was unters Essen mischen, wenn sie bei uns ist? Ein nettes Abführmittel vielleicht?«

Ihre blauen Augen, die seinen so ähnlich waren, rundeten sich entsetzt. »Was?! Natürlich nicht!«

»Ach.« Angelegentlich betrachtete er seine Fingernägel. »Eine dreiste Rezeptdiebin hat nichts anderes verdient, Granny. Vielleicht kommt sie nach einer Nacht auf dem Topf zur Besinnung und merkt sich, dass es sich nicht lohnt, das Rezept einer O'Reilly zu stehlen.«

»Untersteh dich! Was werden die Leute sagen? Und was ist, wenn es Pater Fitzgerald erfährt?«

Mit einem wölfischen Grinsen erwiderte er: »Pater Fitzgerald wird sich in Zukunft hüten, dich noch einmal vor der Beichte warten zu lassen, Granny.«

»Nick, das ist nicht komisch.«

Als seine Granny tadelnd die Nase rümpfte, fühlte sich Nick für einen kurzen Moment wieder wie der Dreizehnjährige, der zum Schuldirektor zitiert wurde, weil er beim Rauchen erwischt wurde. Das Donnerwetter seiner Großmutter hatte es in sich gehabt! Anschließend hatte er nie wieder eine Zigarette auch nur angesehen. Vorsichtshalber stellte er also belustigt klar: »Ich mach doch nur einen Witz, Granny.«

»Das will ich hoffen!

»Wenn du darauf bestehst, gebe ich Ella Carpenter kein Abführmittel ins Essen.« Er stieß sich von der Arbeitsplatte ab, um lässig auf den Stuhl zuzuschlendern. »Auch wenn sie es verdient hätte.« Bevor er sich hinsetzte, gab er ihr einen Kuss auf die Wange, für den er sich regelrecht bücken musste. »Du hattest mir ein Stück Mandelkuchen versprochen?«

Schweigend machte sich seine Großmutter daran, ihn mit Kaffee und seinem Lieblingskuchen zu versorgen. Kaum dass er begonnen hatte, den köstlichen Kuchen zu verschlingen, bemerkte er ihren finsteren Blick, der sich auf seinen rechten Oberarm heftete. Natürlich wusste er sofort, was seine Granny störte. *Diese* Diskussion hatten sie mehr als einmal geführt. Ihr gefiel nicht alles, was er trieb. Und seine Tattoos standen ganz oben auf ihrer Liste von Dingen, die sie nicht mochte.

»Zu meiner Zeit haben sich nur Schwerverbrecher tätowieren lassen«, mäkelte sie sofort los und setzte sich auf ihren Stuhl.

»Zu deiner Zeit hat man Dieben zur Strafe auch noch die Hand abgeschlagen«, erwiderte Nick gelassen und erwartete einen kleinen Wutanfall seiner Großmutter.

Stattdessen schüttelte sie betrübt den Kopf. »Was hast du dir dabei bloß gedacht?«

Viel gedacht hatte er damals tatsächlich nicht. Die besonderen Umstände dieser Tattoos konnte er seiner Großmutter allerdings nur schwer erklären, schließlich war er auf kulinarischer Reise in Neuseeland gewesen, hatte diese wahnsinnig scharfe Frau kennengelernt und mit ihr zwei extrem heiße Wochen verbracht. Zara hatte ihm weismachen wollen, dass ihre Vorfahren Maoris seien, aber Nick hatte ihr erst geglaubt, als er sich mit eigenen Augen überzeugen konnte, wie geschmeidig sie ihren Körper bewegte. Am Ende von zwei intensiven Wochen mit der exotischen Frau und ihren Bauchtanzqualitäten war er zurück in die Staaten geflogen, mit einem Dutzend neuer Rezeptideen im Kopf und einem Oberarm voller Tattoos. Dass ihm die traditionellen Maori-Muster gefielen, die seither seine Haut schmückten, hätte er seiner Grandma auch in einhundert Jahren nicht erklären können. Für sie blieben Tattoos Andenken aus Gefängnistagen.

»Und was ist, wenn du eine nette Frau kennenlernen solltest? Nette Frauen mögen keine Tätowierungen.«

Nick schluckte seinen Mandelkuchen herunter und überlegte, wie er seiner Granny schonend beibringen sollte, dass eine *nette* Frau so ziemlich das Letzte war, was ihm gefiel. Mit netten Frauen konnte man seiner Erfahrung nach keinen Spaß haben. Netten Frauen reichte unkomplizierter, schmutziger Sex nicht aus – sie wollten einen Ring am Finger, ein Reihenhaus und einen Hund namens Buddy, der besagtes Reihenhaus bewachte. Nein, von *netten* Frauen ließ er die Finger. Zu ihm passten keine netten Frauen, sondern Frauen, die kein

Problem damit hatten, über seine Tattoos zu lecken, ihm unanständige Dinge ins Ohr zu flüstern und sich mit ihm auf sein Motorrad zu schwingen, selbst wenn sie ihre Unterwäsche vergaßen.

Seiner Großmutter hätte er jedoch nichts davon sagen können, ohne dass sie prompt in Ohnmacht gefallen wäre. Und danach hätte sie sich sofort in die nächste Kirche aufgemacht, um für seine unsterbliche Seele zu beten.

Um sie ein wenig zu foppen, schaute er jedoch mit einem breiten Grinsen zu ihr auf. »Woher weißt du denn, was nette Frauen heutzutage mögen, Granny?«

»Still, Frechdachs!« Sie gab ihm tatsächlich einen Klaps auf den Hinterkopf. »Und jetzt iss auf, schließlich haben wir gleich noch etwas vor.«

Nick salutierte gespielt. »Ja, Ma'am.«

* * *

»Chef, es gibt ein Problem mit Mrs. Fletcher.«

Nick sah nicht auf, als die Service-Leiterin, Marah, vor der Anrichte stehenblieb, um mit ihm zu reden. Stattdessen beugte er sich weiterhin über seine neueste Dessertvariation, um die Millefeuille so akkurat auf den Teller zu bringen, wie er es bereits den ganzen Tag vor Augen hatte. Für eine derart filigrane Arbeit benötigte man das richtige Fingerspitzengefühl, sodass er sich nicht von seiner Serviceleitung stören lassen wollte. Immerhin tüftelte er seit einer gefühlten Ewigkeit an diesem Rezept.

Die Idee zu diesem Dessert war ihm gekommen, als er vor Kurzem seinen einzigen freien Abend in der Woche damit verbracht hatte, eine alte Freundin zu besuchen und etwas menschliche Nähe zu suchen. Nachdem er besagte menschliche Nähe gefunden hatte und äußerst befriedigt aus Sams Bett gestiegen war, hatte er bei der anschließenden Dusche einen plötzlichen Geistesblitz gehabt, was man mit Aprikosen und roter Paprika anstellen könnte. Es war vielleicht nicht besonders gentlemanlike gewesen, Sam zurückzuweisen, als die sich zu ihm gesellen wollte, aber Nick hatte sich – noch immer tropfnass – seine Klamotten geschnappt und war postwendend ins *Knight's* gefahren, um die plötzliche Inspiration umzusetzen.

Jetzt da er kurz davor stand, seine neueste Kreation zu präsentieren, überlegte er, ob er das Dessert nach Sam nennen sollte – um die Frau zu besänftigen, mit der er immerhin dann ein paar vergnügliche Stunden verbringen konnte, wenn ihm der Sinn nach unverbindlichem Sex stand. Es war nicht besonders klug, die hübsche Sportreporterin zu verprellen, die ihm ziemlich ähnlich war. Genau wie er lebte auch sie für ihren Job und konzentrierte sich lieber auf ihre Karriere, als ernsthaft nach einer Beziehung zu suchen. Für sie beide war es ein perfektes Arrangement. Von daher sollte er sich wohl bei ihr entschuldigen, weil sie sie aus ihrer eigenen Dusche gescheucht und dann barfuß die Wohnung verlassen hatte.

»Mrs. Fletcher besteht darauf, dich zu sehen, Chef. Kann ich ihr sagen, dass du gleich zu ihr kommst?«

Er hörte sie kaum. Der Gedanke an Sam, die Geräusche der geschäftigen Küche und Marahs ungeduldige Stimme – das alles trat in den Hintergrund, während er die hauchdünnen Teigblätter übereinanderschichtete, die cremige Thymianmousse mit der zarten Note der Tonkabohne zwischen den Blättern verstrich und anschließend das vorbereitete Sorbet aus reifen Aprikosen und roter Paprika in einem separaten Schüsselchen anrichtete. Er konnte es kaum erwarten, die Reaktionen seiner Gäste auf das neues Rezept zu erhalten, nachdem er sich seit über einer Woche jede Nacht um die

Ohren geschlagen hatte, bis er den perfekten Teig für die Millefeuille gefunden hatte. Das Geheimnis des würzigen Blätterteigs war ein Hauch Piment, der aus dem klassischen französischen Rezept ein Rockstar-Dessert machte. Grinsend verzog Nick die Lippen. Er war nun einmal ein Küchenrebell – das spiegelte sich in seinen Gerichten wider.

Die Zeiten dickbäuchiger Küchenchefs mit einem Faible für schwere Saucen waren vorbei. Die Anhänger der Tradition, die sich an ihre althergebrachten Gerichte geklammert und in der Haute Cuisine keinerlei Experimente gewagt hatten, starben langsam aus. An ihre Stellen traten junge, innovative Köche, die Risiken eingingen und bei ihren Gästen wahre Geschmacksexplosionen auslösen wollten. Außerdem widerlegten sie das Klischee des langweiligen, snobistischen Küchenchefs, der nur die Nase über eine Portion Hackbraten mit Kartoffelpüree rümpfte. Denn mal ehrlich: Manchmal gab es nichts Besseres als Hackbraten mit Kartoffelpüree. Natürlich durfte er das nicht laut sagen, schließlich zahlten seine Gäste ein Schweinegeld für pochierte Wachtelpralinen auf einem Carpaccio von der Roten Beete oder für eine Krabbenconsommé mit minimalistischen Hummerravioli. Es waren großartige, wahnsinnig köstliche Gerichte, aber ein Hackbraten oder ein fetter Burger konnten nun einmal genauso lecker sein. Auch wenn Nick ein wahrer Gourmet war und es liebte, zu einem exzellenten Cabernet Sauvignon einen ebenfalls exzellenten Comté von drei Jahren zu essen, war er sich nicht zu schade, in einer winzigen Frittenbude einen frisch gemachten Cheeseburger zu bestellen. Seine Geschmacksnerven hielten dies sehr wohl aus.

Nick zählte sich zu den jungen Köpfen der neuen Gourmetküche, die momentan so erfolgreich die Ostküste der USA aufmischte. Er wartete ungeduldig darauf, dass die versnobten

Tester von Michelin endlich bei ihm auftauchten, damit er ihnen wahre Kunstwerke zaubern konnte, bei denen ihnen Hören und Sehen vergingen! Ja, er arbeitete verdammt ehrgeizig an seinem ersten Stern, und seit er Küchenchef des *Knight's* geworden war und nicht länger als Souschef arbeitete, war dieses Ziel in greifbare Nähe gerückt. Obwohl er seinen Kumpel und ehemaligen Chefkoch Andrew Knight für seine Leistungen bewunderte, war er trotzdem verdammt glücklich, dass dieser nun nach Maine gezogen war und ihm die Leitung des *Knight's* in Boston übertragen hatte. Aber viele Köche verderben bekanntlich den Brei, und bei zwei Alphamännchen in der Küche, die beide ihre eigenen Kreationen verwirklichen wollten, hätte es über kurz oder lang zu Auseinandersetzungen kommen müssen. Für Nick war diese Lösung deswegen perfekt: Er war Küchenchef und konnte sich beim Kochen austoben, jedoch musste er nicht gleich die ganze Verantwortung übernehmen, weil ihm das Restaurant nicht gehörte. Das war noch immer Drews Metier.

Sollte sich der mit seinem lockenköpfigen Wirbelwind von Freundin in dem rustikalen Küstenrestaurant *Crab's Inn* verlustieren, das sie gemeinsam von ihren Eltern übernommen hatten und nun renovierten. Nick wünschte ihnen von Herzen allen Erfolg dieser Welt – vielleicht nicht ganz uneigennützig, weil er nun endlich die Chance hatte, durchzustarten und selbst Erfolg als Küchenchef zu haben. Wenn sein Name in einem Zug mit den großen Meistern seiner Zunft genannt würde und seine Gerichte für eine neue Ära des Kochens standen, dann hätte er es geschafft. Der arme Junge aus dem Arbeiterviertel Detroits hätte dann allen Menschen bewiesen, dass sie sich in ihm getäuscht hatten und doch etwas aus ihm geworden war.

Vielleicht half ihm ja diese Dessertvariation bei seinem

Plan, als der innovativste, beste und kreativste Küchenchef der Ostküste bekannt zu werden.

»Chef, ich möchte dich wirklich nicht stören, aber Mrs. Fletcher...«

»Kannst du das wirklich nicht allein regeln?«, stöhnte er. Resigniert schob er den Dessertteller beiseite und sah Marah ungeduldig an.

»Nein, es wäre besser, du würdest aus der Küche kommen und kurz mit ihr reden.« Steif richtete Marah sich auf und verschränkte die Hände hinter dem Körper.

Die Serviceleitung war ziemlich süß, auch wenn sie sich wie eine Gefängniswärterin auf Shutter Island kleidete und oft ein Gesicht machte, als wäre sie für die Körperhöhlendurchsuchungen am Flughafen zuständig. Außerdem lief sie ständig durch die Gegend, als hätte sie einen Stock im Hintern. Für jemanden, der mit einem Motorrad zur Arbeit kam und es liebte, wenn Frauen auf Unterwäsche verzichteten, war Marah vielleicht nicht die Richtige. Als Serviceleitung hingegen war sie einfach unschlagbar.

Einzig Mrs. Fletcher, die Schwiegermutter des amtierenden Bürgermeisters, konnte sie nicht bändigen. Zu Nicks Leidwesen. Diese Frau trieb ihn noch einmal in den Wahnsinn.

Nach einem weiteren Blick zu Marah senkte er seine Augen wieder auf den Dessertteller vor sich.

»Was gibt es denn jetzt schon wieder?«

Marahs Stimme klang so ernst, als würde sie eine Todesanzeige vorlesen. »Mrs. Fletcher hat ihren Hund mitgebracht und weigert sich, das Restaurant zu verlassen. Ich habe ihr gesagt, dass Hunden der Eintritt nicht gestattet ist, aber weil sie ihn in einer Tasche trägt, denkt sie...«

»Moment.« Nick unterbrach sie verwirrt und schüttelte sich kurz. »*Was* für ein Hund passt in eine Tasche?«

Als er aufsah, bemerkte er, wie Marah das spitze Kinn hob. »Mrs. Fletcher besitzt allem Anschein nach seit Kurzem einen Chihuahua und wollte ihn nicht allein zu Hause lassen.«

Nick rieb sich mit der linken Hand über den Kopf und runzelte die Stirn. »Ein Chihuahua? Was soll das sein? Etwa so eine Teppichratte?«

»Ein Chihuahua ist der kleinste Hund der Welt«, belehrte Marah ihn.

Er schnaubte abfällig. »Es ist eine Beleidigung für jeden Hund dieser Welt, Chihuahuas als Hunde zu bezeichnen. Für mich sind das chinesische Suppeneinlagen, aber *keine* Hunde.«

Die Serviceleitung machte ein Gesicht, als hätte er vor ihren Augen einen dieser Chihuahuas höchstpersönlich zu Suppeneinlage verarbeitet. Dann riss sie sich wieder zusammen und fragte mit stoischer Miene nach: »Was soll ich Mrs. Fletcher nun sagen, Chef?«

Genervt ließ Nick die Schultern fallen. »Sag ihr, dass ich alles, was sich in ihrer Tasche befindet und lebt, morgen auf meine Speisekarte setzen lasse.«

Hinter ihm erklang diskretes Hüsteln der Küchenbrigade, die vermutlich einen Heidenspaß an dem Gespräch zwischen ihm und Marah hatte. Marah dagegen sah ihn unerbittlich an und schien seine Anweisung nicht wirklich ernst zu nehmen. Das hatte man davon, ein cooler Chef zu sein, der für jeden Spaß zu haben war.

Er richtete sich auf und begann ein Blickduell mit seiner Serviceleitung. Vergeblich, sie zuckte nicht einmal mit der Wimper.

»Hör mal . . .«

»Wenn du rausgehst, um mit Mrs. Fletcher zu reden, solltest du ihren Hund vielleicht lieber nicht als eine Teppichratte bezeichnen. Immerhin ist ihr Schwiegersohn unser Bürgermeister.« Sie warf den Kopf zurück. »Außerdem sitzt Mr. Harrod an Tisch vier und möchte dich zur positiven Besprechung im letzten Food-Journal beglückwünschen.« Mit einer hochgezogenen Augenbraue maß sie seine Kochjacke. »Schließ den obersten Knopf, bevor du rausgehst, Chef. Das hier ist nämlich ein ordentliches Lokal.«

Nick sah seiner Angestellten hinterher und rief mit leiser Resignation: »Ich bin hier der Chef, weißt du?«

Ihre Antwort bestand aus einer nachlässigen Handbewegung, als sie die Küche verließ.

Beinahe automatisch fuhren seine Hände zum Kragen seiner Kochjacke. Dann verzog er das Gesicht. Wie sollte man auch unter solchen Bedingungen kreativ sein? Selbst Leonardo da Vinci hätte niemals die Mona Lisa fertigstellen können, wenn er sich gleichzeitig um alte Damen und ihre Teppichratten hätte kümmern müssen.

Sein Souschef tröstete ihn amüsiert: »Mach dir nichts draus, Chef. Mrs. Fletcher frisst dir doch aus der Hand.«

Kollektives Lachen ertönte, bevor der Saucier mit übertrieben hoher Stimme flötete: »Oh, mein lieber Mr. O'Reilly, Sie haben sich wieder einmal selbst übertroffen. Wenn ich doch nur fünfzig Jahre jünger wäre!«

Nick verdrehte die Augen. »Ha ha! Vielleicht solltet ihr lieber in einem Comedyclub auftreten und das Kochen anderen überlassen.«

»Bloß nicht«, klang es aus dem hinteren Teil der Küche. »Dann würden wir ja verpassen, wie du Charmebolzen alte Ladys bezirzt.«

»Nur kein Neid«, befahl er und trat von seinem Posten weg, während er seinem Souschef zunickte. »Cal, übernimm für mich.«

»Ja, Chef«, erwiderte dieser und nahm Nicks Posten ein.

»Können wir nach Feierabend die Karte für nächste Woche besprechen, damit ich mit Steven die Weinauswahl klarmachen kann?«

Obwohl Nick wusste, dass er seinem Souschef die neue Speisekarte längst schuldig war und der Sommelier Steven bereits mit den Hufen scharrte, um die Weine zu den Speisen auszusuchen, ignorierte er die Frage. Stattdessen beschied er knapp: »Kümmere dich lieber um die Gerichte für Tisch drei. Wenn die Jakobsmuscheln innen nicht mehr glasig sind, gehen sie nicht raus. Verstanden?«

»Ja, Chef!«

Mit einem knappen Nicken verließ er die Küche und überließ es Cal, an seiner Stelle Anweisungen zu erteilen. Die gehobene Küche war eindeutig kein Ort für sensible Naturen: Der Ton, der dort herrschte, war rau, es ging stets laut zu, und vermutlich wurden nicht einmal Soldaten beim Militär so ruppig zusammengestaucht wie in einer Küche. Es konnte sogar vorkommen, dass Töpfe flogen und man gnadenlos angeschrien wurde. Außerdem herrschte dort von morgens bis abends Zeitdruck. Chefköche waren allesamt größenwahnsinnige Primadonnen, die austickten, wenn nicht alles nach ihrer Pfeife tanzte. Sein eigener Lehrmeister, der große Mathieu Raymond, war nicht anders gewesen. Wenn er ein Gericht nicht für perfekt gehalten hatte, war es nicht rausgegangen. Selbst wenn die Kruste eines Filets drei Millimeter anstelle von zwei Millimeter betragen hatte, war das gute Stück Fleisch in den Müll gewandert – am Anfang hatte dabei jedes Mal Nicks Herz geblutet. Und wenn man eine Prise Salz anstelle eines Quäntchens benutzt hatte, hatte es so ein Donnerwetter gegeben, dass man sich gewünscht hatte, lieber auf einem Fischkutter zu arbeiten und bei Sturmböen Fangnetze aus dem eisigen Meer zu ziehen als dem Chefkoch gegenüberzustehen.

Die Erinnerung an seinen heulenden Kumpel Dean, einen zwei Jahre älteren Lehrling bei Mathieu Raymond, der nach dem Wutanfall des Küchenchefs in Tränen ausgebrochen war und sich in der Kühlkammer verkrochen hatte, kam Nick in den Sinn.

Während der Lehrzeit bei seinem Meister hatte Nick so einige Wutanfälle ertragen müssen, und angeschrien worden war er fast täglich, doch diese harte Schule hatte ihren Sinn gehabt. Es gab kaum einen Menschen auf der Welt, den er so sehr schätzte wie seinen alten Küchenchef: ihm hatte er fast alles zu verdanken. Dennoch hielt es Nick mit seiner Küchenbrigade etwas gelassener. Heulende Lehrlinge wollte er in seiner Küche nicht haben. Wenn er Nervenzusammenbrüche am Arbeitsplatz ertragen könnte, würde er in der Modebranche arbeiten. Klare Ansagen: ja. Lautes Geschrei: nein.

Einen Augenblick blieb er vor der doppelten Schwingtür zum Gastraum stehen und knetete seine Hände.

Im Gegensatz zu Drew, dem die elitäre und illustre Herkunft an jeder einzelnen Haarsträhne anzusehen war, gehörte Nick nicht der Upperclass an. Hummer, Kaviar und Champagner hatte er früher lediglich aus dem Fernsehen gekannt und den Truthahn seiner Granny zu Thanksgiving für das kulinarische Highlight schlechthin gehalten. Dass es eine Welt fernab der Hausmannskost gab und er mehr aus seinem Leben machen konnte, als in Michigan in einer Autofabrik zu arbeiten, war ihm als Kind nicht in den Sinn gekommen. Für einen Jungen, der gerne die Schule geschwänzt hatte, beim Rauchen hinter der Turnhalle erwischt wurde und alles andere als der Liebling der Lehrer gewesen war, war das Kochen zwar ein untypisches Hobby gewesen, doch Nick war das vollkommen egal gewesen. Er hatte es geliebt, mit seiner Granny in der Küche zu stehen. Manchmal fragte er sich, warum er damals nicht fett geworden war, schließlich waren für ihn selbst gekochte Speisen und die Zeit in der Küche Sinnbild und Symbol von Zuneigung. Neben diversen Jobs als Putzfrau oder Kantinenköchin war seine Granny nun einmal meistens in der Küche gestanden, wenn sie daheim gewesen war. Nick hatte sich stets zu ihr gesellt, weil das die einzige Gelegenheit gewesen war, mit ihr Zeit zu verbringen.

Die Liebe zum Schneiden von Gemüse, zum Würzen von Speisen und zum Komponieren neuer Gerichte war von ganz allein gekommen.

Obwohl er in der Schule stets faul gewesen war und ein extrem bescheidenes Abschlusszeugnis bekommen hatte, war er jedoch ehrgeizig genug gewesen, nicht in irgendeiner Kaschemme eine Ausbildung zum Koch zu machen. Für ihn hieß es ganz oder gar nicht, also hatte er sich voll jugendlichem Leichtsinn in Restaurants beworben, deren Namen er nicht einmal hatte aussprechen können. Noch heute konnte er nicht glauben, dass Mathieu Raymond ihn in seiner Küchenbrigade als Lehrling aufgenommen hatte. Für einen Jungen aus Detroit, dessen Eltern keinen Highschoolabschluss besaßen, ihn mit sechzehn Jahren bekommen hatten und nicht einmal wussten, dass man Erbsen nicht nur in Konserven kaufen konnte, hatte er es weit gebracht, überlegte Nick zufrieden, als er einen Blick in den vollen Gastraum seines Restaurants warf.

Kellner in perfekt sitzenden Livrees trugen perfekt aufeinander abgestimmte Gerichte zu perfekt gedeckten Tischen, von denen Nick wusste, dass das glänzend polierte Besteck millimetergenau positioniert worden war und die edlen Gläser im jeweils richtigen Winkel zueinander standen. Auf dem Boden des Restaurants würde sich keine einzige Staubflocke finden, und keine der blütenweißen Tischdecken würde auch nur eine minimale Falte zeigen. Vom Garderobenmann über den Kellner und den Sommelier bis zum Tellerwäscher: das gesamte Personal des *Knight's* funktionierte wie ein gut geöltes Getriebe. Doch beim Anblick der gut betuchten Gäste, die ein kleines Vermögen für ein Essen bei ihm bezahlten, kam sich Nick manchmal wie ein Hochstapler vor. Zwar wusste er, was er konnte, aber im Grunde fühlte er sich schlicht und ergreifend auch heute noch oft wie der Junge aus Detroit. Die meisten seiner Gäste hätten vermutlich die Nase über ihn gerümpft, wenn er bei ihren Autos einen Ölwechsel vorgenommen hätte – so wie es sein Dad heute noch tat. Im Gegensatz zu Drew mit dessen aristokratisch wirkender Familie – einem Politikerclan, der den Clintons und Bushs Konkurrenz hätte machen können – entstammte Nick einer Schicht, die man gerne *White Trash* nannte. War es da ein Wunder, wenn er sich von Zeit zu Zeit unwohl fühlte, sobald er den Gästeraum betrat und durch die fetten Klunker beinahe erblindete, mit denen sich die Frauen behängten?

Nick straffte die Schultern und sagte sich optimistisch, dass sich dieses Gefühl legen würde, wenn er einen Stern besaß. Niemand würde einen Chefkoch belächeln, der mit einem Stern ausgezeichnet war.

Als er die Doppeltüren aufstieß und den Gastraum betrat, bemerkte er einige Stammgäste, die an den dezent beleuchteten Tischen saßen, und nickte ihnen zu. Dass das *Knight's* nach wie vor gut besucht war und die Warteliste stetig länger wurde, beruhigte Nick ungemein. Zwar hätte er das gegenüber Drew niemals zugegeben, insgeheim hatte er sich in diesem Punkt trotzdem Sorgen gemacht. Nach außen wirkte er vielleicht wie der unbekümmerte Küchenrebell, der in seiner Freizeit gerne verräucherten Spelunken einen Besuch abstattete, aber er war sich seiner Verantwortung sehr wohl bewusst. Auch mit siebenundzwanzig Jahren wusste er, dass viele Menschen jobtechnisch von ihm abhingen, und allein deshalb wollte er Erfolg haben.

Während er sich auf den Tisch zubewegte, an dem Mrs. Fletcher gewöhnlich saß, scannte er die Tische reflexartig ab, um zu kontrollieren, dass alles seine Richtigkeit hatte. Wie bei jedem ehrgeizigen Küchenchef verließ auch in seiner Küche kein Teller die Durchreiche, wenn er nicht absolut perfekt war. Dennoch wollte er auch hier im Gastraum sicherstellen, dass mit seinen Kreationen alles in Ordnung war. Sobald er Mrs. Fletcher erkannte, die mindestens genauso nervig war wie ihr Schwiegersohn, der ebenfalls extrem nervige Bürgermeister, bemerkte er auch die weißhaarige Teppichratte mit den riesigen Glupschaugen auf dem Schoß ihres Frauchens. Nick zwang sich zu einem Lächeln. Nein, er würde der Dame nicht sagen, dass ihr Hund in einigen Ländern dieser Welt als Delikatesse gehandelt wurde. Nun gut, an dem winzigen Vieh war kaum etwas dran, aber mit der richtigen Marinade würde es vermutlich als Vorspeise für eine Person reichen ...

Natürlich hätte er seine Gedanken nie laut ausgesprochen, weil er auf Schilder schwingende, protestierende Tierschützer vor seinem Lokal gut und gerne verzichten konnte. Denn eigentlich fand er Hunde super – richtige Hunde wie Labradore, Collies oder Bernhardiner. Aber Teppichratten wie das erbärmlich zitternde Ding von Mrs. Fletcher, das trotz der angenehmen Temperaturen im Restaurant einen Pullover trug, sahen eher wie überzüchtete Ratten mit einer Schilddrüsenüberfunktion aus. Abgesehen davon hatte ein ähnliches Exemplar ihm erst im letzten Jahr eine Tetanusimpfung eingebracht, als der Chihuahua einer Jungschauspielerin ihn in die Wade gezwickt hatte. Er konnte nur froh sein, dass das gefräßige Vieh damals keine höheren Ziele verfolgt hatte, weil Nick immerhin nackt durch die Wohnung seines Frauchens gelaufen war. Seither verfolgte ihn die Vision glupschäugiger Winzlingshunde, die es auf sein bestes Stück abgesehen hatten.

Von daher war es auch kein Wunder, dass er das Vieh misstrauisch beäugte, als er an den Tisch herantrat. Trotzdem besann er sich auf seine guten Umgangsformen und reichte der älteren Dame die Hand – kam dabei dem *Hund* auf ihrem Schoß jedoch nicht zu nahe.

»Mrs. Fletcher, wie schön, Sie heute wieder bei uns begrüßen zu dürfen.«

Geradezu gnädig erwiderte ihr Stammgast den Händedruck, schniefte dabei jedoch hörbar. »Ihre Mitarbeiterin weigert sich, mich hier zu bedienen, solange mein Sir Henry bei mir ist. Weiß sie denn nicht, wer ich bin?«

Es dauerte einen Moment, bis sich Nick darauf konzentrieren konnte, was Mrs. Fletcher ihm sagen wollte, weil er nicht über den Namen des winzigen Hündchens hinwegkam.

Sir Henry.

In Anbetracht der Tatsache, dass der Hund ungefähr so viel wog wie eine Maispoularde, einen pinken Pullover sowie ein mit Strasssteinen besetztes Halsband trug, kam sich Nick wie im falschen Film vor.

Sein irritierter Blick glitt zwischen Hund und Frauchen hin und her.

»Äh ... Hunde sind in diesem Restaurant leider nicht erlaubt, Mrs. Fletcher. Das Gesundheitsamt ...«

»Mein Schwiegersohn ist der Bürgermeister«, wandte die Frau augenblicklich ein und nickte dabei derart hoheitsvoll, als wäre sie die Queen von England und ihr Hund Sir Henry einer der Fifis, die durch den Buckingham Palace laufen durften.

»Nun«, erwiderte Nick charmant und ließ sich seine Ungeduld nicht anmerken, weil sie und ihr hässlicher Köter ihn von seiner Arbeit abhielten. »Aufgrund seines hohen Amtes wird Ihr Schwiegersohn erst recht verstehen, dass wir uns an die Auflagen des Gesundheitsamtes halten müssen. Leider können wir keine Hunde in unserem Gastraum dulden.«

»Aber Sir Henry ist doch so ein kleiner Hund.«

Seiner Meinung nach war Sir Henry nicht einmal ansatzweise etwas, was man Hund nennen konnte, jedoch log er dreist: »Wenn es nach mir ginge, bekäme Sir Henry sogar einen eigenen Platz! Aber dann hätte ich sicherlich Ärger mit dem Gesundheitsamt. Das wollen Sie mir doch nicht antun, Mrs. Fletcher?« Er setzte einen seelenvollen Blick auf. Es hätte nicht viel gefehlt, und er hätte mit den Wimpern geklimpert.

»Ich weiß nicht, wie ich das finden soll, dass Sie meinen kleinen Liebling nicht bei sich haben wollen, Mr. O'Reilly.« Sie zog eine Schnute wie eine verwöhnte Fünfjährige. »Und ich weiß nicht, wie mein Schwiegersohn darüber denken wird.«

Falls es den Bürgermeister davon abhalten würde, hier mindestens einmal in der Woche unangekündigt und ohne Tischreservierung bei ihnen hereinzuschneien und einen Tisch seiner Wahl zu beanspruchen, würde Nick tatsächlich noch einmal darüber nachdenken, die Teppichratte auf die Karte zu setzen. Am liebsten wäre er sich genervt durchs Haar gefahren, jedoch musste er die Form wahren und setzte ein – so hoffte er – entschuldigendes Gesicht auf.

»Mrs. Fletcher ...«

»Dabei bin ich immer so gerne zu Ihnen gekommen, mein Junge.«

Theatralisch fasste er sich ans Herz. »Sagen Sie es nicht weiter, aber Sie sind mein Lieblingsgast. Es bräche mir das Herz, Sie nicht mehr bei uns zu haben.«

Ihr Kichern zerrte an seinen Nerven. »Mr. O'Reilly, Sie sind ein schlimmer Junge.«

Nick wackelte mit den Augenbrauen. »Dabei wissen Sie nicht einmal die Hälfte!«

Halbwegs besänftigt räusperte sich die alte Dame und fragte resigniert: »Soll ich meinen Sir Henry jetzt etwa draußen anbinden? Der Ärmste könnte sich den Tod holen.«

Während er das zitternde Tier betrachtete, überkam Nick tatsächlich fast so etwas wie ein Hauch Mitleid. Vermutlich hätte Sir Henry sich liebend gern den Tod geholt, wenn das hieß, dass er nicht länger einen pinkfarbenen Pullover trug! Teppichratte hin oder her, aber kein männliches Wesen trug freiwillig ein pinkfarbenes Kleidungsstück zu einem Halsband aus Strasssteinen.

Möglichst ernst erklärte er Mrs. Fletcher, dass eine seiner Angestellten auf ihren Hund aufpassen würde, solange sie im *Knight's* zu Gast war. Froh, ihren Tisch und den weißhaarigen Hund endlich verlassen zu können, begab er sich anschließend an den Tisch des Stammgastes, der ihn zu der positiven Besprechung in einem Journal beglückwünschen wollte. Auf dem Weg in die Küche wurde er dann ein weiteres Mal von Marah aufgehalten, die etwas zu einem der Gerichte wissen wollte.

Während er ihr gegenüberstand und zuhörte, wie sie sich im Flüsterton darüber ausließ, dass das Weinangebot zur heutigen Tagesspeise nur dürftig sei, ließ er seinen Blick wieder über die Gästeschar wandern. Nick stockte abrupt, als er eine Rothaarige entdeckte, die gerade an einen freien Tisch geführt wurde.

Fast wären ihm die Augen aus dem Kopf gefallen!

Was Marah ihm aufgeregt zuflüsterte, bekam er gar nicht mehr mit. Er konnte sich nur noch auf die Frau konzentrieren, die sich in ihrem schlichten schwarzen Kleid wie selbstverständlich durch den Raum bewegte. Sie strahlte eine Eleganz aus, wie er sie zuvor noch nie zu Gesicht bekommen hatte. In der Hand trug sie eine dieser winzigen Taschen, und im Gegensatz zu vielen Frauen konnte sie auf hohen Schuhen laufen, ohne dabei wie ein betrunkener Seemann auf Landgang auszusehen. Rotes Haar, das sie zu einem Knoten gebunden hatte, leuchtete im Schein der dezenten Lichter im Restaurant, und ein Gesicht, das hochmütig hätte wirken können, wenn der Mund nicht zu einem Lächeln verzogen gewesen wäre, zog Nick in seinen Bann. Er konnte gar nicht anders, als diese atemberaubende Frau anzustarren.

Ihr einziger Makel war, dass sie in Begleitung eines alten Sacks hier war, der ihr gerade den Stuhl zurechtrückte und ihr kurz eine Hand auf die schlanke Schulter legte.

Nicks Mundwinkel fielen herab, während er beobachtete, wie sie sich bei dem alten Knacker mit einem Lächeln bedankte. Wie konnte eine so schöne junge Frau bloß mit einem Kerl ausgehen, der ihr Vater hätte sein können? Obwohl sie dank ihrer offensichtlichen körperlichen Vorzüge wirklich jeden haben könnte? Reflexartig erhob sich Nick zu seiner vollen Größe, die mit seinen eins neunzig ziemlich beeindruckend war. Er hätte schon gewusst, wie er die Rothaarige hätte glücklich machen können.

* * *

»Was tust du da?!«

Seelenruhig klappte Nick den Klodeckel hoch, ignorierte das empörte Schnaufen der nackten Blondine unter der Dusche und erwiderte lapidar: »Ich pinkle.«

Irgendetwas an seiner Aussage schien der Frau nicht zu passen, da ihre Stimme einen schrillen Tonfall annahm. »Aber ich stehe unter der Dusche!«

»Schön für dich.« Er zuckte mit den Schultern.

»Nick!«

»Du blockierst seit fast einer halben Stunde das Bad. Ich hatte also vier Möglichkeiten«, begann Nick geduldig, während er splitternackt vor ihrem Klo stand und zu pinkeln begann. »Ich hätte von deinem Balkon pinkeln, nackt bei deinen Nachbarn klingeln, deine Küchenspüle als Klo benutzen oder dich beim Duschen stören können. Die letzte Möglichkeit hielt ich für die beste, zumal ich als Koch großen Wert auf Hygiene in der Küche lege.«

Das schien sie nicht zu besänftigen. »Verdammt, Nick! Hättest du nicht fünf Minuten warten können?«

»Nö.« Von ihrer Zickigkeit ließ er sich nicht stören. »Wäre es dir lieber gewesen, ich wäre zu deinen Nachbarn gegangen?«

»Natürlich nicht!«

»Bliebe nur der Balkon oder die Küchenspüle. Deine Wahl, Sam.«

Aufgebracht zischte sie ihm über das Rauschen des Wassers hinweg zu: »Fünf Minuten!«

Das bezweifelte er stark. Er hatte noch nie eine Frau erlebt, die nach den versprochenen fünf Minuten fertig gewesen wäre. »Ich habe es eilig.«

»Und ich stehe nackt unter der Dusche, während du pinkelst!«

Himmel! Beinahe hätte er gelacht, schließlich hatten Sam und er nicht die erste Nacht miteinander verbracht. Wieso flippten Frauen eigentlich dermaßen aus, wenn man in ihrer Gegenwart aufs Klo ging? Sonst machte es ihr doch auch nichts aus, wenn sein nackter Körper in ihrer Nähe war. Und von seinem nackten Schwanz war sie erst vor wenigen Stunden ziemlich fasziniert gewesen.

»Könntest du bitte rausgehen, während ich mich fertig mache?«

Er schnitt eine Grimasse und ignorierte ihr Gefasel von Privatsphäre. Stattdessen brachte er zu Ende, weswegen er ins Bad gekommen war, betätigte die Spülung und wusch sich die Hände.

»Du hättest dich wenigstens hinsetzen können«, beschwerte sie sich, als er das Bad verließ.

Na, klar!

Nick ließ die Badezimmertür absichtlich offen und tippte sich an die Stirn. Bevor er sich beim Pinkeln hinsetzte, würde eher die Hölle einfrieren. Frauen und ihre unrealistischen Vorstellungen! Er konnte nicht ewig darauf warten, bis sie fertig wurde.

Gemächlich sammelte er seine Klamotten ein, schlüpfte in seine Boxershorts und anschließend in seine Jeans.

Er zog sich gerade sein T-Shirt über den Kopf, als Sam in ein Handtuch gewickelt heraustrat. Die Angewohnheit, morgens das Badezimmer in Beschlag zu nehmen, war der Grund, weshalb es Nick meistens vermied, bei einer Frau über Nacht zu bleiben. So nett die letzte Nacht auch gewesen war, er hatte nicht die Absicht, sich bei Sam häuslich einzurichten. Wenn sie ihn gestern Abend nicht animiert hätte, den Gavi zu trinken, den sie von ihrer Italienreise mitgebracht hatte, wäre er nach dem Sex auch schnurstracks nach Hause gefahren. Weil er jedoch kein solcher Idiot war, sich betrunken auf sein Motorrad zu schwingen, war er bei ihr geblieben – und damit heute Morgen Zeuge ihrer dreißigminütigen Waschroutine geworden.

»Du gehst schon? Ich dachte, wir würden zusammen frühstücken?«

»Tut mir leid, aber ich werde im Restaurant gebraucht«, erwiderte er kurzangebunden und schloss seine Jeans. Ihr zu verraten, dass er vorher zu sich nach Hause fahren würde, um dort zu duschen und sich eine Portion Eggs Benedict zu machen, hätte nur Ärger gegeben. Nick hatte die Erfahrung gemacht, dass ein gemeinsames Frühstück nach einer heißen Nacht das falsche Signal aussendete. Selbst eine Karrierefrau wie Sam könnte auf dumme Gedanken kommen, und das war das Letzte, was er momentan brauchte.

»Das Restaurant wird schon nicht pleitegehen, wenn du morgens mal mit der Frau frühstückst, die dir nachts zu einem grandiosen Orgasmus verholfen hat«, ertönte ihre pikierte Stimme.

Er musste nicht einmal aufschauen, um zu wissen, dass sie auf dem besten Weg war, beleidigt zu sein. So gut er sich mit ihr im Bett verstand, so anstrengend fand er sie außerhalb. Das hätte er jedoch niemals laut gesagt, schließlich war er nicht dumm. Ein lockeres Sex-Verhältnis verbaute man sich nicht ohne Grund. Daher schenkte er ihr ein – so hoffte er – charmantes Lächeln, während er sich aufs Bettende setzte und in seine Sneakers schlüpfte.

»Wenn ich noch länger bleibe, besteht die Gefahr, dass du mich nicht mehr aus der Wohnung lässt.«

»Bilde dir mal nichts ein, Nick.« Sie schnitt eine Grimasse, während sie sich das nasse Haar abtrocknete. Obwohl die Sportreporterin mit einer Wahnsinnsfigur gesegnet war, die in dem flauschigen Handtuch sehr gut zur Geltung kam, drängte es Nick zurück in seine Restaurantküche. Die letzte Nacht war bereits vergessen, und heute früh gab es viel zu tun.

»Oh doch«, grinste er. »Du hast ziemlich laut geschrien. Ich habe schon befürchtet, dass deine Nachbarn die Polizei rufen.«

»Und trotz dieser fabelhaften Nacht hältst du es nicht für nötig, uns Frühstück zu machen.«

Nick ignorierte ihre Verstimmung und erhob sich, um ihr freundschaftlich den Hintern zu tätscheln. »Nächstes Mal, Süße.«

Während er sich seine Sachen schnappte, grummelte sie zwar irgendetwas, aber Nick hörte schon gar nicht mehr zu, sondern überlegte, welcher Weg nach Hause der schnellste wäre. Als er sich von Sam verabschiedete, war er in Gedanken bereits bei seinem Tagesablauf und wie er seine neue Karte optimieren könnte. In seinem Loft angekommen, nahm er eine lange heiße Dusche, zog sich um und genoss ein herzhaftes Frühstück, bevor er kurze Zeit später ins Restaurant fuhr. Die Totenstille, die ihn in seiner Küche empfing, sobald er diese mit seinem Motorradhelm unter dem Arm betrat, bemerkte er erst, als niemand vom Küchenpersonal seinen gut gelaunten Gruß erwiderte.

Verwirrt stellte er seinen Helm ab und betrachtete die nervösen Gesichter seiner Angestellten, die allesamt die Köpfe gesenkt hielten. Warum zur Hölle standen sie wie ausgesetzte Welpen in der Gegend herum? Obwohl es höchste Zeit war, das Tagesgeschäft vorzubereiten?

»Ist jemand gestorben, oder warum haltet ihr hier Mahnwache ab?« Unschuldig hob er die Hände. »Falls Mrs. Fletchers Töle verschwunden ist, habe ich damit nichts zu tun.«

Hier und da ertönte ein Räuspern.

Nur sein Souschef schien sich ein Herz zu nehmen, als er vortrat und misstrauisch wissen wollte: »Hast du heute noch keine Zeitung gelesen, Chef?«

Nicks Gesicht verdüsterte sich augenblicklich. »Was? Wovon sprichst du?«

Schweigend schob Cal eine aufgeschlagene Zeitung über die glänzend polierte Arbeitsfläche neben ihm.

Nick fühlte alle Augen auf sich gerichtet und bemühte sich

darum, die brennende Röte zu unterdrücken, die ihm in die Wangen steigen wollte.

Finsterer als beabsichtigt befahl er seinem Souschef. »Lies vor.«

Dieser wand sich sichtlich. »Chef, es wäre besser, wenn du ...«

»Jetzt lies schon vor, Cal«, brach es aus ihm raus. »Ihr habt es ja eh schon alle gelesen!«

Sein Souschef griff zögernd nach der aufgeschlagenen Zeitung und wirkte, als stünde er vor einem Exekutionskommando. An seiner Kehle konnte man erkennen, dass er nervös schluckte, bevor er zurückhaltend und beinahe im Flüsterton vorlas:

»»Nick O'Reilly präsentiert sich gerne als Küchenrebell und *enfant terrible* der Bostoner Gastronomieszene. Doch was seinen Plan betrifft, in die Fußstapfen seines Meisters Mathieu Raymond und seines Vorgängers Andrew Knight zu treten, scheint er sich übernommen zu haben.

Selbstverständlich sind diese Fußstapfen sehr groß – keine Frage!

Während Mathieu Raymond ein Meister seines Faches war, der die *Haute Cuisine* der Ostküche von Grund auf veränderte, prägte und ihr seinen eigenen Stempel aufdrückte, schaffte es auch Andrew Knight, seinen eigenen, unverwechselbaren Stil zu finden, durch den sein Restaurant, das *Knight's*, berühmt wurde. Diese beiden Männer als Vorbild vor sich zu haben und ihnen gerecht zu werden, wäre für jeden Koch eine Herausforderung par excellence.

Nick O'Reilly nahm diese Herausforderung allzu gerne an, als er Küchenchef des *Knight's* wurde. Ungefragt verkündete er aller Welt, zum erfolgreichsten Koch der hiesigen Szene werden zu wollen. In diversen Journalen wurden seine Kreationen bislang hochgelobt, doch ich musste leider erkennen, dass Nick O'Reilly den Mund ein wenig zu voll genommen hat.

Handwerklich waren seine Speisen einwandfrei. Die Gerichte zufriedenstellend kombiniert. Die Teller ansprechend präsentiert. Aber das war es auch schon.

Die Krabbenconsommé mit Hummerravioli schmeckte gut, konnte meine Geschmacksnerven jedoch nicht überraschen oder gar entzücken. Das Lammkarree in Minzkruste mochte von bester Qualität sein, jedoch habe ich es in ähnlicher Form schon dutzendmal in anderen Restaurants gegessen, die nicht für sich in Anspruch nehmen, das kreativste Restaurant der Stadt zu sein. Und was das Dessert betrifft: Ein Rezept, das noch nicht ausgereift ist und sein volles Potential nicht einmal ansatzweise ausgeschöpft hat, gehört nicht auf die Karte eines vermeintlichen Spitzenrestaurants.

Das Sorbet von der Aprikose und der roten Paprika schmeckte wie gewollt, aber nicht gekonnt, während bei der Mousse der Millefeuille unklar blieb, ob sie nun nach Thymian oder nach Tonkabohne schmecken sollte. Weniger ist manchmal mehr. Und was den zarten Blätterteig angeht, muss ich leider sagen, dass ein Koch nicht automatisch kreativ ist, wenn er Chili zu einem Dessert fügt. Süßes und Scharfes zu kombinieren ist ein alter Hut, schließlich findet man Schokolade mit einer Chilinote mittlerweile an jeder Tankstelle des Landes.

Mr. O'Reilly, ich bin der Meinung, dass Sie ein exzellenter Koch sind, der großes Potential besitzt, doch bis zum Star der Szene ist es noch ein weiter Weg.

Herzlichst CPW.‹‹ Cal räusperte sich und ließ die Zeitung sinken.

Das Schweigen innerhalb seiner Küche vertiefte sich, bis jemand flüsterte: »Dieser Kolumnist hat bisher jeden Koch verrissen, Chef.«

»Ja«, murmelte Cal mitfühlend. Er konnte ihm jedoch nicht in die Augen sehen, wie Nick bemerkte. »CPW ist dafür berüchtigt, niederschmetternde Gastrokritiken zu schreiben.«

»Ich fand dein Dessert spitze, Chef«, tröstete der Rôtisseur bedrückt.

»Ich auch«, kam zustimmendes Gemurmel aus allen Ecken der Küche.

Das half Nick nur leider nicht.

Fassungslos, aufgebracht und schockiert über diesen Verriss, über diese Beleidigung, spürte Nick, wie Ärger in ihm aufstieg. Ach was, Ärger! Jede einzelne Nervenzelle füllte sich mit abgrundtiefer Wut über diese Kritik. Dieses Geschreibsel überstieg wirklich alles, was er jemals über sich, seine Rezepte und seine Küche hatte hören müssen.

Er war nicht kreativ?!

Er hatte sein Potential nicht ausgereift?!

Er kreierte Speisen, die man auch an einer Tankstelle kaufen könnte?!

»Niemand schert sich um diesen Artikel«, versuchte es Cal ein weiteres Mal.

Nick hörte ihm gar nicht zu, sondern ballte die Hände und versuchte, nicht an die Decke zu gehen. Ihm klangen noch immer die Ohren, während sich sein Kopf anfühlte, als würde er jeden Moment explodieren.

Einwandfrei. Zufriedenstellend. Ansprechend.

Verdammt, verdammt, verdammt!

Seine Speisen waren nicht einwandfrei, zufriedenstellend und ansprechend! Seine Gerichte waren großartig, weltbewegend und unvergesslich!

Wer zum Teufel war dieser CPW überhaupt, solche Behauptungen in den Raum zu stellen? Nur ein Dilettant konnte ein Meisterwerk nicht erkennen, wenn es genau vor ihm stand!

Außer sich vor Wut griff er nach der Zeitung, riss dabei die linke Seite ein und starrte auf die Wörter, die vor seinen Augen verschwammen.

Sein Souschef bemühte sich immer noch darum, ihn zu beruhigen. »Es ist ja nur der Boston Daily und nicht die New York Times. Morgen interessiert das kein Schwein mehr, Chef.«

Aber ihn interessierte es!

Nick zerriss die Zeitung im wahrsten Sinne des Wortes in tausend Stücke, schnappte sich seinen Helm und stürmte aus der Küche.

Zwar hatte er keinen Plan, was er nun tun würde, aber diesen Verriss wollte er nicht auf sich sitzen lassen! Er war in seiner Ehre als Koch gekränkt! Und würde von diesem unwissenden Kolumnisten verlangen, eine Gegendarstellung zu drucken! Der Mann konnte sicher nicht einmal Huhn von Schwein unterscheiden und würde ein Gericht auf Sterneniveau nicht einmal dann erkennen, wenn man es ihm siedend heiß in den Schoß goss!

Es war ein Wunder, dass er mit seinem Motorrad keinen Unfall baute, als er in Rekordgeschwindigkeit zu dem Bürogebäude fuhr, in dem der Boston Daily beheimatet war. Während der Fahrt hatte er sich dermaßen in seine Wut hineingesteigert, dass er dem Portier den Helm gegen den Kopf geschlagen hätte, wenn der auf die Idee gekommen wäre, ihn aufzuhalten. Doch niemand hielt ihn auf, sodass Nick aufgebracht in den Fahrstuhl stapfen und die Redaktion ansteuern konnte, die sich im zehnten Stock befand. Selbst die leisen Jazzmelodien im verspiegelten Aufzug regten ihn noch einmal richtig auf. Er starrte seinem wutverzerrten Spiegelbild entgegen und bemerkte, dass seine schwarzen Haare völlig zerzaust waren und seine blauen Augen aufgebracht glühten.

CPW würde gleich sein blaues Wunder erleben – so viel stand fest!

Kaum dass sich die Aufzugtüren geöffnet hatten, stürzte er förmlich in die Redaktion. Seinen Helm wie eine mittelalterliche Streitaxt unterm Arm brüllte er den ersten Mitarbeiter, der ihm über den Weg lief, an: »Ich suche einen gewissen CPW! Wo ist der Kerl?«

Der bedeutend kleinere Mann mit den Papieren in seinen Händen zuckte merklich zusammen, schaute Nick mit riesigen Augen an und begann zu stottern. Es hätte nicht viel gefehlt, und Nick hätte ihn am Schlafittchen gepackt. Stattdessen sah er, wie das zitternde Häuflein nach hinten deutete, und ließ ihn einfach stehen. Dass sich mittlerweile diverse Mitarbeiter von ihren Plätzen erhoben hatten und aufgeregt miteinander tuschelten, registrierte er nur am Rande.

Er war gerade erst ein paar Meter vorangekommen, als ein älterer Mann aus einem Büro trat, auf dessen Tür Nick undeutlich ein C und ein W entziffern konnte. Kaum hatte er sich den Typen angesehen, flammte in ihm die Erinnerung an jenen alten Sack wieder auf, der vor ein paar Tagen in Begleitung dieser rothaarigen Sirene das Restaurant betreten hatte. Nicks Wut steigerte sich ins Unermessliche. Der alte Knacker schleppte nicht nur heiße junge Bräute ab, sondern besaß dann auch noch die Frechheit, solche Kritiken vom Stapel zu lassen!

Wütend marschierte er auf den Grauhaarigen zu. »Wie kommen Sie dazu, meine Dessertkreationen mit Tankstellendreck zu vergleichen! Ich sollte Sie wegen Verleumdung verklagen! Sie wegen Schadensersatz für Ihre bodenlosen Beleidigungen belangen! Haben Sie überhaupt Ahnung von gehobener Küche?«

Zumindest hatte der andere Mann keine Ahnung davon

gehabt, was ihn erwartete, als er sein Büro verlassen hatte, weil er prompt zurückwich. Mit purer Zufriedenheit bemerkte Nick, dass er mindestens einen Kopf größer und sehr viel besser gebaut war als der Schlaffi. Bei einem Faustkampf hätte dieser Idiot keine Chance gegen Nick gehabt.

Und feige war er auch noch!

»Sie ... Sie unterliegen einem Irrtum, junger Mann«, versuchte sein Gegenüber sich herauszuwinden.

»Oh nein!« Nick zeigte mit dem Finger auf ihn und kniff die Augen bedrohlich zusammen. »Einen Scheiß tue ich! *Sie* waren in meinem Restaurant! Und *Sie* haben diese lausige Kritik vom Stapel gelassen, die heute in *Ihrer* Zeitung erschienen ist! Ich verlange eine Gegendarstellung – sofort!«

Augenblicklich begann der andere Mann damit, energisch den Kopf zu schütteln. Er wollte offenbar gerade widersprechen, als hinter ihm die Tür aufgerissen wurde.

»Was ist denn hier los?«

Abrupt verstummte Nick beim Anblick eines makellos bildschönen Gesichts, das von einem Schwall roter Haare umgeben war.

Mit für einen Mann ziemlich hoher Stimme würgte der Grauhaarige hervor: »Claire, ich ... ich fürchte, dass der junge Mann zu dir will.«

2

Claire wusste sehr genau, wer der schwarzhaarige Mann war, der vor ihrem Büro stand und einen Motorradhelm unter seinem Arm trug, als wäre er ein blutrünstiger Wikinger, der zur Abschreckung mit dem abgeschlagenen Kopf seines Gegners spazieren ging. Selbst wenn Nick O'Reilly auf den zahlreichen Pressefotos, die seit Neuestem durch das Internet und die Printmedien geisterten, gut gelaunt und ziemlich lausbubenhaft wirkte, gab es keinen Zweifel daran, dass es der Küchenchef des *Knight's* war, der ihren Chef anstarrte, als wolle er ihn erst ausweiden und dann auf den Grill werfen. Der arme Charles musste annehmen, dass der Leibhaftige in Menschengestalt vor ihm stand, um seinen Kopf zu fordern – dabei war es ja nicht einmal Charles' Haupt, auf das es der Küchenchef abgesehen hatte, sondern ihres, immerhin stammte die Kritik aus ihrer Feder. Es hätte Claire nicht gewundert, wenn der schwarzhaarige Küchenchef jeden Moment ein Küchenmesser hervorgezogen und dazu laut Zeter und Mordio geschrien hätte.

Angesichts seines zornroten Gesichts und der wütenden blauen Augen wurde auch ihr einen Moment lang mulmig zumute. Zwar war Nick O'Reilly nicht der erste Koch, der sich bei ihr wegen einer Restaurantkritik beschwerte, aber ganz sicher war er der einschüchterndste. Waren die meisten Köche, mit denen sie sich bislang hatte herumstreiten müssen, gemütliche ältere Herren mit Wohlstandsbäuchen gewesen, wirkte Nick O'Reilly eher wie ein Straßenkämpfer, der per Zufall in einer Profiküche gelandet war. Obwohl sie selbst nicht klein war, überragte er sie um mindestens eine Kopflänge. Außerdem konnte bei ihm von Wohlstandsbauch keine Rede sein. Nein, er machte vielmehr den Eindruck, als würde er in einer Schlachterei Rinderhälften tragen, als dass er exquisite Rinderfilets auf Trüffelschaum anrichtete. Mit dem Koch, der sich in Foodjournalen und Foodblogs gerne gut gelaunt, lachend und humorvoll präsentierte, hatte diese Vision des apokalyptischen Reiters nicht viel gemein.

Es gehörte zu ihrem Job, die Küchenchefs zu kennen, deren Restaurants sie besuchte. Über Nick O'Reilly wusste sie daher, dass er aus Detroit stammte und als Jugendlicher beinahe auf die schiefe Bahn geraten wäre. Zumindest behauptete er das, aber bislang hatte Claire dies lediglich für Aufschneiderei gehalten. Nun jedoch konnte sie sich allzu gut vorstellen, dass Nick O'Reilly nicht übertrieben hatte. Als Autoknacker oder Hinterhofboxer hätte er sich ziemlich gut gemacht. Claire musterte seine Nase, die in der Mitte ein wenig zu dick war und auf ein Nasenbein schließen ließ, das in der Vergangenheit gebrochen gewesen sein musste. Bei einer Schlägerei vielleicht?

Da sie sich jedoch noch nie von einem aufgebrachten Koch ins Bockshorn hatte jagen lassen, wollte sie auch heute nicht damit anfangen. Sie hob das Kinn, um mit aller Gelassenheit, zu der sie fähig war, zu fragen: »Kann ich etwas für Sie tun, Mr. O'Reilly?«

Einen Augenblick lang schien der wütende Mann verwirrt zu sein und schaute zwischen Claire und ihrem Boss, dem Chefredakteur, hin und her. Dann fragte er sie ungläubig: »*Sie* haben diese Schmähkritik geschrieben? *Sie* sind CPW?«

Schmähkritik? Auch wenn sich der schwarzhaarige Koch gerne als kumpelhaftes Enfant terrible der Restaurantszene verkaufte, zeugte sein Auftritt hier in der Redaktion davon, dass er eine beleidigte Leberwurst war. Selbst wenn er ihre völlig berechtigte und einwandfreie Kritik als Schmähkritik bezeichnete, stand Claire über den Dingen. Daher neigte sie nur den Kopf und stellte sich formvollendet vor: »Claire Parker-Wickham, Mr. O'Reilly. Und ja, die Gastrokritik stammt von mir.«

Seine blauen Augen weiteten sich voller Staunen, während er sie musterte. Für einen Moment schien es ihm die Sprache verschlagen zu haben.

Diesen Umstand nutzte sie aus, indem sie kühl erklärte: »Normalerweise erhalte ich Briefe, wenn jemand an meiner Kritik etwas auszusetzen hat. Besuch in der Redaktion bekomme ich dagegen selten, Mr. O'Reilly.«

Noch immer starrte er sie an, als habe er eine Erscheinung. Nun, da die Wut aus seiner Miene wich, kam sie nicht umhin, seine jungenhaften Gesichtszüge zu betrachten, die mit seiner kräftigen Gestalt merkwürdigerweise harmonierten. Die winzigen Lachfältchen um seine strahlend blauen Augen versprachen Humor, während sein breites Kinn darauf schließen ließ, dass er eine gehörige Portion Durchsetzungskraft besaß. Die Lippen, die sich auf diversen Fotos stets zu einem großzügigen Lächeln verzogen, hätten beinahe feminin wirken können, wenn seine hageren Wangen nicht mit einem dunklen Bartschatten bedeckt gewesen wären. An männlichen Attributen mangelte es Nick O'Reilly in der Tat nicht – dafür brauchte es nicht den einschüchternden Auftritt, den er hier gerade hinlegte.

»Sie haben diese Kritik geschrieben?« Seine Stimme klang rau. »Wollen Sie mich verarschen, Schätzchen?«

Zwar war sie gewarnt worden, dass man in Amerika auf gepflegte Umgangsformen keinen allzu großen Wert legte, doch angesichts dieser ungehobelten Frage sträubte sich buchstäblich ihr britisches Nackenfell.

Schätzchen?

Was für ein selbstherrlicher Idiot!

Möglichst würdevoll erwiderte Claire daher: »Falls Sie mit Ihrer flegelhaften Art zum Ausdruck bringen wollen, dass Sie mich nicht für den Urheber dieser Kritik halten, dann muss ich Sie leider bitter enttäuschen. Ich bin CPW, Mr. O'Reilly.«

Als wäre seine ungehörige Frage nicht bereits eine bodenlose Frechheit gewesen, wagte er es jetzt auch noch, seine Augen unverschämt langsam über ihre Gestalt wandern zu lassen. Was das nun sollte, verstand sie überhaupt nicht und verschränkte daher die Arme vor der Brust.

»Sie sind zu hübsch, um so hässliche Dinge zu schreiben«, beschied er knapp und schüttelte den Kopf. »Und zu heiß.«

Claire fiel beinahe der Unterkiefer herunter.

Doch Nick O'Reilly war noch nicht fertig, da er abschätzig mit der Zunge schnalzte. »Nichts für ungut, Schätzchen, aber mich führen Sie nicht aufs Glatteis.«

Sollte sie sich freuen, wenn ein gut aussehender Mann sie für hübsch und heiß hielt? Oder sollte sie beleidigt sein, weil ein unverschämter Koch allem Anschein nach glaubte, sie wäre zu dumm, um eine fundierte Gastrokritik zu verfassen? Sie war sich nicht sicher, aber eines wusste sie ganz genau: Die versammelte Redaktion würde ganz sicher gerade die Lauscher

46

aufstellen und gebannt der lautstarken Diskussion folgen. Als ausländische Journalistin, die erst vor Kurzem beim Boston Daily begonnen hatte, war es eh schwer genug, von den Kollegen akzeptiert zu werden – dass ein wütender Koch hier mitten im Büro eine Szene machte, würde ihrem Ansehen sicherlich nicht helfen.

Schärfer als gewollt hielt sie dem selbstherrlichen Kerl entgegen: »Natürlich bin ich CPW – ich kann es sogar beweisen.«

Als Reaktion wanderte eine schwarze Augenbraue in die Höhe. »Und wie wollen Sie das anstellen?«

Auch Claire zog eine Augenbraue in die Höhe und genoss es, ihm dann genau zu erklären: »Ihre Hummerravioli und die Krabbenconsommé waren nicht gut genug aufeinander abgestimmt.«

Nun fiel ihm die Kinnlade herunter. »Was?!«

Claire hob die Nase. »Der Geschmack der Krabbe war zu dominant, als dass die Hummerfüllung zur Geltung hätte kommen können. Stattdessen hätten Sie genauso gut eine ordinäre Gemüsemaultasche zur Consommé servieren können. Niemand hätte den Unterschied geschmeckt!«

Anscheinend hatte sie ihn wieder sprachlos gemacht. Weil er sie jedoch dermaßen geärgert hatte, hob Claire hervor: »Außerdem hätten Sie das Sorbet auch als ein Granité verkaufen können. Die vielen Eiskristalle haben meine Zunge beinahe ertauben lassen.«

Er schnappte nach Luft, und die Augen traten ihm beinah aus den Höhlen.

Um ihm den Todesstoß zu geben, verschränkte Claire die Arme vor der Brust. »Und was die Minzkruste betrifft ...«

»Was soll mit ihr sein?«, fiel er ihr aufgebracht ins Wort.

Sie kniff die Augen zusammen. »In England bekommen

Sie in jedem zweitem Dorfpub ein Lamm in Minzkruste. *So außergewöhnlich war die Idee nun wirklich nicht.*«

Seine blauen Augen sprühten Funken. Claire ließ sich davon jedoch nicht einschüchtern, sondern stemmte die Hände in die Hüften und sah ihn unbeirrt an. Sie konnte beinahe sehen, wie es im Kopf ihres Gegenübers rotierte, als er nach einer passenden Antwort suchte.

Mit einem Räuspern machte sich Charles bemerkbar, der seit einer halben Ewigkeit keinen Ton von sich gegeben hatte. »Soll ich den Sicherheitsdienst rufen?«

Mit einem abfälligen Schnauben schüttelte sie den Kopf. »Mr. O'Reilly wollte soeben gehen.«

»Nein, das wollte ich nicht«, widersprach er resolut und schüttelte ebenfalls den Kopf. »Ich werde nicht gehen, bis Sie mir versprechen, eine Gegendarstellung zu schreiben.«

Sie hörte wohl nicht recht. »Gegendarstellung?«

»Ja!«

»Kommt gar nicht infrage«, erwiderte sie schneidend. »Ich wüsste nicht, weshalb.«

»Weshalb?!« Es hätte nicht viel gefehlt und der Mann vor ihr hätte sich die Haare gerauft. Oder er wäre ihr an die Gurgel gegangen. »Sie haben meine Gerichte völlig verrissen, obwohl dafür überhaupt kein Grund bestand. Das Essen war tadellos!«

Mit einem nachsichtigen Lächeln sah sie ihn an. »Handwerklich war es völlig in Ordnung ...«

»In Ordnung?!« Eine Ader pochte an seiner Stirn. Hoffentlich bekam der Küchenchef des *Knight's* nicht hier in der Redaktion einen Schlaganfall, sagte sich Claire.

Nichtsdestotrotz nickte sie. »Ja, es war in Ordnung, aber nicht außergewöhnlich.«

»Und ob meine Speisen außergewöhnlich sind!« Nun

raufte er sich tatsächlich das Haar. »Bisher hat jeder Ihrer Kollegen mein Essen gerühmt! Nur Sie erklären es zu Tankstellenfraß, Lady!«

Nun klappte Claire der Unterkiefer herunter. »Wann habe ich Ihr Essen als Tankstellenfraß bezeichnet?«

Nick O'Reilly warf ihr einen vernichtenden Blick zu. »Also wissen Sie schon gar nicht mehr, was Sie in dieser Schmähkritik geschrieben haben?«

Claire presste die Lippen aufeinander und spürte, wie sie selbst wütend wurde. »Ich kenne jedes einzelne Wort meines Textes, Mr. O'Reilly. Ganz bestimmt habe ich Ihr Essen *nicht* als Tankstellenfraß bezeichnet!«

Seine Stimme bekam einen gefährlichen Unterton. »Wollen Sie mich verscheißern?!«

Schon wieder diese Ausdrucksweise! Glaubte er etwa, er könne sie provozieren?

Claire hielt eine Hand in die Höhe, als wäre sie ein Verkehrspolizist, der mitten auf einer Straße stand, um Autos anzuhalten. Schweigend drehte sie sich um, stürzte in ihr Büro und griff sich eine aktuelle Ausgabe des Boston Daily, mit der sie wieder vor die Tür trat und sie dem arroganten Koch buchstäblich vor die Brust knallte.

»Wo habe ich Ihr Essen als Tankstellenfraß bezeichnet? Die Stelle würde ich allzu gerne hören«, säuselte sie voller Sarkasmus. Als er zögerte, befahl sie ihm regelrecht: »Lesen Sie schon vor, Mr. O'Reilly.«

Ihr Gegner schien sowohl für ihren Sarkasmus als auch für ihren Befehl völlig unempfänglich zu sein. Er schlug die Zeitung nicht einmal auf, sondern zerriss sie mit einer geradezu arroganten Geste einfach in der Mitte. »Sie haben meine Kreationen beleidigt ...«

»Ich habe nur die Wahrheit geschrieben!« Ungläubig

starrte sie auf die zerrissene Zeitung in seinen Händen. Wie konnte er ihre Gastrokritik nur dermaßen ungnädig behandeln und einfach so abtun? Immerhin hatte sie sich außergewöhnlich viel Mühe damit gegeben, noch mehr als sonst. Von daher fragte sie ihn spitz: »Sie können mit Kritik nicht besonders gut umgehen, Mr. O'Reilly, richtig?«

Sein Schnauben sprach Bände. »Kritik? Was Sie da fabriziert haben, war eine Beleidigung, aber keine Kritik!«

»Und ob es eine Kritik war«, erwiderte Claire fest. »Es war meine Stellungnahme zu Ihren Gerichten. Nehmen Sie Ihr Dessert ...«

»Was soll damit sein?«, unterbrach er sie angriffslustig. »Es war perfekt!«

Nun schnaubte Claire auf. »Das war es nicht! Es begann vielversprechend ...«

»Vielversprechend?!«

»Wieso unterbrechen Sie mich ständig?« Geflissentlich überhörte sie das Kichern ihrer Kollegen und Charles vernehmliches Räuspern.

Nick O'Reilly schien sich einen feuchten Kehricht darum zu kümmern, dass er ihr vor den Augen aller Zeitungsmitarbeiter eine Szene machte. Er trat noch einen Schritt auf sie zu, zwang sie so, zu ihm aufzusehen. Wollte er ihr etwa demonstrieren, wie viel größer und stärker er war als sie? Das wusste Claire auch so, ohne dass er sich wie ein überentwickelter Muskelprotz vor ihr produzierte.

»Wenn Sie nicht ständig Schwachsinn über meine Gerichte erzählen würden, müsste ich Sie auch nicht unterbrechen.«

Sie ignorierte seinen ätzenden Tonfall. »Warum haben Sie Thymian mit Tonkabohne für Ihr Mousse kombiniert? Thymian hätte zusammen mit der Aprikose und der roten Paprika wunderbar harmoniert! Durch die Tonkabohne schmeckte das gesamte Dessert viel zu überladen! Und dann haben Sie dazu auch noch einen Grappa Moscato d'Asti empfohlen! Ein Vin de Constance hätte das Gericht sehr viel besser abgerundet und mit der leichten Note nach Aprikosen und Rosinen eher zu Ihrer Kreation gepasst. Der Grappa schmeckte zu herb und zu trocken.«

Ein Hauch Befriedigung durchströmte ihren Körper, als Nick O'Reillys Augen so groß wie Untertassen wurden und sich sein Mund für kurze Zeit fassungslos öffnete.

»Was?«

Geduldig neigte sie den Kopf. »Ich habe gesagt . . .«

»Ich weiß, was Sie gesagt haben«, begehrte er auf. »Und Sie liegen komplett daneben! Mit der Tonkabohne wird das Dessert zu einer wahren Geschmacksexplosion.«

Unbeeindruckt schnalzte sie mit der Zunge. »Thymian, Tonkabohne, Aprikose, rote Paprika und Chili. Dazu ein herber Grappa. Das ist keine Geschmacksexplosion, sondern der verzweifelte Versuch, kreativ sein zu wollen.«

Der Küchenchef schien jeden Moment explodieren zu wollen. »Was wissen Sie überhaupt übers Kochen? Können Sie eine Sauce béarnaise von einer Sauce hollandaise unterscheiden?«

»Was ist das denn für eine Frage?« Claire spitzte indigniert die Lippen.

»Eine berechtigte«, sagte er.

»Ich habe bei Michel Guérard in Paris gratinierte Jakobsmuschel mit getrüffelter Sauce hollandaise gegessen, da war ich gerade zehn Jahre alt.« Sie reckte die Nase in die Höhe. »Ich *kenne* den Unterschied zwischen einer Béarnaise und einer Hollandaise, Mr. O'Reilly. Sie auch?«

Sein Stirnrunzeln und das dunkle Grollen aus seiner Kehle

hätten sie normalerweise irritiert, doch Claire sah ihm fest in die Augen. »Ihre Gerichte waren nicht perfekt. Und das habe ich auch geschrieben.«

Fast so etwas wie Verzweiflung sprach aus dem Küchenchef, als er ihr vorhielt: »Ich habe bei Mathieu Raymond gelernt! Wissen Sie überhaupt, was das bedeutet?«

»Natürlich weiß ich das!«

»Wirklich?«

Sie straffte die Schultern. »Ich weiß, dass Monsieur Raymond ein Meister seiner Zunft ist – ein Vorreiter einer ganzen Generation von Köchen, die allesamt seinem Vorbild nacheifern, jedoch niemals sein Können erreichen! Seine Rezepte sind unverwechselbar, besitzen Esprit, sind geschmacklich einzigartig und niemals langweilig.« Claire redete sich völlig in Rage und gestikulierte entschieden, um den aufgeblasenen Küchenchef in seine Schranken zu verweisen. »Seine Kreationen bescheren jedem Gourmet ein grandioses Feuerwerk auf der Zunge ... nein, einen wahren Orgasmus! Sein Schokoladensoufflé beispielsweise ist ein Gedicht, zergeht wie flüssiges Glück auf der Zunge und kitzelt jeden noch so müden Geschmacksnerv durch die unterschwellige Schärfe der Ingwernote wach, ohne dass es den reinen, unverfälschten Geschmack nach Schokolade beeinträchtigt. Wer einmal einen Löffel in dieses warme Küchlein versenkt und den flüssigen Kern satter Schokolade gekostet hat, weiß, was echte Kochkunst ist!«

So!

In dem Glauben, Nick O'Reilly mundtot gemacht zu haben, verschränkte sie die Arme vor der Brust und beobachtete seine Miene, die plötzlich nachdenklich wirkte. Vielleicht hatte er endlich begriffen, was sie an seinen Gerichten kritisiert hatte. Dass er ein guter Koch mit großem Potenzial war, hatte sie niemals bestritten, und als Tankstellenfraß hatte sie sein Essen sicherlich nicht bezeichnet. Nur besaßen seine Kreationen noch nicht die Reife, den Einfallsreichtum und die Vielseitigkeit, die seinen Lehrmeister auszeichnete. Meine Güte, der Mann war schließlich erst Ende zwanzig! Noch kein Meister war vom Himmel gefallen – und das galt auch für den schwarzhaarigen Koch vor ihr, dessen Mundwinkel sich mit einem Mal anhoben.

Irritiert runzelte Claire die Stirn. Was gab es da zu grinsen?

»Orgasmus? Haben Sie gerade Essen mit Sex verglichen?«

Sein Blick wurde so anzüglich, dass ihr Hitze in die Wangen stieg. »Nein ... also ... das ist absurd!«

Anstelle eines wütenden Küchenchefs, der seine Messer wetzte und Zeitungen mit bloßer Hand zerriss, stand ihr ein Mann gegenüber, der sich köstlich zu amüsieren schien und dessen blaue Augen geradezu erwartungsvoll aufleuchteten. »Oh doch. Man hätte meinen können, Sie würden über Sex reden.« Sein dunkler Tonfall klang, wie das eben beschriebene Schokoladensoufflé schmeckte: sündig, süchtig machend und satt. Claire hatte es in einem der seltenen Urlaube mit ihren Eltern bei Mathieu Raymond gekostet und niemals vergessen.

Der gute Charles bemühte sich um einen resoluten Tonfall. »Mr. O'Reilly.«

»Ich habe eine Frau noch nie so leidenschaftlich über Essen reden hören.« Nick O'Reilly ignorierte den Chefredakteur und konzentrierte sich ganz und gar auf Claire – als würden sie völlig allein stehen. »Ehrlich gesagt hätte ich jetzt große Lust auf ein ... Schokoladensoufflé.«

Claire schluckte und schaute zwischen Nick O'Reilly und dem bedeutend kleineren Charles hin und her. Als der Küchenchef auf einhundertachtzig gewesen war, hatte sie ihm Paroli bieten können, aber jetzt … Jetzt schaute er sie an, als würde er sie mit den Augen ausziehen und legte in jedes seiner Worte eine eindeutige Botschaft hinein. Und was er mit der Lust auf ein Schokoladensoufflé meinte, konnte sie ziemlich gut erahnen.

Aber dann ging er sogar noch weiter.

»Wie wär's, Claire? Nennen Sie mir Zeit und Ort, und ich zaubere Ihnen ein Schokoladensoufflé, das Sie nie wieder vergessen werden.«

Empört schnappte sie nach Luft. »Was?«

Während sich die Atmosphäre zwischen ihnen immer mehr auflud, vertiefte sich sein Grinsen. Ob es an ihrer Verlegenheit oder seinem Grinsen lag, dass in ihrer Magengegend seltsame Dinge passierten, wusste sie nicht. Aber bestimmt hatte Claire nicht die Absicht, länger hier zu stehen und sich von Nick O'Reilly vorführen zu lassen.

Vor der gesamten Redaktion.

Lieber zeigte sie ihm die kalte Schulter.

Sie richtete sich zu ihrer vollen Größe auf, maß den Küchenchef mit einem hoheitsvollen Blick und verabschiedete ihn mit folgenden Worten: »Guten Tag, Mr. O'Reilly.«

Mrs Paxton, die Leiterin des vornehmen Internats in Surrey, das Claire vier Jahre lang besucht hatte, wäre stolz auf sie gewesen.

* * *

Claire genoss das Zischen, als sie die marinierten Scampi in die geklärte Butter warf und zusah, wie sie sich augenblicklich rötlich färbten. Mit einem zufriedenen Seufzer gab sie einen ordentlichen Schuss Weißwein in die Pfanne und konnte es kaum erwarten, ihr Abendessen zu sich zu nehmen. Lediglich die Stimme ihrer Mutter aus dem Telefon störte heute Abend Claires Routine. Normalerweise kam sie gegen sieben nach Hause, kochte sich eine Kleinigkeit, trank dabei ein Glas Wein und schaute anschließend via Satellitenfernsehen die Wiederholung ihrer Lieblingsfernsehsendung *EastEnders* an. Obwohl sie in die USA gezogen war und sich hier sehr wohl fühlte, gab es ein paar Dinge aus England, die sie vermisste. Ordentlicher Tee mit einem Schuss Milch, der Linksverkehr und die *EastEnders* gehörten definitiv dazu. Da es ihrer Mum aber missfiel, wenn ihre Tochter sich so etwas Trivialem hingab wie einer Fernsehserie über das Leben im proletarischen East End, wollte Claire ihr nicht ausgerechnet jetzt auf die Nase binden, was sie gleich machen wollte. Es gab schließlich schon mehr als genug, was ihrer Mutter momentan an Claires Leben missfiel.

Und die Tatsache, dass sie um Mitternacht Londoner Zeit am Telefon saß, um mit ihrer Tochter reden zu können, gehörte ganz sicher dazu.

»Vater und ich verstehen nicht, weshalb du zu deinem Geburtstag nicht nach London kommst, Claire. Wir könnten zu Heston Blumenthal gehen. Dort isst du doch so gerne die Entenbrust.«

Während Claire ein paar Spritzer Limone über die sautierten Scampi gab, erklärte sie betont ruhig: »Mum, für eine Entenbrust fliege ich sicherlich nicht nach London.«

»Aber ...«

»Außerdem habe ich mitten in der Woche Geburtstag und könnte mir eh nicht frei nehmen.«

»Claire«, sagte ihre Mutter in diesem befehlsgewohnten Tonfall, mit dem sie normalerweise das arme Hausmädchen durch die Gegend scheuchte. »Es ist immerhin dein Geburtstag. Wir bekommen dich ja kaum noch zu Gesicht.«

Claire schaltete den Herd aus und musste sich auf die Zunge beißen, um ihrer Mutter keine patzige Antwort zu geben. Mit zehn war sie auf ein Internat gekommen und hatte ihre Eltern danach nur in den Ferien gesehen. Offenbar war es damals kein Problem für sie gewesen, ihre einzige Tochter monatelang kaum zu Gesicht zu bekommen. Auch während ihrer Studienzeit, die sie auf Wunsch ihres Vaters in Paris und in Oxford verbracht hatte, um »die richtigen Leute kennenzulernen«, hatte sie ihre Eltern lediglich an den Feiertagen gesehen. Ihr Verhältnis war selbst in den letzten Jahren, die sie in London gelebt hatte und somit nicht gerade weit weg von ihrem Elternhaus gewesen war, nicht viel enger oder herzlicher gewesen. Natürlich liebte Claire ihre Eltern, aber das starre Festhalten an Traditionen der britischen Oberschicht erschien ihr nun einmal lieblos und kühl. Von daher war es auch nicht ihr dringendstes Bedürfnis, den Geburtstag mit ihren Eltern zu verbringen.

Zumal beide höchstwahrscheinlich wieder über Edward reden wollten.

»Wenn ich das nächste Mal nach London komme, gehen wir zu Heston Blumenthal, Mum«, versprach sie leichthin und griff nach einem Teller, um das Essen anzurichten. Für sie gehörte ein ansprechender Teller auf jeden Fall zu einem guten Gericht dazu. Vielleicht war es übertrieben, aber Claire deckte sogar dann fein säuberlich den Tisch, legte eine Stoffserviette samt Serviettenring neben den Platzteller und ordnete das Besteck sachkundig an, wenn sie ganz allein aß.

»Weißt du denn schon, wann du das nächste Mal nach Hause kommst?«

Der Geruch nach in Koriander und Pernod marinierten Scampi und der herben Süße der Limone stieg ihr in die Nase, während sie Gott für die Freisprecheinrichtung des Telefons dankte.

»Das kann ich nicht sagen.«

»Aber zu Weihnachten wirst du doch kommen, nicht wahr?«

»Weihnachten ist doch erst in ein paar Monaten. So weit im Voraus plane ich nicht.« Erwartungsvoll stellte sie die Pfanne weg und ordnete die Scampi zu ihrer Zufriedenheit an.

»Du wirst die Feiertage doch nicht alleine in einer fremden Stadt verbringen wollen, Claire.« Entsetzen sprach aus ihren Worten.

Da sich Claire in Boston bereits heimisch zu fühlen begonnen hatte, verstand sie ehrlich gesagt nicht, was daran so schlimm sein sollte, hier ihren Geburtstag oder gar Weihnachten zu feiern. Aber aus alter Gewohnheit hielt sie den Mund, auch weil sie kein noch größeres Drama heraufbeschwören wollte. Und weil sie das Telefonat endlich beenden und sich ihrem Mahl widmen wollte.

»Ich finde es nicht gut, wenn du an deinem Geburtstag nicht nach Hause kommst. Denk doch daran, wie schön dein letzter Geburtstag war, Liebes. Wir hatten alle so viel Spaß, nicht wahr?«

Das Seufzen, das nun folgte, sollte Claire wohl sagen, dass es ihre Schuld war, dass ihr nächster Geburtstag eine Katastrophe werden würde. Was ihren letzten Geburtstag anging, hatte sie eher gemischte Gefühle – im Gegensatz zu ihrer Mutter.

Damals war sie angesäuert ins Bett gegangen und hatte sich gefragt, warum ihr Exfreund Edward ihr keinen Antrag gemacht hatte. Immerhin kannten sie sich seit ihrer Kindheit, kamen aus befreundeten Familien, besaßen einen ähnlichen Hintergrund und waren seit fast zwei Jahren zusammen. Ihr Geburtstag wäre der perfekte Anlass gewesen, ihr die alles entscheidende Frage zu stellen, da seine und natürlich ihre Eltern dabei gewesen waren. Aber anstelle eines Ringes hatte Edward ihr eine dieser grauenvollen Krokodilledertaschen geschenkt, die auch seine Großmutter und seine Mutter trugen. Gleichzeitig hatte er darüber doziert, warum Luxustaschen eine gute Kapitalanlage waren, und irgendwelche grauenvoll langweiligen Marktanalysen heruntergerasselt. Am liebsten hätte Claire die schreckliche Tasche gleich aus dem Fenster geworfen. Im Bett hatte sie später stundenlang darüber nachgegrübelt, was an ihr nicht stimmte, weil Edward sich ja anscheinend nicht dauerhaft an sie binden wollte. Regelrecht gegrämt hatte sie sich.

Am nächsten Morgen war sie schweißgebadet wach geworden und hatte Panik bei dem Gedanken bekommen, Edward zu heiraten.

Kein Mensch war perfekt, jeder hatte seine Macken – und seine guten Seiten. Aber wollte sie wirklich mit Edward Thornton zusammen sein? Einem Mann, der nur mühsam seine Ungeduld verbergen konnte, wenn man seinen gewichtigen Ausführungen zum Aktienhandel nicht folgte und stattdessen mit Claire über ihren Job sprach? Einem Mann, der seiner Freundin scheußliche Krokodillederhandtaschen schenkte, weil sie eine gute Investition waren? Einem Mann, der einem Kellner nicht dankte, wenn er ihm Wein nachschenkte?

Wieso war sie mit einem Mann zusammen, mit dem sie außer dem gemeinsamen Freundes- und Bekanntenkreis so gut wie nichts gemeinsam hatte? Und wieso zum Teufel wollte sie, dass er ihr einen Heiratsantrag machte? Okay, sie mochte es, wie loyal er gegenüber seinen Freunden sein konnte, und ihr gefiel seine Großzügigkeit. Schließlich war auch die blöde Handtasche alles andere als billig gewesen. Außerdem konnte er süß sein, wenn er wollte, und besaß einen feinen Sinn für Humor, der ihr immer gefallen hatte. Zudem war er nett anzusehen – auch im nackten Zustand. Für ihren Geschmack war Edward allerdings gleichzeitig oft zu blasiert, zu gestelzt und zu snobistisch, besonders wenn die Dinge nicht so liefen, wie er es sich vorstellte. Und dass er ihren Job nie ernstnahm, war ihr eh immer ein Dorn im Auge gewesen.

Tatsächlich hatte Claire am Tag nach ihrem Geburtstag gerade einmal drei Stunden gebraucht, um einen Schlussstrich unter ihre Beziehung zu ziehen. Edward, der damals für ein paar Tage in Deutschland gewesen war, hatte von ihrem Entschluss als Letzter erfahren. Sollte sich doch eine andere Frau von ihm mit Krokodillederhandtaschen beschenken lassen. Claire fand, dass es mehr im Leben geben musste, als die Frau von Edward Thornton, dem Ehrenwerten, zu werden. Sie brauchte mehr Schwung im Leben und nicht diese ewig gleiche Routine, ewig gleichen Partys, ewig gleichen Leute. Kurzum: Sie wollte nicht ein Leben wie das ihrer Eltern führen.

Der Umzug in die Staaten war ein guter Anfang gewesen, selbst wenn ihr Umfeld sie für verrückt erklärt hatte.

Angefangen bei ihren Eltern.

»Mum, ich habe nun einmal diesen Job und bin sehr glücklich, ihn machen zu dürfen. Vor allem jetzt am Anfang kann ich nicht mal eben für ein paar Tage frei nehmen, um nach London zu fliegen.«

Wieder erscholl ihr verständnisloses Seufzen. »Ach, Claire. Du hattest eine gute Arbeit hier in London.«

»London ist aber nicht die Staaten«, wies sie ihre Mutter auf das Offensichtliche hin. »Die Journalistenriege daheim hat mich nie ernstgenommen. Niemand hat auf mich gewartet.«

Skeptisch wollte ihre Mutter wissen: »Aber in den USA haben sie auf dich gewartet?«

Claire verdrehte die Augen und ignorierte ihr nachdrückliches Magenknurren. »Natürlich wartet niemand darauf, dass ich irgendwo arbeite, aber hier fühle ich mich wohl.« Dass sie das Gefühl gehabt hatte, in London zu ersticken, und aus ihrem Leben regelrecht ausgebrochen war, um etwas Neues in Angriff zu nehmen, verschwieg sie ihrer Mutter. Sie hätte es sowieso nicht verstanden.

»Du müsstest überhaupt nicht arbeiten, wenn du Edward geheiratet hättest, Liebes.«

Oh Gott, jetzt fing das schon wieder an! »Mum ...«

»Ich meine es ernst, Claire. An Edwards Seite müsstest du weder arbeiten noch dich mit Ressentiments anderer Journalisten herumschlagen.«

»Ist dir vielleicht in den Sinn gekommen, dass ich gerne tue, was ich tue?«

Sehr bedächtig schlussfolgerte ihre Mutter: »Du wirst dreißig Jahre alt, Claire. Langsam solltest du dir Gedanken über Nachwuchs machen. Mit Edward hättest du dafür den richtigen Partner.«

Bei dem Gedanken wurde ihr ganz flau im Magen. Mit Edward Kinder in die Welt zu setzen konnte sie sich beim besten Willen nicht mehr vorstellen. Außerdem sah Edward nichts Verwerfliches daran, zehnjährige Kinder in ein Eliteinternat zu schicken und sie vielleicht alle paar Wochen zu besuchen. So lieblos könnte Claire niemals sein.

»Mum, ich möchte mich momentan auf meine Arbeit konzentrieren.«

»Dein Vater hat Edward in letzter Zeit des Öfteren gesehen, und hier bei uns war er auch in letzter Zeit häufig Gast. Ich glaube, er bereut sehr, dass ihr euch getrennt habt.«

Plötzlich verging ihr der Appetit auf das köstliche Gericht vor ihr. »Ihr habt mit ihm gesprochen?«

»Aber ja«, erwiderte ihre Mutter wie selbstverständlich.

»Wir sind doch seit Jahrzehnten mit den Thorntons befreundet, Claire.«

Sie holte tief Luft.

Nachdem sie die Beziehung beendet hatte, hätte sie ihr Handy am liebsten in der Themse versenkt, weil entweder ihr Vater oder ihre Mutter sie permanent angerufen hatten, um sie zur *Besinnung* zu bringen. An Argumenten hatte es ihnen nicht gemangelt, doch Claire hatte gar nicht vorgehabt, zur Besinnung zu kommen. Im Gegenteil – sie hatte endlich das Gefühl gehabt, alles tun zu können, was *sie* wollte, ohne auf die Wünsche anderer Rücksicht zu nehmen.

»Edward ist untröstlich über das, was geschehen ist, Claire.«

»Mh, das muss er nicht sein«, erwiderte sie lapidar und hoffte, das unnötige Gespräch mit ihrer Mum auf diese Weise beenden zu können.

»Willst du es denn wirklich nicht noch einmal mit ihm versuchen?«

Es wäre müßig gewesen, ihrer Mutter zum gefühlten hundertsten Mal erklären zu wollen, warum sie sich von Edward getrennt hatte. Sie hatte es auch die 99 Mal davor nicht verstanden. Deswegen beschränkte sie sich auf nichtssagende Floskeln. »Nein. Wir waren nicht glücklich, Mum, das weißt du doch.«

»Es mag pathetisch klingen, aber in jeder Beziehung gibt es Zeiten, in denen man nicht glücklich ist.« Ihre Mutter schnalzte mit der Zunge. »Edward wirft sich vor, dich verloren zu haben, weil er mit einem Antrag so lange gezögert hat.«

Obwohl Claire ahnte, dass ihre Mutter dick auftrug, schließlich war Edward nicht der Typ dafür, sich etwas vorzuwerfen, da er sich im Allgemeinen für unfehlbar hielt, erwiderte sie leichthin: »Das muss er nicht.«

»Edward Thornton ist eine wahrlich gute Partie.«

Das war Rupert Murdoch auch. Dennoch hätte Claire einen Teufel getan, ihn als Ehemann in Betracht zu ziehen, sobald seine jetzige Ehefrau zu alt für ihn geworden wäre.

»Mum, ich möchte dich nicht abwürgen, aber ich habe heute noch einiges zu tun.« Zum Beispiel das Abendessen zu genießen und anschließend ihre liebste Fernsehsendung anzuschauen.

»Nun gut«, antwortete ihre Mutter geradezu gequält. »Könntest du deinem Vater und mir jedoch einen Gefallen tun und wenigstens darüber nachdenken, noch einmal mit Edward zu reden?«

»Mum . . .«

»Nur reden, mehr nicht. Der arme Kerl grämt sich ganz schrecklich. Und da dein Vater und Edwards Vater über ein gemeinsames Projekt nachdenken, wären Komplikationen nicht sehr förderlich.«

Claire kniff die Augen zusammen und rümpfte die Nase. »Unsere Trennung ist ein ganzes Jahr her, und seitdem hat er sich nicht bei mir gemeldet. Ich . . .«

»Bestimmt war er nur schüchtern.«

Beinahe hätte sie laut gelacht. Edward und schüchtern? Ihre Mutter kannte ihn, seit er ein kleiner Junge war – da hätte ihr schon einmal auffallen können, dass ihr Traum-Schwiegersohn immer als Erster in der Reihe stand. Er war ganz bestimmt nicht zu schüchtern, um zu einem Telefonhörer zu greifen und sie anzurufen.

»Wenn Edward etwas mit mir klären will, dann kann er mich gerne anrufen, Mum. Außerdem möchte ich ihn nicht bei seinen wichtigen Geschäften stören«, schloss sie in einem ätzenden Tonfall. Ihr Exfreund war oft ziemlich wütend geworden, wenn sie ihn angerufen hatte, während er auf der anderen

Leitung telefonierte. Sie hatte sich später oft gefragt, warum sie das eigentlich immer so unhinterfragt akzeptiert hatte.

Ohne sich um die Proteste ihrer Mutter zu kümmern, verabschiedete sie sich rasch und legte einfach auf.

Anschließend ließ sie die Schultern fallen, atmete tief durch und setzte sich mit ihrem Teller an den bereits gedeckten Tisch.

Obwohl der Wein vorzüglich zu dem Gericht passte, die Scampi noch immer heiß waren und der Duft nicht zu viel versprochen hatte, schmeckte das Gericht wie Pappe. Schuld daran war der gesamte Tag, der nun in einem Gespräch mit ihrer Mutter seinen Höhepunkt erreicht hatte. Dabei hatte sie erst am Morgen ein vielversprechendes Interview mit einem hiesigen Hummerfischer geführt und freute sich richtig darauf, eine Reportage über dieses Thema zu schreiben. Kurz nach diesem Telefonat war Nick O'Reilly in der Redaktion aufgetaucht und hatte sich aufgeführt, als käme er geradewegs aus dem Wilden Westen. Nachdem der Küchenchef des *Knight's* endlich verschwunden war, hatte sich Claire einfach nicht länger konzentrieren können. An Arbeit war nicht mehr zu denken gewesen.

Und auch jetzt würde sie keinen Bissen mehr runterbekommen. Sie räumte den Tisch wieder auf, stellte den Teller mit der halb gegessenen Portion in den Kühlschrank und machte die Küche sauber, bevor sie ins Badezimmer ging, um eine lange heiße Dusche zu nehmen. Währenddessen kam sie nicht umhin, den Disput mit dem schwarzhaarigen Küchenchef noch einmal Revue passieren zu lassen.

Obwohl er anfangs hitzköpfig herumgebrüllt und ausgesehen hatte, als würde er am liebsten jemanden umbringen, hatte Claire nicht einen Augenblick lang geglaubt, Nick O'Reilly könne auf sie losgehen. Bedroht hatte sie sich kein bisschen gefühlt. Tatsächlich hatte ihr der Schlagabtausch mit ihm sogar Spaß gemacht, selbst wenn seine Ausdrucksweise gewöhnungsbedürftig gewesen war. Vielleicht hatte ihr das Wortgefecht mit ihm aber auch aus diesem Grund Spaß gemacht: Er hatte keinen Wert auf Umgangsformen gelegt und einfach das herausgepoltert, was ihm in den Sinn gekommen war. Ihm war egal gewesen, was sich gehörte und was nicht.

Claire hatte es sogar richtig gut getan, ihre Meinung lautstark zu verteidigen – und zurückzubrüllen. Irgendwann war ihr sogar gleich gewesen, wer zuhören konnte: In London wäre es niemals so weit gekommen. Dort hätte kein einziger Koch den Weg in die Redaktion gemacht, um sich zu beschweren, ein ernster Telefonanruf hätte gereicht. In London wäre sie zum Chefredakteur zitiert worden, bevor der die Sache in seiner Altherrenclique geregelt hätte. Und leider war es in London bislang so gewesen, dass Claire immer das Gefühl gehabt hatte, keine Freiheiten zu haben, nichts Neues ausprobieren zu können und ständig misstrauisch betrachtet zu werden – so als hätte sie ohne ihren Dad niemals einen Job bekommen. Wenn sie ein kurzes Statement zu einer Bistroeröffnung bei *Harrods* schreiben durfte, war sie bereits glücklich gewesen. Hier in Boston genoss sie andere Freiheiten und konnte ihr ganzes Können unter Beweis stellen, ohne dass sie in ihre Schranken verwiesen wurde.

Sie trat aus der Dusche heraus und wickelte sich in ein Handtuch. Wie sehr es sie irritiert hatte, als Nick O'Reilly plötzlich wie verwandelt gewesen war! Der Mann hatte eindeutig mit ihr geflirtet. Und das nicht einmal besonders subtil. Sie erkannte eine sexuelle Anmache, wenn sie sie sah. Oder war das alles bloß gespielt gewesen, um sie zu verunsichern?

Mit der Hand wischte sie über den beschlagenen Spiegel und musterte ihr Gesicht, während sie sich einen winzigen Moment lang fragte, ob es Nick O'Reilly tatsächlich ernst gemeint hatte, als er davon gesprochen hatte, für sie ein Schokoladensoufflé zu zaubern.

Nicht, dass es wichtig gewesen wäre! Sie hätte ihn in jedem Fall abblitzen lassen.

Nick O'Reilly interessierte sie nicht, auch wenn sie zugeben musste, dass er ein sehr nett anzusehendes Exemplar der männlichen Gattung war und mit seiner raubeinigen Art ziemlich anziehend wirkte. Oh ja, sogar sehr anziehend. Die meisten ihrer früheren Schulfreundinnen waren inzwischen mit aristokratischen oder vermögenden Männern liiert, die in Eton oder Harrow ihre Abschlüsse gemacht hatten. Angesichts des rüpelhaften Küchenchefs würden sie vermutlich die Nase rümpfen und sich über die Arbeiterklasse mokieren – Claire hingegen lagen solche Standesdünkel fern. Stattdessen hatte ihr gefallen, dass Nick O'Reilly keiner der verzärtelten blässlichen Männer war, die ihren Freundinnen Krokodillederhandtaschen schenkten oder sich durch hemmungsloses Saufen im Pub ihre Männlichkeit beweisen mussten.

Aber was würde ein Mann wie Nick O'Reilly von einer Frau wie ihr denken, überlegte Claire, als sie sich im Spiegel betrachtete. Rote Haare, helle Haut, ein paar Sommersprossen auf der Nase und ein Gesicht, das sie selbst als altmodisch bezeichnet hätte. Anstelle voller Schmolllippen, wie man sie alle naselang auf Titelblättern großer Modejournale sah, besaß sie einen asymmetrischen Mund mit einer üppigen Unterlippe und einer schmalen Oberlippe. Wenn sie nicht lächelte, fand Claire, dass sie streng wirken konnte. Sogar etwas unnahbar. Wie oft hatte sie sich schon einen großzügigen Mund anstelle ihrer ungewöhnlichen Lippen gewünscht? Natürlich hätte es Claire schlechter treffen können, aber sicherlich musste sie bei ihrer Auseinandersetzung mit dem Küchenchef des *Knight's* wie eine strenge Gouvernante gewirkt haben.

Somit kam sie zu dem Schluss, dass Nick O'Reilly sich einen Spaß mit ihr erlaubt hatte.

Ganz sicher war sie nicht sein Typ.

Was schade war, irgendwie.

»Bieten wir in dieser Woche Crème brûlée an, Chef?«

Eigentlich hatte Nick darauf gehofft, niemandem im *Knight's* zu begegnen, als er in aller Herrgottsfrühe ins Restaurant gefahren war. Leider war sein Plan zu verschwinden, bevor seine Angestellten zum Dienst antraten, komplett in die Hose gegangen. Er hatte schlicht und einfach die Zeit vergessen – und außerdem nicht damit gerechnet, wie ehrgeizig sein Souschef sein konnte. Cal war eine geschlagene halbe Stunde zu früh da.

Wenn er nicht wie besessen daran gearbeitet hätte, die perfekteste aller perfekten Crèmes brûlées zuzubereiten, wäre ihm das nicht passiert. Aber so blieb ihm nichts anderes übrig, als den Kopf zu schütteln und zu brummen: »Nee, tun wir nicht.«

»Aha.« Cal schien noch nicht zufrieden zu sein. »Hast du morgens etwa Heißhunger darauf? Schwangerschaftsgelüste, Chef?«

Nick warf Cal einen ungeduldigen Blick zu, den dieser geflissentlich ignorierte.

Routiniert machte sein Souschef sich daran, seinen Posten für das Tagesgeschäft vorzubereiten. Nick schenkte ihm keine

Aufmerksamkeit, sondern verstaute vier der gefüllten Crème brûlée-Förmchen in einer gepolsterten Essenstasche, in die er auch einen kleinen Gasbrenner packte. Eigentlich benötigte er lediglich ein einziges Förmchen. Da Vorsicht jedoch besser als Nachsicht war, hatte er sich entschieden, vier der Dinger mitzunehmen, für den Fall, dass eines der Förmchen die Fahrt auf seinem Motorrad nicht überstand.

Ganz in Gedanken bei der Frage, wie er die empfindliche Creme bis zur Redaktion des Boston Daily schaffen sollte, wäre er beinahe erschrocken, als Cal ihm auf die Schulter schlug.

»Hast du dich vom gestrigen Schock erholt, Chef?«

Als ob man sich davon erholen könnte! Er hatte die ganze Nacht wach gelegen und an nichts anderes als an die vernichtende Kritik und deren Urheberin denken können. Komischerweise war die Wut über die Restaurantkritik längst verpufft, stattdessen war sein Ehrgeiz geweckt. Und das hinsichtlich zweier Dinge.

Cal teilte ihm kameradschaftlich mit: »Dieser CPW schreibt noch nicht lange für den Boston Daily, aber bereits jetzt hat er den Ruf, knallhart zu sein. Ich weiß von einem Kumpel, dass der Küchenchef des *Le Canard* schäumte, als CPW seine Ente à l'Orange als verstaubt und langweilig bezeichnete.«

Nick rümpfte die Nase, weil er ebenfalls der Meinung war, dass die Gerichte seines dreißig Jahre älteren Kollegen verstaubt und langweilig waren. Doch das würde er Cal nicht wissen lassen.

»Ist das so?«

»CPW scheint wahnsinnig pingelig zu sein und nur das Beste vom Besten zu erwarten.«

Mit einem frustrierten Seufzer fuhr Nick sich durchs Haar. »Sollte das nicht sowieso unser Anspruch sein? Das Beste vom Besten zu bieten?«

Cal schien einen Moment lang verwirrt zu sein, bevor er den Kopf schüttelte und gutmütig erwiderte: »Das tust du doch jeden Tag, Chef. Lass dir von diesem CPW nicht die Laune vermiesen. Ich weiß ja nicht, was der Typ erwartet, aber ...«

»Die Frau.«

»Was?«

Schulterzuckend erklärte Nick, während er den Reißverschluss der Tasche zuzog: »CPW ist eine Frau.«

Als Cal nicht sofort antwortete, schaute Nick auf.

»CPW ist eine Frau?«

»Claire Parker-Wickham.« Nick machte eine hochtrabende Geste. »Klang in meinen Ohren nach einer Britin.«

Anscheinend konnte sein Souschef eins und eins zusammenzählen, weil sein Blick auf die Essenstasche fiel. »Aha.«

Stirnrunzelnd wollte sein Chef wissen. »Aha? Was willst du damit sagen?«

Cal schenkte ihm ein wissendes Lächeln. »Für wen ist denn die Crème brûlée gedacht?«

»Ich wüsste nicht, was dich das anginge«, erwiderte Nick mit einem siegessicheren Lächeln. Schließlich war noch jede Frau seiner Crème brûlée erlegen.

Sein Souschef lachte gequält. »Ist das dein Ernst? Du willst die Frau vernaschen, die dir diese vernichtende Kritik eingebracht hat?«

»Wer hat gesagt, dass ich sie vernaschen will?«

Der Blick seines Angestellten hätte nicht ironischer sein können. »Was willst du denn sonst von ihr?«

Nachlässig winkte er ab. »Du siehst das völlig falsch. Ich will bloß, dass sie ihre Kritik noch mal überdenkt und dem *Knight's* eine zweite Chance gibt.«

»Und gleichzeitig willst du sie vernaschen.«

Grinsend schulterte Nick die Tasche. »War das eine Frage?«

Sein Souschef verdrehte die Augen, bevor er ihn fragte: »Wann können wir dich zurück erwarten? Oder kommst du heute gar nicht ins Restaurant?«

Nick streckte Cal den Mittelfinger entgegen, bevor er ihn amüsiert aufforderte: »Wünsch mir Glück.«

Ohne ein weiteres Wort verließ er gleich darauf das Restaurant durch den Lieferanteneingang, weil er auf keinen Fall Marah begegnen wollte. Denn die hätte vermutlich einen Anfall bekommen, wenn sie gesehen hätte, dass er sich aus dem Staub machte. Die Serviceleiterin war meistens mit zu viel Ernst bei der Sache.

Vorsichtig verstaute er die Essenstasche im Helmfach seiner Maschine und machte sich auf den Weg in die Redaktion des Boston Daily. Ob Claire Parker-Wickham schon dort war? Ihr gestriges Gespräch war nicht ganz so verlaufen, wie er es erwartet hatte.

Erstens hatte er erwartet, einem Typen zu begegnen, weil er CPW für einen Mann gehalten hatte. Der alte Knacker hatte da genau ins Bild gepasst, schließlich hatte er ihn erst vor Kurzem im *Knight's* gesehen. Dass nicht er, sondern seine atemberaubende rothaarige Begleitung der Kritiker gewesen war und sie dann auch noch so einen miesen Verriss produziert hatte – das hatte Nick für einen kurzen Moment *wirklich* aus der Fassung gebracht.

Zweitens hatte er nicht erwartet, dass jemand ihm derart heftig Paroli bieten würde, als er wie der Berserker vom Dienst in der Redaktion aufgetaucht war. Vehement hatte die schlanke Frau ihren Standpunkt vertreten und sich dazu auch noch als Kennerin der Branche entpuppt. Dass sie in Paris bei Michel Guérard gratinierte Jakobsmuschel gegessen hatte, hatte seinen Neid heraufbeschworen. Oh Mann, was er dafür alles gegeben hätte ...

Und drittens hatte es Nicks Ehrgeiz angestachelt, weil sie ihn hatte abblitzen lassen. Normalerweise musste er lediglich seinen Charme spielen lassen, um eine Frau für sich zu gewinnen. Doch Claire Parker-Wickham hatte ihm einen derart vernichtenden Blick geschenkt, bevor sie ihn in die Wüste geschickt hatte, dass er gar nicht anders konnte, als sie umzustimmen. Irgendetwas in ihm schrie danach, sie von ihrem hohen Ross zu stoßen und sie noch einmal derart ekstatisch zu erleben wie während ihrer Predigt über gutes Essen. Nick wollte sie ein weiteres Mal so erleben – am liebsten nackt in seinem Bett, während sie seinen Namen stöhnte. Gerade von einer Frau mit einer so korrekten Ausdrucksweise und einem etwas unterkühlten Verhalten hatte er solche leidenschaftlichen Ausführungen nicht erwartet. Als sie von einem Orgasmus auf der Zunge gesprochen hatte, waren ihm ziemlich schmutzige Fantasien in den Kopf geschossen, die alle damit endeten, dass sich ein Schwall roter Haare auf seinem Kopfkissen ausbreitete.

Heute Nacht hatte er an kaum etwas anderes denken können.

Und auch noch heute Morgen hatte ihn die Erinnerung an ihre leidenschaftlichen Worte regelrecht verfolgt.

Noch immer fühlte er sich angetörnt, was er ziemlich merkwürdig fand. Normalerweise stand er nicht besonders auf Dirty Talk.

Als er endlich bei der Redaktion ankam, war er froh, von seinem Motorrad absteigen zu können. Die Gedanken um eine gewisse rothaarige Journalistin, ihren Vergleich zwischen Essen und Sex und seine Fantasien hatten ihm nämlich eine handfeste Erektion beschert.

Ebenso wie gestern war es auch heute kein Problem, in die Redaktion zu gelangen. Überraschte Blicke folgten ihm, wäh-

rend er fröhlich pfeifend über den Gang lief und das kleine
Büro anstrebte, aus dem sie gestern gekommen war. Bevor er
dort ankam, entdeckte er einen rothaarigen Schopf an einem
Kopierer und änderte seine Richtung. Erfreulicherweise stand
Claire Parker-Wickham mit dem Rücken zu ihm und schien
nicht bemerkt zu haben, dass sie Gesellschaft bekommen
hatte. So hatte er genügend Zeit, seinen Blick über ihre Gestalt
wandern zu lassen, während sie den Kopierer bediente. Ihm
gefiel, was er sah.

Sie war etwas größer als die Durchschnittsfrau, schlank und
an den richtigen Stellen kurvig. Seine Mundwinkel zuckten
anerkennend, als er ihren Po betrachtete, den sie unter einer
schwarzen Hose zu verstecken versuchte. Doch selbst der
schwarze Stoff konnte die ansprechenden Rundungen nicht
verbergen. Langsam tastete sich Nicks Blick hinab über lange,
schlanke Beine, bevor er den Kopf wieder hob und ihre schmale
Taille sowie den geraden Rücken betrachtete. Zu einer Frau mit
einem derart hitzigen Temperament und diesen feuerroten
Haaren, die sie heute in einem Pferdeschwanz trug, passte ihre
Kleidung seiner Meinung nach nicht. Sehr geschäftsmäßig
hatte sie zu der dunklen Hose eine weiße Bluse kombiniert –
das hätte eher zu seiner langweiligen Bankberaterin gepasst,
deren Ausführungen zu Dividenden ihn jedes Mal in Tief-
schlaf versetzten. Claire dagegen hatte so gar nichts Einschlä-
ferndes an sich. Auch jetzt kribbelten seine Finger, weil er
allzu gerne herausgefunden hätte, ob die Haut in ihrem
Nacken tatsächlich so weich war, wie sie aussah. Außerdem
hätte er sie wirklich unglaublich gerne von dieser spießigen
Bluse befreit – vielleicht trug sie darunter schwarze Spitzen-
unterwäsche? Nick war ein großer Fan von heißer Unterwäsche und konnte sich geradezu bildlich vorstellen, wie die
rothaarige Gastrokritikerin in schwarzen Strapsen vor ihm

eine Show abziehen würde, während er ihr dabei nackt vom Bett aus zusehen würde.

Oh Mann!

Konnte sich der Boston Daily keine Klimaanlage leisten? Ihm wurde nämlich verdammt heiß, als seine Fantasie richtig in Fahrt kam. Wenn er nicht aufpasste, würde jeder Mensch im Umkreis von mindestens einer Meile wissen, woran Nick gerade so intensiv dachte.

Anscheinend musste er sich bewegt und irgendwas anderes getan haben, um ihre Aufmerksamkeit auf sich zu lenken, weil Claire Parker-Wickham über die Schulter sah – und erschrocken zusammenfuhr.

»Himmel! Mr. ... Mr. O'Reilly! Schleichen Sie sich immer so an andere Menschen heran?«

Er brauchte einen Augenblick, um zu einer Antwort zu finden, weil ihn der Blick aus ihren braunen Augen bis ins Mark traf. Möglichst lässig erwiderte er: »Nur an Menschen, die Essen mit Sex vergleichen.«

Zu seiner absoluten Freude überzog prompt eine zarte Röte ihr mädchenhaftes Gesicht. Ebenso amüsiert registrierte er, wie sie hastig den Blickkontakt zu ihm abbrach.

»Mhm.« Sie runzelte die Stirn. »Wie kommen wir denn zu der Ehre, dass Sie der Redaktion einen Besuch abstatten? *Schon wieder.*«

Auch wenn sie mit einem genervten Unterton sprach, konnte sie ihn nicht täuschen. Ihre angespannte Körperhaltung verriet ihm genug.

»Ich war der Meinung, dass wir unser Gespräch noch nicht beendet hatten«, erwiderte er gut gelaunt.

»Und ich war der Meinung, dass Sie nicht vom Sicherheitsdienst nach draußen eskortiert werden möchten.«

»Ach, kommen Sie, Claire«, raunte er belustigt und vertraulich zugleich, während er sein – so hoffte er – charmantestes Lächeln aufsetzte. »Das wird bei uns beiden doch nicht nötig sein.«

»So? Glauben Sie das, Mr. O'Reilly?«, betonte sie spitz und verschränkte die Arme vor der Brust. »Gestern hatte ich den Eindruck, dass Sie mich vierteilen und köpfen wollten.«

Nick konnte sich kaum konzentrieren, weil ihm die fülligen Brüste förmlich ins Gesicht sprangen, die sich dank der verschränkten Arme nach oben pressten und am Ausschnitt der weißen Bluse sichtbar wurden. Ihm wurde mulmig zumute. Hatte er ihre Bluse gerade noch spießig genannt? Jetzt fand er das Kleidungsstück tatsächlich heißer als das verdammte schwarze Kleid, das sie an jenem Abend im *Knight's* getragen hatte, als er sie für ein Trophäenweibchen und den älteren Chefredakteur für ihren Sugar Daddy gehalten hatte.

»Mr. O'Reilly.« Ihr Tonfall klang ungeduldig.

Ganz automatisch korrigierte er: »Nick.«

»Wie bitte?«

»Nennen Sie mich Nick«, sagte er.

Mit irritierter Stimme erwiderte sie: »Ich denke nicht, dass ...«

»Könnten wir in Ihr Büro gehen, Claire?« Nick dachte nicht daran, ihr die Show zu überlassen. Er trat einen Schritt auf sie zu und senkte die Stimme. »Ich würde nämlich gerne etwas mit Ihnen bereden, ohne dass wir im Mittelpunkt der Aufmerksamkeit stehen. *Schon wieder.*«

Ihr Kopf fuhr hoch, und sie trat einen Schritt zurück. Und stieß prompt gegen den Kopierer. Dass er sie nervös machen konnte, hielt er für ein gutes Zeichen.

»Was lässt Sie denken, dass ich mit Ihnen in mein Büro gehe, nachdem Sie sich gestern hier wie Dirty Harry aufgeführt haben?«, fragte sie ihn hochmütig.

»Dirty Harry?« Grinsend schaute er sie an. »Oh Mann, woher kennt eine Engländerin denn Dirty Harry?«

Sie kniff die Augen zusammen. »Stellen Sie sich vor, in Großbritannien haben wir auch Fernsehen!«

Nick beobachtete eine Strähne ihres roten Haares, die sich aus ihrem Pferdeschwanz gelöst hatte und nun verlockend über ihr Schlüsselbein fiel. Wie von selbst murmelte er: »Meine Granny ist ein großer Fan von Clint Eastwood und ließ sogar meine Schwester und mich die Dirty-Harry-Filme schauen. Wenn ich ihr erzähle, dass Sie mich mit dieser Filmfigur verglichen haben, wird sie sich erst freuen und mir dann mit dem Kochlöffel eins überziehen.«

An ihrem Mienenspiel konnte Nick sehen, dass er sie schon wieder irritiert hatte. Das war gut, schließlich spielte es ihm in die Karten, diese Frau zu verwirren.

»Ihre Granny?«

»Meine Großmutter«, fügte er erklärend hinzu und erntete ein Schnauben.

»Ich weiß, was eine Granny ist.« Claire Parker-Wickham kniff ihre Lippen für einen Moment zusammen und lenkte seine Gedanken somit auf die Frage, was ihn an dieser Frau so anzog und scharf machte, obwohl ihr abweisender Gesichtsausdruck ihn eigentlich in die Flucht hätte schlagen müssen. Normalerweise gefielen ihm Frauen, die ihn mit vollen Lippen verführerisch anlächelten und deren Augen sinnliche Stunden versprachen. Die Frau vor ihm besaß keine vollen Lippen und verführerisch lächelte sie schon einmal gar nicht. Jedenfalls nicht an ihn gerichtet. Stattdessen wirkte ihr Mund trotz der üppigen Unterlippe eher unterkühlt, sogar verkniffen. Außerdem versprachen ihre Augen keine sinnlichen Stunden, sondern vermittelten eher den Eindruck, hochmütig auf ihn hinabzusehen.

Verdammt, wurde er jetzt etwa zum Masochisten? Denn unter ihrem kühlen Blick wurde ihm ziemlich heiß.

Sehr beherrscht hakte sie nach: »Ich wiederhole: Was lässt Sie denken, dass ich Sie mit in mein Büro nehme?«

»Weil ich Ihnen ein Angebot machen will, das Sie nicht ausschlagen können.«

»Pah!« Sie warf den Kopf zurück und entblößte dabei für einen kurzen Moment einen schlanken, langen Hals, der Nicks Blick wie magisch anzog. »Wollen Sie mir jetzt sagen, dass Ihre Granny auch Fan von Marlon Brando ist? Oder arbeiten Sie für die Mafia?«

Grinsend zuckte er mit der Schulter. »Auf jeden Fall arbeite ich nicht für Don Vito Corleone, schließlich bin ich Ire und kein Italiener.«

»Wieso beruhigt mich das jetzt nicht?« Skeptisch sah sie ihm ins Gesicht. »Auch wenn es höchst amüsant ist, hier am Kopierer mit Ihnen zu plaudern ...«

»Sollten wir in Ihr Büro gehen, Claire«, beendete er ihren Satz und nickte nachdrücklich. »Das finde ich auch. Eine gute Idee.«

Sie schnappte nach Luft. »Das wollte ich nicht sagen!«

»Wollten Sie schon, wussten aber nicht wie.« Nick lächelte verständnisvoll. »Das passiert mir öfter.«

»Was passiert Ihnen öfter?«

»Dass Frauen allein mit mir sein wollen, sich jedoch nicht trauen, das laut zu sagen.« Gespielt bescheiden zuckte er mit den Schultern und konnte eine Sekunde später beobachten, wie sich ihre braunen Augen vor Empörung weiteten.

»Was?« Unwirsch keuchte sie. »Sind Sie übergeschnappt? Ich will *nicht* mit Ihnen allein sein!«

»Sind Sie sicher?«

»Sie ...« Claire stockte, verengte die Augen und sah ihn

misstrauisch an. »Wollen Sie mich etwa auf den Arm nehmen?«

»Vielleicht.« Er fuhr sich mit einer Hand durchs Haar. »Sie dürfen nicht immer ernstnehmen, was ein Mann sagt.«

»Danke für den Tipp«, stieß sie mit einem Ächzen aus. »Und jetzt ...«

»Jetzt würde ich mich gerne mit Ihnen unterhalten und mich für mein gestriges Benehmen entschuldigen«, unterbrach er sie ein weiteres Mal und bemühte sich um ein angemessen ernstes Gesicht, selbst wenn es ihm schwerfiel. Die Schlagabtäusche mit ihr machten dafür zu viel Spaß.

Seufzend ließ sie die Schultern hinabfallen. »Mr. O'Reilly ...«

»Nick«, verbesserte er sie ein zweites Mal.

»*Mr. O'Reilly*«, beharrte sie und schien mit den Zähnen zu knirschen. »Es freut mich, dass Sie sich für Ihr gestriges Benehmen entschuldigen wollen, jedoch wüsste ich nicht, was es noch zu besprechen gäbe. Sicherlich haben Sie in Ihrem Restaurant viel zu tun – ebenso wie ich in der Redaktion.« Ungeduldig sah sie ihn an.

Nick tat, als hätte er nicht gehört, was sie soeben gesagt hatte. Stattdessen begann er charmant: »Wir beide hatten Startschwierigkeiten und sollten noch einmal von vorne beginnen.«

»Von vorne?«

»Ganz genau.« Er nickte heiter. »Vergessen wir doch unsere gestrige Auseinandersetzung.«

Er konnte ihr geradezu ansehen, dass sie nicht wusste, was sie von ihm zu halten hatte. Nervös und irritiert wanderte ihr Blick umher, bis sie anscheinend zum ersten Mal die Tasche bemerkte, die er über der Schulter trug.

Misstrauisch deutete Claire auf die Essenstasche. »Muss ich das Sprengstoffkommando benachrichtigen?«

»Wie kommen Sie denn darauf?« Nick ließ seiner Erheiterung freien Lauf.

Nachdenklich verzog sie ihre Mundwinkel und gab zu bedenken: »Wenn ein Koch an dem einen Tag seine Messer wetzt und am nächsten Tag mit einer Tasche hier auftaucht, um noch einmal von vorne zu beginnen, dann weckt das mein Misstrauen. Also?« Sie nickte ihm zu. »Was ist da drin? Ein blutiges Filetmesser oder gar der Guide Michelin, mit dem Sie mich k.o. schlagen wollen?«

»Weder noch«, beteuerte Nick.

»Und was sonst?«

»Das verrate ich Ihnen in Ihrem Büro.«

»Ha!« Skeptisch schüttelte sie den Kopf. »Sehe ich so wahnsinnig aus?«

Nick verdrehte die Augen und gestand: »Es ist ein Versöhnungsgeschenk.«

»Ein Versöhnungsgeschenk?«, echote sie.

»Aber ja. Außerdem möchte ich Ihnen einen Vorschlag machen.«

Sie schien sich jeden Moment die Haare raufen zu wollen. Bevor sie auf die Idee kam, ihn aus der Redaktion werfen zu lassen, erklärte er einschmeichelnd: »Ich habe heute Morgen in der Küche gestanden und mein Bestes gegeben, um eine Crème brûlée zu zaubern, die Ihnen die Tränen in die Augen treiben wird, Claire. Wenn Sie das Gewürz erraten, das ich hinzugefügt habe, werde ich Sie nie wieder fragen, ob Sie eine Hollandaise von einer Béarnaise unterscheiden können.«

Es war lustig, sie dabei zu beobachten, wie sie mit sich rang. Einerseits schien sie seinen Vorschlag rundheraus ablehnen zu wollen. Andererseits kam es ihm so vor, als könne sie der Herausforderung nur schwer widerstehen.

Nach einer gefühlten Ewigkeit fragte sie ohne jede Begeisterung nach: »Crème brûlée?«

Er salutierte und schwor feierlich. »Die beste, die Sie jemals gegessen haben werden. Das schwöre ich Ihnen, so wahr ich hier stehe.«

Nachdenklich musterte sie ihn. »Versprechen Sie nichts, was Sie nicht halten können.«

»Dann lassen Sie es wenigstens auf einen Versuch ankommen.«

»Meinetwegen.«

Bevor sie ihre Meinung ändern konnte, dirigierte er sie in ihr Büro und stellte voller Genugtuung fest, dass ihnen die Blicke der anderen Redaktionsmitarbeiter folgten.

Einem erzürnten Chefkoch gleich marschierte Claire vor ihm in ihr Büro und lehnte sich mit der Hüfte gegen den Schreibtisch. Nick folgte ihr und schloss die Tür hinter sich.

Als er seine Tasche auf den Besucherstuhl stellte, hörte er sie sagen: »Ist es wirklich nötig, die Tür zu schließen?«

»Ich schätze meine Privatsphäre.« Ohne aufzusehen, öffnete er die Tasche und sah mit Erleichterung, dass die Förmchen den Weg gut überstanden hatten. Vorsichtig holte er sie heraus und stellte sie auf die freie Stelle des Schreibtisches. Er kam Claire etwas näher, trotzdem rückte sie keinen Zentimeter zur Seite.

»Privatsphäre? Meinetwegen kann mir ganz Boston dabei zusehen, wie ich Ihre Crème brûlée esse.«

»Das sagen Sie jetzt.« Er zückte den kleinen Gasbrenner. »Aber sobald Sie zu stöhnen beginnen, weil Sie niemals zuvor eine solche Creme gegessen haben, werden Sie froh über die geschlossene Tür sein.«

Nicht nur der zarte Duft nach Granatapfel, der wohl von ihrem Shampoo oder Duschgel kommen musste, machte ihn nervös, sondern auch das amüsierte Lachen, das sie nun von sich gab.

»Und Sie meinen, dass es weniger auffällig wäre und weniger Klatsch gäbe, wenn ich *hinter* verschlossener Tür stöhne?«

»Solange Sie stöhnen …«

Räuspernd schien sie das Gespräch in andere Bahnen lenken zu wollen. »Sie haben einen Gasbrenner dabei?«

»Selbstverständlich!« Er beugte sich über die Förmchen und streute konzentriert feinsten Muscovadozucker über die kalte Creme. »Ich würde niemals eine Crème brûlée ohne Zuckerkruste servieren«, stellte er rigoros klar.

»Ist das Rohrzucker?«, fragte sie neugierig und beugte sich näher zu ihm. Dabei fiel ihr Pferdeschwanz über ihre Schulter und lenkte seine Aufmerksamkeit für einen verführerischen Moment auf ihren schlanken Hals.

Er nickte und ließ die Gasflamme gleichmäßig über die Zuckerschicht wandern, um die perfekte Kruste zu erhalten. Mit diesem Zucker benötigte man das gewisse Fingerspitzengefühl, weil Muscovadozucker etwas feuchter und klumpiger war als normaler Rohrzucker. »Muscovadozucker, um genau zu sein. Ich mag das starke Aroma und die herbe Note, die an Lakritz erinnert.«

»Zu Crème brûlée?«

Ihren zweifelnden Ton konterte er mit einem Anheben seiner Mundwinkel. »Warten Sie ab, Claire. Lob wird später angenommen.«

»Warum machen wir das hier noch einmal?«

Nick gab ihr keine Antwort, sondern sah zufrieden, wie sich eine perfekt karamellisierte Kruste auf der Creme gebildet hatte. Er reichte ihr dieses Meisterwerk, griff nach dem Dessertlöffel, den er aus dem Restaurant hatte mitgehen lassen, und begegnete seelenruhig ihrem zweifelnden Blick.

»Na los«, forderte er sie auf.

Immer noch nicht überzeugt nahm sie ihm die Form aus feinstem Porzellan ab und drehte sie in ihren zierlichen Händen.

»Soll ich die Creme wirklich jetzt essen? Hier vor Ihnen?«

Auch Nick lehnte sich nun mit der Hüfte gegen den Schreibtisch und verschränkte die Arme vor der Brust. »Ist doch nichts Anstößiges dabei.« Er zwinkerte ihr zu. »Oder haben Sie Schiss, in meiner Gegenwart zu stöhnen, weil Sie einen Orgasmus auf der Zunge haben könnten?«

* * *

Orgasmus auf der Zunge!

Was bildete sich dieser Idiot eigentlich ein?

Und warum zum Teufel ließ sie sich auf diese wahnwitzige Idee ein?

Claire starrte ihn finster an, während sich alle ihre Geruchsnerven auf die verlockend duftende Zuckerkruste konzentrierten. Es war schwierig, dem Mann neben sich einen vernichtenden Blick zuzuwerfen, während ihre Geschmacksknospen sich bereits sehnsüchtig zusammenzogen, ihr Magen erwartungsvoll zu rumoren begann und ihr ganzer Körper danach verlangte, von seiner Crème brûlée zu probieren.

Also zuckte sie mit den Schultern, hob den Löffel in die Höhe, knackte die Kruste, wobei das Geräusch wie Musik in ihren Ohren war, und führte eine Winzigkeit des Desserts an ihren Mund.

Zu ihrem Verdruss und zu ihrer Freude zugleich hatte der Küchenchef des *Knight's* nicht zu viel versprochen.

Claire schmolz angesichts dieses Geschmacksnirwanas wie Butter in der prallen Sonne dahin und scherte sich kein bisschen darum, dass sie tatsächlich ein Stöhnen von sich gab.

Dieses Dessert war einfach zu gut!

Unter der beinahe herben Kruste des karamellisierten Zuckers, die warm ihre Zunge kitzelte, schmeckte sie die sahnige Konsistenz der Creme, die sich kühl und seidig anfühlte und ihren Gaumen zum Tanzen brachte. Claire konnte gar nicht anders, als ihre Zunge genussvoll einzurollen, um den wundervollen Geschmack so lange wie möglich zu bewahren. Gleichzeitig wollte sie mehr dieser Köstlichkeit, die nach feinster Eierspeise, cremiger Sahne und perfekt abgestimmten Geschmacksnoten schmeckte. Sie identifizierte einen Hauch Vanille, ein Quäntchen Tonkabohne, die hier ihren vollen Geschmack entfaltete, und etwas anderes. Etwas, das ihr vertraut und gleichzeitig fremd vorkam.

Mit geschlossenen Augen ließ sie den Geschmack auf sich wirken und sog durch die Nase den Duft der Karamellkruste in sich auf.

»Habe ich zu viel versprochen?«

Ihre Antwort bestand tatsächlich aus einem Seufzen, was beim Küchenchef selbstverständlich zu einem leisen Lachen führte.

Davon wollte sich Claire nicht ablenken lassen. Sie öffnete mit verklärtem Blick die Augen, um einen weiteren Löffel dieser Köstlichkeit zu sich zu nehmen. Diesen Bissen genoss sie noch langsamer und rätselte darüber nach, was die geheimnisvolle Zutat war, die das Gericht so stimmig abrundete. Irgendwie hatte sie den Verdacht, dass es eine ungewöhnliche Zugabe sein würde, und gleichzeitig kam es ihr so vor, als hätte sie den Geschmack ständig auf der Zunge.

»Ihrem Gesichtsausdruck nach zu urteilen, scheint es Ihnen zu schmecken.«

»Mhm.« Claire wollte nicht gierig erscheinen, nahm jedoch einen weiteren Löffel. Wenn sie ein solches Dessert in London gekostet hätte, wäre sie vermutlich niemals umgezogen.

»Haben Sie die Zutaten bereits entdeckt?«

Wahrheitsgemäß antwortete sie: »Die Vanille und Tonkabohne schmecke ich heraus, aber die letzte Zutat...« Sie stockte. »Ich komme einfach nicht drauf.«

Er klang höchst zufrieden. »Raten Sie!«

»Limone.«

»Nope.«

Nachdenklich fuhr sie sich über die Unterlippe und dachte gar nicht darüber nach, welchen Anblick sie dem Mann neben sich bieten musste.

»Bergamotte.«

»Nope.«

Unwillig suchte sie seinen Blick. »Ich habe wirklich keine Ahnung. Werden Sie mir jetzt bis zu meinem Tod vorwerfen, dass ich nicht die vollständige Zutatenliste erraten konnte?«

Er lächelte bloß. Sie stellte fest, dass er schon wieder Jeans und Lederjacke trug – und leider auch, wie gut ihm das stand. Er lehnte sich noch ein bisschen lässiger gegen ihren Schreibtisch und fragte: »Würden Sie denn gerne die letzte Zutat wissen?«

»Was würde mich das kosten?«

»Nur ein Lächeln«, beteuerte Nick O'Reilly und nahm ihr das Förmchen sowie den Löffel aus der Hand, um selbst eine kleine Kostprobe zu nehmen.

Mit großen Augen verfolgte Claire, wie er sich den Löffel in den Mund schob, den sie gerade noch benutzt hatte. Ihr lagen bereits ein Haufen Ratschläge zum Thema Hygiene auf der Zunge, als sich ein warmes Gefühl in ihrem Magen ausbreitete. Irgendwie hatte es etwas Freundschaftliches, sogar etwas Intimes an sich, hier nebeneinanderzustehen und sich ein Dessert zu teilen. Und das mit dem Mann, mit dem sie sich gestern wie die Kesselflicker gestritten hatte.

Himmel!

Nick O'Reilly stand neben ihr, schenkte ihr ständig bedeutungsvolle Blicke und hatte sie soeben mit einer göttlichen Crème brûlée beglückt, die er nun ebenfalls probierte. Vom selben Löffel, von dem sie gerade noch gegessen hatte. Träumte sie das nur? Normalerweise war sie nicht der Typ, der sich mit raubeinigen, faszinierenden und flegelhaften Männern Dessertlöffel teilte …

»Verdammte Scheiße, ist das gut«, krächzte er und bewies augenblicklich, wie recht sie damit gehabt hatte, ihn einen raubeinigen und flegelhaften Mann zu nennen. Edward hätte in ihrer Gegenwart niemals geflucht oder Schimpfwörter in den Mund genommen. Außerdem war er auch kein Mensch, der im Stehen Crème brûlée aß oder sich mit jemandem Besteck teilte. Jedoch musste Claire zugeben, dass sie den schwarzhaarigen Küchenchef sehr viel verlockender und faszinierender fand als ihren Exfreund. Unwillkürlich beugte sie sich ein bisschen näher zu ihm, genoss den einzigartigen Geruch nach Moschus, frischer Luft und Vanille, den er verströmte.

Rasch richtete sie sich wieder auf, schob jeden Gedanken daran beiseite, wie verführerisch der Mann neben ihr war. »Verraten Sie mir jetzt Ihre Geheimzutat?«

»Lavendel«, erklärte er und leckte den Löffel ab. Irritierenderweise raubte das Claire den Atem. »Die letzte Zutat ist Lavendel. Geschmacklich ähneln sich Vanille und Tonkabohne sehr, auch wenn ich den Geschmack der Tonkabohne als kräftiger und intensiver empfinde. Zur herben, leicht bitteren Karamellkruste braucht das Gericht noch eine sanfte Note, zum Ausgleich. Der Geschmack nach Lavendel entkräftet meiner Meinung nach die Bitterkeit des Muscovadozuckers und verleiht dem Gericht etwas Elegantes.«

Er hatte es genau auf den Punkt gebracht, sagte sich Claire und fuhr sich über die Unterlippe.

»Möchten Sie noch eines?« Nick deutete auf die verbliebenen drei Förmchen, die ordentlich aufgereiht auf dem Schreibtisch standen.

Claire antwortete mit einem Kopfschütteln, auch wenn sie sich am liebsten in der Creme gewälzt hätte. Doch da Nick O'Reillys Gesellschaft sie so aus dem Konzept brachte, wollte sie ihn lieber möglichst schnell loswerden. Das war vielleicht nicht die feine englische Art, mit jemandem umzugehen, der ihr gerade ein derart köstliches Dessert kredenzt hatte, aber für ihren Seelenfrieden war es besser, wenn er wieder verschwand. Bereits gestern hatte sie sich nach seinem wutschnaubenden Auftritt kaum noch konzentrieren können, und heute würde Claire vermutlich nur daran denken können, wie unverschämt charmant er war und wie köstlich seine Crème brûlée geschmeckt hatte.

Für ihren Job waren das keine besonders guten Voraussetzungen.

Nick klang zufrieden, als er vorschlug: »Dann kommen wir zu meinem Vorschlag.«

Sein Unterton behagte ihr ganz und gar nicht. »Was für ein Vorschlag?«

Lässig stieß er sich von ihrem Schreibtisch ab und baute sich viel zu nah vor ihr auf. Claire hätte sich jetzt gerne ebenfalls aufrecht hingestellt, allein, um nicht länger zu ihm aufschauen zu müssen. Doch wenn sie sich ebenfalls hingestellt hätte, wäre sie vermutlich geradewegs gegen seine Brust getorkelt. Von daher blieb ihr gar nichts anderes übrig, als sich weiterhin mit von sich gestreckten Beinen gegen den Schreibtisch zu lehnen und den Kopf in den Nacken zu legen, um ihm ins Gesicht schauen zu können.

»Ich möchte, dass Sie einen Widerruf schreiben, Claire«, erläuterte er beinahe sanft.

»Einen Widerruf?« Kategorisch schüttelte sie den Kopf. »Tut mir leid, aber das ist völlig unmöglich. Ich bleibe bei meiner Meinung, selbst wenn Ihre Crème brûlée ganz ausgezeichnet war. Das ändert jedoch nichts.«

Darauf ging er gar nicht ein. »Sie haben geschrieben, dass ich meinen eigenen Stil noch nicht gefunden hätte und dass meine Kreationen nicht ausgereift wären.«

Verunsichert nickte Claire.

»Außerdem hatte ich den Eindruck, dass Sie meinem Lehrmeister besonders viel Sympathie entgegenbringen.«

»Ist das eine Frage?«

Er zuckte mit den Schultern. »Mathieu hat sich schon vor einigen Jahren komplett aus dem Betrieb zurückgezogen.«

Claire runzelte die Stirn und wurde das Gefühl nicht los, geradewegs in eine Falle zu tappen. Dass er lediglich den Vornamen des großen Mathieu Raymond benutzte, ließ darauf schließen, dass er mit seinem Lehrmeister befreundet war.

Abwartend lehnte sie sich ein Stück zurück. »Ihr Lehrmeister scheint sogar wie vom Boden verschluckt zu sein. Er gibt seit Jahren keine Interviews, und seine Restaurants stehen schon lange nicht mehr unter seiner Führung.«

»Mhm.« Angelegentlich betrachtete er seine Fingernägel.

»Mr. O'Reilly ...«

»Nick«, korrigierte er nun zum wiederholten Male.

Claire warf die Hände in die Höhe. »Gut, *Nick*, wie sieht Ihr

Vorschlag denn nun aus? Ich werde sicherlich keinen Widerruf schreiben, weil ich hoffe, Mathieu Raymond zu treffen!«

Er schien beleidigt zu sein und runzelte empört die Stirn. »Verdammt, ich würde mir einen Widerruf niemals erkaufen! Für wen halten Sie mich?«

»Momentan halte ich Sie für jemanden, der mich mit Crème brûlée bestechen will.«

»Ich will Sie nicht bestechen, sondern davon überzeugen, dem *Knight's* eine zweite Chance zu geben. Im Gegenzug bekommen Sie die Möglichkeit, nicht nur meine Kreationen zu probieren, sondern ein Interview mit meinem Lehrmeister zu führen.«

Sie hatte sich wohl verhört. »Was?!«

Nick rieb sich über das Kinn. Seine Augen funkelten. »Ich will einen Widerruf. Sie wollen zu Mathieu Raymond. Das nennt man eine Pattsituation.«

»Eine Pattsituation?«

»Wir handeln ein Abkommen aus.« Er stemmte beide Hände in die Hüften. »Ich werde in den nächsten vier Wochen zweimal in der Woche für Sie kochen und Sie von meiner Kreativität überzeugen, sodass Sie eine zweite Restaurantkritik über das *Knight's* veröffentlichen. Sollte ich verlieren, nehme ich Sie mit zu Mathieu und besorge Ihnen ein Interview.«

Ein Interview mit Mathieu Raymond? Der Mann war mittlerweile zu einem so legendären Einsiedler geworden, dass bereits gemunkelt wurde, er wäre gar nicht mehr am Leben. Sollte sie mit Mathieu Raymond ein Interview führen, wäre das ein geradezu unglaublicher Erfolg. Einen solchen Coup würde niemand so schnell ein zweites Mal landen. So viel war sicher.

Skeptisch schaute sie Nick O'Reilly an. »Ein Interview mit Mathieu Raymond?«

Feierlich nickte er. »Ganz genau.«

Bestimmt machte er sich über sie lustig. Daher troff ihre Stimme vor Sarkasmus, als sie erwiderte: »Und wenn wir schon einmal bei ihm sind, wird er mir sicherlich mit dem größten Vergnügen sein weltbekanntes Dessert zubereiten, oder?«

»Seine Soufflés sind immer noch die besten«, antwortete Nick so selbstverständlich, als würde er ihr das Rezept für einen Mürbeteig verraten.

»Sie wollen mich doch auf den Arm nehmen«, beschwerte sie sich bei ihm und sah ihn böse an.

»Unsinn.« Feierlich hob er eine Hand und gestand freimütig: »Sie haben meinen Ehrgeiz geweckt. Ich beweise Ihnen, dass mein Stil sehr wohl ausgereift ist und meine Gerichte meine unverwechselbare Handschrift tragen, Claire. Wenn ich Sie als knallharte Kritikerin überzeugen kann, dann auch die Typen von Michelin. Ich kriege meinen Stern, ganz bestimmt. Also? Schlagen Sie ein?«

Claire starrte ihn nachdenklich an. »Wegen Ihres Ehrgeizes wollen Sie diese Mühe auf sich nehmen? Was bringt es Ihnen, mich zu überzeugen, dass Ihre Gerichte unverwechselbar sind? Sollten Sie sich nicht eher auf die Tester von Michelin konzentrieren?«

Als er mit den Schultern zuckte, wirkte er für einen kurzen Moment nicht länger wie ein ehrgeiziger Küchenchef, sondern verströmte lausbubenhaften Charme. »Ich will Sie für mein Ego überzeugen, Claire.«

»Aha.« Räuspernd hakte sie nach: »Habe ich Sie richtig verstanden? Sie wollen zweimal in der Woche für mich kochen – und das vier Wochen lang. Wenn Sie mich davon überzeugen, Sie und Ihre Gerichte in meiner Kritik falsch dargestellt zu haben, dann werde ich eine zweite veröffentlichen. Wenn ich nicht überzeugt bin, verschaffen Sie mir ein Interview mit Mathieu Raymond. Habe ich das richtig verstanden?«

»Und er wird für Sie sein berühmtes Soufflé zubereiten.«

Ihre Antwort bestand aus einem Brummen. »Ist das nicht etwas riskant?«

»Wie meinen Sie das?«

Claire verdrehte die Augen. »Ich könnte Ihnen das Blaue vom Himmel herunterlügen, um an dieses Interview zu kommen.«

»Da mache ich mir keine Sorgen.« Seine Augen fixierten plötzlich ihren Mund. »Wenn ich Sie überzeugt habe, dann werden Sie es auch zugeben.«

Weil sie bei seinem Blick und der körperlichen Nähe langsam nervös wurde, schob sie ihn einfach beiseite und stellte sich in die Mitte ihres kleinen Büros, um wenigstens ein bisschen Abstand zu ihm zu haben. So fühlte sie sich gleich etwas wohler, als derart dicht vor dem Mann mit den wahnsinnig blauen Augen und den breiten Schultern zu stehen. War es ein Gesetz der Evolution, dass Frauen breite Schultern an Männern attraktiv fanden? Beinahe hätte sie ihn und seinen kräftigen Oberkörper ausgiebig gemustert, wenn sie sich nicht daran erinnert hätte, warum sie hier überhaupt standen und sich unterhielten.

Bemüht sachlich fragte sie daher nach: »Wie stellen Sie sich das Ganze vor? Ich kann nicht jeden Abend zu Ihnen ins Restaurant kommen und ...«

Sehr lässig unterbrach er sie. »Das kriegen wir schon hin. Ich kann Ihnen ab und zu auch etwas in die Redaktion bringen oder zu Ihnen nach Hause schicken lassen. Außerdem ist es mir natürlich eine Freude, Sie im *Knight's* zu sehen.«

Das mit ihrer Wohnung ignorierte sie. »In die Redaktion

bringen? Damit meine Kollegen von unserer Wette erfahren? Ich glaube nicht, dass das eine gute Idee ist.«

»Dann bleibt nur noch Ihre Wohnung . . .«

»Ganz sicher nicht!«

»Hey, das gibt doch eine spannende Geschichte«, wehrte Nick amüsiert ab. »Von mir aus können Sie die Wette auch in Ihren nächsten Artikel packen.«

Wie selbstverständlich griff er nach Zettelbox und Kugelschreiber auf ihrem Schreibtisch und begann zu kritzeln. Neugierig beugte sich Claire näher und sah, dass er anscheinend seine Telefonnummer aufschrieb. Wie die meisten Männer besaß auch Nick O'Reilly eine grauenvolle Handschrift.

»Wenn ich Sie erreichen will, kann ich im Restaurant anrufen«, beschied sie abwehrend.

Er schob den Zettel auf die Mitte des Tisches. »Im Restaurant erreichen Sie lediglich meine Serviceleitung. Und die darf mich nur dann stören, wenn sie mich davon abhalten muss, Teppichratten auf die Menükarte zu setzen.«

Verwirrt blinzelte sie. »Wie bitte?«

»Schon gut.« Er machte eine nachlässige Handbewegung. »Rufen Sie an, Claire.«

Die Selbstverständlichkeit, mit der er ihr zuzwinkerte, brachte sie dazu, ihn zurechtzuweisen: »Noch habe ich nicht ja gesagt.«

»Das werden Sie.«

Claire öffnete bereits den Mund, um zu widersprechen, als es an ihrer Tür klopfte und Charles seinen Kopf hineinsteckte.

»Claire, könnten wir kurz . . . oh. Ich wusste nicht, dass du Besuch hast.« Ihr Chef schien angesichts des Küchenchefs, der ihm ein knappes, wenn auch nicht unfreundliches Nicken schenkte, etwas irritiert zu sein. Claire konnte gut verstehen, dass Charles konsterniert wirkte, immerhin hatte ihm Nick O'Reilly erst am gestrigen Tag mit Mord und Totschlag gedroht.

»Schon gut, Charles. Komm ruhig rein«, versicherte sie ihm; schließlich war es ihr ganz recht, wenn er das Gespräch unterbrach. Nick O'Reilly hatte nämlich etwas Verstörendes an sich. So verstörend, dass ihr in seiner Gegenwart unnatürlich warm wurde.

Glücklicherweise schien er sowieso nicht länger bleiben zu wollen, da er sich von dem Schreibtisch abstieß und erklärte: »Ich mache mich wieder auf den Weg, Claire. Passt Ihnen morgen Abend bei mir im Restaurant? Ich halte Ihnen einen Tisch frei. Zehn Uhr? Dann haben wir beide es etwas ruhiger.«

Anscheinend kam Nick O'Reilly gar nicht auf die Idee, dass sie gegen seinen Vorschlag etwas einzuwenden haben könnte, da er fröhlich den Gasbrenner in die Tasche warf und diese lässig schulterte.

In Charles' Gegenwart fühlte sie sich ein wenig überrumpelt von dem Mitteilungsdrang des schwarzhaarigen Küchenchefs. Sie wusste nicht, was sie antworten sollte, obwohl ihr normalerweise nie die Worte fehlten. Was musste ihr Chef bloß denken? Das klang ja so, als hätte sie ein intimes Date mit Nick O'Reilly? Anstatt seine Aussage richtigzustellen, konnte sie lediglich schwach nachhaken: »Wollen Sie Ihre Förmchen nicht mitnehmen?«

Er winkte ab. »Die hole ich ein anderes Mal ab.«

Und schon war er verschwunden – nicht, ohne ihr zum Abschied ein eindeutiges Lächeln zuzuwerfen.

Erst das Räuspern ihres Chefs brachte sie in die Wirklichkeit zurück.

»Bist du etwa mit Nick O'Reilly verabredet?«

Kopfschüttelnd setzte sie sich in Bewegung und griff sich wahllos die ersten Stapel Papiere auf ihrem Schreibtisch, um diese ordentlich aufeinanderzulegen, damit sie irgendetwas zu tun hatte. »Natürlich nicht, Charles.«

»Das klang gerade aber anders.«

Sie schenkte dem Chefredakteur einen beruhigenden Blick und erklärte nonchalant: »Mr. O'Reilly hat mir angeboten, noch einmal bei ihm zu essen, um mich von seinen Qualitäten als Küchenchef zu überzeugen.«

»Und du hast tatsächlich angenommen?« Kritisch runzelte der grauhaarige Mann die Stirn. »Findest du diesen Vorschlag nicht etwas ... mhm ... ungehörig?«

Lachend ließ sich Claire auf ihren Stuhl fallen und hielt sich nur mit Mühe und Not davon ab, nicht nach einer der verbliebenen Crème brûlées zu greifen. »Ungehörig? Den Mann hat meine Kritik hart getroffen, Charles. Von daher kann ich verstehen, dass er mir etwas beweisen will.«

Der sonst so gutmütige und gelassene Chefredakteur blieb skeptisch. »Weil er dir etwas beweisen will, taucht er hier mit Crème brûlée auf und lädt dich zu einem Abendessen mit ihm ein? Da steckt doch etwas anderes dahinter.«

Auch wenn sich Claire ziemlich sicher war, dass Nick O'Reilly mit ihr geflirtet hatte, glaubte sie nicht, dass er tatsächlich Interesse an ihr hatte. Vermutlich wollte der Küchenchef sie bloß mit seinem Charme umgarnen, damit sie einen besonders schmeichelhaften Widerruf schrieb.

»Er hat mich nicht zu einem Abendessen *mit* ihm eingeladen. Ich soll lediglich bei ihm essen. Das ist ein Unterschied.« Weil sie keine Lust hatte, mit Charles zu diskutieren, und sie nicht wollte, dass er von dieser Wette erfuhr, schloss sie resolut: »Er ist jung und ehrgeizig. Vielleicht nutzt er diese zweite Chance.«

Charles' Antwort klang mehr als zurückhaltend. »Du musst selbst wissen, was du tust.«

Seine Worte klangen noch in Claire nach, als sie sich wenige Stunden später in die Kantine des Boston Daily aufmachte, um ein spätes Mittagessen einzunehmen. Während sie sich mit einem Tablett an der Essensausgabe anstellte und nach einem Blick auf das Tagesmenü wusste, dass sie heute einen Caesar Salad nehmen würde, ärgerte sie sich insgeheim über die Haltung ihres Chefredakteurs. Sie konnte es einfach nicht leiden, wie ein ahnungsloses Kind behandelt zu werden, das keine eigenen Entscheidungen treffen konnte. Auch ihr Vater besaß noch heute die Angewohnheit, ihr Ratschläge mit auf den Weg zu geben und dabei unerträglich belehrend zu klingen. Auch Edward machte gerne den einen oder anderen Spruch in diese Richtung ...

»Sag nicht, dass du das Chili con carne nimmst«, raunte ihr plötzlich eine atemlose Stimme ins Ohr. »Ich will nicht wissen, welches Tier für diese Brühe sterben musste, denn das würde mir den Appetit erst recht verderben!«

Völlig konfus drehte Claire sich mit dem noch leeren Tablett in den Händen um. Dicht hinter ihr stand eine junge Frau mit flottem Kurzhaarschnitt. Claire konnte sich nicht erinnern, sie schon einmal gesehen zu haben, trotzdem lächelte die Frau sie so strahlend an, als wären sie uralte Freundinnen. Ihre ausdrucksstarken Augen blitzten vergnügt.

»Hallo«, begann Claire zögerlich.

»Hallo«, erwiderte sie fröhlich und erklärte wie selbstverständlich: »Vicky. Ressort Wirtschaft. Ich arbeite eine Etage über deiner.«

»Oh. Hallo Vicky.« Sie nickte. »Ich heiße Claire und arbeite ...«

Lachend unterbrach Vicky sie und griff nach einem Apfel,

der zusammen mit anderem Obst dekorativ in einer Schale lag. »Ich weiß. Schätzungsweise weiß das jeder beim Boston Daily.«

Claire blinzelte. Sie konnte sich keinen Reim drauf machen, was Vicky damit sagen wollte. »Ich verstehe nicht.«

»Einfach jeder hier weiß von deiner lautstarken Diskussion mit diesem Sahneschnittchen, diesem Küchenchef, dem du eine schlechte Kritik geschrieben hast. Gestern hat sich die Nachricht verbreitet wie ein Lauffeuer. Ich glaube, es gibt dazu sogar einen Tweet, der ziemlich oft geteilt wurde.«

»Wie bitte?« Claire schnappte nach Luft und starrte die andere Frau fassungslos an.

»Aber ja.« Freundschaftlich stieß Vicky mit ihrem Tablett gegen Claires. »Und da wir schon beim Thema sind: Wenn mir ein heißer Typ Crème brûlée bis an den Schreibtisch bringen würde, dann würde ich einen Teufel tun und in dieser Siffbude zu Mittag essen.«

Eigentlich war Claire ziemlich schockiert über die Nachricht, dass die frohe Kunde von Nicks Überfall mit der Crème brûlée bereits die Runde in der kompletten Redaktion machte. Doch angesichts der *Siffbude* und des anschließenden empörten Räusperns der Kantinenkraft musste sie beinahe hysterisch kichern. Selbst auf die Gefahr hin, dass man ihr ins Essen spuckte, bestellte sie einen Caesar Salad und fand sich wenige Minuten später mit Vicky an einem der Tische wieder. Ihre Kollegin schaffte das Kunststück, gleichzeitig einen Quinoasalat zu verschlingen und wie ein Wasserfall zu reden. Vielleicht hätte es Claire stören sollen, dass Vicky mit vollem Mund redete und wenig ladylike ihr Brot mit beiden Händen so schwungvoll zerbrach, dass Krümel in alle Himmelsrichtungen flogen und den Tisch verdreckten. Jedoch fand sie Vicky nicht nur lustig und geistreich, sondern auch sehr charmant.

»Eine Kollegin hat gesehen, wie dieser Sexgott in die Redaktion gestürmt ist und dabei aussah, als würde er den alten Warren gleich mit bloßen Händen umbringen. Herrlich! Das hätte ich zu gerne mit eigenen Augen gesehen.«

Claire verschluckte sich an einem Stück Hühnchen, das geradezu penetrant nach Knoblauch schmeckte. Als sie nicht mehr Gefahr lief, an dem zähen Stück Fleisch zu ersticken, weil sie es vor Schreck in die Luftröhre bekam, krächzte sie: »Sexgott?«

»Komm schon, Claire.« Die andere Frau wackelte bedeutungsvoll mit den Augenbrauen. »Ich habe Fotos von ihm gesehen. Der Mann sieht wie mein ganz persönlicher Sextraum aus. Was läuft da zwischen euch?«

Anscheinend war sie die amerikanische Offenheit noch nicht gewöhnt, weil sie husten musste, bevor sie sehr bestimmt erwiderte: »Zwischen Mr. O'Reilly und mir läuft rein gar nichts.«

»Mr. O'Reilly, so so.« Vicky grinste breit und zwinkerte ihr zu. »Ich fände es echt abtörnend, wenn mich beim Sex jemand Miss Miller nennen würde, aber da ich es noch nicht ausprobiert habe, lasse ich mich gerne vom Gegenteil überzeugen.«

Tatsächlich begann Claire laut zu lachen und prustete: »Keine Chance! Ich werde dich nicht vom Gegenteil überzeugen.«

»Das war auch kein Angebot«, entgegnete ihre Kollegin amüsiert. »Wie gesagt: Mein Sexgott sollte groß, muskulös und vor allem männlich sein. Auch wenn mich die meisten Leute dank meiner Frisur für eine Lesbe halten, bin ich es nicht.«

»Oh Gott.« Sie wischte sich eine Träne aus dem Augenwinkel. »Zum Glück arbeitest du im Wirtschaftsressort und nicht in der politischen Abteilung!«

»Wieso?«

Claire hob ihr Wasser an den Mund. »Du bist so überhaupt nicht politisch korrekt!«

»Das wäre ja auch langweilig.« Sie beugte sich vor. »Erzähl! Was läuft jetzt zwischen dir und diesem Nick O'Reilly.«

»Gar nichts«, beharrte Claire.

»Ach, hör doch auf!« Vicky runzelte die Stirn. »Ein Mann wie er bringt einer Frau keine Crème brûlée an die Arbeitsstelle, wenn er sich davon nichts verspricht.«

Sie verdrehte die Augen. »Er möchte lediglich die Chance auf eine zweite Restaurantbewertung.«

»Darauf wette ich«, schnaubte ihre neue Freundin.

Mit einer wegwerfenden Handbewegung erklärte Claire: »Nick O'Reilly ist ein sehr ehrgeiziger Küchenchef.«

»Das sollte er auch sein.« Vicky spießte ein Stück Brokkoli auf die Gabel und deutete damit auf Claire. »Weißt du, wie viele Lokale in Boston jährlich eröffnen und im ersten Jahr wieder schließen müssen?«

Ein wenig überrumpelt schüttelte Claire den Kopf. »Ich habe nicht die geringste Ahnung.«

»Es sind sehr viel mehr, als man denken könnte. In den letzten zehn Jahren haben vierzig Prozent das erste Jahr nicht geschafft, dreißig Prozent mussten nach zwei Jahren schließen, und lediglich dreißig Prozent überlebten die ersten drei Jahre.«

Amüsiert hakte Claire nach: »Hast du einen Artikel über die wirtschaftlichen Auswüchse der Bostoner Restaurantszene geschrieben?«

»Lieber nicht, das würde mich nur deprimieren. Da bleibe ich doch lieber beim Brexit.« Vicky schüttelte den Kopf. »Meine Schwester hat vor Kurzem eine kleine Chocolaterie eröffnet. Als gute ältere Schwester wollte ich ihr anhand von

Zahlen demonstrieren, welche Gefahren auf sie warten könnten, aber Liz war nicht davon abzuhalten.«

»Du magst anscheinend keine Tartes, Éclairs, Macarons oder Petit Fours?«

»Ich liebe sie, aber das heißt nicht, dass ich meine Schwester auf der Straße sitzen sehen will, weil sie für ihr Leben gern backt.«

»Wer sagt, dass deine Schwester auf der Straße sitzen wird?«

»Zahlen lügen selten«, stieß Vicky mit einem Seufzer hervor.

Belustigt legte Claire den Kopf schief. »Ich esse für mein Leben gern und habe einen Job, in dem ich dieser Leidenschaft nachgehen kann. Und auf der Straße lebe ich auch nicht.«

»Das ist etwas anderes.«

»Ist es nicht«, widersprach sie rundheraus.

Anscheinend wollte ihre Kollegin das Thema wechseln. »Apropos Leidenschaft . . .«

»Oh nein«, beeilte sich Claire, Vicky zuvorzukommen. »Das Thema ist beendet.«

Für ihre Einwände schien Vicky blind und taub zugleich zu sein. »Wenn ich du wäre, würde ich lieber den Mann vernaschen anstelle seiner Gerichte. Heißer Sex ist viel besser als eine Portion heiße Kalbsleber.«

Selbstverständlich musste einer von Claires unmittelbaren Kollegen genau in diesem Moment hinter Vicky vorbeigehen und ihnen beiden einen irritierten Blick schenken. Innerlich seufzte Claire. Die schonungslose Vicky würde den Redaktionstratsch nur noch anheizen, wenn sie nicht etwas leiser war.

Deswegen antwortete sie im gemäßigten Tonfall und

beugte den Kopf vorsichtshalber näher zu Vicky: »Wenn du das denkst, dann hast du noch nie seine Crème brûlée probiert.«

»Und wenn du das denkst, dann hattest du noch nie Sex mit einem Sexgott.«

4

Nick drosch auf den Boxsack ein, der mitten in seinem Loft von der Decke hing und seinem Besitzer dazu diente, fit zu bleiben. Es war nicht leicht, seinen Waschbrettbauch zu behalten, wenn man fast täglich von morgens bis abends in der Küche stand und sich damit beschäftigte, kulinarische Kunstwerke zu erschaffen. Weil Nick nicht zu der Sorte Mann gehörte, die mit einer Pulsuhr bewaffnet durch den Park trabte und vorher Stretching betrieb, verausgabte er sich lieber an seinem Sandsack und kam so ins Schwitzen. Auf diese Weise lief er auch nicht Gefahr, dabei beobachtet zu werden, dämliche Aufwärmübungen zu betreiben. Nee, diese Peinlichkeit war nicht sein Stil. Da zog er morgens lieber seine Boxhandschuhe an, sobald er aus dem Bett fiel, stellte die Musik auf ohrenbetäubende Lautstärke ein und vermöbelte den Sandsack. Als Erwachsener nutzte er diese Betätigung, um nicht aus der Form zu geraten, doch als Jugendlicher hatten seine häufigen Prügeleien eher dazu gedient, sich Respekt zu verschaffen – und ein Ventil zu haben, damit er die ganze Scheiße um sich herum verkraftete.

Mittlerweile reichte ihm der Sandsack als Gegner. Doch noch immer bekam er durch das Training den Kopf frei und konnte sich viel besser auf seinen Job konzentrieren, wenn er sich zuvor körperlich verausgabt hatte. Nick genoss es, bis zur Erschöpfung auf den Sandsack einzuprügeln, anschließend mit zitternden Muskeln und verschwitzt unter die Dusche zu treten, bevor er sich ein ordentliches Frühstück gönnte und ins Restaurant fuhr.

Während die Töne von Metallica durch das Loft dröhnten und den Boden vibrieren ließen, überlegte Nick, was er seinem speziellen Gast heute Abend servieren würde, und begann zu grinsen. In Gedanken ging er seine bewährten Verführungsgerichte durch: Glücklicherweise hatten sie alle fast immer ihren Zweck erfüllt. Und er hoffte, dass es heute nicht anders sein würde. Claire Parker-Wickham erschien zwar erheblich wählerischer und anspruchsvoller als Nicks übliche Flirts zu sein, was seine kulinarischen Fähigkeiten betraf, aber sein Plan war wohl durchdacht. Die heiße Journalistin mit dem ungewöhnlichen Mund, der ihn dazu reizte, sie sinnlich lächeln zu sehen, würde am späten Abend ins Restaurant kommen und dort von ihm persönlich ein köstliches Mahl serviert bekommen. Er würde charmant sein, sich zu ihr setzen und ihr den großartigen 76er Bordeaux Cheval Blanc anbieten, von dem er fünf Flaschen sein Eigen nannte. Sie beide würden an einem der abgeschiedenen Tische sitzen, sich angeregt unterhalten und nicht einmal bemerken, dass das restliche Personal sowie die anderen Gäste das Restaurant verließen. Irgendwann würde er ihr Komplimente machen, zum Abschluss seine weiße Mousse au Chocolat servieren und sich anschließend mit ihr in einem Taxi wiederfinden.

Voilà!

Geradezu euphorisch versetzte er dem Sandsack einen abschließenden Stoß. Sein Handy klingelte, wie er trotz der Musiklautstärke bemerkte. Normalerweise hätte er es klingeln lassen, doch da die Frau, die er heute Abend auszuziehen gedachte, seine Nummer besaß, hielt er es für besser, dranzugehen.

Nick schlüpfte aus seinen Handschuhen, schaltete die Musik aus und griff nach seinem Handy. Keuchend wischte er sich mit dem linken Unterarm über seine verschwitzte Stirn und nahm den Anruf an.

»O'Reilly.«

»Hi Nick. Störe ich dich gerade?«

Das hatte ihm gerade noch gefehlt. »Nicht wirklich, Natalie«, antwortete er seiner Schwester und ließ seine Handschuhe auf den Boden fallen, während sein Herz noch immer wie verrückt pumpte und sich sein Brustkorb rasch hob und senkte. Einem Gespräch mit seiner Schwester war er bislang erfolgreich aus dem Weg gegangen. Er wollte sich nicht in ihre Angelegenheiten einmischen. Und weil er keinen Bock hatte, sich mit ihren Problemen auseinanderzusetzen. Natalies Scheidung klang kompliziert – Nick jedoch mochte es unkompliziert.

»Du klingst etwas außer Atem.« Sie klang ratlos. »Ist alles okay?«

Nick verzog den Mund und schnappte sich ein Handtuch, das über einem Sessel in der Nähe seines Sandsackes hing. »Ich habe gerade ein wenig trainiert«, sagte er, fuhr sich mit dem Handtuch über das Gesicht und schlenderte auf nackten Sohlen zur offenen Küche. Dem Chaos in seiner Wohnung schenkte er keine große Beachtung.

»Soll ich später anrufen?«

»Später bin ich im Restaurant.« Er öffnete den Kühlschrank und nahm eine kleine Flasche Wasser heraus. »Was gibt's?«

Sie seufzte seinen Namen, bevor sie zurückhaltend erzählte: »Ich habe mit Granny telefoniert.«

»Hat sie erzählt«, erwiderte er knapp und klemmte sich den Hörer für einen kurzen Moment zwischen Ohr und Schulter, um die Flasche zu öffnen. Dann nahm er einen großen Schluck, drehte sich wieder um und lehnte sich mit seinem nackten Rücken gegen den Kühlschrank, während er den Blick durch seine Wohnung gleiten ließ.

Nur hier in dem alten Fabrikgebäude am Hafen konnte er die Musik so laut aufdrehen, wie er wollte. Und das zu jeder Tages- oder Nachtzeit. Es störte auch niemanden, wenn er mitten in der Nacht kochte oder etwas räucherte, weil außer ihm niemand hier wohnte. Mit einem Lastenaufzug fuhr man bis in seine Wohnung, was ihm sehr gelegen kam, weil er auf diese Weise seine Maschine im Loft abstellen konnte. Draußen hätte es nämlich auch vorkommen können, dass sie geklaut wurde. Hier im Hafen trieben sich ab und zu zwielichtige Gestalten herum – eine Tatsache, die er seiner Granny wohlweislich verschwieg. Sie wäre sonst womöglich auf die Idee gekommen, dass er zu ihr ziehen sollte. Nick war ja schon froh, sie von seiner Bude fernhalten zu können, weil sie mit großer Sicherheit angefangen hätte, hier aufzuräumen und zu putzen. Nun ja ... angesichts der Unordnung wäre ein Putzdienst vermutlich gar nicht schlecht gewesen, überlegte er kurz und setzte ein weiteres Mal die Wasserflasche an seine Lippen.

»Wie geht's dir so?« Er hörte den nervösen Unterton in der Stimme seiner Schwester.

»Gut. Und selbst?«

»Hör zu, Nick«, murmelte Natalie zerknirscht. »Ich kann verstehen, dass du sauer bist.«

»Warum sollte ich sauer sein?«, hörte er sich selbst fröhlich fragen.

Seine Schwester holte nervös Atem. »Eigentlich wollte ich dich anrufen, als Tyler und ich uns getrennt haben, aber ...

aber ich war mir nicht sicher, wie du reagieren würdest, um ehrlich zu sein.«

»Und deshalb hast du Dad angerufen, verstehe.« Er schnalzte mit der Zunge. »Kein Problem, Natalie.«

»Können wir nicht wie Erwachsene darüber reden?«

»Es ist doch alles okay«, erwiderte er gespielt liebenswürdig. »Du hattest ein Problem und hieltest es für eine gute Idee, Dad um Hilfe zu bitten, anstatt Granny oder mich anzurufen. An deiner Stelle hätte ich auch den Mann angerufen, der seiner eigenen Mutter eine Bürgschaft aufschwatzen wollte und mich heute noch regelmäßig um Geld anpumpt.« Sein Tonfall troff vor Ironie.

Natalie bewies, dass sie mit dem gleichen Temperament wie er gesegnet war, als sie wütend rief: »Nick, du Trottel, kannst du mich nicht verstehen? Ich brauchte Geld für einen Anwalt, und Granny wollte ich nach der Sache mit dem College nicht belästigen!«

»Hey, Nat.« Nick verdrehte die Augen. »Es ist deine Sache, wen du um Hilfe bittest. Ich red dir in dein Leben sicherlich nicht rein.«

»Verdammt, Nick! Weißt du eigentlich, wie schwer mir es fiel, Dad um Hilfe zu bitten? Oder dich anzurufen? Versetz dich mal in meine Lage.«

Er zuckte mit den Schultern, auch wenn seine Schwester das nicht sehen konnte. »Ich weiß überhaupt nicht, warum wir uns streiten. Du kannst tun, was du willst.«

Ihr Schnauben dröhnte in seinem Schädel. »Das klang noch ganz anders, als du mich angebrüllt hast, weil ich das College abgebrochen habe.«

Nick war die Lässigkeit in Person. »Ich habe dich nur deswegen angebrüllt, weil du Grannys Geld in den Sand gesetzt hast, Natalie. Denn du hattest damals vollkommen recht: Es ist dein Leben, und du weißt selbst, was du tust. Also brenn mit dem erstbesten Idioten nach Las Vegas durch, lass dich anderthalb Jahre später scheiden und bitte Dad um Hilfe. Ich freu mich schon drauf, wenn ich während einer seiner Bettelanrufe erfahre, dass sich meine Schwester scheiden lässt.«

Aufgeregt erwiderte seine Schwester: »Ich wollte dir längst eine Mail geschrieben und von meiner Scheidung erzählt haben ...«

Spöttisch unterbrach er sie: »Eine Mail, ja? Du warst schon einmal witziger.«

Zu seinem Leidwesen schniefte Natalie nun in den Hörer.

Scheiße, er konnte weinende Frauen nicht ertragen. Selbst beim Geräusch unterdrückter Tränen wurde ihm ganz anders. Dennoch wollte er sich von der Heulerei seiner Schwester nicht aus der Fassung bringen lassen. Auch wenn er vorgab, nichts mit ihren Problemen zu tun haben zu wollen, war er wie vor den Kopf gestoßen, dass seine Schwester nicht ihn um Hilfe gebeten hatte – sondern zu ihrem Vater gegangen war, der für seine beiden Kinder niemals sonderlich großes Interesse gezeigt hatte.

Als er nicht gleich antwortete, verstand Natalie den Wink mit dem Zaunpfahl, dass er sich von ihrem Schniefen nicht beeindrucken ließ. Kleinlaut erzählte sie: »Ich möchte Granny in nächster Zeit besuchen kommen.«

Auch das noch.

»Schön. Sicherlich freut sie sich.«

»Ich würde dich auch gerne sehen, Nick.«

Er rieb sich übers Gesicht und schnitt eine Grimasse. »Eigentlich habe ich im Restaurant gerade irre viel zu tun.«

»Keine Sorge«, versetzte Natalie. »Sicherlich bleibe ich mindestens eine Woche bei Granny, also können wir uns an deinem freien Tag sehen, Bruderherz.«

Als sie einfach auflegte, fluchte Nick ungehalten und knallte das Handy auf die Arbeitsplatte aus Granit.

Es brauchte eine lange heiße Dusche sowie ein Frühstück aus Eggs Benedict, einem doppelten Espresso, frisch gepresstem Grapefruitsaft und einem Schokoladenpudding, bis er sich halbwegs beruhigt hatte. Da er sich extrem viel Zeit gelassen hatte, weil er nicht wütend ins Restaurant hatte fahren wollen, kam er eine gute Stunde zu spät.

Im Leben musste man eben Prioritäten setzen.

Unglücklicherweise hatte seine Serviceleitung nur leider auch welche.

Kaum hatte er das *Knight's* durch die Vordertür betreten, fiel Marah bereits über ihn her und lief um ihn herum wie ein aufmerksamkeitsheischendes Hündchen. Nun ja, ein Hündchen war sie eher weniger. Tatsächlich ähnelte sie einem Pitbull, so sehr wie sie die Zähne bleckte.

»Wolltest du nicht schon vor einer Stunde hier sein?«

»Wollte ich«, bestätigte er und legte seinen Helm auf der edlen Theke im Gastraum ab, direkt neben einer vollen Tasse Kaffee. Ohne zu zögern, griff Nick danach und nahm einen großen Schluck.

»Du weißt nicht einmal, wem der Kaffee gehört«, empörte sie sich.

Nick trank noch einen Schluck und genoss das Aroma der feinen Röstung. Das heiße Getränk wärmte ihn nach dem kühlen Fahrtwind angenehm. Obwohl es Sommer war, konnte es in Boston schon einmal kalt werden – vor allem auf dem Motorrad.

Über den Rand der Tasse hinweg musterte er die genervte Serviceleitung. Natürlich sah Marah schon um diese Uhrzeit wie aus dem Ei gepellt aus. »Sollte ich beim nächsten Wutanfall grün werden und mir die Kleider vom Leib reißen, wissen wir, dass es Bruce Banners Kaffeetasse war.« Der blonden Aushilfe, die hinter der Bar auftauchte, um Gläser zu polieren, zwinkerte er vertraulich zu, nicht zuletzt, weil er wusste, dass es Marah auf die Palme treiben würde. »Hi Morgan, gut siehst du aus.«

»Danke, Chef«, kicherte die Anfang Zwanzigjährige und wurde rot.

Tatsächlich wurde Marahs Stimmlage gefährlich hoch. »Bruce *wer*?«

»Bruce Banner.« Nick zuckte mit der Schulter und stellte die leere Kaffeetasse wieder hin. »Der unglaubliche Hulk.«

In Marahs Augen fand er keinerlei Hinweis darauf, dass sie wusste, wovon er redete.

»Oh Mann.« Er fuhr sich frustriert durchs Haar. »Der unglaubliche Hulk ist ein Kultobjekt. Sag mir bitte nicht, dass du als Kind nie die Fernsehserie geschaut hast!«

»Chef . . .«

»Oder wenigstens die Avengers?« Stöhnend ließ er sich auf einem der Barhocker nieder. »Du hast auch mal einen Tag frei, Marah. Gehst du nie ins Kino oder so?«

Sie räusperte sich tadelnd und erklärte ihm dann: »Anstatt dir Gedanken um meine Freizeit zu machen, solltest du deine Briefe öffnen. Dann hättest du gesehen, dass man dir eine Einladung zu einer Restauranteröffnung in der kommenden Woche geschickt hat!«

Mit einem dramatischen Seufzer ließ er den Kopf auf die Theke sinken.

»Das ist nicht komisch. Spencer Reeve . . .«

»Heilige Scheiße.« Nick stöhnte. »Ich soll zur Restauranteröffnung von Spencer Reeve gehen?«

»Ja, nächste Woche.«

Er setzte sich wieder aufrecht hin, kratzte sich nachdenklich am Kopf und entgegnete geradezu jammervoll: »Nächste Woche? Verdammt, da kann ich nicht.«

Stoisch erwiderte Marah seinen Blick. »Wieso nicht?«

Er verzog die Lippen zu einem breiten Lächeln: »Brazilian Waxing.«

Seine Serviceleitung kniff die Augen zusammen. »Jeden Tag?«

»Was soll ich sagen?« Bedauernd hob er seine Hände. »Intimfrisuren brauchen ihre Zeit.«

Ihr Schnauben hallte durch das leere Restaurant. »Du solltest hingehen und dich dort sehen lassen. Sonst übernehme ich dein Brazilian Waxing höchstpersönlich.«

Hatte er richtig gehört? Seine miesepetrige Serviceleitung machte einen Scherz?

Sie hob das Kinn. »Spencer Reeve ist schließlich Sternekoch ...«

Mit der Hand schlitzte er sich symbolisch die Kehle durch. »Ich meine es ernst.«

»Ich auch«, würgte er hervor und schüttelte fassungslos den Kopf. »Seine Gerichte schwimmen in völlig überwürzten Saucen. Wer auch immer ihm einen Stern gegeben hat, sollte für den Rest seines Lebens bei McDonalds essen müssen.«

Marah strich sich einen imaginären Fussel von ihrem Jacket. »Wenn du ihn in der kommenden Woche bei seiner Restauranteröffnung triffst, solltest du ihm das vielleicht nicht unbedingt sagen.«

Hey«, beschwerte er sich. »Ich werde nicht hingehen.«

»Oh, das tut mir aber leid«, flötete sie und spitzte die Lippen. »Deine Zusage habe ich bereits gemailt.«

Ungläubig starrte er sie an. »Was bringt dich überhaupt dazu, meine Post zu öffnen?«

Sie rückte einen der Barhocker gefühlte fünf Millimeter

nach rechts und nickte anschließend zufrieden. »Der Stapel auf deinem Schreibtisch wurde immer größer, und ich hatte Sorge, dass ein Brief vom Gesundheitsamt darunter sein könnte.«

»Gesundheitsamt?« Er runzelte die Stirn. »Haben wir eine Rattenplage?«

Ihre Augen weiteten sich erschrocken. »Nein, natürlich nicht!«

Er rutschte von seinem Barhocker. »Gut, sag mir Bescheid, falls sich daran etwas ändern sollte. Und verbrenn in Zukunft verdammt noch mal jede weitere Einladung zu irgendwelchen Restauranteröffnungen! Ich bin in der Küche.« Missmutig schnappte er sich seinen Helm. »Heute Abend kommt ein spezieller Gast zum Essen, also terrorisiere jemand anderen!«

»Vergiss nicht, deinen Anzug zur Reinigung zu bringen«, rief sie ihm hinterher und machte nicht den Anschein, von seinem Kommentar beeindruckt zu sein. »Du willst bei Spencer Reeve doch nicht in deiner Kochjacke erscheinen.«

Über die Schulter hinweg rief er mit einem Ächzen: »Ich gehe nackt! Das Brazilian Waxing soll sich schließlich lohnen!«

Wenige Stunden später hatte sich das Blatt gewendet, weil es nun Nick war, der Marah schier in den Wahnsinn trieb, indem er sie pausenlos zu sich rufen ließ. Das erkannte er an ihrem genervten Gesicht, als sie die Küche betrat und ihn mit einem Augenrollen bedachte. Nick stand an seinem Posten, beugte sich über einen Teller und richtete eine gebackene Jakobsmuschel auf einem Bett aus Roter Beete an, während er sie fragte: »Und?«

»Und *was*?«

Ungeduldig hob er eine Augenbraue in die Höhe. »Nun sag schon.«

»Ziemlich hübsch«, urteilte Marah. »Wenn man auf Rothaarige steht.«

Sein Kopf fuhr in die Höhe. »Sie ist da?«

»Jawohl, der Herr«, schnarrte sie.

»Warum hast du mir nicht gleich Bescheid gesagt?« Aufgebracht schob er den fertigen Teller nach vorn und brüllte geradezu: »Service!«

»Himmel! Sie ist gerade erst hereingekommen.« Marah schüttelte verwirrt den Kopf. »Seit wann machst du so einen Aufriss wegen eines Gastes? Ganz so wichtig war diese Zeitungskritik auch wieder nicht.«

Er warf Marah einen finsteren Blick zu und griff nach einem Küchenhandtuch, um sich daran seine Hände abzuputzen. »An welchem Tisch sitzt sie? Ich hoffe, du hast sie nicht mitten . . .«

»Sie sitzt mit ihrer Begleitung an Tisch drei und . . .«

»Begleitung?« Beinahe fielen ihm die Augen aus dem Kopf. »Sie ist in Begleitung gekommen?«

»Oh ja«, verkündete Marah – bedeutend fröhlicher. »Und in sehr gut aussehender Begleitung dazu. Da könnte ich glatt eifersüchtig werden.«

Völlig aus dem Konzept gebracht sah er Marah an und konnte nicht glauben, was er da hörte. Claire hatte einen Kerl zu ihrem Abendessen mitgebracht?

»Cal, übernimm für mich!«

Ohne auf die Antwort seines Souschefs zu warten, verließ er festen Schrittes die Küche und strebte den Gastraum an, der sich dank der späten Uhrzeit langsam leerte. Auch wenn es in seinen Fingern kribbelte, einen oscarreifen Auftritt hinzulegen und hineinzustürmen, um sich den Mistkerl vorzunehmen, mit dem sie gekommen war, blieb er hinter der Tür stehen und lugte durch die eingelassenen Fenster in den Gastraum. Aufgebracht ließ er seinen Blick zu Tisch drei wandern und erstarrte . . .

»Ich habe dir doch gesagt, dass ihre Begleitung gut aussieht«, verkündete Marah hinter ihm und klang extrem schadenfroh.

Nick deutete zur Tür. »Bei ihr sitzt eine Frau!«

»Ich weiß.« Sie grinste diabolisch. »Sieht nett aus, oder?«

Er schüttelte den Kopf. »Aber . . . aber ich verstehe nicht!«

»Was verstehst du nicht?«

Finster starrte er sie an. Nur langsam erholte er sich von dem Schock, der ihm in alle Glieder gefahren war bei dem Gedanken, Claire würde mit einem Date antanzen. »Du hast gesagt, du könntest glatt eifersüchtig werden.«

»Könnte ich auch.«

Als er nichts sagte, sondern sie weiterhin verwirrt ansah, verdrehte Marah die Augen, kam auf ihn zu und tätschelte gutmütig seine Wange. »Dafür, dass du dich gerne als Frauenversteher ausgibst, stehst du echt auf dem Schlauch. Ich bin lesbisch.«

Ihm fiel der Unterkiefer herunter. »Seit wann?«

»Schon immer.« Sie seufzte. »Vielleicht könntest du jetzt endlich aufhören, mit mir flirten zu wollen? Alle anderen haben es längst begriffen, von daher werden deine Anmachen irgendwie immer . . . peinlicher.«

Wortlos sah er ihr zu, wie sie im Gastraum verschwand, und hätte beinahe schallend gelacht, bevor er wieder vorsichtig nach draußen spähte, wo Claire an Tisch drei saß und sich mit ihrer Begleitung unterhielt. Sie hatte also eine Freundin mitgebracht. Nick gefiel das zwar nicht sonderlich, aber es war bei weitem besser, als wenn sie mit einem Typen hier aufgetaucht wäre.

Er musste unwillkürlich grinsen. Wenn Claire dachte, sie

könne ihn so beeindrucken, hatte sie sich geschnitten. Jetzt erst recht! Seiner Küchenbrigade sowie dem Service machte er dementsprechend Dampf, als er den beiden Frauen ein fabelhaftes Fünf-Gänge-Menü zauberte.

Zuerst ließ er ihnen Kaisergranat im knusprigen Tempurateig auf einem Fenchel-Apfel-Salat servieren, dem eine getrüffelte Consommée mit einer im Blätterteig gebratenen Gänseleber folgte. Danach kredenzte er eine Seezungen-Lachs-Roulade auf Topinamburschaum, bevor er eine Lamm-Crépinette mit Steinpilzen und pochiertem Pfirsich reichen ließ.

Zufrieden sah er, wie leere Teller zurück in die Küche gebracht wurden. Leere Teller waren immer ein gutes Zeichen.

Den letzten Gang wollte er jedoch persönlich servieren. Beim Anrichten der Champagnermousse im Mantel aus weißer Schokolade an kandierten Heidelbeeren gab er sich besonders viel Mühe.

Als er mit einem Dessertteller in der Hand den Gastraum betrat, konnte er es kaum abwarten, Claires Urteil zu erfahren. Auch der letzte Gang war ein wahres Meisterwerk geworden, da war er sich absolut sicher – perfekt wie alles andere, das er heute Claire und ihrer Freundin serviert hatte.

»Guten Abend, die Damen. Wie überaus reizend, Sie heute bei uns begrüßen zu dürfen«, sagte er, als er an den Tisch trat. Federleicht legte er seine linke Hand an die Rückenlehne von Claires Stuhl und streifte dabei ihren schmalen Rücken, der dankenswerterweise durch den tiefen Rückenausschnitt ihres Kleides halb entblößt war. Mit einem zufriedenen Seitenblick registrierte Nick, wie sie kurz zusammenzuckte. Wirklich, er konnte es kaum erwarten, noch mehr dieser seidigen Haut zu erforschen! Routiniert beugte er sich schräg über sie, um ihr das Dessert zu servieren, während der Kellner ihre Freundin bediente.

Der zarte Duft nach Frau und einem wahnsinnig aufregenden Parfum stieg ihm in die Nase, als er ihnen ankündigte: »Zum krönenden Abschluss darf ich Ihnen ein Dessert servieren, zu dem Sie sicherlich nicht nein sagen können.«

Er nickte Claire zu, die wie gebannt auf den Teller vor sich schaute. Dann ließ er den Blick über den Tisch zu ihrer Begleitung wandern. Die Frau mit den kurzen Haaren und der schwarzen Hornbrille musterte ihn ebenfalls interessiert. Er musste zugeben, dass er Marah verstehen konnte, sie hatte was. Mit einem frechen Grinsen nickte sie ihm zu. »Du bist also der heiße Sexgott, dem wir unser köstliches Mahl zu verdanken haben?«

»Vicky«, seufzte Claire gequält auf. »Wolltest du das nicht lassen?«

Nick schaffte es nicht, sein tiefes Lachen zu unterdrücken. »Sexgott? Verdammt, anscheinend habe ich die wirklich wichtigen Gespräche verpasst, während ich in der Küche stand.«

»Scheint so.« Vicky grinste ihn noch breiter an.

Endlich wandte Claire sich ihm zu, suchte seinen Blick. »Das ist Vicky, die eigentlich versprochen hatte, keine unpassenden Bemerkungen zu machen, wenn ich sie mitnehme.«

»Hey, ich beschwere mich nicht, dass ich Sexgott genannt werde. Ich bin doch nicht verrückt!«

Dass sie ihre Augen verdrehte und dabei ein Lächeln zu unterdrücken schien, weckte in Nick den Wunsch, dass alle anderen Gäste die Biege machten. Er wollte endlich mit ihr allein sein und zum spannenden Teil des Abends übergehen: Zusammen eine Flasche Rotwein trinken wäre doch ein guter Anfang.

Nur anscheinend hatte er die Rechnung ohne Vicky gemacht, denn die verlangte lauthals: »Setz dich doch zu uns. Ich möchte zu gerne wissen, ob du allen Frauen ein derart großartiges Menü zauberst – oder nur denen, die du ins Bett bekommen willst. Claire war sich nämlich nicht sicher.«

Claire unterbrach den Blickkontakt und fragte ihre Freundin: »Warum habe ich dich noch einmal mitgenommen? Ich kann mich gar nicht erinnern, heute getrunken zu haben.«

Vicky lachte. »He he, das hast du davon. Also, Nick? Setz dich endlich, bevor ich noch Nackenstarre bekomme, weil ich so zu dir aufsehen muss.«

»Nick wird sicherlich in der Küche gebraucht und hat gar keine Zeit für uns«, belehrte Claire ihre Freundin.

»Ach, die kommen auch ohne mich klar.« Lässig holte er sich einen Stuhl vom Nachbartisch und setzte sich direkt neben Claire, die erstaunlicherweise nicht von ihm wegrückte. Das nächste gute Zeichen: Nick begann die Situation zu genießen. »Also? Wie war das mit dem Sexgott?«

»Moment.« Vicky hob die Hand und gestikulierte mit dem Löffel herum. »Zuerst muss ich dieses Dessert probieren. Vielleicht entschädigt es mich für die Suppe.«

Augenblicklich setzte er sich aufrecht hin. »Was war mit der Consommée?«

Nun beugte sich Claire zu ihm hinüber und raunte entschuldigend: »Vicky ist dagegen, Gänsestopfleber zu essen, nachdem sie irgendeine Reportage gesehen hat. Ich fand die Consommée sehr gut.«

»Nur sehr gut?« Konsterniert zog er die Augenbrauen hoch.

»Sie war sehr, *sehr* gut«, korrigierte sie sich.

»Wenigstens etwas«, murmelte er und deutete auf ihren Teller. »Du solltest zu essen anfangen. In aller Bescheidenheit muss ich sagen, dass die Champagnermousse göttlich schmeckt. Fast wie …« Grinsend lehnte er sich zurück und verschränkte die Arme vor der Brust. »… ein Orgasmus auf der Zunge.«

Spöttisch kräuselte sie den Mund und begann anschließend, sehr geziert von dem Dessert zu kosten. Ihre Freundin dagegen schob sich die feine Kreation mit der Begeisterung des Krümelmonsters aus der Sesamstraße in den Mund. Nick ließ seinen Blick auf der Frau neben sich ruhen, die heute ihre roten Haare zu einem Seitenknoten frisiert hatte und deren Haut wie Perlmutt schimmerte. Er konnte sich nicht helfen, doch während er sie beobachtete, wie sie kerzengerade auf dem Stuhl saß, das Weinglas äußerst elegant an den Mund führte und sehr manierlich aß, stieg in ihm die Vorstellung hoch, dass sie keine Probleme gehabt hätte, den Präsidenten zu treffen – oder die Königin von England. Es war seltsam, dass ausgerechnet er eine Frau mit Benimm und feiner englischer Art dermaßen scharf fand. Sie passte nicht in sein übliches Beuteschema. Doch er war schon lange nicht mehr so versessen darauf gewesen, eine Frau ins Bett zu bekommen. Zu gerne hätte er gesehen, wie sich ihr rotes Haar über sein Kopfkissen ...

»Heiliger Bimbam, Nick. Du hast recht, die Mousse schmeckt wahnsinnig gut«, unterbrach Vicky seine lustvollen Gedanken. Gar nicht das Schlechteste, er wollte sich in seinem eigenen Restaurant nicht bis auf die Knochen blamieren. Beinahe stand ihm schon der Schweiß auf der Stirn.

»Danke. Für die Mousse habe ich einen Cuvée Sublime verwendet.«

»Das schmeckt man.« Sehr nachdenklich nickte Claire und tupfte sich mit der Serviette den Mundwinkel ab. »Ich hätte mir einen trockenen Champagner für die Mousse gewünscht. Zusammen mit den kandierten Heidelbeeren schmeckt das Dessert etwas zu süß.«

Vermutlich sah Nick sie mit Augen an, die sich vor Verblüffung rundeten. »Was?!«

»Das Dessert.« Sehr freundlich sah sie ihn an, fast hatte er den Verdacht, sie würde sich über ihn lustig machen. »Es schmeckt fantastisch, versteh mich nicht falsch. Aber mit einem trockenen Champagner wäre es vermutlich etwas runder.« Claire griff nach ihrem Wasserglas und nahm einen Schluck.

»Soll das heißen, dass ich dich noch nicht überzeugt habe?« Abwartend sah er sie an.

Mit Daumen und Zeigefinger pickte sie eine Heidelbeere auf, schob sie sich zwischen die Lippen und schüttelte den Kopf. Sie wirkte viel zu ernst für eine Frau, die sich doch denken konnte, dass ihm bei ihrem Anblick Sexfantasien durch den Kopf gingen.

Vicky schien die Kommunikation zwischen Claire und ihm voller Vergnügen zu beobachten, da sie entschieden einwarf: »Das heißt, dass du ihr weitere Verführungsmenüs kochen musst.«

»Scheint so.« Seine Mundwinkel zuckten.

Claire dagegen runzelte missgelaunt die Stirn. »Das sind keine *Verführungsmenüs*, Vicky. Nick möchte mich lediglich von seinen Qualitäten als Küchenchef überzeugen, damit ich eine zweite Gastrokritik schreibe. Könntest du es bitte unterlassen, unsere Wette ständig zu sexualisieren?«

»Oh, also ich wette, dass Sexualisieren hier das richtige Stichwort ist.«

Weil er sicher war, dass Claire die Fopperei ihrer Freundin langsam auf den Geist ging, wandte er ein: »Eigentlich ist das richtige Stichwort Gastrokritik. Was glaubst du, was ich tun muss, um Claire von meinen Gerichten zu überzeugen?«

»Keine Ahnung.« Die kurzhaarige Frau hob die Schultern in die Höhe. »So lange kenne ich sie noch nicht.«

Übertrieben gequält stöhnte er auf. »Danke, Vicky. Ich hatte schon geglaubt, in dir eine Komplizin gefunden zu haben.«

Vicky zwinkerte ihrer Freundin zu. »Ich bin dafür, dass du ihn noch etwas zappeln lässt, Claire. Und in der Zwischenzeit lässt du dich von ihm bekochen. Irgendwie ist er schon ganz süß.«

Claire räusperte sich vernehmlich. »Und ich bin dafür, dass du dir die Nase pudern gehst.«

»Oh, ihr wollt allein sein?« Ihre Freundin schob augenblicklich den Stuhl zurück und grinste ihn verschwörerisch an. »Mach nichts, was ich nicht auch tun würde, Sexgott.«

Kaum war Vicky außer Sichtweite, seufzte Claire. »Es tut mir wahnsinnig leid.«

»Was tut dir wahnsinnig leid?« Er schnappte sich den Löffel von ihrem Teller und überprüfte noch einmal den Geschmack seiner Mousse.

»Wenn ich gewusst hätte, was sie von sich gibt, hätte ich sie nicht gefragt, ob sie mich begleiten will.«

Nick zuckte mit der Schulter und versenkte den Löffel wieder in dem köstlichen Dessert. Wenn er darüber nachdachte, besaß der Nachgeschmack tatsächlich eine etwas zu süßliche Note.

Verdammt! Er hätte doch einen trockenen Champagner nehmen sollen.

»Ach, was«, beruhigte er seinen Gast. »Sie ist unterhaltsam. Ich mag sie.«

»Sie hat dich einen Sexgott genannt!«

Ihr vor Empörung gerötetes Gesicht ließ ihn breit grinsen. »Kein Mann würde sich jemals darüber aufregen, wenn man ihn Sexgott nennt. Irgendwie macht es meine Enttäuschung wett, heute Abend nicht mit dir allein zu sein und diesen fabelhaften Bordeaux Cheval Blanc zu leeren, der sich in meinem Weinkeller befindet.«

Glücklicherweise ging sie nicht darauf ein, dass er erwartet hatte, mit ihr allein zu sein, sondern fragte mit vor Interesse aufblitzenden Augen: »Welcher Jahrgang?«

»Ein 76er.«

Sie erschauerte wohlig, was Nick voller Befriedigung vernahm. Wenn er ihr jetzt erzählt hätte, dass er mit seinem Maître einen 47er geleert hatte, als er seinen Meister erlangt hatte, wäre sie vermutlich in Tränen ausgebrochen – oder hätte vor Verzückung so laut gestöhnt, dass er sofort eine Erektion bekommen hätte.

Stattdessen rückte sie etwas von ihm ab und wollte nüchtern wissen: »Machst du das öfter?«

Unschuldig sah er sie an. »Was denn?«

»Mein Besteck zu nehmen und von meinem Dessert zu essen?« Graziös deutete sie auf seine Hand, in der er noch immer ihren Löffel hielt.

»Möchtest du ihn wiederhaben?«

Claire schüttelte den Kopf. »Nein, danke.«

»Hat dir die Mousse nicht geschmeckt?«

Sie schenkte ihm einen Blick, als hätte er etwas wahnsinnig Dummes gesagt. »Natürlich hat sie mir geschmeckt. Nur bin ich nach fünf Gängen restlos satt.«

»Dann sollte ich dir beim nächsten Mal lediglich ein Dessert vorbeibringen.« Er schob sich einen weiteren Löffel zwischen die Lippen und lächelte spitzbübisch: »Wenn du mir deine Adresse gibst, muss ich auch nicht ständig bei dir in der Redaktion auftauchen.«

Auch wenn ihr Blick jeder englischen Gouvernante Konkurrenz machte, ließ sich Nick davon nicht beeindrucken. Er hatte nämlich den Eindruck, dass er sie ebenfalls nicht kalt ließ.

»Träum weiter«, kommentierte sie aber nur und glättete das Tischtuch. »Wo wir schon dabei sind: Der Topinamburschaum hätte etwas Salz vertragen können.«

Stöhnend ließ er seinen Kopf in den Nacken fallen. »Habe ich eigentlich schon einmal gesagt, dass du nicht gut für mein Ego bist, Claire?«

Verschmitzt erwiderte sie: »Und habe ich eigentlich schon einmal gesagt, dass ich diese Wette gewinnen will?«

* * *

Claire liebte ihren Job, schließlich liebte sie auch gutes Essen.

Und sie liebte das geschriebene Wort; liebte es, wie Worte zueinanderfanden, einen Sinn ergaben, einen ganz besonderen Unterton entwickelten und Geschichten erzählten. Der Spruch *zwischen den Zeilen lesen* kam nicht von ungefähr. Mit Worten konnte jede Gefühlsregung ausgedrückt werden, die es auf dieser Welt gab.

Wie immer, wenn sie eine Buchhandlung betrat, lächelte Claire auch jetzt versonnen und sah sich die Bücherstapel aktuell erschienener Romane an, von denen sie bereits einige gelesen hatte. Zu ihrem Morgenritual gehörte es, nicht nur den *Boston Daily* zu lesen, sondern auch einen Blick in die *New York Times* zu werfen, deren Buchkritiken sie voller Vergnügen las. Von daher wusste sie, dass ihre nächste Lektüre das bejubelte Buch über eine unerfüllte Liebe in Afrika während der Kolonialzeit sein würde.

Sie schnappte sich den Wälzer und überlegte, in welche Abteilung sie als Nächstes gehen wollte. Vermutlich sollte sie sich noch besser in das neue Thema einlesen, für das sie gerade recherchierte. Auf der Rolltreppe fuhr sie in die zweite Etage, in der es einen riesigen Bereich für Kulinarisches gab. Langsam wanderte sie umher, sah sich interessiert die neuesten Kochbücher an, von denen sie selbst mehr besaß, als sie zählen konnte, und suchte nach einem Buch über die regionale Hummerfischerei. Nachdem sie einen Bildband mit kürzeren Interviews gefunden hatte, blätterte sie ihn zufrieden durch und beschloss, ihn ebenfalls zu kaufen. Bevor sie sich jedoch auf den Weg zur Kasse machen konnte, begann ihr Handy zu klingeln.

Claire hoffte, dass es nicht die Redaktion war. Immerhin hatte sie bereits Feierabend und freute sich wahnsinnig darauf, mit einem guten Glas Rotwein ein langes Schaumbad zu nehmen.

Beim Blick auf die englische Telefonnummer, die auf ihrem Display aufleuchtete, erreichte ihre Laune einen Tiefpunkt.

Edward.

Eigentlich hätte sie seinen Anruf wegdrücken können. Doch bei ihrem Glück würde er sich prompt bei ihrer Mutter beschweren, weil sie ihn ignoriert hatte. Das war den Ärger nicht wert. Von daher biss sie lieber in den sauren Apfel und nahm das Gespräch an.

»Edward.«

»Claire«, entgegnete er, distanziert wie eh und je. »Wie nett, dass ich dich erreiche.«

Sie gab lediglich ein zustimmendes Murmeln von sich.

»Wie geht es dir?«

»Sehr gut. Und dir?«, fragte sie höflich. »Was macht die Arbeit?« Normalerweise hatte er zu diesem Thema immer etwas zu sagen.

Auch jetzt war dies der Fall.

»Bei der Arbeit läuft alles exzellent. Wir konnten ein weiteres Unternehmen an die Börse bringen, das bereits eine sehr gute Wachstumsprognose erhalten hat. Dabei war es unsicher, wie der Börsengang laufen würde, wenn man die aktuellen

Wirtschaftsnachrichten betrachtet. Von daher sind wir mehr als zufrieden. Die Aktionäre natürlich auch.«

»Mhm.« Er klang, als wolle er sie als neue Kundin anwerben. Mit einem Schaudern erinnerte sie sich an die vielen Abendessen mit ihrem Exfreund, bei denen er ununterbrochen über Aktienkurse oder Börsengänge geredet hatte, die Claire überhaupt nicht interessierten. Und von denen sie keine Ahnung hatte. Warum hatte sie sich das eigentlich so lange angetan?

Als wäre diese Erinnerung nicht schlimm genug, räusperte sich Edward plötzlich. »Claire, ich vermisse dich.«

Beinahe wäre ihr vor Schreck das Buch aus der anderen Hand gefallen. Einen kurzen Moment wusste sie nicht, wie sie auf diese Offenbarung reagieren sollte. Edward hatte niemals der Sorte Mann angehört, die emotional wurde.

»Oh.« Na, besonders geistreich klang sie nicht.

»Wirklich«, bekräftigte er. »Die Trennung war ein Fehler.«

Alarmiert sah sie sich in der Buchhandlung um und bemerkte erleichtert, dass sie vor einem Regal mit regionalen Bildbänden allein war. Bei ihrer Trennung hatte Edward nicht den Eindruck gemacht, sonderlich berührt, unglücklich oder aufgebracht zu sein, weil sie Schluss machte. Und in den vergangenen Monaten hatte er sich kein einziges Mal bei ihr gemeldet. Woher also dieser Meinungsumschwung?

»Edward, wir sind seit fast einem Jahr getrennt«, begann sie daher zögerlich. »Du hast dich in den vergangenen Monaten nicht ein einziges Mal gemeldet.«

Seufzend erklärte er: »Ich hatte viel zu tun. Es tut mir wirklich leid, Claire. Können wir nicht die Vergangenheit vergessen und von vorne beginnen?«

Wovon zum Teufel sprach er nur?

Wie benommen ließ sich Claire auf einen der Lesesessel fallen und sprach äußerst behutsam in das Handy hinein.

»Edward, wir haben uns getrennt, und ich lebe in Boston. Du in London. Aber selbst wenn es keine räumliche Trennung gäbe, dann ...«

»Wir haben perfekt zueinander gepasst«, unterbrach er sie beinahe wehmütig.

Überrascht fuhr sie zusammen. »Findest du?«

»Das fand jeder.« Nun klang er plötzlich wie der alte Edward – selbstsicher und ganz und gar von sich überzeugt. Kein säuselndes *Ich vermisse dich* mehr.

»Ach? Wer ist denn *jeder*?«

Er schnalzte mit der Zunge. »Deine Eltern. Meine Eltern. Unsere Freunde. Mein Chef ...«

»Dein Chef?«

»Ja, mein Chef.« Niedergeschlagen seufzte er. »Er war immer sehr beeindruckt von deinem Auftreten, von deinem Lebenslauf und deiner Herkunft.«

Claire schüttelte den Kopf. »Edward, ich verstehe nicht ganz.«

»Okay, ich gebe es zu: Ich habe Mist gebaut. Tatsächlich hätte ich dir längst einen Antrag machen müssen, dann wäre diese ganze Misere nicht passiert.«

Fast hätte sie gelacht. »Aber ...«

Er ließ sie überhaupt nicht zu Wort kommen. »Wenn ich das jetzt schnell nachhole, würdest du dann bitte wieder zurück nach London kommen? Wir könnten im Herbst heiraten. Deine Mutter hat mir erzählt, dass es ganz bei ihnen in der Nähe eine antike Kapelle gibt, in der auch Hochzeiten stattfinden. Außerdem hätte sie auch schon die passende Wohnung im Auge. Wenn du das möchtest, kaufe ich sie.«

Mit dem Gefühl, gerade einen Schlaganfall zu erleiden, starrte Claire auf den gräulichen Teppichboden unter sich. Hatte Edward völlig den Verstand verloren?

»Meine Mutter würde sich liebend gern um die Blumenarrangements kümmern. Und deine Mutter kennt ein vorzügliches Restaurant, in dem wir feiern könnten ...«

Bevor er ihr ein Hochzeitskleid aussuchen konnte, unterbrach sie ihn scharf. »Stopp, Edward. Bist du völlig übergeschnappt? Wovon zum Teufel redest du denn da?«

Wie selbstverständlich erwiderte er: »Von unserer Hochzeit.«

»Es gibt keine Hochzeit«, widersprach sie kategorisch und fluchte sogar.

»Eine Hochzeit wäre doch nur logisch.«

»Logisch wäre es, wenn ich jetzt einfach auflegen würde«, fuhr sie ihn an. »Nimmst du Drogen?«

Empört schnalzte er mit der Zunge. »Natürlich nicht! Wie kommst du bitte darauf?«

»Wie ich darauf komme? Lass mich nachdenken«, meinte sie sarkastisch. »Ach ja! Mein Exfreund erzählt mir gerade etwas über Blumenarrangements und eine Hochzeitsfeier, zu der ich niemals ja gesagt habe!«

»Claire, du musst nicht dramatisieren. Das passt nicht zu dir.«

»Und zu dir passt nicht, dass du plötzlich eine Hochzeit vorantreiben willst, die vorher gar nicht zur Debatte stand.«

Fast schon zögerlich entgegnete er: »Ich bin mir in letzter Zeit über ein paar Dinge klar geworden.«

»Die da wären?«, verlangte sie ungeduldig zu wissen.

Als wäre es das Normalste von der Welt, erzählte Edward gelassen: »Für eine Karriere in der Firma brauche ich nun einmal eine passende Frau an meiner Seite. Jemanden mit Stil, Bildung und Manieren.«

Ungläubig lauschte Claire seinen Ausführungen.

»Es ist doch so.« Er stockte und schien nach Worten zu

suchen, was an und für sich schon ein wenig untypisch für Edward war. Denn um Worte war er normalerweise nie verlegen. »Für uns ist es schwierig, einen Partner zu finden, der unseren Ansprüchen genügt.«

»*Unseren* Ansprüchen?«

»Du weißt schon«, brummte er mit einem Anflug von Ungeduld. »Wenn man einer gewissen Gesellschaftsschicht angehört, mit einer gewissen Intelligenz gesegnet ist ... dann kann man nicht mit irgendwem eine Beziehung führen. Unsere Eltern erwarten einen respektablen Partner.«

»Aha.«

»Nach unserer Trennung ... nun ... nach unserer Trennung habe ich mich ein wenig umgeschaut, aber ... aber es gab keine andere, die dir auch nur annähernd das Wasser reichen konnte, Claire.«

»Das hört jede Frau doch gerne.«

Edward schien keinen Sinn für ihre Ironie zu haben. »Die Trennung hat mir die Augen dafür geöffnet, wie fabelhaft wir beide zueinanderpassen. Warum sollen wir dann noch Zeit damit verschwenden, jemand anderen zu finden?«

Claire atmete tief durch. »Auf Wiederhören, Edward.«

»Verdammt, Claire. Willst du mich betteln hören?«

Sie fasste sich an die Stirn. »Ich habe aus guten Gründen unsere Beziehung beendet. Du kannst so viel betteln, wie du willst, meine Entscheidung wird das nicht ändern. Wenn du eine passende Frau haben willst, um Karriere zu machen, dann zähle nicht auf mich. Ich verlasse Boston ganz bestimmt nicht, um mit fliegenden Fahnen nach London zurückzukehren.« Erst recht nicht zu dir, setzte sie in Gedanken hinzu.

Hastig warf er ein: »Du bist aufgeregt. Das verstehe ich.«

»Ich bin überhaupt nicht aufgeregt«, widersprach sie ihm.

»Du solltest in Ruhe darüber nachdenken. Für uns beide wäre eine Ehe von Vorteil.«

Nun musste sie doch lachen. »Eine Ehe mit dir? Von Vorteil?«

Gnädig klärte er sie auf: »Du wirst bald dreißig Jahre alt. In diesem Alter sollte man über Kinder nachdenken, bevor die biologische Uhr zu ticken beginnt. Willst du dich wirklich auf die Suche nach einem geeigneten Vater für deine Kinder machen, obwohl wir beide ...«

»Kinder?« Das Gespräch wurde immer absurder.

»Wir könnten uns die Mühe sparen, jemand Neues zu suchen. Und wenn wir heiraten, müsstest du nicht arbeiten, sondern könntest dich auf die Familie konzentrieren.«

Dieser Vorschlag war so lächerlich, dass sie ihn einfach ignorierte. Stattdessen entgegnete sie sehr gefasst: »Du hast meinen Beruf nie ernstgenommen, meine Karriereambitionen belächelt. Mein Job war in deinen Augen nie so wichtig wie deiner.«

Sein überhebliches Schnauben zerrte an ihren Nerven. »Also bitte! Du kannst doch nicht ernsthaft deinen Job mit meiner Arbeit vergleichen? Andere Menschen betreiben so was als Hobby nebenher.«

Sie hörte wohl nicht recht. »Was?«

»Aber ja. Die Frau eines Kollegen hat ebenfalls einen Blog und schreibt darüber, wie sie ihr neues Haus einrichtet.«

»Ich habe keinen Blog, Edward! Ich bin Journalistin!«

»Claire, du gehst in Restaurants essen und schreibst anschließend darüber, ob es dir geschmeckt hat oder nicht.« Er klang wie ein Oberlehrer, der ein zurückgebliebenes Kind aufklärte. »Das nennst du Journalismus?«

Nichts, was Edward jemals zu ihr gesagt hatte, hatte sie dermaßen aufgeregt wie seine letzte Frage. Vermutlich färbte die amerikanische Lebensweise bereits auf sie ab, weil sie ihm ein ungezogenes Schimpfwort in den Hörer raunte, bevor sie auflegte. Sollte er sich doch bei ihrer Mutter ausheulen!

Einen Moment lang blieb sie sitzen und atmete tief durch, um sich zu beruhigen. Und dieser Idiot glaubte ernsthaft, sie würde ihn heiraten? Eher ginge sie ihr restliches Leben tagtäglich Fish and Chips essen, bevor sie Edward ihr Ja-Wort geben würde!

Kopfschüttelnd erhob sie sich und griff nach ihrer Tasche sowie den beiden Büchern, als ihr Blick auf einen Tisch fiel, der am Rand der Abteilung stand. Es fanden sich jede Menge preisreduzierte Bücher darauf. Neugierig trat sie näher und entdeckte ein schmales Büchlein, dessen Titel sie wie magisch anzog: *Besser als ihr Ruf – 100 Tankstellenrestaurants im Test.*

Claire begann sehr undamenhaft zu prusten.

Spontan entschied sie sich dazu, das Buch ebenfalls mitzunehmen. An der Kasse zog sie einen Stift aus der Handtasche und kritzelte eine Widmung hinein, während sie beschloss, das Buch morgen einer bestimmten Person vorbeizubringen.

»Wissen Sie schon, wann Ihr Artikel erscheinen wird?«

Claire schüttelte den Kopf und verstaute ihren Notizblock in der Tasche. Während sie ein Gähnen unterdrückte, dachte sie mit Schauder daran, dass der Geruch nach Fisch und Meeresfrüchten um fünf Uhr morgens wenig reizvoll war. Doch sie wollte verschiedene Stimmen sammeln, bevor sie ihren Artikel zur hiesigen Hummerwirtschaft schrieb: Deswegen hatte sie beschlossen, einen Händler bei seiner Arbeit auf dem Großmarkt zu begleiten und zu interviewen. Sie hätte nicht gedacht, dass ihr das frühe Aufstehen so viel ausmachen würde, eigentlich war sie kein Langschläfer. Doch angesichts des frühen Morgens, der Kälte in der klimatisierten Halle und des Duftes nach zig verschiedenen Meeresfrüchten und Fischsorten zog es sie zurück in ihr warmes Bett.

Sie lächelte den älteren Herrn mit der blau-weiß gestreiften Schürze bedauernd an. Er hatte ihr in der vergangenen Stunde sein komplettes Leben erzählt, während er gleichzeitig Fische in Rekordtempo ausgenommen und filetiert hatte. Auch diesen Anblick hatte sie auf nüchternen Magen nur schwer ertragen, zumal einige der Fische noch gezuckt hatten.

»Leider kann ich das noch nicht sagen, Hank. Zuerst muss

ich noch ein paar Interviews führen, aber ich sage Ihnen Bescheid.«

Der bärtige Mann, der sich als vorzüglicher Interviewpartner herausgestellt hatte, murmelte schüchtern: »Meine Frau ist schon ganz aufgeregt, weil ich in der Zeitung stehen werde. Ich musste ihr versprechen, Sie danach zu fragen, wann der Artikel erscheint.«

Vermutlich hatte Claire schon seit langer Zeit nicht mehr so ehrlich gelächelt, schließlich fand sie Hank und die Erwähnung seiner Frau unglaublich putzig. »Richten Sie Ihrer Frau unbekannterweise herzliche Grüße aus. Wenn Sie mir Ihre Adresse geben, schicke ich Ihnen am Erscheinungstag eine Ausgabe des *Boston Daily*.«

Der erfreute Fischhändler ließ sie anschließend erst gehen, nachdem sie ihm versprochen hatte, ein anderes Mal herzukommen und sich von ihm einen Steinbutt mitgeben zu lassen. Claire winkte ihm zum Abschied zu und begann durch die vielen Gänge des Großmarktes zu schlendern, in dem bereits am frühen Morgen rege Betriebsamkeit herrschte. Kistenweise Fische und Meeresfrüchte aller Art, die nicht nur aus heimischen Gewässern, sondern aus der ganzen Welt stammten, wurden hier an den Mann gebracht. Als sie an einer riesigen Truhe mit eingefrorenen Langusten vorbeilief, neben der sich Kisten voller Austern stapelten, wagte sie nicht darüber nachzudenken, welche Geldwerte hier tagtäglich über den Ladentisch gingen.

Interessiert verfolgte sie, wie ein Händler eine Auster öffnete und sie dann seinem Kunden reichte. Erst beim zweiten Hinschauen stellte sie fest, dass es sich bei ebendiesem Kunden um niemand Geringeres als Nick O'Reilly handelte. In verwaschenen Jeans, einem grauen Sweatshirt und mit zerzausten Haaren bot der Küchenchef selbst um diese Uhrzeit einen ziemlich appetitlichen Anblick. Natürlich hätte es sie nicht wundern sollen, dass er sich hier ebenfalls herumtrieb, denn schließlich war er für den Einkauf seiner Waren verantwortlich. Doch ihn hier in aller Frühe anzutreffen, wie er Austern schlürfte, überstieg für kurze Zeit Claires Fassungsvermögen.

Bevor sie überhaupt darüber nachdenken konnte, ob sie heimlich den Rückweg antreten sollte, konnte sie beobachten, wie Nick anerkennend nickte, etwas zu dem Fischhändler sagte und lachte. Anschließend drehte er den Kopf zur Seite und schaute ihr direkt ins Gesicht.

Zuerst schien er ebenso überrascht zu sein, sie hier zu sehen, wie sie, doch gleich darauf verzog sich sein Mund zu einem trägen Lächeln. Die schweren Lider, die schwarzen Haare – Claire musste unwillkürlich daran denken, dass er genau wie sie nicht ausgeschlafen hatte. Abrupt wurde ihr warm.

Lässig hob er eine Hand und begrüßte sie mit leicht heiserer Stimme: »Claire, das nenne ich eine Überraschung.«

Möglichst unbefangen trat sie näher, während sie sich dazu zwang, die Bilder von ihm in einem Bett zu verdrängen. »Guten Morgen. Ich hatte ja keine Ahnung, dich hier zu treffen.«

Er zuckte mit den Schultern und warf die Austernschale treffsicher in einen Plastikeimer ein paar Meter von ihnen entfernt. Sehr auskunftswillig erklärte er: »Ich wohne gleich um die Ecke und treibe mich hier oft morgens herum. Allein schon, um meinem Händler auf die Finger zu schauen.«

Der Mann hinter der Auslage, der geschäftig Papiere ausfüllte, rief laut und deutlich: »Das habe ich gehört, Nick.«

»Solltest du auch, Benny.« Er schob seine Hände in die Taschen seiner Jeans und legte den Kopf schief, während er sie musterte. »Was hat dich in aller Herrgottsfrühe hergetrieben?«

Claire strich sich eine Haarsträhne zurück und wünschte, sie hätte sich ein bisschen mehr zurechtgemacht. So früh am Morgen hatte sie allerdings nicht damit gerechnet, auf jemanden zu treffen, der selbst im unausgeschlafenen Zustand eine Augenweide war. »Ein Interview.«

Seine blauen Augen leuchteten auf. »Puh! Was für ein Glück! Ich habe schon gedacht, du hättest mich gestalkt.«

Sie schüttelte den Kopf und hielt es für klüger, das Thema zu wechseln. »Du wohnst hier?«

»Nicht direkt hier«, schränkte er fröhlich ein. »Zu Fuß sind es vielleicht fünf Minuten. Ich wohne in einer umgebauten Fabrikhalle und habe das ganze Gebäude praktisch für mich.«

»Aha.« Fahrig zupfte sie an ihrer kurzärmeligen Bluse herum und konnte nicht glauben, dass sie sich nicht mehr Mühe mit ihrem Outfit gegeben hatte. Trug sie tatsächlich eine Yogahose und stand dabei Nick O'Reilly gegenüber?

Vertraulich zwinkerte er ihr zu. »Du solltest es dir einmal ansehen.«

»Was?« Aus ihren Gedanken gerissen, die sich lediglich darum drehten, dass sie wie eine Vogelscheuche aussehen musste, blinzelte sie ihn verwirrt an.

»Meine Wohnung. Du solltest vorbeikommen, um sie dir anzusehen. Es wäre mir ein Vergnügen, dich herumzuführen.«

Claire zog den Henkel ihrer Tasche über die Schulter, gerade bevor der hinunterzurutschen drohte, und fragte gleichzeitig nach: »Beginnen die meisten Horrorfilme nicht mit so einem Spruch?«

»Ich schaue keine Horrorfilme«, erwiderte der Küchenchef lapidar.

»Angst?« Sie machte einen Schritt zur Seite, um einen

geschäftigen Mann vorbeizulassen, der mit einer voll gepackten Sackkarre durch den Gang eilte. »Ich hätte dich nicht für einen Angsthasen gehalten.«

Er winkte ab. »Eigentlich bevorzuge ich Schnulzen.«

»Natürlich«, stimmte sie ihm todernst zu. »Du wirkst wie der typische Romantiker.«

Seine schwarzen Augenbrauen berührten sich beinahe über der Nasenwurzel, als er die Stirn runzelte. »Kein Sarkasmus, bitte. Immerhin war es sehr romantisch, einer gewissen Gastrokritikerin Crème brûlée in die Redaktion zu bringen und ihr ein bezauberndes Menü zu kochen.«

Sie rümpfte die Nase. »Das hatte nichts mit Romantik zu tun. Wir beide haben lediglich eine geschäftliche Abmachung.«

Nick verzog das Gesicht, als hätte er in eine Zitrone gebissen, während er sich melodramatisch ans Herz fasste. »Das kann doch nicht dein Ernst sein! Bei all der Mühe, die ich mir gegeben habe.«

Claire öffnete bereits den Mund, um etwas zu entgegnen, als ein lautstarkes Räuspern gleich neben ihnen erklang.

»Willst du noch etwas bestellen, Nick, oder gibst du mir gerade eine kostenlose Lehrstunde im Flirten?«

Als Nick den Kopf zurücklegte und sich an den Fischhändler wandte, fragte sich Claire kurz, ob das Sweatshirt, das er trug, tatsächlich so kuschelig war, wie es den Anschein hatte. Während sie sich geradezu zwingen musste, nicht die Hand danach auszustrecken, wollte Nick wie die Ruhe selbst von dem anderen Mann wissen: »Wer sagt, dass sie kostenlos ist?«

»Das sollte sie aber sein. Immerhin wird die Dame mit großer Sicherheit nicht auf dein Gesülze hereinfallen.«

Rasch presste Claire ihre Hand gegen den Mund, um ihr

Kichern zu unterdrücken. Nur leider schien Nick ihre Belustigung längst bemerkt zu haben, da er eine Grimasse schnitt.

»Gesülze? Kann es sein, dass ihr euch gegen mich verschworen habt?« Mit einer ausladenden Geste winkte er dem Fischhändler zu. »Ich nehme die Fines de Claires. Vorausgesetzt, du lässt mich nach hinten, um der Dame einen kleinen Snack zuzubereiten, Benny. Ich habe eine geschäftliche Vereinbarung zu erfüllen.«

Mit großen Augen beobachtete Claire, wie sich Nick zufrieden auf den Fersen wiegte und geradezu verschlagen grinste.

Allem Anschein nach kannte der Fischhändler die Marotten seines Kunden, da er bloß mit den Schultern zuckte und sich weiterhin seinen Papieren widmete. »Tu dir keinen Zwang an, Nick.«

Wie völlig selbstverständlich trat Nick hinter die Auslage. »Was wird das, wenn es fertig ist?« Misstrauisch stellte sie sich auf die Zehenspitzen und blinzelte, als er nach einer Auster griff, um sie mit geübtem Griff zu öffnen.

»Ich bereite dir eine Kleinigkeit zu«, erwiderte er geduldig.

»Es ist nicht einmal sechs Uhr morgens!«

»Ich weiß. Um diese Uhrzeit liege ich mit Frauen lieber in einem Bett, als mit ihnen auf einem Fischmarkt zu diskutieren.« Er blinzelte sie aus unglaublich blauen Augen an, die zu versprechen schienen, dass er nicht übertrieben hatte, was die Frauen in seinem Bett betraf. »Du weißt ja, was man über Austern und ihre aphrodisierende Wirkung sagt. Oder?«

Obwohl sie es unpassend fand, in Gegenwart eines ihr völlig unbekannten Fischhändlers über die aphrodisierende Wirkung von Austern zu sprechen, verschränkte Claire die Arme vor der Brust und brummte genervt: »Es ist schon sehr traurig, dass manche Männer auf Lebensmittel zurückgreifen müssen, weil sie andernfalls nicht mit Frauen flirten können.«

Während sich der Händler ein leises Lachen nicht verkneifen konnte, entgegnete Nick äußerst gelassen: »Dank meiner exzellenten Kochkünste musste ich mich beim Flirten nie besonders anstrengen. Warte ab, bis du diese Auster probiert hast. Benny, wo hast du die Salicornes?«

»Links von dir.«

Claire atmete kurz ein und murmelte halblaut: »Wirklich, Nick, es ist viel zu früh für Austern.«

Er schnalzte mit der Zunge. Gleichzeitig zupfte er einen Stiel der dunkelgrünen Salicornes klein und streute sie auf die geöffnete Auster. »Es ist nie zu früh für Austern.«

»Ich glaube nicht . . .«

»Warte ab«, unterbrach er sie fröhlich. »Du hast keine Ahnung, was ich dir gerade zaubere.«

»Um diese Uhrzeit wären ein warmer Kaffee und eine Portion Porridge vermutlich geeigneter als Austern. Aber wer bin ich schon, dass ich dazu etwas sagen kann?«

Auf ihre Bemerkung reagierte er mit einem fröhlichen Glucksen. »Ganz genau. Und jetzt sei ein braves Mädchen und probiere diese Köstlichkeit.«

Zweifelnd schaute sie von seinem selbstsicheren Gesicht zu seiner Hand, in der er eine Auster hielt, die mit winzigen Stücken des dunkelgrünen Meeresspargels belegt war – einem Gemüse, das Claire bislang im blanchierten Zustand gegessen und sie nicht gerade vom Hocker gerissen hatte.

»Gib schon her«, murmelte sie, um sich keine Blöße zu geben. Eigentlich war sie kein besonders großer Fan von rohen Austern, weil sie ihr immer zu salzig und zu sehr nach Hafenbecken schmeckten. Tatsächlich aß sie die teuren Meeresfrüchte am liebsten im überbackenen Zustand, auch wenn ihr vermutlich jeder Gourmet widersprochen hätte. Nichtsdestotrotz probierte sie Nicks Kreation – und erlebte eine Überraschung.

Der salzige Geschmack der Auster wurde durch die unterschwellige Schärfe des Meeresspargels neutralisiert, sodass die Meeresfrucht nicht nur ausgesprochen bekömmlich schmeckte, sondern überhaupt keine Ähnlichkeit mehr mit einem Hafenbecken besaß. Und der Meeresspargel selbst, den Claire normalerweise als zu labberig, verkocht und fad empfand, schmeckte frisch, war knackig und hinterließ ein pfeffriges Prickeln auf ihrer Zunge.

»Gut, nicht wahr?«

Nicks zufriedene Stimme drang zu ihr und brachte ihr zu Bewusstsein, dass er ihre Reaktion auf den Geschmack der Auster ganz genau beobachtet haben musste. Fürs Leugnen war es also zu spät.

»Sehr gut«, gab Claire zu und schaute ihm ins Gesicht. »Normalerweise gehören rohe Austern nicht unbedingt zu meinen Favoriten, aber die hier war *formidable*.« Sie machte eine entsprechende Handbewegung.

Amüsiert deutete er einen Diener an. »Merci.« Gentlemanlike nahm er ihr die leere Austernschale ab und trat wieder hinter dem Stand hervor. Dicht vor ihr blieb er stehen. »Im Gegenzug könntest du mir beibringen, wie man ein richtig gutes Porridge kocht.«

Claire musste den Kopf in den Nacken legen, um ihn ansehen zu können. Obwohl seine Nähe sie nervös machte, erwiderte sie möglichst gelassen: »Wieso glaubst du, dass ich weiß, wie man ein richtig gutes Porridge kocht?«

Geradezu schelmisch verdrehte er die Augen. »Du kommst doch aus England, oder?«

Auch wenn Claire der Meinung war, dass ihr Porridge ganz

großes Kino war, musste sie es ihm nicht auf die Nase binden. Der Mann hätte sich womöglich als Übernachtungsgast selbst eingeladen, wenn sie auch nur einen Ton über ihren göttlichen Haferbrei verloren hätte.

»Nur zu deiner Information: Schotten sind für ihr Porridge berühmt. Ich bin Engländerin.«

»Gibt es da einen Unterschied?« Fragend zog er eine Augenbraue in die Höhe.

Claire schüttelte ungläubig den Kopf, was Nick nicht sonderlich zu beeindrucken schien, da er breit grinste. »Wie schade! Ich hätte mich sonst nur allzu gerne bei dir zum Frühstück angemeldet.«

Hah! Als hätte sie es geahnt.

Mit einem gespielten Schulterzucken gab Claire zurück: »Bei uns war die Köchin für richtig gutes Porridge zuständig. Wenn du scharf auf ein Rezept bist, solltest du lieber *sie* fragen und dich bei ihr zum Frühstück einladen.«

»Köchin?« Er musterte sie von oben bis unten. »Ah, jetzt verstehe ich.«

»Was verstehst du?«

Nick schob sein breites Kinn ein Stück nach vorn, erwiderte jedoch nichts, sondern musterte sie ausgiebig. Claire wurde den Verdacht nicht los, dass ihn irgendetwas tierisch zu amüsieren schien.

»Du hattest eine Köchin?«

Sie verdrehte die Augen. »Meine Eltern haben jemanden beschäftigt, der gekocht hat. Das war eine gute Entscheidung, immerhin würde meine Mum sogar Wasser anbrennen lassen.«

Seine blauen Augen funkelten. »Klingt . . . schräg.«

»Dass meine Eltern eine Köchin haben oder meine Mum Wasser anbrennen lassen würde?« Fragend schaute sie ihn an.

Wieder antwortete er nicht direkt auf ihre Frage, sondern wollte wissen: »Hattet ihr auch einen Butler und ein Hausmädchen? Und 'nen Chauffeur, der dich jeden Tag zur Schule gebracht hat?«

Claire öffnete den Mund, als er grinsend nachhakte: »Ziehst du deine Schuluniform mal für mich an?«

Eigentlich hätte sie empört reagieren sollen, doch sein lausbubenhafter Vorschlag ließ ihre Mundwinkel zucken. »Auf gar keinen Fall!«

Er zwinkerte ihr zu. »Als ich ein Teenager war, stand ich auf dieses Musikvideo von Britney Spears, in dem sie eine Schuluniform trägt.«

»Das klingt ... pervers«, erwiderte Claire vergnügt.

»Hey, damals war ich zwölf oder so! Jeder meiner Mitschüler rätselte, was Britney Spears unter ihrem Rock trug.«

»Hier tun sich ja Abgründe auf.« Sie schauderte gespielt. »Wenn ich dir so zuhöre, bin ich plötzlich richtig froh, dass ich auf einer Mädchenschule war.«

Nick gab ein undefinierbares Geräusch von sich. »Eine Mädchenschule?«

»Ein Internat«, korrigierte sie sich. »Und bevor du dich irgendwelchen Illusionen hingibst: Unsere Röcke sollten nicht zu kurz ausfallen und wenigstens knielang sein. Drunter mussten wir Strumpfhosen tragen. Mit Britney Spears hatten unsere Uniformen nur wenig zu tun.«

Sein Stöhnen war vermutlich noch fünf Stände weiter zu hören. »Du versaust mir gerade meine erste pubertäre Sexfantasie, Claire.«

Wenn sie den interessierten Blick des Fischhändlers nicht auf sich gespürt hätte, hätte sie Nick vermutlich einen Klaps gegeben. So verlegte sie sich lediglich darauf, sich durchs Haar zu fahren. »Gern geschehen.«

»Ich meine es ernst.« Auch er fuhr sich durch sein Haar, das anschließend noch zerzauster aussah als vorher und so weich wirkte, dass Claire am liebsten hineingegriffen hätte. »Auf Mitchell Clays Party habe ich das erste Mal mit einem Mädchen geknutscht, während im Hintergrund Britney Spears lief. Die ganze Zeit musste ich an ihre heiße Schuluniform und ihre Kniestrümpfe denken.« Er starrte sie frustriert an. »Der Gedanke an Britney Spears tröstete mich darüber hinweg, dass meine Knutschpartnerin nach Insektenspray roch. Keine Ahnung, wieso.«

»Will ich das wissen?« Zweifelnd runzelte Claire die Stirn. »Es ist zu früh am Morgen, um über deinen ersten Kuss aufgeklärt zu werden. Erst recht, wenn es auch noch um Insektenspray geht.«

Keineswegs eingeschüchtert nickte er ihr zu. »Lenk nicht ab, jetzt bist du dran!«

»Ich?« Verdattert deutete sie auf sich. »Wie bitte?«

»Oh ja.« Nick setzte ein zufriedenes Lächeln auf. »Da du auf einer Mädchenschule warst, würde ich allzu gerne wissen, ob du deinen ersten Kuss von einem Mädchen bekommen hast.«

Beinahe hätte sich Claire verschluckt. Nicht nur Nick schaute sie neugierig an, auch der Fischhändler sah von seinen Papieren auf und musterte sie interessiert.

Vermutlich war es wirklich zu früh am Morgen für klare Gedanken. Jedenfalls erklärte Claire sich so ihre nicht existente Zurückhaltung, als sie sich selbst sagen hörte: »Um ehrlich zu sein, hatte ich meine erste lesbische Erfahrung erst an der Uni. Vermutlich war ich ein Spätzünder.«

Voller Vergnügen konnte sie beobachten, wie Nick O'Reilly riesige Augen machte und ihm der Mund aufklappte. Ungefähr zehn Sekunden schaffte sie es, sich den ernsten Gesichtsausdruck zu bewahren, bevor sie zu prusten begann. »Wie schade, dass ich deine Reaktion nicht filmen konnte! Das war herrlich!«

Da er sich noch immer nicht von seinem Schrecken erholt hatte, schenkte sie dem Fischhändler ein knappes Winken. »Vielen Dank für die Auster!«

»Gern geschehen, junge Frau.« Verschwörerisch zwinkerte er ihr zu, als Claire sich verabschiedete und den Abgang antrat.

Keine fünf Sekunden später tauchte Nick an ihrer Seite auf, als sie sich auf den Weg nach draußen machte.

»Warte, Claire!« Er keuchte auf. »Scheiße . . . machst du das öfter?«

»Was?«, flötete sie unschuldig.

Er schnitt eine Grimasse. »Männern von deinen lesbischen Erfahrungen erzählen!«

»Ich kann mich auch täuschen, aber hast *du* nicht von lesbischen Küssen angefangen?« Sie fuhr sich über ihre Arme, weil sie anfing, in dem klimatisierten Gebäude zu frieren.

Aus dem Augenwinkel konnte sie sehen, dass er eine schwarze Augenbraue in die Höhe zog. »Du solltest langsam wissen, dass ich viel Scheiß erzähle.«

»Und du solltest wissen, dass ich dir normalerweise nicht von meinen sexuellen Erfahrungen berichten würde – schon gar nicht in Gegenwart eines Fischhändlers. Tja, bedank dich beim Kaffeemangel«, gab sie gelassen zurück.

Er lachte leise. »Also muss ich dich lediglich vom Kaffee fernhalten, damit du mir von deinen lesbischen Erfahrungen erzählst? Oder könnte ich dich mit Crème brûlée bestechen?«

»*Niemand* kann eine so gute Crème brûlée zubereiten«,

widersprach sie und reagierte auf sein Lachen mit einem Zucken ihrer Mundwinkel.

Ganz automatisch blieb sie stehen, als Nick jemanden begrüßte und sich Seezungen zeigen ließ. Dass er sich fragend zu ihr umdrehte, fand sie irgendwie schmeichelhaft.

»Was sagst du zu den Seezungen, Claire?«

Sie trat zwei Schritte näher, schaute sich die Fische an, die für ihr schmackhaftes, festes Fleisch geschätzt wurden, und nickte, als sie die glänzende Haut der Plattfische sowie die klaren Augen bemerkte. Neugierig sah sie den Fischhändler an. »In der Nordsee gefangen?«

»Richtig, Ma'am.«

»Dann solltest du sie nehmen, Nick. Die Seezungen aus der Nordsee sind kleiner sowie aromatischer und verfügen über ein besonders köstliches Fleisch.«

»Ach.« Nick klang belustigt und versenkte die Hände in den Taschen seines Sweatshirts. Keinesfalls beleidigt hakte er nach: »Möchtest du mir vielleicht auch noch sagen, wie ich sie am besten zubereiten soll?«

Claire ignorierte seine Belustigung und tippte sich stattdessen nachdenklich ans Kinn. »Du könntest sie filetieren, mit einer Mischung aus Dill und getrockneter Paprika einreiben und zu kleinen Röllchen verarbeiten, die du in einem Muschelsud dämpfst. Oder du brätst sie in geklärter Butter auf der Hautseite an und servierst sie mit einem Safranrisotto.« Lächelnd legte sie den Kopf schief. »Deine Wahl.«

»Hör auf die Dame, Nick. Sie hat Geschmack.«

»Das denke ich auch«, gab der Küchenchef mit einem winzigen Ächzen zu. Ohne Claire aus den Augen zu lassen, erklärte er dem Händler: »Lieferst du mir zwei Dutzend deiner Seezungen, Gary? Ich schätze, heute setze ich Seezungenröllchen auf die Karte.«

Der Händler namens Gary rief ihnen über die Schulter hinweg zu: »Wird gemacht.«

Nick deutete vor ihr eine Verbeugung an. »Weitere Vorschläge?«

Claire nickte und rieb sich ein weiteres Mal über die Arme. »Kaffee, ich erfriere sonst noch.«

»Sag das doch gleich.« Wie selbstverständlich zog er sich das Sweatshirt über den Kopf.

Ihr blieb der Mund offen stehen, als Nick O'Reilly mitten auf dem Bostoner Großmarkt aus seinem Sweatshirt schlüpfte und dabei sein T-Shirt ebenfalls ein Stück nach oben zog. Auf diese Weise hatte Claire einen vorzüglichen Blick auf einen harten, definierten Bauch, den man bei jemandem, der sich tagtäglich mit köstlichen Speisen beschäftigte, nicht erwarten würde. Die feine Spur dunkler Haare, die im Bund seiner Jeans verschwand, ließ ihre Kehle prompt trocken werden. Es war so lange her, dass sie einen Mann nackt gesehen hatte, dass allein der kurze Blick auf Nick O'Reillys Bauch sie aus der Fassung brachte. Himmel! Sicherlich stand ihr Gesicht in Flammen.

Zu allem Überfluss reichte Nick ihr sein Sweatshirt, dessen Duft nach Mann ihr trotz des allgegenwärtigen Fischgeruchs in die Nase stieg. Allzu gerne hätte sie sich in das kuschelige Kleidungsstück geschmiegt und die Nase darin vergraben, doch da sein Blick auf ihr ruhte, übte sich Claire lieber in vornehmer Zurückhaltung. Gleichzeitig wusste sie nicht, wohin sie gucken sollte.

Das alte verwaschene T-Shirt mit dem ACDC-Aufdruck war mehr als fadenscheinig und spannte sich über breite Schultern, während die ausgefransten Ärmel lediglich bis zur Mitte der muskulösen Oberarme reichten. Auf seinem rechten Oberarm entdeckte Claire eine exotisch wirkende Tätowierung, die ihre Neugierde weckte. Fasziniert beobachtete sie, wie sich die Muster unter seiner Haut bewegten, sobald er sich rührte. Bislang hatte sie für Tattoos nicht viel übrig gehabt, doch bei Nick konnte sie die Augen kaum von den Zeichnungen auf seiner ebenmäßigen Haut lassen. Nur zu gerne wäre sie die Muster mit den Fingern nachgefahren.

Anscheinend war ihm ihre Musterung aufgefallen. »Das ist ein Souvenir aus Neuseeland.«

Claire fühlte sich ertappt und fuhr zurück. Wieso sie in seiner Gegenwart immer das Gefühl hatte, sich wie ein kicherndes Schulmädchen zu verhalten, wusste sie nicht. Eine gestandene Frau, die in ihrem Beruf ernst genommen werden wollte, sollte nicht einen tätowierten Oberarm anstarren – oder eine gebräunte Kehle oder die Mulde an einem kräftigen Schlüsselbein. Das gehörte sich einfach nicht! Wenn sie danach ging, gehörte es sich jedoch auch nicht, mit einem Küchenchef eine Wette einzugehen ...

»Meine Granny war überhaupt nicht begeistert, als ich mit dem Tattoo nach Hause kam.«

»Was?« Aus ihren Tagträumen gerissen sah sie ihn verwirrt an.

Lapidar deutete Nick auf seinen rechten Oberarm. »Meine Granny beschwert sich noch immer darüber, dass ich mich habe tätowieren lassen. Ihrer Meinung nach lassen sich nur Knastbrüder Tinte unter die Haut spritzen.«

Er klang ein wenig nach einem schmollenden Kind, weshalb sie ihn vergnügt musterte. »Knastbrüder? Du meinst Strafgefangene?«

»Jawohl.« Nick runzelte die Stirn und hielt ihr noch immer das Sweatshirt entgegen. »Willst du das Ding nicht endlich anziehen, bevor du dir den Tod holst?«

Vermutlich hätte Claire allein der Form halber protestieren müssen. Dafür war ihr jedoch einfach zu kalt, außerdem wirkte das Sweatshirt zu verlockend. Von daher schlüpfte sie hinein, genoss das anschmiegsame Material, das seine Körperwärme verströmte, und kuschelte sich regelrecht hinein.

»Besser?«

»Viel besser«, stimmte sie zu, auch wenn sie in seinem Sweatshirt beinahe ertrank. »Frierst du nicht?«

»Ich mache mir warme Gedanken.«

Bevor er den nächsten anzüglichen Spruch von sich geben konnte, wollte Claire wissen: »Du bist bei deiner Großmutter aufgewachsen, richtig?«

Langsam machten sie sich auf den Weg zum Ausgang.

»Mh«, erwiderte Nick kurz angebunden, bevor er ein Seufzen ausstieß. »Zusammen mit meiner jüngeren Schwester Natalie. Sie lebt mittlerweile in New York. Granny ist vor ein paar Jahren wieder nach Boston gezogen – ursprünglich kommt sie von hier.«

Claire vergrub die Hände in den Taschen seines Sweatshirts. »Das klingt nett.«

»Ist es auch.« Mit warmer Stimme fügte er hinzu: »Meine Granny hat mir das Kochen beigebracht. Sie hat früher als Köchin in einer Kantine gearbeitet, und wenn sie zu Hause war, stand sie eigentlich immer in der Küche, um uns zu versorgen. Damit ich mit ihr Zeit verbringen konnte, habe ich mich zu ihr gesellt.«

Während sie neben ihm her schlenderte, lauschte sie seiner Geschichte und spürte, wie heimelig ihr durch seine Erzählung wurde. »Also hast du das Kochen von ihr?«

Nick lachte heiser. Seine Mundwinkel zuckten. »Irgendwie schon, auch wenn es Granny nicht einsieht, für ein Essen mehr als zwanzig Dollar auszugeben. In dieser Hinsicht unterscheiden wir uns voneinander.« Plötzlich fragte er sie: »Was ist mit dir? Wolltest du niemals Köchin werden?«

Sie sah ihn von der Seite an. »Wie kommst du darauf?«

»Wie ich darauf komme?« Ungelenk zuckte er mit den Schultern. »Ich kenne kaum jemanden, der so sehr darin aufgeht, Gerichte mit Worten zu beschreiben und voller Begeisterung über verschiedene Speisen zu reden wie du. Da liegt es doch nahe, dich zu fragen, ob du nicht irgendwann selbst Köchin werden wolltest.«

Claire fuhr sich über die Lippen, bevor sie schwermütig zugab: »Soll ich ehrlich sein?«

»Unbedingt.«

Unsicher holte sie Luft und gestikulierte mit den Händen. »Ich habe früher oft mit dem Gedanken gespielt, selbst hinter dem Herd zu stehen. Aber leider fehlt mir das Talent.«

»Ach, komm schon.« Gutmütig stieß er sie in die Seite. »Das soll ich glauben? Du vergleichst Essen mit Sex. So etwas tun nur Köche, die mit Leidenschaft dabei sind.«

Abrupt zog Claire den Kopf ein. »Ich habe Essen nicht mit Sex verglichen, sondern ...«

»Du hast etwas von einem Orgasmus auf der Zunge erzählt. Ich weiß es genau«, unterbrach er sie und grinste diabolisch. »Zwar habe ich keine Ahnung, was du anschließend gesagt hast, weil ich etwas abgelenkt war, aber an deinen Orgasmusvergleich kann ich mich *verdammt gut* erinnern.«

Claire fasste sich an die Stirn. Natürlich wäre es zu viel verlangt, wenn er endlich vergessen würde, was sie gesagt hatte! Oder zumindest aus reiner Höflichkeit so tun würde!

Um aufs eigentliche Thema zurückzukommen, erwiderte sie streng: »Als Hobbyköchin stelle ich mich ziemlich gut an, aber in einer Profiküche geht es hektisch, stressig und rasant zu. Für mich ist das leider überhaupt nichts.«

»Dann solltest du dir meine Küche einmal ansehen«, schlug er einschmeichelnd vor. »Wir verströmen Harmonie pur, was vermutlich an dem genialen Küchenchef und seiner coolen Art liegt.«

»Coole Art – so so.« Abschätzig verzog sie die Mundwinkel. »Deine Küchenbrigade wird das sicherlich anders sehen.«

Nick zuckte mit der Schulter. »Komm vorbei und überzeug dich vom Gegenteil.«

»Vielleicht tue ich das sogar«, hörte sich Claire selbst sagen.

»Ist das ein Date?«

Mit einem Funken Bedauern erkannte Claire, dass sie den Ausgang des Großmarktes erreicht hatten. Nur allzu gerne hätte sie weiter mit Nick ihre Zeit verbracht. Dummerweise musste sie zurück in ihre Wohnung, damit sie sich duschen und den Fischgeruch aus ihren Haaren waschen konnte, bevor es zum morgendlichen Jour fixe mit Charles ging. Ein ausgiebiges Frühstück oder ein längerer Plausch waren da nicht möglich. Leider.

»Tja.« Sie seufzte und legte den Kopf schief. »Ich muss leider los. Die Pflicht ruft.«

»Die Pflicht?«

Sie erwiderte seinen fragenden Blick. »Meeting mit dem Chefredakteur um Punkt acht.«

»Aha.«

Verlegen suchte sie nach den richtigen Abschiedsworten. »Es war sehr nett, dich getroffen zu haben. Und danke für die Auster.«

»Du hast meine Frage noch nicht beantwortet.«

»Welche Frage?«

Seine blauen Augen funkelten auf. »Nach einem Date.«

Unschlüssig sah sie ihn an. Sie lächelte schief, und in ihrem Magen begann es zu kribbeln. »Sag mir Bescheid, ob die Seezungenröllchen geschmeckt haben.«

Claire drehte sich um und verließ den Großmarkt, während sie ihn fröhlich hinter sich rufen hörte: »Die Einladung in meine Küche steht, Claire. Immerhin schulde ich dir noch einen Orgasmus auf der Zunge!«

Der Kerl schaffte es tatsächlich, dass sie mit einem hochroten Kopf an einem Pulk kichernder Fischhändler vorbeilaufen musste.

* * *

»Kaum bist du hier der Chef, lässt du es dir richtig gut gehen. Solltest du nicht in der Küche stehen und ein paar Anweisungen brüllen?«

Nick hob den Kopf, als er die vertraute Stimme seines Kumpels und ehemaligen Chefkochs hörte. Und tatsächlich war es Drew, der auf ihn zu schlenderte und wie ein Mann aussah, den keinerlei Sorgen plagten. Vermutlich hatte Nick ihn niemals zuvor so gelöst und unverkrampft erlebt, schoss es ihm durch den Kopf. Er stieß sich von der Außenwand des Restaurants ab und hob grüßend die Hand.

»Was tust du denn hier?«

»Das habe ich so unglaublich vermisst – deine liebevollen Begrüßungen, Nick.« Drew Knight schlug ihm freundschaftlich auf den Rücken, bevor er die Hände in den Taschen seiner Jeans vergrub und fröhlich verkündete: »Ich habe heute einige Termine in Boston und wollte zwischendurch kurz vorbeischauen.«

»Wolltest du sehen, ob ich dein Baby schon abgebrannt habe?«

Zur Antwort grinste sein Kumpel bloß. »Mein Baby befindet sich gerade in Maine und geht die Wände hoch, weil die Handwerker nicht schnell genug arbeiten.«

Nick gab ein theatralisches Stöhnen von sich. »Himmel, Drew! Du musst nicht jedem auf die Nase binden, dass Brooke aus dir einen Pantoffelhelden gemacht hat. Das ist nicht gut fürs Image, mein Freund.«

Drew schien ihm den Kommentar nicht übel zu nehmen, da er belustigt nachfragte: »Was ist denn mit meinem Image?«

Tröstend legte Nick ihm eine Hand auf die Schulter. »Nix für ungut, Kumpel, aber Landeier wie du . . .«

Selbstverständlich ließ ihm das sein früherer Chefkoch nicht durchgehen. Drew verpasste ihm einen nicht gerade sanften Faustschlag in die Seite, der Nick ächzen ließ.

»Hey, hey, keine Gewalttätigkeiten«, wehrte er Drew daher ab und runzelte die Stirn, während er sich über die lädierte Stelle rieb. »Bekommst du an der Küste zu wenig Auslauf, dass du ausgerechnet auf den Mann losgehen musst, der dir fantastische Einnahmen sichert?«

Andrew Knight, kurz Drew genannt, verdrehte die Augen. Vor ein paar Monaten war er nach Maine aufgebrochen, um sich einige Tage Urlaub zu genehmigen. Zurückgekommen war er mit einer gehörigen Portion Liebeskummer. Der Mann, der für seine Karriere und sein Restaurant wie ein Wahnsinniger geschuftet hatte, hatte sich Hals über Kopf verliebt und kurz darauf entschieden, zu seiner Angebeteten nach Maine zu ziehen. Für Nick war es noch immer unverständlich, wie ein Mann wie Drew seinem großen Traum vom eigenen Gourmetrestaurant den Rücken kehren konnte. Und das nur, um mit einer verdammt kratzbürstigen Frau mitten im Nirgendwo eine bessere Imbissbude zu eröffnen.

Dass Drew jedoch verdammt glücklich aussah, konnte er

nicht leugnen. Auch jetzt grinste sein Kumpel geradezu dümmlich vor sich hin.

»Ich tue mal so, als hätte ich deinen letzten Kommentar überhört.«

Nick konnte es nicht lassen, ein bisschen zu sticheln: »Und? Wie lebt es sich so als Koch in einem Küstenpub, Drew?«

Sein Gegenüber schnalzte nur mit der Zunge. »Und? Wie lebt es sich in meinem Schatten, Nick?«

Er erwiderte die Frage mit einer Gegenfrage. »Wie sieht es privat aus? Ist schon Nachwuchs unterwegs? Höre ich bereits das Getrappel kleiner Knights?«

Auch Drew schien sich zu einer Gegenfrage entschlossen zu haben. »Wie sieht es mit deiner letzten Vaterschaftsklage aus? Gewonnen?«

Schallend lachte Nick auf, bevor er gutmütig wissen wollte: »Ein Bier?«

»Lieber nicht«, erwiderte Drew kopfschüttelnd. »Ich habe gleich einen Termin mit meinem Bankberater und sollte nicht unbedingt nach Alkohol riechen.«

Nick öffnete die obersten Knöpfe seiner Kochjacke und ächzte: »Scheiße, du klingst geradezu widerlich erwachsen. Ist auch wirklich alles in Ordnung mit dir?«

»Das wollte ich eigentlich dich fragen.«

»Wieso?« Ahnungslos schaute er seinen Kumpel an.

Drew schnitt eine Grimasse. »Nach der Kritik im *Boston Daily* hatte ich hier eigentlich mit einer Apokalypse gerechnet. Ich wollte dir ein paar Tage Zeit zur Beruhigung geben, bevor ich hier an die Tür klopfe. Aber du machst nicht den Anschein, als hätte dich die Kritik getroffen – sonst würdest du nicht dermaßen entspannt vor der Tür stehen und Löcher in die Luft starren.«

Eigentlich war Nick nur deshalb vor die Tür gegangen, weil er eine gewisse Gastrokritikerin hatte anrufen wollen und überlegt hatte, wie er das am besten anstellen sollte. Wenn er das jedoch Drew erzählt hätte, hätte der mindestens zehn Jahre lang etwas zu lachen gehabt. Daher hielt er lieber die Klappe und fragte möglichst desinteressiert: »Gibt es in eurem Kaff etwa den Boston Daily?«

»Nee, du Vogel, aber stell dir vor, wir haben Internet.«

Er schenkte seinem ehemaligen Chef ein schwaches Lächeln. »Wenigstens etwas. Internetpornos sollen ja wieder im Kommen sein.«

Drew schien nicht so leicht abzulenken zu sein, da er die Arme vor der Brust verschränkte und nüchtern wissen wollte: »Kommst du mit der Kritik klar?«

Er arbeitete daran. Um ehrlich zu sein, bastelte er seit Tagen an seinen Rezepten, um sie zu optimieren, aber davon wusste weder seine Küchenbrigade etwas noch sonst wer – auch Drew wollte er nicht auf die Nase binden, wie sehr er sich die Kritik zu Herzen genommen hatte. Zu ihm passte es eher, die Lässigkeit in Person zu sein, weshalb er auch jetzt mit den Schultern zuckte.

»Sicher. Jeder bekommt mal eine schlechte Kritik. Außerdem sind unsere Einnahmen seither stabil geblieben. Du kannst also beruhigt sein. Was soll's?«

Drews Augenbrauen wanderten nach oben. Seine Stimme war an Ungläubigkeit nicht zu überbieten. »*Was soll's?* Und das aus deinem Mund? Ich hätte hundert Mäuse darauf gewettet, dass du dir diesen Kritiker vornimmst oder in die Redaktion der Zeitung fährst, um dort einen Wutanfall hinzulegen. Apropos: Sehe ich etwa beunruhigt aus?«

Beinahe wäre Nick zusammengezuckt. Offenbar kannte ihn sein Kumpel ein bisschen *zu* gut. Dennoch wollte er sich nichts anmerken lassen und machte eine vage Handbewegung. »Unsinn. Souschefs dürfen hin und wieder ausrasten, aber Küchenchefs stehen da drüber. Wir interessieren uns nicht für schlechte Kritiken.«

»Ach? Ist das so?«

»Jep.« Er nickte lässig und fuhr sich durchs Haar. »Ich habe Wichtigeres zu tun, als mich über eine Kritik in diesem Käseblatt aufzuregen.«

Auch wenn Drew ihm nicht zu glauben schien – dafür sprach jedenfalls sein breites Grinsen –, hakte er nicht noch einmal nach.

Nick wollte gerade das Thema wechseln und sich genauer nach Drews Freundin Brooke erkundigen, als sich die Hintertür öffnete. Marah steckte den Kopf nach draußen, in der Hand hielt sie ein Paket.

»Chef, das wurde gerade für dich abgegeben. Hi Drew.«

»Hi«, begrüßte Drew seine Ex-Serviceleitung mit einem freundschaftlichen Lächeln. Die beiden hatten sich immer gut verstanden, erinnerte sich Nick. Dann nahm er stirnrunzelnd das Paket an sich.

»Danke, Marah.«

»Nichts zu danken. Deine Kochjacke ist offen, Chef.«

»Ich weiß, *Mom*. Auf Wiedersehen«, gab er energisch zurück und schnitt eine Grimasse. Erst als Marah wieder verschwunden war, öffnete er das Paket. Ein Kleidungsstück kam zum Vorschein: Es besaß eine frappierende Ähnlichkeit mit dem Sweatshirt, das er gestern Claire gegeben hatte, damit sie in der Halle des Großmarktes nicht fror. Was sollte das? In seiner Verwirrung beachtete er weder das schmale Buch noch den Brief, die beide beinahe zu Boden gefallen wären, wenn Drew nicht danach gegriffen hätte.

»Hoppla! Was ist denn das? *Besser als ihr Ruf – 100 Tank-*

stellenrestaurants im Test.« Drew räusperte sich. »Willst du etwa ein Tankstellenrestaurant eröffnen? Und mich nennst du den Koch eines Küstenpubs?« Drew wirkte, als könnte er sich nur mit Mühe das Lachen verbeißen.

Das hatte Nick noch gefehlt! Wie es aussah, hatte Claire ihm ein Paket geschickt – und er Idiot machte es ausgerechnet dann auf, wenn Drew dabei war. Jetzt hatte er den Salat!

Mit stoischer Ruhe streckte er die Hand aus und deutete auf das Buch und den Brief, die Drew belustigt an seine Brust presste.

»Danke für nichts. Gib schon her!«

»Warte. Warte, warte. Nicht so schnell.« Gut gelaunt wedelte Drew mit dem Büchlein herum. »Ich würde allzu gerne wissen, wer dir ein Sweatshirt und ein Buch über Tankstellenrestaurants schickt. Hast du einen verrückten Stalker?«

»Nur einen?« Nick grunzte. »Schon mal etwas vom Postgeheimnis gehört?«

»Sehe ich etwa wie ein Postbeamter aus?«

»Nee, du siehst wie jemand aus, der eine ordentliche Tracht Prügel gebrauchen könnte«, würgte Nick hervor.

»Wieso so empfindlich?« Drew grinste hinterhältig. »Ist es dir etwa peinlich, wenn dir ein Stalker ein Sweatshirt schickt?«

»Nur zu deiner Info: Das ist *mein* Sweatshirt.« Er knirschte mit den Zähnen.

Sein Freund gab ein Glucksen von sich. »Sag mir nicht, dass du das Sweatshirt bei einer Frau vergessen hast. Und die schickt dir jetzt aus Dank für eine heiße Nacht ein Buch über Tankstellenrestaurants! Oh mein Gott! Wenn ich das Brooke erzähle, dann . . .«

Nick machte einen Schritt auf seinen Kumpel zu, um ihm – wenn nötig – das Buch und den Brief mit Gewalt zu entreißen. Doch es war zu spät: Drew hielt den Brief bereits in den Händen und las amüsiert vor: »Lieber Nick, danke für das Sweatshirt, das mich vor dem Kältetod bewahrt hat. Ich habe es gewaschen. Außerdem erlaube ich mir, dir einen kleinen Restaurantführer über die besten einhundert Tankstellenrestaurants des Landes zu schicken. Als ich ihn im Buchhandel gesehen habe, musste ich sofort an dich denken. Claire P.S. Wie haben die Seezungenröllchen geschmeckt?« Drew schnalzte anerkennend mit der Zunge, bevor er nachdenklich erklärte: »Das Briefpapier hat sogar ein gestanztes Monogramm. CPW ... CPW ...«

Hätte Drew nicht so nachdenklich ausgesehen, Nicks erste Reaktion auf Claires Brief wäre ein breites Grinsen gewesen. Tatsächlich erkannte Nick den Moment, in dem sein Kumpel begriff, wer genau Claire war.

Seinem Freund klappte der Mund auf. »CPW? Seezungenröllchen? Stammt die Gastrokritik etwa von dieser *Claire*?«

Sehr lässig nahm Nick ihm den Restaurantführer und den Brief ab. »Ja«, sagte er schlicht. »CPW ist eine Frau. Claire Parker-Wickham.«

Leider konnte Drew seine Reaktion nur schwer für sich behalten. Zuerst blitzten seine Augen auf, dann zuckten seine Mundwinkel unkontrolliert, bevor er in schallendes Gelächter ausbrach.

Empört wollte Nick wissen: »Was gibt es da zu lachen?«

»Verdammte Scheiße.« Drew konnte sich kaum beruhigen und warf den Kopf in den Nacken. »Eine Frau? Einer Frau hast du diese niederschmetternde Kritik zu verdanken? Ich breche ab!«

Es war ziemlich schwierig, eine rambohafte Pose einzunehmen, wenn man ein Sweatshirt, ein Buch und einen Brief in den Händen hielt. Deshalb beschränkte Nick sich darauf, das

Kinn vorzuschieben und die Augen bedrohlich zusammenzukneifen. »Was zum Teufel ist so lustig daran, dass CPW eine Frau ist? Könntest du mir das bitte mal erklären?«

Sein Kumpel gackerte geradezu, als er fröhlich verkündete: »Das ist ausgleichende Gerechtigkeit, mein Freund. Normalerweise brauchst du eine Frau nur anzulächeln, damit sie aus ihrer Unterwäsche schlüpft. Und jetzt bist du an eine geraten, die nicht nur deine Millefeuille kritisiert, sondern dir auch noch einen Restaurantführer für Tankstellen schickt!« Drew prustete begeistert.

»Das ist überhaupt nicht komisch! Die Frau steht auf mich«, kommentierte er im Brustton der Überzeugung. Und weil Drew sein Freund war, verriet er ihm großspurig: »Warte nur ab! Es dauert nicht mehr lang und sie schlüpft für mich nicht nur aus ihrer Unterwäsche, sondern schreibt eine zweite Kritik, in der sie mein Essen in den höchsten Tönen lobt.«

»Muss ich mir Sorgen machen, dass du dich strafbar machst?«, fragte Drew ironisch nach.

»Du wirst schon sehen.« Er hielt den Tankstellenführer bedeutungsvoll in die Höhe. »Das hier nennt man Flirten. Solltest du auch mal versuchen, damit deine Angebetete daheim nicht die Wände hochgeht.«

»Flirten?« Drew schüttelte den Kopf. »Nichts für ungut, Nick, aber ich habe im Gefühl, dass du dich bei der Dame auf die Nase legen und eine zweite vernichtende Kritik einheimsen wirst.«

Das sah Nick zwar anders, fragte jedoch vorsichtshalber nach: »Machst du dir Sorgen um deinen Laden?«

Drew rümpfte die Nase. »Ich mache mir eher Sorgen um dein Ego, obwohl ... bei deinem Frauenverschleiß täte dir eine Abfuhr vielleicht sogar gut.«

»Ha ha!«

»Ernsthaft.« Der Spinner schlug ihm ein weiteres Mal freundschaftlich auf die Schulter, klang jedoch alles andere als beeindruckt, als er bemerkte: »Ich frage mich sowieso ständig, wie du noch zum Kochen kommst – bei all den Groupies, die zu dir in die Kiste springen wollen.«

»Nur kein Neid.« Nick schubste den Arm seines Freundes von seiner Schulter und fuhr sich durchs Haar. »Bist du die Monogamie schon leid? Oder wie soll ich dein Interesse an meinem Sexleben verstehen?«

Keineswegs beleidigt grinste Drew. »Apropos Monogamie: Brooke lässt ausrichten, dass du mal wieder zum Essen vorbeikommen sollst, falls du dich aus der Großstadt herauswagst.«

»Ich könnte mich überreden lassen.« Diabolisch wackelte er mit den Augenbrauen. »Aber nur, wenn deine heiße Freundin kocht. Noch immer habe ich nachts wilde Fantasien von ihrem göttlichen Shepherd's Pie. Und wenn sie dann auch noch diesen kurzen Rock trägt, dann kann ich für nichts garantieren.«

»Mach dir nichts vor, Nick. Brooke würde dich gnadenlos abblitzen lassen. Die Frau hat halt ein Auge für Männer, die etwas zu bieten haben.«

»Nett, dass du mir einen Anreiz bietest.« Er nickte großspurig. »Es geht doch wirklich nichts über eine schöne alte Kampfansage.«

Drew winkte nur ab. »Musst du nicht langsam wieder zurück in die Küche? Oder kommt die Crew alleine aus, weil du eh nur schmückendes Beiwerk bist?«

Sehr gelassen zeigte Nick ihm den Mittelfinger. »Musst du schon wieder los? Oder hast du noch ein paar Minuten, damit ihr dir zeigen kann, wie eine Restaurantküche geführt wird?«

»So gern ich mir das Spektakel auch ansehen würde, fürchte ich, dass ich schon wieder los muss.« Drew schaute auf seine Armbanduhr. »Banker reagieren immer so empfindlich, wenn man sie warten lässt.«

»Schade«, erwiderte Nick ehrlich. »Du und ich in einer Küche – ist schon viel zu lange her, Kumpel.«

»Wirst du jetzt sentimental?«

Schulterzuckend gab er von sich: »Seit du unbedingt nach Maine ziehen wolltest, muss ich mein Feierabendbier alleine trinken – ist ziemlich scheiße, Drew. Wem soll ich jetzt meine unzähligen Bettgeschichten erzählen?«

»Die Einladung zu uns nach Hause steht.«

Er schnitt eine Grimasse. »Soll ich dir etwa meine Sexgeschichten erzählen, während deine Freundin dabei ist?«

»Keine Sorge, Brooke ist da nicht sonderlich empfindlich.«

»Aber vielleicht bin ich es ja.«

»Du Mimose«, urteilte sein Freund gnadenlos, bevor er ungeduldig den Kopf zur Seite legte. »Dein nächster freier Tag gehört uns. Abgemacht? Ich muss sowieso etwas mit dir besprechen, was nicht alle Welt mitbekommen soll.«

Nick seufzte theatralisch. »Heißt das, dass ich extra zu euch nach Maine fahren muss, damit du mir etwas zu deinen Erektionsstörungen erzählen kannst? Drew, tu mir das nicht an!«

»Erektionsstörungen?« Sein Kumpel war die Gelassenheit in Person, als er erwiderte: »Schließ doch nicht immer von dir auf andere, Nick.« Drew grinste zufrieden. »Aber du kannst gerne Brooke fragen. Sie wird dir bestätigen, dass Erektionsstörungen bei uns kein Thema sind.«

»Soll die arme Frau wegen dir auch noch lügen? Schäm dich, Andrew Knight – du bist ein schlechter Umgang.«

Nun war es an Drew, ihm den Mittelfinger zu zeigen, bevor er ihm regelrecht befahl: »Fackel das Restaurant nicht ab, und verbrenn dir nicht die Finger an dieser Kritikerin – flennende Küchenchefs sind schlecht fürs Geschäft.«

Nach ein paar letzten gut gemeinten Beleidigungen verschwand Drew wieder und ließ Nick allein an der Hintertür des *Knight's* zurück. Als Nick sicher war, dass ihn niemand beobachtete, öffnete er das Buch, das Claire ihm geschickt hatte. Er blätterte es kurz durch, bevor er es wieder zuklappte und sein Handy hervorzog, um sie anzurufen.

Nach dreimaligem Klingeln knackte es in der Leitung, bevor Claire geradezu schroff in den Hörer rief: »Parker-Wickham.«

»Oh Mann.« Er lachte leise. »Ich mag diesen autoritären Tonfall, der ist ziemlich sexy. Hör nicht auf.«

Für einen Moment herrschte Stille, bis sie sich räusperte. »Wer ist da bitte?«

Prompt verging ihm das Lachen. Wer sollte schon am Telefon sein? Lauter als beabsichtigt knurrte er daher: »Wer soll schon dran sein? Ich! Nick!«

»Nick? Welcher Nick?«

Beleidigt öffnete er den Mund, als ihm klar wurde, dass sie ihn hatte auflaufen lassen. Er atmete kurz durch. »Ha ha. Sehr komisch, Claire.«

»Finde ich auch. Apropos: Mein Tonfall ist nicht autoritär.«

»Oh doch«, bekräftigte er und schlug vor: »Ich stehe gerade alleine draußen herum. Also beste Möglichkeit für etwas Telefonsex. Fang du an, und rede ruhig weiter in diesem Tonfall.«

Ihre Antwort kam wie aus der Pistole geschossen. »Laut einer Studie haben Männer nur dann Telefonsex, wenn sie sich im Vergleich zu anderen Männern minderwertig fühlen.«

»Minderwertig?« Gespielt empört röhrte er: »Ich habe ganz sicher keine Komplexe!«

»Und warum schlägst du dann Telefonsex vor?« Sie schnalzte hörbar mit der Zunge. »Ich schätze, ich habe dich durchschaut.«

Amüsiert fasste er sich an die Stirn. »Eigentlich wollte ich mich bei dir für den Restaurantführer bedanken. Auch wenn ich mir nicht sicher bin, ob ich nicht doch beleidigt sein soll. Und jetzt haust du mir den Telefonsex um die Ohren!«

»Dann solltest du ein Telefonat vielleicht anders beginnen«, schlug sie ihm zuckersüß vor. »Beispielsweise hättest du mich nach meinem Befinden fragen können, anstatt in den Hörer zu stöhnen, dass du meinen autoritären Tonfall sexy findest. Und ich sage es noch mal: Ich bin nicht autoritär.«

»Nein, natürlich nicht!«

»Ich bin lediglich durchsetzungsfähig«, klärte sie ihn auf, bevor sie bedeutend weicher wissen wollte: »Der Restaurantführer war ein Scherz.«

»Das habe ich mir fast gedacht. Obwohl ich auch einen Moment lang überlegt habe, ob du mir damit ein Zeichen geben willst, dass wir beide für einen Roadtrip durchbrennen sollen.«

»Sehr verlockend.« Wieder räusperte sie sich. »Allerdings brenne ich nicht mit Männern durch, die zu einem Dessert mit Tonkabohnen einen Grappa Moscato d'Asti servieren.«

Mit einem verzweifelten Seufzen gab er zurück: »Es ist auch immer irgendetwas! Wenn wir jedoch schon beim Thema sind: Wann darf ich dir das nächste Mal etwas kochen? Du hast unsere Wette nicht vergessen, oder?«

»Ich denke Tag und Nacht daran«, entgegnete sie ernst.

»Und ich sehe großzügig darüber hinweg, dass du soeben zugegeben hast, dass ich dich bis in deine Träume verfolge.«

Einen kurzen Moment lang sagte sie nichts, bevor sie hilfsbereit vorschlug: »Meines Wissens nach gibt es diverse Hotlines, die du anrufen kannst, wenn du menschliche Nähe suchst. Ich muss leider arbeiten und mich auf ein Interview vorbereiten.«

»Was denn für ein Interview?« Nachlässig nickte er einem Angestellten zu, der gerade zur Hintertür hinausspazierte, um Abfall nach draußen zu bringen.

»Ich will einen Artikel zur hiesigen Hummerindustrie schreiben. Und dafür fahre ich in drei Tagen nach Camden. Mein Interviewparter dort ist ein Hummerfischer, dessen Familie seit vier Generationen vom Hummerfang lebt. Klingt das nicht toll?«

Augenblicklich horchte er auf. »Camden in Maine?«

»Genau. Zweihundert Meilen in einem Fernbus – hin *und* zurück. Was macht man nicht alles für ein Interview.« Sie lachte leise.

Nick hob abrupt den Kopf. »Fernbus? Wie kommst du denn auf die Idee? Mit dem Auto fährt es sich sehr viel besser ...«

»Ich würde ja mit einem Auto fahren, wenn ihr Amerikaner auf der *richtigen* Straßenseite fahren würdet.«

»Aha.« Nick grinste zufrieden vor sich hin. »Du hast Schiss, hier Auto zu fahren. Auf der richtigen Straßenseite.«

»Das ist so lächerlich, dass ich es nicht kommentiere.« Sie klang ein wenig verunsichert.

Amüsiert fuhr er sich durchs Haar. »Wie erfrischend, dass es etwas gibt, das Claire Parker-Wickham ins Bockshorn jagt.« Versöhnlich fügte er hinzu: »Vergiss den Fernbus. Ich fahre dich.«

»Was?«

Entschlossen nickte er, auch wenn sie es nicht sehen

konnte. »Montags ist mein freier Tag, und ich wollte sowieso nach Maine fahren. Zwei Fliegen mit einer Klappe.«

»Also ... ich weiß nicht, ob ...«

Forsch unterbrach er sie. »Ich hole dich morgens ab. Um sechs. Und, Claire?« Nick räusperte sich kurz: »Das ist ein Date, also zieh dir was Heißes an.«

6

Er starb.

Nun ja ... er *hoffte*, dass er starb. Tatsächlich betete er zu Gott, dass er sehr bald den Löffel abgab. In Gedanken versprach er dem Allmächtigen seine Seele, sein ganzes Hab und Gut und sogar sein Motorrad, wenn er ihn nur endlich von seinem Leiden erlöste. Sollte Gott ein Einsehen mit ihm haben, würde Nick im Himmel sogar jeden Tag köstliche Törtchen zubereiten... oh Gott! Warum zum Teufel dachte er jetzt auch noch ans Essen?

Nick schloss die Augen, murmelte ein Gebet und krallte sich an der Reling des klapprigen Bootes fest, während sein Magen Achterbahn fuhr und Übelkeit in Wellen über ihn hereinbrach.

Apropos Wellen ... Wieso musste dieser Hummerkutter auch so sehr schaukeln, dass Nick mit dem Gedanken spielte, seinem Leiden ein Ende zu bereiten, indem er einfach über Bord sprang?

Konnte man eigentlich an Seekrankheit sterben? Um ehrlich zu sein, würde Nick lieber freiwillig ins Gras beißen, als dieses furchtbare Gefühl auch nur weitere fünf Minuten zu ertragen. Misstrauisch kniff er die Augen zusammen, starrte auf das trübe Wasser und die hellen Schaumkronen, die gegen den Bug des klapprigen Kutters spritzten.

Als sein Magen ungut rumorte, biss Nick die Zähne zusammen. Wenn er vor Claire kotzte und das üppige Frühstück wieder von sich gab, das er Vollidiot sich heute Morgen gegönnt hatte, würde Claire niemals mit ihm Sex haben.

Nicht, dass er ausgerechnet jetzt besonders intensiv darüber nachdachte, mit Claire Sex zu haben. Verdammter Mist! Sein bescheuerter Schwanz hatte ihm dieses Dilemma doch erst eingebrockt. Wenn er nicht so versessen darauf gewesen wäre, mit ihr in die Kiste zu hüpfen, dann würde Nick jetzt nicht hier stehen und befürchten, seine Eingeweide jeden Moment herauszuwürgen. Ungnädig musterte er Claire, wie sie lachend neben ihrem Interviewpartner stand und sich die frische Meeresluft um die Nase wehen ließ.

Shit! Eigentlich hatte er sich den Ausflug nach Maine anders vorgestellt. Er hatte sich sogar ein Auto gemietet, um Claire zu ihrem Interview zu kutschieren, weil sie nicht der Typ Frau zu sein schien, die sich auf ein Motorrad schwang. Außerdem hatte das den zusätzlichen Vorteil, dass sie sich während der zweistündigen Autofahrt näherkommen könnten. Er hatte charmant sein, den Gentleman spielen und Interesse an ihrer Arbeit zeigen wollen. Stattdessen hatte sich Claire die meiste Zeit mit ihren Notizen beschäftigt, dutzende Telefonanrufe angenommen und ansonsten nicht viel geredet. Nick hatte also nicht einmal die Gelegenheit bekommen, sich von seiner allerbesten Seite zu präsentieren. Und zur Krönung seiner geplanten Verführungsreise ans Meer war ihm nun speiübel, und er betete um einen raschen Tod.

»Hey, ist alles in Ordnung mit dir?«

Aus dem Augenwinkel sah Nick, wie Claire neben ihn trat und sich zu ihm beugte. Wenn ihm nicht ätzende Magensäure in die Kehle gestiegen wäre, hätte er vermutlich bewundern können, wie ihre rote Mähne im Wind flatterte oder ihre Augen vor Vergnügen strahlten. In seinem jetzigen Zustand hätte er sich jedoch lieber kopfüber ins Meer gestürzt oder sich auf dem winzigen Deck des Kutters hingelegt und zusammengerollt.

Dass er noch nicht auf ihre Frage antwortete, schien Claire dazu zu animieren, zu wiederholen, was ihr der Hummerfischer namens Clint gerade erzählt hatte. »Clint meint, wir würden bald bei den nächsten Fangkörben ankommen und diese kontrollieren. Anschließend geht es wieder zurück zum Hafen. Die Rückfahrt dürfte etwas rau werden, weil ein Sturm aufzieht. Also bereite dich darauf vor, dass es ein wenig holprig werden kann.«

Nick spürte geradezu, wie er erbleichte. Meinte sie das tatsächlich ernst? Noch holpriger? Er schluckte.

Sein anhaltendes Schweigen schien ihr nun endlich aufzufallen. Sie runzelte die Stirn und fragte irritiert: »Geht's dir gut?«

Nick zwang sich zu einem Lächeln, während er durch die Nase atmete. »Natürlich geht's mir gut. Warum sollte es mir nicht gut gehen?«

»Weil du ganz grün im Gesicht bist.«

Er biss die Zähne zusammen. »Unsinn. Ich ... ich genieße nur die Aussicht. Spektakulär, oder?«

Ihre Stimme war zwischen Belustigung und Besorgnis hin und her gerissen. »Kann es sein, dass du seekrank bist, Nick?«

Mit einem Schnauben verdrehte er die Augen und umklammerte gleichzeitig die Streben der Reling mit aller Macht, weil sein Magen im Rhythmus des Wellenganges Purzelbäume schlug – doch nicht vor Glück.

»Seekrank?« Er lachte spöttisch und hörte sich selbst sagen: »Männer werden nicht seekrank! Und ich schon einmal gar nicht.«

»Falls es dich tröstet, Admiral Nelson soll sein Leben lang unter Seekrankheit gelitten haben. Und der hat trotzdem Napoleon in die Flucht geschlagen.«

Ein Leben lang? Er stöhnte auf.

»Nick.« Zweifelnd sah sie ihn an. »Ist dir übel?«

Verneinend schüttelte er den Kopf und biss die Zähne zusammen. »Mir geht's fabelhaft.«

»Ehrlich?«

Er hob das Kinn. »Tatsächlich gefällt mir dieser Ausflug so gut, dass ich überlege, mich bei der Navy als Koch zu bewerben und ...«

Sein Gequatsche hielt seinen Magen leider nicht davon ab, heftig zu rebellieren. Glücklicherweise verfügte Nick über blitzschnelle Reflexe. Er drehte sich hastig um und kotzte direkt ins Meer, anstatt Claire mit den Folgen seiner Seekrankheit zu beehren.

Während er seinen kompletten Mageninhalt von sich gab, bemerkte er, dass Claire ihm eine Hand auf den Rücken legte und dicht neben ihn trat. Über seine eigenen Würgelaute hinweg hörte Nick, wie sie ihm mit verzagter Stimme gut zuredete – wenn er sich nicht hundeelend gefühlt hätte, hätte er ihre offenkundige Besorgnis sogar genießen können.

»Hey, Bürschchen! Nur in den Wind kotzen, wenn du willst, dass das ganze Zeug zurückkommt!« Die dröhnende Stimme des Hummerfischers war vermutlich bis nach Neufundland zu hören. »Das gibt nämlich 'ne Sauerei!«

Nick verzog das Gesicht. Zu gerne hätte er dem anderen Mann eine bissige Antwort zugebrüllt, wenn er nicht so damit beschäftigt gewesen wäre, den letzten Rest seiner Würde zu verlieren. Mittlerweile war ihm sogar egal, dass Claire ihn in dieser peinlichen Situation beobachten konnte. Sein Magen zog sich noch immer zusammen, auch wenn sich mittlerweile nichts mehr in ihm befinden durfte.

Schlaff wie zu lange gekochte Spaghetti hing er buchstäblich in allen Seilen und konzentrierte sich aufs Atmen. Nur am Rande nahm er wahr, dass Claire mittlerweile dazu übergegangen war, seinen Rücken zu reiben. Ihm musste es wirklich verdammt scheiße gehen, wenn er die zärtlichen Berührungen nicht einmal genießen konnte.

»Oje, Nick, mir tut es wahnsinnig leid. Ich wusste nicht, dass es dir so schlecht ging.« Sie klang verzagt.

»Schon gut«, würgte er hervor, fuhr sich mit dem Ärmel seiner Lederjacke über den Mund und fragte sich einen Moment lang, ob der Hummerfischer eine Knarre dabei hatte, weil er sich am liebsten selbst erschossen hätte. Niemals zuvor war ihm etwas so peinlich gewesen.

»Komm her«, raunte sie ihm zu und schlang einen Arm um seine Taille. »Setz dich erst einmal, bevor du umkippst.«

Wenn Nick ehrlich war, wäre er lieber an der Reling stehengeblieben, weil er nicht sicher war, ob er ein zweites Mal kotzen musste. Doch Claire hatte er momentan nicht viel entgegenzusetzen. Daher schien es einfacher zu sein, mit ihr über Deck zu wanken und die Holzbank anzusteuern, die vor der winzigen Steuerkabine stand, in der Clint das Ruder bediente.

Obwohl er einen Kopf größer war und einiges mehr wiegen musste als Claire, schaffte sie es problemlos, ihn auf die rustikale Bank zu drücken. Wie ein nasser Sack sank Nick in sich zusammen, lehnte den Kopf zurück und schloss die Augen, während er eine Hand auf seinen revoltierenden Magen presste.

Scheiße, in einem seiner früheren Leben musste er ziemlichen Mist gebaut haben ...

»Wieso bist du überhaupt mit auf den Fischkutter gestiegen, wenn du seekrank wirst? Du hättest auch an Land bleiben können.« Claires Stimme drang wie aus weiter Ferne an sein Ohr. Obwohl ihr Tonfall allem Anschein nach tadelnd klingen sollte, konnte sie die Spur Mitleid und Besorgnis nicht verbergen. Gleichzeitig legte sie ihm auch noch eine Hand auf die Schulter und drückte tröstend zu.

Toll! Mitleid war ungefähr das Letzte, was er von Claire Parker-Wickham gebrauchen konnte.

Langsam öffnete Nick ein Auge und verzog zynisch die Mundwinkel. »Ich habe viele Talente, aber Hellsehen gehört nicht dazu.«

Er konnte beobachten, wie sie die Lippen schürzte. »Soll das heißen, dass du gar nicht wusstest, dass du leicht seekrank wirst?«

»Der Kandidat hat hundert Punkte.« Nick schluckte schwer.

»Warst du vorher noch nie auf einem Boot?«

Nick blinzelte und schaute ihr in die Augen. »Zählt die Wildwasserbahn in Disneyworld?«

Claire verdrehte die Augen und schüttelte kaum merklich den Kopf. »Du Komiker.«

»Hey, ich sterbe hier.« Empört sah er auf. »Ein bisschen mehr Feingefühl, bitte.«

»Du stirbst nicht«, entgegnete sie spöttisch, verzog den Mund und griff plötzlich nach beiden Enden seiner Jacke.

Merkwürdigerweise begann Nick seine Übelkeit zu vergessen, als er beobachten konnte, wie Claire die losen Enden am unteren Saum seiner Jacke zusammenfasste und an seinem Reißverschluss nestelte. Dabei kam sie seiner Leistengegend gefährlich nach. Normalerweise schoben Frauen ihre Hände in diese Gegend, wenn sie seine Hose öffnen wollten, doch Claire hatte vermutlich nicht die Absicht, hier an Deck des übel riechenden Fischkutters über ihn herzufallen. Stattdessen schien sie die verrückte Idee zu verfolgen, ihn wie einen kleinen Jungen zu behandeln.

Überrascht blieb Nick stocksteif sitzen, während sie seine Jacke schloss und den Reißverschluss nach oben zog.

»Was tust du da?«

Da sie mittlerweile nah vor ihm stand und sich zu ihm hinabbeugte, konnte er ihren dichten Wimpernkranz erkennen, als sie die Augen niederschlug. Beinahe emotionslos erklärte sie ihm: »Auch wenn du an Seekrankheit nicht sterben kannst, will ich nicht, dass du erfrierst.«

Trotz seines Zustands gelang ihm ein wackliges Grinsen. »Bist du um mein Wohlergehen besorgt?«

Sie schloss den obersten Knopf seiner Jacke, stellte sich wieder aufrecht hin und balancierte vor ihm den Seegang aus. »Ich möchte Clint nur ersparen, einen erfrorenen Koch über Bord zu werfen, weil der sich wie ein Sommeridiot angezogen hat.«

Den Sommeridioten verzieh er ihr, weil er es viel zu sehr genoss, von ihr umsorgt zu werden. »Es *ist* Sommer«, konstatierte er.

»Wir befinden uns auf dem Atlantik. Willst du dir den Tod holen?«

Mit unverhohlener Neugier legte er den Kopf schief. »Gib's zu, du wärst untröstlich, wenn ich ins Gras beißen würde. Wer würde dich dann mit all den Köstlichkeiten versorgen, auf die du so scharf bist?«

Claire lächelte nur. »Da fallen mir schon noch andere Leute ein, keine Sorge. Aber dir scheint es ja schon viel besser zu gehen, wenn du wieder übers Essen reden kannst.«

Tatsächlich kämpfte er immer noch gegen seine Übelkeit an, auch wenn sie von Minute zu Minute nachzulassen schien. Das musste Claire jedoch nicht wissen. Eigentlich war es nämlich gar nicht *so* schlecht, von einer Frau betüddelt zu werden, weil die Mitleid mit einem hatte. Daher schob er die Unterlippe vor und jammerte: »Ich leide schlimme Schmerzen und friere ganz fürchterlich. Mir würde es mit etwas menschlicher Nähe bestimmt viel besser gehen.«

Auch sie legte den Kopf schief und maß ihn mit einem Blick, bei dem Nick befürchten musste, dass sie ihn durchschaut hatte. Schlagfertig erwiderte sie: »Ich könnte Clint fragen, ob er dich in den Arm nimmt und tröstet, wenn du menschliche Nähe brauchst.«

»Der muss doch das Boot steuern.« Nick winkte ab und stieß einen gespielt frustrierten Seufzer aus. »Hast du mir nicht gesagt, dass es stürmisch werden kann?«

Ihre Miene war die Ernsthaftigkeit in Person. »Du hast recht. Soll ich dir einen Eimer holen?«

Er öffnete bereits den Mund, um zu antworten, als eine Welle das Boot traf und Claire ihm geradewegs in den Schoß purzelte. Außerdem traf ihr Ellenbogen sein Auge.

»Autsch!«

Sofort wollte sie beiseiterücken, doch Nick schlang einen Arm um ihre Hüfte und behielt sie auf seinem Schoß. Gleichzeitig kniff er das lädierte Auge zusammen.

»Habe ich dich etwa erwischt?« Sie rutschte auf seinem Schoß herum und drehte sich ein Stück zur Seite, um ihn betrachten zu können. Sein Auge brannte höllisch, nach einigen Sekunden versprach es, bereits taub zu werden.

»Nur so ein bisschen.« Er schnitt eine Grimasse. »Keine Sorge, mit nur einem Auge kann ich eine Augenklappe tragen – das macht sich gut auf einem Boot.«

Obwohl er gerade lediglich verschwommen sehen konnte, bemerkte er trotzdem, dass Claire ihrerseits die Augen verdrehte. »Nichts für ungut, aber ein Pirat mit Seekrankheit ist nicht besonders glaubwürdig. Und da wir schon einmal beim Thema sind: Könntest du mich bitte loslassen und dich auf deine Übelkeit konzentrieren?«

Oh Mann! Claire konnte ziemlich unnachgiebig sein. Doch auch Nick besaß einen Dickkopf – jedenfalls behauptete das seine Granny. Daher verstärkte er seinen Griff um ihre Hüfte und bemerkte zufrieden, wie eine weitere starke Welle den Kutter traf und Claire gegen ihn gepresst wurde.

Flehentlich warf er ihr vor: »Erst zwingst du mich auf diesen Seelenverkäufer. Dann lässt du zu, dass ich mich ins Meer übergeben muss. Und schließlich verpasst du mir sogar ein blaues Auge. Außerdem erfriere ich hier beinahe, aber du willst mir trotzdem deine Körperwärme vorenthalten. Claire ... langsam beginne ich zu glauben, dass du mich nicht magst.«

»Ganz besonders mag ich meine Jacke«, betonte sie. Für eine Frau, die auf dem Schoß eines Mannes saß und dank des heftigen Wellengangs hin und her schwankte, bot sie einen geradezu majestätischen Eindruck. »Wer sagt mir, dass du dich nicht ein zweites Mal übergeben musst – direkt auf mich?«

»Bleibst du hier sitzen, wenn ich verspreche, kein weiteres Mal zu kotzen?«

Sie gab sich geschlagen. Es war vielleicht etwas unbequem, sie auf seinem Schoß festzuhalten, weil sein Magen noch immer Achterbahn fuhr. Aber für diesen grauenvollen Tag wollte er wenigstens ein bisschen entschädigt werden. Etwas körperliche Nähe war da ein guter Anfang.

Obwohl sie nichts sagte, entspannte sie sich auf seinem

Schoß und machte keine Anstalten, sich von ihm zu lösen. Noch besser hätte es Nick gefunden, wenn sie einen Arm um ihn gelegt hätte, anstatt mit im Schoß gefalteten Händen dazusitzen. Ein Mann konnte jedoch nicht alles haben. Dafür legte er seinen anderen Arm ebenfalls um ihre Hüfte.

Bevor sie auf die Idee kommen konnte, gegen seine Übergriffigkeit zu protestieren, fragte er interessiert nach: »Bist du mit deinem Interview weitergekommen?«

»So ziemlich.«

Ihre kryptische Antwort hielt ihn nicht davon ab, den Kopf ein wenig nach vorne zu beugen. Es mochte auf diesem Kutter nach Fisch riechen und der Wind noch so stark sein, doch Nick konnte dennoch den Hauch Vanille wahrnehmen, den ihr Haar verströmte. Da er nicht beim Schnuppern an ihrem Haar erwischt werden wollte, lehnte er den Kopf wieder etwas zurück. »So ziemlich? Was soll das heißen?«

Ihr Stöhnen sollte ihm wohl signalisieren, dass sie mit ihrer aktuellen Sitzposition nicht sonderlich zufrieden war. Doch Nick war das egal. Endlich hatte er sie da, wo er sie haben wollte. Nun ja, fast.

»Clint kennt die Hummerindustrie in- und auswendig. Er ist ein wandelndes Lexikon, und gleichzeitig kann er unglaublich gut erzählen. Ich schätze, dass ich nach dem heutigen Tag mit dem Schreiben loslegen kann ...« Sie sah ihn über die Schulter hinweg an. »Falls ich diesen Tag denn überlebe.«

Seine Augenbrauen zuckten in die Höhe. »Entschuldige mal, aber ich bin derjenige, der seekrank wurde.«

»Oh ja. Und das spielst du auch bis zum Ende aus.«

Feixend zuckte er mit den Schultern. »Erwischt.«

»Hör mal, Nick.« Dieses Mal schaffte sie es dank ihrer Nachdrücklichkeit, von seinem Schoß zu rutschen und sich neben ihn zu setzen. »Es tut mir wirklich leid, dass du seekrank geworden bist. Ich habe ein schlechtes Gewissen, weil du meinetwegen mitgekommen bist.«

Als sie seufzend eine Hand auf seinen Unterarm legte, runzelte er misstrauisch die Stirn. »Willst du mich nun etwa doch über Bord werfen?«

»Wie kommst du denn darauf?«

Mit hochgezogener Augenbraue deutete er auf die vertrauensvolle Geste.

»So wird es einem also gedankt, wenn man besorgt ist.« Spielerisch schüttelte sie den Kopf und rückte näher an ihn heran. Plötzlich wollte sie sehr viel ernster wissen: »Geht es dir besser? Soll ich Clint bitten, direkt zurück zur Küste zu fahren?«

Das klang nach einer großartigen Idee. Doch der Gedanke, die schöne Zweisamkeit zu stören, die sich gerade zwischen ihnen breitmachte, ließ ihn den Kopf schütteln.

Leider schien sich heute alles gegen ihn verschworen zu haben.

»Er soll auf den Horizont schauen, wenn ihm schlecht ist und er kotzen muss«, durchbrach Clints Stimme die prickelnde Zweisamkeit.

Claire zog ihre Hand fort, lächelte Nick aufmunternd zu und gesellte sich wieder zu Clint, der sie lang und breit über die Hummerschwelle, den Hummerkrieg zwischen Kanada und den USA und über die Arbeit an der Seilwinde informierte, mit denen er die Hummerkörbe aus dem Wasser zog. Trotz des heulenden Windes, der Gischt und seiner anhaltenden Übelkeit verstand Nick jedes Wort der beiden. Als Clint dazu überging, Claire detailliert über das Aussehen des Rogens weiblicher Hummer aufzuklären und von blutigen Verletzungen zu erzählen, die er sich in den dreißig Jahren seiner Karriere als Hummerfischer zugezogen hatte, hätte Nick beinahe ein zweites Mal gewürgt.

Nach zwei weiteren Stunden war der Spuk endlich vorbei, und sie ließen die stürmische See hinter sich. Beinahe hätte Nick den Boden des Hafens geküsst, nachdem sie wieder angelegt hatten. Stattdessen verließ er mit wackeligen Beinen das Boot und musste sich vom Skipper gutmütige Kommentare zu seiner Seekrankheit anhören. Leider schien Claire dies wahnsinnig komisch zu finden, da sie hinter seinem Rücken kicherte.

Der Tag entwickelte sich wirklich nicht so, wie er sich das vorgestellt hatte.

***

Der Tag entwickelte sich nicht so, wie Claire sich das vorgestellt hatte.

Als Nick sie heute Morgen abgeholt hatte, um mit ihr nach Maine zu fahren, war sie davon ausgegangen, dass er den lieben langen Tag mit einer sexuellen Anspielung nach der anderen ankommen würde. Eigentlich hätte sie seinen Vorschlag rundheraus ablehnen sollen. Nick O'Reilly flirtete ständig mit ihr und bemühte sich ununterbrochen darum, sie aus der Fasson zu bringen. Ziemlich anstrengend, wie sie fand. Doch eine kleine innere Stimme hatte ihr zugeflüstert, dass sie sich auf seinen Vorschlag einlassen sollte. Immerhin war sie in die USA gekommen, weil sie etwas erleben und den alt bekannten Trott hinter sich lassen wollte. Hatte sie sich nicht vorgenommen, ein wenig experimentierfreudiger zu werden? Und sich auch auf kleine Abenteuer einzulassen? Ein Trip nach Maine mit einem sexy Koch, der sie anscheinend nicht nur mit seinen Küchenkreationen verführen wollte, sondern auch seinen Charme spielen ließ, sollte ihr da nur recht sein.

Überraschenderweise hatte sie jedoch eine fast ungestörte

Autofahrt erlebt und eine denkwürdige Bootsfahrt mitgemacht. Nick war viel zu sehr mit seiner Seekrankheit beschäftigt gewesen, um mit ihr zu flirten. Selbst zwei Stunden, nachdem sie von Bord gegangen waren, hatte er noch immer einen leicht grünlichen Teint besessen. Das hatte ihn jedoch nicht davon abgehalten, mittags das wohl größte Sandwich zu verputzen, das Claire jemals zu Gesicht bekommen hatte.

Und nun stand sie in einer rustikalen Küche, die andere Leute vermutlich als dringend sanierungsbedürftig beschrieben hätten, schälte Kartoffeln und unterhielt sich mit einer völlig Fremden. Nick hatte sich in der Zwischenzeit mit seinem Kumpel und früherem Chef des *Knight's* verdrückt.

»Ich will ja nicht neugierig sein, aber was läuft zwischen dir und Nick?«

Beinahe wäre ihr die Kartoffel aus der Hand geflutscht. Verwirrt schaute sie zu der lockenköpfigen Frau neben sich, die sich gleich zu Anfang in einem Satz als Brooke vorgestellt und Claire eine Sekunde später eine Schürze in die Hand gedrückt hatte. Dann hatte sie sie mit in die Küche genommen und die beiden Männer nach draußen geschickt. Claire hatte nicht einmal Zeit gehabt, Andrew Knight zu begrüßen oder sich den altmodischen Gastraum näher anzusehen, der gerade renoviert zu werden schien. Ihrer Meinung nach hatte das Lokal eine Überholung auch bitter nötig.

Tatsächlich war sie neugierig darauf, das Restaurant kennenzulernen, für das der vielversprechende Andrew Knight sein eigenes Restaurant in Boston verlassen hatte. Wenn sie ehrlich war, verstand Claire nicht, wie jemand, der sich der Haute Cuisine verschrieben hatte, solch ein exquisites Restaurant einem anderen Koch überlassen konnte. Erst recht nicht, um in ein Küstenstädtchen zu ziehen, in dem sich Fuchs und Hase gute Nacht sagten.

Nachdenklich legte sie die geschälte Kartoffel in einen Topf mit kaltem Wasser und griff nach der nächsten.

»Zwischen Nick und mir läuft nichts. Er hat mir lediglich angeboten, mich nach Maine zu meinem Interview zu fahren.«

Brooke Day begann zu kichern. Irritiert drehte Claire den Kopf zur Seite und musterte die andere Frau, die eine Winzigkeit kleiner als sie war.

Angelegentlich fragte sie nach: »Magst du überhaupt Shepherd's Pie? Ich könnte dir auch etwas anderes anbieten. Wie wäre es mit einem Crab Cake? Oder bist du Vegetarierin?«

»Moment mal.« Claire legte sowohl Kartoffel als auch Schäler beiseite und lehnte sich mit der Hüfte gegen die Arbeitsplatte. »Lenk jetzt nicht ab.«

Wie die Unschuld in Person lächelte Brooke sie an. »Also keine Vegetarierin?«

Claire ignorierte die Frage der anderen Frau. »Warum hast du gelacht, als ich gesagt habe, dass zwischen Nick und mir nichts läuft?« Sie hörte selbst, wie spröde sie klang. »Nick hat mich lediglich mit nach Maine genommen, weil ich hier ein Interview hatte und er euch besuchen wollte.«

Wieder gab Brooke ein Kichern von sich. »Ah ja. Das klingt tatsächlich sehr nach Nick.« Anschließend schob sie sich eine halbe Tomate in den Mund und begann zu kauen, während ihre Augen vor Vergnügen funkelten.

»Ich meine es ernst – zwischen uns läuft nichts.« Auch wenn sie Brooke gerade erst kennengelernt hatte, hörte sie sich selbst sagen: »Ich habe mich vor einigen Monaten von meinem Freund getrennt und nicht die Absicht, mich so bald wieder auf etwas Neues einzulassen.«

Noch während sie sprach, war sie über sich selbst überrascht. Eigentlich war sie nicht der Typ, der gerne über das eigene Privatleben sprach – erst recht nicht mit beinahe völlig Fremden. Anscheinend färbte die amerikanische Ungezwungenheit bereits auf sie ab. Ihre Mum wäre entsetzt gewesen. Claire begann zu grinsen.

»Nichts für ungut, aber Nick gehört nicht zu der Sorte Mann, der auf der Suche nach etwas Festem ist.«

Claire verdrehte die Augen und griff ebenfalls nach einer halben Tomate. »Ach«, sagte sie ironisch. »Das wäre mir ja im Traum nicht aufgefallen!«

Als Brooke belustigt prustete, tat es ihr Claire nach, und schob sich dann die zweite Hälfte von Brookes Tomate in den Mund. Sobald sie das aromatische Stück heruntergeschluckt hatte, spottete sie: »Dabei dachte ich, dass Nick O'Reilly der richtige Kandidat für eine Ehe sei.«

»Ich glaube, dass Nick der perfekte Kandidat dafür ist, Spaß zu haben – ungefähr ein Wochenende lang.«

»Bitte raub mir nicht alle meine Illusionen!«

»Drew meint ständig, dass Nicks einzige Beziehung, die länger als eine Woche gedauert hat, die zu seinem Motorrad ist.«

Claire zwinkerte verblüfft. »Irgendwie werde ich das Gefühl nicht los, dass du mich warnen willst. Oder du kannst Nick nicht sonderlich gut leiden.«

Brooke schien ehrlich erstaunt zu sein. »Natürlich kann ich Nick gut leiden. Er ist Drews bester Freund und ein spaßiger Zeitgenosse.«

»Also willst du mich vor ihm warnen? Wir kennen uns doch kaum.«

Brooke flötete. »Ich bin einfach neugierig, was zwischen euch läuft. Hier kann es von Zeit zu Zeit etwas langweilig werden. Und um ehrlich zu sein, mache ich mir am wenigsten um

172

dich Sorgen. Viel eher befürchte ich, dass diesmal der arme Nick seine Meisterin getroffen hat.«

Claire wusste nicht, ob sie beleidigt oder geschmeichelt sein sollte. »Tatsächlich? Wie kommst du denn darauf?«

»Merkst du nicht, wie er dich anschaut?« Brooke spitzte die Lippen. »Soweit ich weiß, ist er es nicht gewohnt, dass Frauen nicht sofort mit ihm ins Bett steigen. Der Gute scheint unter massivem Sexentzug zu leiden.«

»Das ist kein Sexentzug, sondern die Nachwirkungen seiner Seekrankheit«, erwiderte Claire überzeugt. »Und was seinen Sexentzug betrifft...« Sie hob beide Hände. »Das ist nicht mein Problem.«

»Noch nicht.«

»Gar nicht«, korrigierte Claire die andere Frau.

»Komm schon. Du musst doch zugeben, dass der gute Nick ein heißer Kerl ist.«

»Auf jeden Fall *weiß* er, dass er ein heißer Kerl ist.«

Brooke gurgelte beinahe vor Lachen. »Soll das heißen, dass er dich ständig anbaggert? Außerdem habe ich nicht überhört, dass du ihn heiß findest.«

Claire fühlte sich ertappt, Brooke schien wirklich nichts zu entgehen. Daher wand sie sich innerlich, auch wenn sie nach außen sehr kühl und beherrscht erwiderte: »Eine Frau müsste schon auf beiden Augen blind sein, um nicht zu bemerken, wie gut Nick O'Reilly aussieht. Mich interessieren seine Gerichte jedoch mehr als sein Gesicht.«

»Oha! Hast du ihm deshalb diese vernichtende Kritik geschrieben?«

Verblüfft öffnete Claire den Mund. »Du kennst meine Kritik über Nicks Essen?«

»Ob ich sie kenne?« Brooke blähte die Wangen auf und gab ein geradezu theatralisches Stöhnen von sich. »Drew hat sie mir so oft laut vorgelesen, dass mir beinahe die Ohren bluteten.«

»Ach«, entgegnete Claire schwach. »Tatsächlich?«

Die andere Frau nickte. »Und ob! Bis heute weiß ich nicht, ob er schadenfroh oder empört ist. Manchmal lacht er dröhnend, und manchmal runzelt er finster die Stirn.« Sie zuckte mit den Schultern.

»Muss ich mir jetzt Sorgen machen, dass Andrew mich vergiftet? Um sich für die Kritik an seinem besten Freund zu rächen?«

Brooke schnitt eine Grimasse. »Sag bitte nicht Andrew, sondern nenne ihn Drew. Wenn ich den Namen Andrew höre, muss ich jedes Mal an einen Großstadtsnob denken!« Sie schüttelte sich.

»Großstadtsnob?« Claires Augenbrauen zuckten in die Höhe.

Mit einem aus tiefster Seele kommenden Stöhnen nickte Brooke. »Als Drew hier auftauchte, hielt ich ihn für einen kompletten Idioten – selbstherrlich, arrogant, schnöselig und überheblich. Gott, manchmal hätte ich ihn am liebsten von den Klippen da draußen gestoßen.«

Trotz der versteckten Morddrohung gluckste Claire auf. »Tatsächlich?«

»Er fuhr diese protzige Karre, rümpfte die Nase, als er das *Crab Inn* zum ersten Mal sah, und klang wie der letzte Snob, als er mir Ratschläge geben wollte, wie ich das Restaurant führen sollte. Besonders charmant fand ich das nicht.«

»Das kann ich mir vorstellen.«

Wieder warf sich Brooke ein Stückchen Tomate in den Mund und vertraute Claire mit vollem Mund an: »Sein Glück war es, dass er nackt ziemlich nett anzusehen ist. Sonst hätte ich ihn vermutlich wirklich von den Klippen gestoßen.«

Grinsend erwiderte Claire: »Entweder muss er nackt eine wahnsinnig tolle Figur abgeben, oder er ist trotz aller Schnöseligkeit ein netter Kerl. Mein Exfreund sieht nackt auch nicht schlecht aus, aber er ist mit Abstand der arroganteste Snob Londons.« Nach ihrem letzten Telefonat war sie sich nicht sicher, ob sie sich beherrschen könnte, würde sie Edward auf einer Klippe treffen.

»Interessant.« Brooke maß sie neugierig. »Und weshalb warst du mit ihm zusammen, wenn er der arroganteste Snob Londons war? Auch noch mit Abstand?«

Das traf den Nagel so ziemlich auf den Kopf. »Gute Frage«, murmelte sie ausweichend.

Andrew Knights Freundin besaß die Subtilität eines Vorschlaghammers. »Also, Nick ist alles andere als ein Snob.«

»Das mag schon sein.«

»Zwar kann ich nicht aus erster Hand sagen, wie er nackt aussieht ...«

»Wieso werde ich den Eindruck nicht los, dass du uns miteinander verkuppeln willst?« Claire schüttelte rigoros den Kopf. »Er ist ein netter Kerl.«

»Ein netter Kerl, mit dem du nach Maine gefahren bist«, erinnerte Brooke sie.

»Ja, weil ich ein Interview hier führen wollte.« Sie schnaufte. »Nick und ich haben eine Abmachung. Er will mir beweisen, dass er eine bessere Restaurantkritik verdient, indem er vier Wochen für mich kocht. Falls er es nicht schafft, stellt er mir seinen Lehrmeister Mathieu Raymond vor. Aber falls er es schafft, verfasse ich eine neue Kritik über seine Küche. So einfach ist das.«

»Und darauf hat er sich eingelassen?« Brooke pfiff scheinbar beeindruckt. »Er will dir so was von an die Wäsche!«

Beinahe hätte Claire wie ein trotziges Kind mit dem Fuß auf

den Boden gestampft, wenn nicht in diesem Moment Drews Stimme durch die Küche gehallt wäre.

»Brooke, pack die Messer weg! Nick hat mir verraten, dass er das Veilchen Claire zu verdanken hat. Bevor mein Kumpel massakriert wird, sollten wir alle scharfen Gegenstände aus der Küche entfernen.«

Claire verzog den Mund und fixierte die beiden Männer, die gerade die alte Küche des *Crab Inn* betraten. Neben dem blonden Andrew, der trotz salopper Jeans und gemütlichem Sweatshirt aussah, als wäre er soeben von John F. Kennedys Segelyacht gestiegen und würde in Kürze Werbegesicht einer Zahnpastamarke werden, wirkte Nick um einiges raubeiniger und düsterer. Selbst das breite Grinsen konnte nicht darüber hinwegtäuschen, dass Nick O'Reilly mit allen Wassern gewaschen war. Sie hätte sich ihn auch problemlos am Tisch eines Mafiosos vorstellen können, wie er diesen beim Poker besiegte und ihm das letzte Hemd stahl. Seine Seekrankheit hatte er allem Anschein nach hinter sich gelassen und sah – wie Claire ehrlicherweise bekennen musste – viel zu gut für ihren Seelenfrieden aus. Sein schwarzes Haar war kunstvoll zerzaust, seine blauen Augen blitzten vor Vergnügen, und seine scharfkantigen Jochbeine kamen durch die vom Wind geröteten Wangen besonders gut zur Geltung. Zusammen mit seinem hochgewachsenen Körper und den breiten Schultern unter der Lederjacke machte Nick eine wahnsinnig gute Figur.

Einen Moment lang bereute es Claire fast, dass sie mit zwanglosen One-Night-Stands noch nie viel hatte anfangen können.

Um sich nicht anmerken zu lassen, wie kurz sie davor stand, angesichts von Nicks Gegenwart zu sabbern anzufangen, schürzte sie die Lippen. Ihren Gastgebern erklärte sie wie die Ruhe selbst: »Das Veilchen hat er sich selbst zu verdanken.

Aus einem mir unerfindlichen Grund wollte er, dass ich trotz des heftigen Seeganges auf seinem Schoß sitze. Dabei landete mein Ellenbogen versehentlich in seinem Auge.«

»Sag ich doch«, raunte Brooke ihr zufrieden zu.

Ihr Freund dagegen grinste und stieß Nick in die Seite. »Du wolltest, dass sie auf deinem Schoß sitzt?«

»Er brauchte angeblich ein paar tröstende Kuscheleinheiten.« Claires Mundwinkel zuckten, als sie ohne Skrupel offenbarte: »Diese Seekrankheit war anscheinend zu viel für ihn. Ich habe keinen Menschen zuvor derart kotzen sehen.«

Während sich Nicks Miene verfinsterte, lachte sein Kumpel schallend auf.

»Vielen Dank, Claire«, ächzte Nick und ließ die Schultern hängen.

»Ach, sollten die beiden etwa nichts von deiner Seekrankheit wissen? Ups.« Sie setzte einen bedauernden Gesichtsausdruck auf.

Nick kam auf sie zu und blieb direkt vor ihr stehen, um seine Hand auszustrecken. Zwar griff er lediglich nach einem Stück Tomate, jedoch kostete es Claire alle Beherrschung, nicht zurückzuzucken. Seine Gegenwart schien sie von Mal zu Mal nervöser zu machen, doch sie würde einen Teufel tun und es ihn wissen lassen. Er war auch so schon eingenommen genug von sich. Da war es doch sehr viel leichter, die Unnahbare zu spielen, die gegen seine Flirtversuche immun war.

»Solange du meine Seekrankheit nicht in deiner Reportage erwähnst, muss ich auch nicht zum Äußersten greifen.«

»Zum Äußersten? Was zum Teufel meinst du denn damit?«, schaltete sich Brooke irritiert ein.

»Och, keine Sorge. Ich bin sicher, dass es Claire gefallen würde.« Nick schaute Claire direkt in die Augen und verzog die Mundwinkel wie ein Gourmet, dem gerade göttliche Foie Gras serviert wurde. Beinah heiser sagte er: »Aber das geht nur Claire und mich etwas an.«

»Wir könnten euch das Gästezimmer im ersten Stock anbieten.« Andrew Knight klang belustigt, bevor er schwärmte: »Ich habe sehr schöne Erinnerungen an das kleine Zimmer.«

Brookes Stimme klang streng. »Drew.«

Dem schien die deutliche Ansage seiner Freundin nicht zu imponieren, da er verzückt seufzte. »Ganze drei Nächte habe ich dort oben gelegen und mich nach Brooke verzehrt, bis sie mich in der vierten Nacht endlich erhört hat.«

»Es war die fünfte Nacht«, korrigierte Brooke ihn genervt und warf ihm einen Apfel zu. »Mach dich lieber nützlich und schäle die Äpfel, bevor du dich noch um Kopf und Kragen redest.«

»Jetzt wird es interessant«, ließ sich Nick vernehmen, der endlich den Blickkontakt zu Claire abbrach und seinen Freund aufforderte: »Lass dich von Brooke nicht abhalten, Drew.«

»Du solltest dich auch nützlich machen«, kanzelte die lockenköpfige Frau ihn ab. »Reib den Käse für den Shepherd's Pie.«

»Käse reiben?« Nick klang entsetzt. »Ich soll Käse reiben?«

Claire schnappte sich das große Stück Cheddar und reichte es ihm mit geradezu perverser Befriedigung. »Ich bin mir zwar nicht sicher, aber das Reiben von Käse sollte eine adäquate Beschäftigung für Tankstellenköche sein.«

Das empörte Funkeln seiner blauen Augen sagte ihr, dass er ihr diesen Spruch heimzahlen würde. Und als wären die intensiven Blicke nicht bereits genug, schälte er sich aus seiner Lederjacke und dem darunterliegenden Pullover, bis er lediglich in Jeans und T-Shirt neben ihr stand und Käse rieb. Claire hätte sich einige Male beinahe mit dem Kartoffelschäler die

Haut vom Finger geschält, so sehr irritierte sie die Nähe zu diesem Mann. Nick schien dagegen völlig ungerührt, er unterhielt sich gut gelaunt mit seinen Freunden, während sie alle vier zusammen das Abendessen vorbereiteten. Aus den Augenwinkeln konnte sie sehen, wie sich das Muster seines exotischen Tattoos bewegte, und verspürte ein Kribbeln am ganzen Körper.

Nach einem köstlichen Essen, das aus würziger Muschelsuppe, dem besten Shepherd's Pie aller Zeiten und einem saftigen Blaubeerkuchen bestanden hatte, saß Claire eine gute Stunde später mit Nick, Brooke und Drew an einem rustikalen Holztisch mitten im Gästeraum des *Crab Inn*. Ob sie den obersten Knopf ihrer Hose öffnen sollte? Sie war pappsatt und überlegte eine Millisekunde lang, ob sie nicht doch das Angebot annehmen und in dem Gästezimmer schlafen sollte. Das hätte jedoch vermutlich nur zur Folge gehabt, dass Nick sich ihr unbedingt hätte anschließen wollen.

Das Objekt ihrer Gedanken schien ganz ähnliche Überlegungen zu haben. Er lehnte sich stöhnend zurück und fragte seinen Kumpel: »Wie schaffst du es bei Brookes Kochkünsten bloß, nicht wie ein Hefeklops auseinanderzugehen, Drew?«

»Sie zwingt mich, alle zu mir genommenen Kalorien wieder abzutrainieren. Diese Frau ist ein wahres Sexmonster.«

Claire nippte an ihrem Wasserglas und beobachtete, wie Brooke rot anlief, auch wenn sie gespielt lässig entgegnete: »Ich fürchte, dass du heute mit dem Abwasch an der Reihe bist, Drew.«

»Da irrst du dich, Schatz. Ich wäre eigentlich gestern an der Reihe gewesen, wenn du nicht darauf bestanden hättest, splitterfasernackt in der Küche über mich herzufallen. Deshalb mussten wir den Abwasch heute Morgen zusammen erledigen, nachdem wir unsere Klamotten zusammengesucht haben.« Er klang nachdenklich. »Was dein BH hinter dem Ofen zu suchen hatte, weiß ich noch immer nicht.«

»Könntest du bitte etwas weniger mitteilsam sein?« Brooke kniff die Augen zusammen und fasste sich an die Nasenwurzel. Beinahe hätte Claire vor Belustigung geprustet. Sie beließ es jedoch dabei, das glückliche Paar zu beobachten. Auch die lebhaften Wortgefechte der beiden konnten nicht darüber hinwegtäuschen, wie perfekt Brooke und Drew zueinander passten und wie verliebt sie ineinander waren. Außerdem sahen sie sich bereits den ganzen Abend so intensiv an, dass Claire richtig verlegen wurde. Mit einem Anflug von Melancholie überlegte sie, ob es jemals einen Moment gegeben hatte, in dem Edward und sie einander auch nur auf ähnliche Weise angesehen hatten. Vermutlich nicht. Wie sollte man einen Mann auch umwerfend sexy finden, wenn man ihn schon von Kindesbeinen an kannte?

Drews fröhliche Stimme riss sie aus ihren Gedanken heraus, als er im Brustton der Überzeugung von sich gab: »Claire und Nick macht das nichts aus.«

»Oh doch.« Nick schnalzte mit der Zunge und deutete geradezu besorgt in Claires Richtung. »Ihr traumatisiert Claire mit eurem ständigen Gerede über euer wildes Sexleben.«

Ihre Augenbrauen zuckten in die Höhe. »Wie bitte?«

»Aber ja.« Wie selbstverständlich lehnte sich Nick zurück und verschränkte seine Hände hinter seinem Hinterkopf. Für Claire war es einigermaßen schwierig, sich auf seine Worte zu konzentrieren, da sich die kräftigen Muskeln seiner Oberarme vorwölbten und sich das verwaschene T-Shirt über seiner Brust spannte.

»Inwiefern soll mich das Gerede über ihr Sexleben traumatisieren?«

Er zuckte lässig mit der Schulter. »Du bist doch Engländerin …«

»Ich raube dir nur ungern deine Illusionen«, unterbrach sie ihn sarkastisch. »Aber auch Engländer haben Sex.«

»Was ich bestätigen kann«, mischte sich Drew ein. »Während meines Studiums war ich für ein paar Monate in Cambridge und kann euch sagen, dass Engländerinnen *sehr* zuvorkommend sein können.«

Anscheinend gehörte Brooke nicht zu der eifersüchtigen Sorte, da sie nur die Augen verdrehte und schnaubte. Und natürlich wollte Nick sofort neugierig von seinem Freund wissen: »Warum hast du mir das nie erzählt? Und was meinst du mit *sehr zuvorkommend*?«

»Was soll er damit schon meinen, du Trottel?«

Oha! Das Thema ließ Brooke wohl doch nicht so unberührt, wie Claire gerade noch gedacht hatte. Auch wenn sie kein Öl ins Feuer gießen wollte, räusperte sie sich und unterrichtete Nick: »Nichts für ungut, Nick, aber du hast anscheinend keinen blassen Schimmer, wie sehr es Britinnen krachen lassen, wenn sie ausgehen.«

Ein Funke Interesse schien in seinen blauen Augen aufzublitzen. »Dann kläre mich doch bitte auf, Claire.«

Sie legte den Kopf schief und entgegnete möglichst gelassen: »Im Vergleich zu britischen Partygängerinnen ist Paris Hilton ein unbeschriebenes Blatt. Ohne Unterwäsche feiern? Das ist doch was für Anfänger. Schau dir einen Samstagabend in Newcastle an, und du wirst nie wieder der Gleiche sein. Von Prinz Harrys wilden Eskapaden ganz zu schweigen.«

»Dir ist schon klar, dass du mich damit nicht abschreckst, sondern umso neugieriger machst, oder?«

Claire rümpfte die Nase. »Tu dir keinen Zwang an, aber sag später nicht, ich hätte dich nicht gewarnt.«

Nick schien noch immer nicht abgeschreckt zu sein, da er grinste. »Interessant, interessant. Dabei dachte ich immer, dass Engländerinnen diese grauenvollen Hüte tragen und furchtbar prüde sind.«

Geduldig klärte sie ihn auf: »Grauenvolle Hüte trägt man nur beim Pferderennen in Ascot oder wenn man die Queen trifft. Und was die Prüderie betrifft...« Sie zuckte mit den Schultern.

Brooke und Andrew waren vergessen, als sich Nick vorbeugte und fragte: »Zu welcher Sorte gehörst du? Trägst du grauenvolle Hüte, oder haust du auf den Putz und gehst ohne Unterwäsche aus?«

Auch wenn es verführerisch war, unterbrach sie den Blickkontakt nicht, sondern hörte sich selbst sagen: »Ich gehöre zu der Sorte, die sich von deinem Lammkarree in Minzkruste nicht beeindrucken lässt, weil ihm an Raffinesse fehlt. In Sachen Minzkruste machst du mir nichts vor.«

»Dass du auch immer in dieser Wunde stochern musst.« Er warf frustriert die Arme in die Höhe. »Claire, mit jedem Wort versetzt du meinem Selbstbewusstsein einen neuen Schlag.«

»Eine zweite Kritik verdient man sich nicht, indem man große Reden schwingt. Die Auster war vielleicht ganz nett, aber damit gewinnst du bestimmt keine Wetten.« Sie griff nach ihrem Wasserglas und sah ihn bedeutungsvoll über den Rand hinweg an. Und weil Solidarität unter Frauen wichtig war, nickte sie in Brookes Richtung. »Sieh dir Brooke an. Sie zaubert aus dem Stegreif ein wundervolles Essen, ohne vorher stundenlang nur darüber zu reden. Ist das so ein männliches Phänomen?«

Brooke verschluckte sich an einem Kichern und krächzte: »Das ist es, eindeutig. Große Reden schwingen, während das Ergebnis eher ... äh ... klein ist.«

182

Claire konnte nicht anders, als fröhlich zu prusten, während beide Männer kollektiv nach Luft schnappten.

»Wie schön, dass ihr euch so gut versteht«, brummte Andrew. »Dann sollte es kein Problem sein, wenn Claire demnächst eine Kritik zu unserem neuen Restaurant schreibt, Brooke. Und, Claire«, er sah sie mit einem belustigten Funkeln an, »zeig etwas mehr Gnade als bei Nick. Der arme Tropf hat schließlich noch immer daran zu knabbern, dass du sein Essen mit Tankstellenfraß verglichen hast.«

»Danke für die Erinnerung.« Nick jaulte beinahe auf. »Du bist so sensibel wie ein Zollbeamter bei der Körperhöhlenuntersuchung am Flughafen, Drew.«

»Mir ist die Lust auf einen Kaffee vergangen«, hörte man Brooke murren.

Claire dagegen konnte nicht aufhören zu grinsen und lehnte sich entspannt zurück. Einen schöneren und lustigeren Abend hatte sie seit langer Zeit nicht gehabt. Zusammen mit den drei Menschen hier, die sie kaum kannte, hatte sie mehr Spaß als auf jedem Dinner, das sie jemals mit Edward in London besucht hatte. Und das Netteste am heutigen Abend war, dass sie sich übers Essen und ihren Job unterhalten konnte, ohne dass neben ihr jemand stand, dem die Ungeduld aus jeder Pore strömte.

Andrew unterbrach ihre Gedanken, als er ihr einen auffordernden Blick schenkte. »Falls mein Kommentar dank Nicks Erwähnung von Körperhöhlendurchsuchungen untergegangen ist, würde ich gerne betonen, dass er ernst gemeint war.«

»Entschuldige.« Claire zwinkerte. »Ich fürchte, ich habe nicht zugehört.«

Ihr Gastgeber zog eine Augenbraue in die Höhe. »Füßelt Nick etwa mit dir?«

»Ich füßele nicht«, beschwerte sich Nick geradezu empört. »Füßeln ist etwas für Altersheimbewohner. Ich benutze lieber meine Hände.« Zur Untermauerung seiner Worte hob er seine Hände in die Höhe und grinste verschlagen.

»Hier benutzt niemand seine Hände«, erwiderte Claire kategorisch und konzentrierte sich auf das Paar gegenüber. »Was hast du denn ernst gemeint, Drew?«

»Nick weiß schon Bescheid.« Er stieß den Atem aus und lächelte ein wenig zittrig. »Ich verkaufe das *Knight's* und eröffne mit Brooke zusammen ein neues Restaurant.«

»In Boston?«

»Nein, hier«, erwiderte Nick und klang ziemlich gelassen. »Drew genießt es viel zu sehr, hier den Einsiedler zu spielen und nackt durch die Küche zu rennen. In Boston wäre das wohl nicht möglich.«

Brookes Schnauben durchdrang den Raum. »Wollen wir wissen, wie oft du schon nackt durch diverse Küchen gerannt bist?«

»Nein, wollt ihr nicht.« Keinesfalls beschämt hoben sich seine Mundwinkel.

Brooke ignorierte ihn und suchte Claires Augenkontakt. »Drew und ich renovieren das *Crab Inn* von Grund auf und möchten ein völlig neues Konzept verwirklichen. Unser Restaurant soll das beste von ganz Maine werden.«

Ihr Freund legte einen Arm um ihre Schulter. »Das beste Restaurant der ganzen Ostküste. Die Konkurrenz ist ja bekanntermaßen nicht sonderlich groß.«

»Lass uns mal vor die Tür gehen, Knight.« Nick ließ seine Fingerknöchel knacken. »Du scheinst eine ordentliche Tracht Prügel zu brauchen.«

»Balzgehabe?« Claire schnalzte mit der Zunge. »Jungs, bitte nicht. Ich musste einem von euch heute bereits Händchen halten. Da habe ich keine Lust, ein zweites Mal die Trösterin zu spielen.«

»Das ging wohl gegen dich, Nick.«

»Danke, Claire«, ließ sich dieser finster vernehmen. »Auf der Rückfahrt bekommst du alles wieder.«

Keineswegs eingeschüchtert fragte sie Brooke: »Hast du Tabletten gegen Reiseübelkeit hier? Nick wird sie sicherlich auf der Rückfahrt brauchen.«

Seine Drohgebärde verlor jegliche Wirkung, denn seine Augen funkelten vor Vergnügen.

»Ich sage es nur ungern, Nick, aber ich fürchte, gegen Claire hast du keine Chance.« Brooke schüttelte amüsiert den Kopf. »Und wenn ich so darüber nachdenke, meine Liebe, möchte ich von dir vielleicht doch keine Gastrokritik bekommen.«

»Keine Sorge«, beschwichtigte Claire sie. »Lediglich Küchenchefs mit gnadenloser Selbstüberschätzung bekommen bei mir ihr Fett weg.«

»Gut zu wissen.«

Neugierig hakte sie nach: »Ihr verkauft das *Knight's*?«

Andrew hob die Schultern in die Höhe und stieß ein Seufzen aus. »Es bleibt mir nichts anderes übrig. Ich kann nur in ein Restaurant alle meine Energien *und* mein Geld stecken.« Er nickte Nick zu. »Er weiß bereits, dass ein Investor das Restaurant kaufen und ihn als Küchenchef behalten möchte. Der gute Mann ist so von ihm begeistert, dass er ihm freie Hand lassen würde. Nick könnte nicht nur in der Küche schalten und walten, sondern hätte auch die gesamte Entscheidungsgewalt über das Restaurant.«

In Claires Ohren klang das nach einem Sechser im Lotto. Nick dagegen gab sich weniger begeistert.

»Mal sehen.«

Euphorisch klang das nicht, aber Claire beließ es dabei, auch wenn sie wahnsinnig neugierig war und Nick gerne ausgequetscht hätte.

Wenig später verabschiedeten sie sich von Brooke und Andrew, um sich auf den über zweistündigen Rückweg zu machen. Nick wirkte zwar gelöst wie immer, jedoch merkte sie ihm an, dass er nachdenklich war. Obwohl Claire nach dem langen Tag am Meer ziemlich erschöpft war und sich insgeheim freute, dass Nick am Steuer des Wagens saß und nicht sie, fragte sie sich trotzdem, was ihn beschäftigte.

»Es war ein schöner Tag.«

»Das war er«, bestätigte sie und warf seinem Profil einen flüchtigen Blick zu. »Danke, dass du mich mitgenommen hast. Brooke und Drew sind sehr nett.«

Seine Antwort bestand aus einem Brummen.

»Und es tut mir leid, wenn ich dich mit deiner Seekrankheit zu sehr aufgezogen habe.«

Nun warf er ihr einen flüchtigen Blick zu. Dann richtete er die Aufmerksamkeit wieder auf die kurvige Straße, die lediglich durch einige wenige Straßenlaternen erhellt wurde.

»Gib es zu: Dir hat es gefallen, Witze auf meine Kosten zu machen!«

Claire nickte, schlang die Arme um den Oberkörper und kuschelte sich in den Beifahrersitz. »Du hast es ertragen wie ein Mann.«

Nick antwortete nicht darauf.

Weil sie ihn heute tatsächlich ziemlich oft auf die Schippe genommen hatte, wollte Claire von ihm wissen: »Geht es dir wieder besser?«

»Mir geht es fabelhaft.«

»Das mit der Seekrankheit tut mir wirklich leid.«

»Schon vergessen.« Er schnitt eine Grimasse. »Vielleicht

könnten wir einfach nicht mehr darüber reden, dass ich vor deinen Augen ins Meer gekotzt habe.«

»Okay, ich versuche es.« Ihr entschlüpfte ein Kichern. »Auch wenn es ein ziemlich denkwürdiges Erlebnis war.«

»Das sehe ich anders«, brummte er. »Und ab jetzt wollen wir nicht mehr darüber reden.«

Dass Männer so empfindlich sein konnten! »Du klangst nicht sonderlich begeistert, als Drew den Investor erwähnte.«

Sein Stöhnen sollte ihr wohl signalisieren, dass er keine Lust hatte, jetzt auch noch über dieses Thema zu reden. Als Journalistin war Claire es jedoch gewohnt, hartnäckig zu bleiben. Sie drehte sich halb zu ihm und fragte ihn: »Reizt es dich nicht, das Restaurant so zu führen, wie du willst? Na klar, du bist bereits der Küchenchef. Aber mit einem Investor im Rücken, der dir jegliche Entscheidungsgewalt einräumt, könntest du das Restaurant komplett nach deinen Wünschen führen.«

»Weißt du eigentlich, wie spät es schon ist?«

Sie konterte augenblicklich. »Wir haben noch fast anderthalb Stunden Fahrt vor uns. Sollen wir uns die ganze Zeit anschweigen?«

»Nein.« Mit einem gequälten Laut legte er für einen Moment den Kopf in den Nacken. »Aber wir könnten über erfreulichere Themen reden. Das gute Wetter, die Trüffelsaison, die Pats, Brookes Shepherd's Pie, Sex ...«

»Sex?« Beinahe hätte sie sich verschluckt.

»Ja, Sex.«

Sie hörte wohl nicht richtig. »Du willst über Sex reden?«

»Klar.« Er nickte nachdenklich. »Noch besser wäre es, Sex zu haben, aber wir sind aus dem Alter heraus, in dem man es in einem Auto treibt. Außerdem will ich nicht wissen, was sich auf der Rückbank dieses Mietwagens bereits abgespielt hat.«

Claire fasste sich an die Stirn. »Ganz sicher reden wir nicht über Sex.«

»Hey«, entrüstete er sich. »Du hast beim Abendessen damit angefangen, über sexbesessene Engländerinnen zu reden.«

»Und jetzt will ich über deine Arbeit als Küchenchef reden.« Sie entfernte einen imaginären Fussel von ihrem Oberteil und erklärte nonchalant: »Abgesehen davon magst du ja aus dem Alter heraus sein, in dem man keinen Sex auf der Rückbank eines Autos hat . . . aber das gilt nicht für mich.«

Es war faszinierend zu beobachten, wie Nick beinahe das Lenkrad verriss und sie mit großen Augen anstarrte, bevor er wieder auf die Straße blickte. »Heißt das, dass du und ich . . .«

»Nein, das heißt es nicht«, unterbrach sie ihn freundlich. »Wieso bist du nicht begeistert über das Angebot des Investors? Andere Köche würden vermutlich einen Mord für ein solches Angebot begehen.«

»Andere Köche sind nicht ich«, murmelte er und schien tiefer in seinen Sitz zu sacken. »Die Arbeit außerhalb der Küche liegt mir nicht.«

Verwundert schüttelte sie den Kopf. »Du sollst doch auch nicht die Restaurantleitung übernehmen, sondern würdest . . .«

»Ich bin Koch geworden, um zu kochen, und nicht um meine Zeit damit zu verplempern, Werbemaßnahmen für ein Restaurant zu erfinden oder an einem Schreibtisch zu sitzen. Das dürfen gern andere machen.«

Stirnrunzelnd entgegnete sie: »Ich hätte dich eigentlich für einen dieser ehrgeizigen und kontrollbesessenen Köche gehalten, die alles selbst in ihrem Restaurant bestimmen wollen.«

»Es ist nicht mein Restaurant. Es ist meine *Küche*«, stellte Nick fest und klang so, als würde er mit den Zähnen knirschen. »Drews Name steht an der Tür zum Restaurant.«

»Eben.« Claire legte den Kopf schief und betrachtete die angespannte Linie seines Kinns. »Wenn Drew das Restaurant an einen Investor verkauft, dem daran gelegen ist, dass du dort Küchenchef bleibst, dann könnte auch dein Name dort an der Tür stehen.«

»O'Reilly's?« Abgehackt schüttelte er den Kopf. »Das klingt nicht nach einem Sternerestaurant, sondern nach einer Arbeiterkneipe.«

»Unsinn«, erwiderte sie prompt und versetzte ihm einen Stoß gegen den Oberarm.

»Aua! Keine Übergriffe auf den Fahrer.« Er maß sie einen Augenblick lang mit einem irritierten Blick. »Du schlägst mich? Heißt das, dass du die Finger nicht von meinem sexy Körper lassen kannst?«

Claire würdigte dies mit keiner Antwort, sondern befahl stattdessen streng: »Schau auf die Straße.«

»Du hast meine Frage nicht beantwortet.«

Auch darauf antwortete sie nicht. »Du könntest das Restaurant auch *Chez Nick* nennen, wenn dir *O'Reilly's* nicht gefällt.«

»Oh Mann.« Er stöhnte. »Du kannst eine ziemliche Nervensäge sein.«

Ihre Augenbrauen wanderten in die Höhe. »Wer im Glashaus sitzt, sollte keinen Nagel in die Wand schlagen.«

»Ich glaube, der Spruch geht anders.«

»Schon vergessen? Ich komme aus England – da ist vieles anders. *Wir* fahren beispielsweise auf der richtigen Straßenseite.«

»Genau.« Er lachte leise. »Und ihr seid ohne Unterwäsche unterwegs, wenn ihr Party machen geht, tragt dafür aber alberne Hüte.«

»*Das* habe ich ganz sicher nicht gesagt.«

»So habe ich es verstanden.«

»Dann hast du nicht richtig zugehört«, ermahnte Claire ihn.

»Kann sein.« Seine Stimme wurde eine Spur heiser. »Aber dafür kann ich nichts. Wenn eine schöne Frau in meiner Gegenwart über fehlende Unterwäsche spricht, fällt es mir wirklich schwer, ihr weiterhin zuzuhören.«

Und ihr fiel es wirklich schwer, die Fassung zu bewahren, wenn Nick O'Reilly sie schön nannte. Glücklicherweise kam ihnen in diesem Moment ein Auto entgegen, dessen Scheinwerfer so sehr blendeten, dass Nick gezwungen war, sich voll und ganz aufs Fahren zu konzentrieren.

Kaum waren sie wieder allein auf der kurvigen Küstenstraße, ergriff Nick das Wort. »Wenn wir schon von Unterwäsche reden . . .«

Sie schnitt ihm resolut das Wort ab. »Ich glaube, bei unserem nächsten Treffen hätte ich gerne Pancakes.«

»Was?«

Claire schaute durch die Windschutzscheibe nach draußen auf die dunkle Straße und nickte nachdenklich. »Pancakes. Vergiss nicht, dass wir noch immer eine Wette laufen haben. Beim nächsten Mal könntest du Pancakes machen.«

Nick brauchte einen Moment, um zu antworten. »Du willst, dass ich dir Pancakes mache?«

Ihre Antwort bestand aus einem Schulterzucken.

»Dir ist schon klar, dass man Pancakes zum Frühstück isst, richtig? Oder ist das in England anders?«

»Sehr komisch, Nick.«

Er lachte leise. »Also wenn ich dir zum Frühstück Pancakes machen soll, wäre es am sinnvollsten, wenn wir auch die Nacht davor zusammen verbringen würden. Ob in deiner oder meiner Wohnung ist mir persönlich egal.«

»Pancakes, Nick. Ich rede von Pancakes. Dass ihr Amerikaner ständig Essen mit Sex verwechselt, ist vermutlich auch der Grund, warum McDonald's und Burger King hier so erfolgreich sind.«

»Touché.«

Es war eine ganze Minute lang still im Auto, bis Nick unschuldig erklärte: »Um noch einmal auf die Pancakes zurückzukommen. Ich finde ja immer, dass sie am besten schmecken, wenn man sich erst körperlich verausgabt. Nur so ein kleiner Tipp am Rande.«

Sie wollte kühl und gelassen bleiben und antwortete deswegen in bester Upperclass-Manier: »Um mich körperlich zu verausgaben, brauche ich nicht unbedingt Gesellschaft. Nur so ein kleiner Tipp am Rande.«

Dass Nick den Kopf erschrocken hochriss, ließ sie innerlich grinsen. Nach außen hin erklärte sie streng: »Schau auf die Straße.«

»Claire...«

»Du willst doch keinen Unfall bauen, oder?«

Nick lachte leise. »Wieso lenkst du mich dann derart ab?«

Sie lächelte nur, auch wenn er es nicht sehen konnte.

»Gut.« Er klang wild entschlossen. »Irgendwann setzen wir diese Unterhaltung fort.«

Claire kicherte. »In deinen Träumen.«

Nick hasste es, Anzüge zu tragen.

Jedes Mal, wenn er sich in Schale werfen musste, kam er sich verkleidet vor. Wenn er wie ein Pinguin hätte herumlaufen wollen, wäre er Butler geworden!

Nicht nur das schwarze Sakko, in das er heute Abend geschlüpft war, störte ihn ungemein. Viel schlimmer war die Tatsache, dass er seine Küche seinem Souschef Cal überlassen musste. Und das bloß, um zu der überflüssigen und seiner Meinung nach komplett unwichtigen Restauranteröffnung von Spencer Reeve zu gehen, der ihm ohnehin ein Dorn im Auge war! Dieser affektierte Idiot benahm sich, als hätte er das Kochen neu erfunden, hielt sich für den größten Meisterkoch seit Paul Bocuse, seit er vor ein paar Jahren einen Stern erhalten hatte. Mit den meisten seiner Kollegen verstand sich Nick gut, lieferte sich freundschaftliche Schlagabtausche und schätzte deren Ideen und Kreativität beim Kochen. Lediglich Spencer Reeve konnte er nicht leiden. Der Vierzigjährige sah ihn bei jedem Aufeinandertreffen an, als wäre Nick gerade gut genug, um seine Teller abzuwaschen.

Aus diesem Grund hielt sich Nicks Begeisterung über den heutigen Abend in Grenzen.

Er nahm einem vorbeieilenden Kellner ein Glas Champagner ab, trank das Glas mit einem Schluck halb leer und zerrte an dem Kragen seines weißen Hemdes, obwohl er die obersten Knöpfe offen gelassen hatte. Für diese Aktion hätte er Marah tatsächlich umbringen können, besonders als er feststellte, dass sich die gesamte Schickeria Bostons versammelt hatte, um die Eröffnung des neuen Restaurants zu feiern. Am liebsten hätte sich Nick selbst in den Arsch getreten, weil er seine Post nicht wie üblich mit nach Hause genommen hatte. Somit hatte seine Serviceleitung erst die Gelegenheit bekommen, in seinem Namen die Einladung zum heutigen Event anzunehmen. Jetzt stand er hier, musste den höflichen Gast mimen und würde einen verflucht langweiligen Abend damit verbringen, allen möglichen Idioten aus dem Weg zu gehen. Mrs. Fletcher zum Beispiel, der Schwiegermutter des Bürgermeisters. Sobald es etwas umsonst gab, waren Schmarotzer nicht weit entfernt.

Während er darüber nachdachte, welche mit Gewürzen überladenen Gerichte Spencer Reeve ihnen heute vorsetzen würde, ließ er seinen Blick über die Gästeschar schweifen. Eine Sekunde später stockte er, weil er Claire entdeckte, die nur wenige Meter von ihm entfernt neben einem weißhaarigen Mann stand. Zwar hielt sie den Kopf zur Seite geneigt und schien den Worten des Mannes zu lauschen, doch ihr Blick war auf Nick gerichtet. Ihre Augen funkelten belustigt, als sie ihr Champagnerglas ein wenig anhob, um ihm zuzuprosten.

Wie ein liebeskranker Trottel erwiderte Nick die Geste und merkte, wie sein Gaumen staubtrocken wurde. Verdammt, er hatte sie mittlerweile öfter zu Gesicht bekommen als seine Englischlehrerin in der achten Klasse, und doch traf ihr Anblick ihn wie einen Schlag. Zwar war Claire immer eine Erscheinung und schien jeden Tag in perfekt aufeinander abgestimmter Kleidung aus dem Haus zu gehen, aber heute ... Scheiße! Heute sah sie verdammt heiß aus.

Nick hob das Champagnerglas ein weiteres Mal an seine Lippen und schmeckte das herbe Prickeln auf seiner Zunge. Eingehend betrachtete er Claire, registrierte jede Kleinigkeit. Heute trug sie nicht wie üblich ein schwarzes Kleid, sondern eins in dunkelblau. Der Stoff schmiegte sich wie eine zweite Haut an ihren Körper und setzte ihre sehr erfreulichen Kurven an den genau richtigen Stellen noch eindrucksvoller als sonst in Szene. Ihre Schultern waren nackt, und Nick hätte die helle Haut dort nur allzu gerne berührt und gestreichelt. Betont langsam senkte er seinen Blick und musterte die schlanken Beine, bevor er den herzförmigen Ausschnitt ihres Kleides sowie die dekorative Schleife um ihre Taille begutachtete. Claire sah dadurch wie ein Geschenk aus. Und Nick war nie besonders gut darin gewesen, auf den Weihnachtsmorgen zu warten.

Bevor er überhaupt darüber hätte nachdenken können, ob er zu ihr gehen sollte, ergriff sie die Initiative. Mit einem liebenswürdigen Lächeln verabschiedete sie sich von dem weißhaarigen Typen an ihrer Seite und kam auf ihn zu. Augenblicklich nahm er Haltung an.

»Ich hätte dich nicht für jemanden gehalten, der sich auf Restauranteröffnungen herumtreibt«, begrüßte sie ihn ungezwungen. »Betriebsspionage, Nick?«

Ihm lag bereits ein Spruch auf den Lippen, dass er sicherlich nicht bei Spencer Reeve spionieren würde. Schließlich würde *er* seinen Gästen niemals Fleischgerichte servieren, die bis zur Unkenntlichkeit durchgebraten waren. Allerdings verwarf er diese Idee rasch und entgegnete stattdessen: »Claire, du siehst fabelhaft aus.«

Die sonst so lässige und nicht aus der Ruhe zu bringende Gastrokritikerin errötete schlagartig. »Danke, du auch. Also ... ich meinte, du siehst gut aus ... äh ... ganz anders als sonst.« Sie runzelte die Stirn und verhaspelte sich beinahe. »Nicht, dass du sonst *nicht* gut aussiehst. Nur trägst du sonst ... also ...«

Schmunzelnd unterbrach er sie. »Ich habe schon verstanden.«

Dass sie rasch den Inhalt ihres Glases herunterstürzte, sagte ihm alles, was er wissen musste. Und plötzlich hätte er Marah knutschen können, weil sie ihn dazu gezwungen hatte, heute herzukommen.

Möglichst sachlich fragte er Claire: »Was treibt dich heute her?«

Ihre dunklen Augenbrauen wanderten in die Höhe. »Na, was wohl? Spencer Reeve hat mich eingeladen, damit ich später über den heutigen Abend berichte.«

Nick fixierte ihren Blick und erwiderte trocken: »Kennt Spencer deine Kritiken?«

»Wieso?« Ihre Mundwinkel zuckten.

Mit einem Schnauben schüttelte er den Kopf. »Wenn du mein Essen abkanzelst, wirst du ihn vierteilen lassen, sobald du siehst, dass seine Gerichte in Saucen schwimmen. Seinem Rinderfilet sollte man eine Schwimmweste anziehen, damit das arme Stück Fleisch nicht ertrinkt.«

Ihr helles Lachen ließ ihn lächeln.

»Bist du eifersüchtig, Nick?« Claire klang mehr als belustigt.

»Eifersüchtig? Ich?« Tadelnd legte er den Kopf schief. »Wie kommst du darauf, dass ich eifersüchtig auf ihn bin?«

Sie zuckte mit den nackten Schultern. »Der Mann hat immerhin einen Stern.«

»Auch ein blindes Huhn findet mal ein Korn.« Er schob das Kinn vor. »Nichts für ungut, aber sag nicht, ich hätte dich nicht gewarnt, wenn du selbst probierst. Jeglichen Fleischgeschmack erstickt der gute Spencer mit seinen völlig überwürzten Saucen. Ich bin auf deine Kritik gespannt.«

»Warum klingst du so blutrünstig?«

Unschuldig erwiderte er: »Keine Ahnung.« Gleichzeitig zwinkerte er ihr zu.

Neugierig sah sie ihm in die Augen. »Was sagst du zu seiner neuen Karte?«

Er übergab sein leeres Glas einem vorbeihuschenden Kellner und brummte möglichst desinteressiert: »Habe noch nicht reingeschaut.«

»Ach!« Überrascht öffnete sie den Mund. »Ich hätte vermutet, du würdest dich als Erstes darauf stürzen.«

»Mich interessiert weder sein neues Restaurant noch seine neue Karte. Ich bin nur wegen der Freigetränke und der bezaubernden Gäste hier«, erwiderte Nick lässig. Gleich darauf musste er mitansehen, wie sie in das winzige Handtäschchen griff, das sie in der linken Hand gehalten hatte. Als sie ein gefaltetes Stück Papier hervorzog, beschlich ihn ein ungutes Gefühl, und sein Nacken prickelte.

»Willst du nicht einen Blick hineinwerfen?« Claire hielt ihm die Speisekarte unter die Nase. »Zu gerne möchte ich wissen, was du zu seiner Dessertvariation sagst: Sorbet von der roten Paprika auf einem Aprikosentörtchen an Thymianschaum. Erinnert mich irgendwie an dein Dessert.«

Was er dazu sagte? Er sagte dazu, dass Spencer Reeve ein ideenloses Arschloch war, das sich an seinen Gerichten bediente und sie auch noch schlecht kopierte. Nur allzu gerne hätte er Claire die Karte aus den Händen gerissen und gewusst, ob sie die Wahrheit sagte oder ihn aufs Glatteis führte. Allerdings wollte er sich nicht vor ihr blamieren. Von daher zuckte er bloß mit den Schultern und schluckte seine übersprudelnde Wut herunter.

»Warum verschwinden wir beide nicht von hier und machen uns einen schönen Abend?«

Ihre Augenbrauen zuckten zwar in die Höhe, dennoch fragte Claire gelassen nach: »Wie bitte?«

Er nahm ihr die Karte aus der Hand und steckte sie in die Innentasche seines Sakkos. »Du kannst sicher sein, dass du hier nichts verpasst. Und ich will eh nicht dabei sein, wenn Spencer Reeve sein neues Restaurant eröffnet. Lass uns abhauen und woanders hingehen, wo ich mit dir angeben kann.«

Es war eine angenehme Überraschung, Claire für einen Moment mundtot zu machen.

Ihr kurzzeitiges Schweigen nutzte er aus und schaute sie ein weiteres Mal bewundernd an. »Eine so schöne Frau sollte nicht auf dieser Schnarchveranstaltung versauern.«

An ihrer Kehle konnte er sehen, wie sie schluckte, bevor sie betont ruhig nachhakte: »Schnarchveranstaltung? Was würdest du denn als Alternative vorschlagen? Das *Knight's*?«

Kopfschüttelnd trat er einen Schritt näher und senkte seine Stimme. »Ich kenne einen netten Club mit einer grandiosen Bar auf der Dachterrasse. Dort könnten wir hingehen. Und wenn du später Hunger hast, lade ich dich zu mir ein.« Nick fuhr sich mit der Zunge über die Unterlippe und raunte: »Meine Mitternachtssnacks sind fantastisch.«

Ihre Stimme war nur ein Murmeln. »Sind sie das?«

Entzückt stellte er fest, wie sich eine Gänsehaut auf ihren Armen ausbreitete. Der Abend könnte anscheinend doch noch sehr erfreulich enden. Immerhin wirkte Claire nicht abgeneigt, was seinen Vorschlag betraf. Hatte er in letzter Zeit sein

Schlafzimmer aufgeräumt? Frauen fanden seiner Erfahrung nach nichts schlimmer als Schmutzwäsche, die überall herumlag. Kondome müsste er auch noch haben …

»Nick, was tust du denn hier?«

Er zuckte zusammen, als eine fast schon schrille Stimme an sein Ohr drang und seine Gedanken an Sex mit Claire unterbrach.

Verdammte Scheiße!

Innerlich schnitt er eine Grimasse und verfluchte jede nur mögliche Macht, dass ausgerechnet jetzt Sam hier auftauchte – während er dabei gewesen war, Claire zu sich nach Hause zu locken. Die Frau, hinter der er wie ein Verrückter her war, mit der Frau bekanntzumachen, mit der er in den vergangenen Monaten hin und wieder geschlafen hatte? Das konnte nicht gut gehen.

Der Abend würde in einem Desaster enden.

Seine schlimmsten Erwartungen wurden erfüllt, als Sam neben ihm auftauchte. Sie presste sich besitzergreifend an ihn, drückte ihm einen Kuss auf den Mund und legte anschließend eine Hand auf seinen Arm. Was das Theater sollte, verstand Nick überhaupt nicht. Sam gehörte nicht zu den Frauen, die sich auf einen Mann festlegten. Sonst hätte er sie nicht mit anderen Männern auf diversen Partys gesehen, während Nick und sie ungezwungenen Sex miteinander hatten. Von dieser Ungezwungenheit war anscheinend nicht mehr viel übrig, wie er nun erkennen musste. »Ich wusste ja nicht, dass du auch hier sein würdest. Warum hast du nicht Bescheid gegeben? Wir hätten doch zusammengehen können, Baby.«

Baby?

Wie ein Mann, der dabei ist, eine Bombe zu entschärfen, warf er einen vorsichtigen Blick auf Claire und versuchte gleichzeitig, sich aus Sams Fängen zu befreien. Seit Claire und er ihre Wette am Laufen hatten, hatte er Sam nicht mehr gesehen. Und gemeldet hatte er sich auf ihre Nachrichten ebenfalls nicht. Tatsächlich hatte er sie schlichtweg vergessen. Eigentlich wäre er davon ausgegangen, dass Sam mit seiner Abfuhr ziemlich gut klarkam, schließlich hatte sie nie Schwierigkeiten gehabt, eine nette Begleitung zu finden. Seine Nachlässigkeit zahlte sie ihm nun heim, indem sie ihm hier und jetzt die Tour vermasselte. Zu seiner Überraschung reagierte Claire jedoch keineswegs beleidigt oder verärgert. Stattdessen schienen ihre Mundwinkel belustigt zu zucken.

Nicht sehr gentlemanlike schob er die anhängliche Blondine ein Stück beiseite und verglich beide Frauen für einen kurzen Moment miteinander. Während Claire die Eleganz in Person war, der aus jeder Pore vornehmes Verhalten zu strömen schien, wirkte Sam mit einem Mal plump. Keine Frage: Sie war eine schöne Frau. Doch sie war sich ihrer Wirkung auf Männer nur allzu bewusst. Auch war Nick gegen ihren lasziven Augenaufschlag nicht gefeit gewesen und musste jetzt wegschauen, weil der Ausschnitt ihres roten Kleides so tief war, dass man sehen konnte, dass sie ohne BH unterwegs war. Mit ihrem roten Kleid, dem knallroten Lippenstift und der blonden Löwenmähne wollte Sam auffallen. Sie verströmte Sex. Aber das war es auch schon. Merkwürdig, dass Nick sich plötzlich daran störte. Claire mit ihrer vornehmen Zurückhaltung reizte ihn viel mehr.

Zu seiner Überraschung räusperte sich Claire und fragte mit einem Lachen in der Stimme: »Möchtest du uns nicht vorstellen, Nick?«

Das hatte ihm noch gefehlt! Unsicher sah er zwischen beiden hin und her und hätte Sam allzu gerne weit – sehr weit – von sich geschoben. Doch sie krallte sich an seinen Arm. Offenbar war sie wirklich tödlich beleidigt. Shit.

»Äh … Sam … darf ich dir Claire Parker-Wickham vorstellen? Sie ist Gastrokritikerin beim Boston Daily. Claire, das ist Sam …« Er stockte, weil ihm auffiel, dass er ihren Nachnamen völlig vergessen hatte.

»Wilson«, zischte Sam ihm zu und verstärkte ihren Griff um seinen Unterarm, bevor sie ein falsches Lächeln aufsetzte.

»Ja … Sam Wilson. Sie arbeitet als Sportreporterin bei Kanal 56.«

»Bei Kanal 65«, korrigierte sie ihn biestig und warf sich in Pose, bevor sie sich mit der freien Hand durch ihr blondes Haar fuhr.

Zwar verstand Nick bei weitem nicht so viel von weiblichen Verhaltensweisen, wie er es gerne täte, jedoch verstand er Sams Absichten allzu gut. Sie wollte Claire demonstrieren, dass er mit ihr geschlafen hatte.

»Sehr erfreut«, erwiderte Claire formell und erklärte freundlich: »Wie bemerkenswert, dass Sie Sportreporterin sind, Miss Wilson. Es tut gut, wenn eine Frau in dieser Männerdomäne arbeitet. Ich kenne einige Ihrer Berichte.«

Wie es schien, hatte Sam damit gerechnet, mit ausgestreckten Fingernägeln attackiert zu werden. Claires formvollendetes Verhalten musste sie völlig verwirren.

»Äh … danke. Ich … äh. Ja. Und Sie arbeiten als … entschuldigen Sie, ich … ich habe Nick nicht zugehört.«

»Ich schreibe Gastrokritiken für den Boston Daily«, antwortete Claire, weiterhin freundlich.

Nick bemühte sich währenddessen, sich unauffällig von Sam zu entfernen und sich zwischen beide Frauen zu stellen.

»Ach, kennen Sie Nick daher?«

»Das könnte man sagen. Ja.« Claire neigte den Kopf leicht nach vorn.

»Claire hat über das *Knight's* geschrieben«, fühlte er sich bemüßigt, Sam aufzuklären.

»Leider gefielen ihm meine Schlussfolgerungen nicht.« Ihre Mundwinkel kräuselten sich leicht. »Seither stehen wir in Kontakt, weil sich Nick dadurch Anregungen für seine zukünftigen Rezepte verspricht.«

Das entsprach zwar nicht der Wahrheit, doch Nick wollte kein Öl ins Feuer gießen und beließ es bei Claires Erklärung. Sam verstand ganz offensichtlich kein Wort, mit gerunzelter Stirn sah sie zwischen ihnen beiden hin und her. Sehr durchsichtig wechselte sie dann das Thema und schaute ihn kritisch an.

»Du hast auf meine Nachrichten nicht geantwortet, Nick.« Sam zog jetzt beinahe eine Schnute. »Aber ich verzeihe dir, weil ich weiß, dass du so viel zu tun hast, Baby.«

»Äh...« Da er keine Ahnung hatte, was er sagen sollte, nickte er. »Ich hatte wirklich viel zu tun.«

Seufzend legte Sam den Kopf schief und bedachte Claire mit einem – wie Nick fand – überheblichen Augenaufschlag. »Sie müssen wissen, dass Nick schrecklich beschäftigt ist. Ständig ist er im Restaurant. Leider ist er mit seiner Arbeit verheiratet.«

»Ach, tatsächlich?«

Sam seufzte schwer. »Manchmal weiß ich nicht, ob ich beleidigt sein soll, dass er mich dermaßen vernachlässigt. Machen Sie sich nichts draus, wenn seine Zeit für ein Interview mit Ihnen nur begrenzt ist.«

»Oje.« Claire biss sich verzagt auf die Lippen. Dabei sah sie dermaßen reuevoll aus, dass Nick ihr das beinahe abgekauft hätte – wenn er nicht das Aufblitzen in ihren Augen gesehen hätte. »Jetzt habe ich ein richtig schlechtes Gewissen, Nick, dass ich deine kostbare Zeit so sehr in Anspruch nehme. Du hättest mich am Montag wirklich nicht nach Maine bringen müssen, wenn du dadurch deine Arbeit vernachlässigst.«

Hätte er nicht im Mittelpunkt dieser Zirkusaufführung gestanden, wäre er vermutlich in prustendes Gelächter ausgebrochen.

Sam versteifte sich merklich und fragte kühl nach: »Maine? Du warst mit ihr in Maine, Nick?«

»Nick hat sich freundlicherweise erboten, mich an seinem freien Tag zu einem Interviewtermin zu fahren.« Claire kam ihm zuvor und antwortete an seiner Stelle. »Anschließend haben wir den Abend bei seinen Freunden in deren Restaurant verbracht. Finden Sie Drew und Brooke auch so entzückend wie ich?«

Beinahe konnte er das Knirschen ihrer Zähne hören, als Sam widerwillig zugab: »Ich kenne die beiden nicht.«

»Oh ...« Claire ließ den Satz unvollendet und bedachte Sam mit einem beinahe mitleidigen Blick, bevor sie gnädig fortfuhr: »Sie müssen sich keine Sorgen machen, Miss Wilson. Nick benahm sich während des ganzen Tages wie ein formvollendeter Gentleman. Wenn ich gewusst hätte, dass er den Tag mit Ihnen hätte verbringen können, hätte ich sein freundliches Angebot natürlich ausgeschlagen.«

Nun zuckten seine Mundwinkel, als er Claires Blick suchte und ihr zu verstehen geben wollte, dass sie ganz schön dick auftrug. Davon ließ sie sich jedoch nicht einschüchtern. Sie schaute weiterhin zu Sam, die sich weniger zurückhaltend benahm und ein Fauchen hören ließ.

Die Kunst der subtilen Auseinandersetzung beherrschte sie nicht annähernd so gut wie Claire. Ihr Gesicht wurde knallrot, und sie grollte wütend: »Wollen Sie mich auf den Arm nehmen?«

»Keinesfalls!« Entsetzt schnalzte Claire mit der Zunge und schüttelte bedächtig den Kopf. »Bitte entschuldigen Sie, wenn ich mich im Tonfall vergriffen habe. Vermutlich war ich lediglich ein wenig vor den Kopf gestoßen, dass Nick Sie niemals zuvor erwähnt hat. Selbstverständlich hätte ich seine Einladung nach Maine und zu unserem Candlelight Dinner sofort abgelehnt, wenn ich von Ihnen gewusst hätte, Miss Wilson.«

Ganz automatisch zuckte Nick zurück, weil er mit einem Wutausbruch und einer Szene rechnete, als Sam nach Luft schnappte und sich hektisch zu ihm umdrehte.

»Ein Candlelight Dinner?«, zischte sie mit gesenkter Stimme. »Und ich bekomme nicht einmal Frühstück von dir, wenn wir Sex hatten!«

Hätte Nick nicht befürchten müssen, seine Chancen bei Claire zu verspielen, indem Sam hier diese peinliche Szene zum Besten gab, hätte er den Revierkampf der beiden genießen können. Zwei Frauen, die um das Privileg stritten, ihn als ihr Eigentum zu beanspruchen, hatten etwas für sich. Dummerweise hatte er keinerlei Interesse an Sam. Wieso sie sich so hartnäckig aufführte, als wären sie beide ein Paar, war ihm schleierhaft. Sie musste doch kapieren, dass Claire ihr Spiel längst durchschaut hatte! Und er selbst verstand immer weniger, warum er jemals so scharf darauf gewesen war, mit ihr in die Kiste zu gehen.

Ihr Eifersuchtsanfall war leider noch nicht vorbei. Sam schob das Kinn vor, reckte ihre Brüste nach vorn und flüsterte ihm ein ziemlich ungezogenes Schimpfwort zu, bevor sie sich ein letztes Mal an Claire wandte.

»Egal, was er Ihnen verspricht, nach fünf Minuten ist er fertig und kriegt ihn anschließend kein zweites Mal hoch.«

»Ich werde es mir merken«, erklärte Claire gespielt ernst. »Vielen Dank für die Information.«

Sams Schnauben war vermutlich bis in die Küche zu hören.

Als sie sich endlich umdrehte und wütend davonstolzierte, fixierte Nick Claire. »Ich bin *nicht* nach fünf Minuten fertig. Und ganz sicher bekomme ich ihn ein zweites Mal hoch!«

Auch sie stellte ihr Champagnerglas beiseite. »Lass mich raten: In den nächsten fünf Sekunden schlägst du mir vor, dass du deine Behauptung beweisen könntest. Bei dir in der Wohnung.«

Tatsächlich hatte er so etwas Ähnliches vorschlagen wollen, fühlte sich unangenehm ertappt. »Natürlich nicht! Wofür hältst du mich?«, widersprach er deswegen umso heftiger.

Darauf ging sie gar nicht ein, sondern lachte fröhlich. »Oh Nick, jetzt sei nicht beleidigt, weil deine Freundin dir die Tour vermasselt hat.«

»Sie ist *nicht* meine Freundin.«

»*Das* habe ich mir fast gedacht.« Claire strich sich eine imaginäre Haarsträhne aus der Stirn. »Und schäm dich, dass du der armen Frau nicht einmal Frühstück machen wolltest.«

Stöhnend ließ er den Kopf in den Nacken fallen. »Können wir das Ganze nicht vergessen?«

»Wieso? Ich fand es aufschlussreich.«

»Natürlich findest du es aufschlussreich.« Trotzdem fühlte er sich bemüßigt, ihr zu erklären: »Sam und ich waren nie zusammen oder so etwas. Wir ... mh ... wir hatten lediglich ab und zu Sex.«

»Und warum glaubst du, mir diese absolut offensichtliche Tatsache erklären zu müssen?« Sie spitzte die Lippen. »Du bist mir keine Rechenschaft schuldig.«

Nick runzelte finster die Stirn. Merkwürdigerweise hatte er

sich erhofft, dass Claire eifersüchtig reagierte, weil Sam und er miteinander geschlafen hatten. »Ich will nur nicht, dass du glaubst, ich hätte mit ihr geschlafen, während du und ich ...« Er stockte mitten im Satz.

»Während du und ich unserer Wette nachgehen?«

»Genau!« Unbeabsichtigt wurde er lauter. Claire schien in keiner Weise beeindruckt zu sein.

Ihr vergnügtes Kichern zerrte an seinen Nerven. »Hey, ich muss nicht wissen, wann oder mit wem du zum letzten Mal Sex hattest.«

Misstrauisch kniff er ein Auge zusammen. »Und wenn ich wissen will, wann oder mit wem du zum letzten Mal Sex hattest?«

Sehr gefasst erwiderte sie seinen Blick. »Dann würde ich sagen: Hol mir ein neues Glas Champagner. Meines ist nämlich leer.«

»Claire ...«

Ihr Lächeln war zuckersüß. »Bitte.«

»Gut«, maulte er. »Aber das Gespräch setzen wir irgendwann fort.«

»Wenn du das sagst.« Sie machte einen Schritt auf ihn zu und hängte sich an seinen Arm. Verdammt, diese Frau roch so gut, dass ihm schwindelig wurde. »Bis dahin könntest du diese Schnarchveranstaltung mit mir verbringen. Wenn du mich allein lässt, sticht mir deine ehemalige Sexpartnerin vielleicht noch eine Austerngabel in die Augen.«

»Na, wunderbar«, ächzte Nick.

Er ließ die Schultern nach unten fallen und schüttelte resigniert den Kopf, während sie nachdenklich weiterredete.

»Obwohl ... wenn ich es recht bedenke, wieso sollte sie mich attackieren? Wegen lausiger fünf Minuten?«

»Hey!« Empört richtete er sich auf und sah sie von der Seite an. »Ich müsste schon an einer fiebrigen Lungenentzündung leiden und mit einem Bein im Grab stehen – und selbst dann würde ich länger durchhalten!«

»Was zu beweisen wäre.«

Er fixierte ihren Mund. »Nenn mir Zeit und Ort, Claire.«

Für eine Millisekunde schaute sie in seine Richtung, bevor sie zur Bar deutete. »Der Champagner, Nick. Vergiss den Champagner nicht.«

* * *

»Wieso soll ich dich nicht abholen? Ich dachte, wir fahren gemeinsam in die Redaktion.«

Claire starrte den Telefonhörer an, den sie eben neben das Waschbecken gelegt hatte, und seufzte frustriert. Vicky konnte eine wahnsinnige Nervensäge sein. Vielleicht fiel sie ihr aber auch deshalb so sehr auf die Nerven, weil Claire heute Morgen einfach kein Händchen für Make-up und Frisur hatte. Schuld daran war ihre Nervosität: Sie konnte fühlen, wie ihre Finger zitterten.

Wie albern! Sie hatte keinen Grund, nervös zu sein, und sollte lieber einen klaren Kopf behalten. Leider scheiterte ihr Versuch, angesichts ihres morgendlichen Dates lässig zu bleiben, sobald sie daran dachte, wie verdammt heiß Nick bei der Restauranteröffnung vorgestern ausgesehen hatte. Noch immer verfolgte sie die Erinnerung an seinen offenen Kragen und das darunter liegende Schlüsselbein. Nur ein Blick auf seinen kräftigen Hals, die hervorstechenden Muskeln und seine gebräunte Kehle hatte sie auf der Stelle schwach werden lassen. Schon als sie an diesem Abend allein im Taxi gesessen hatte, hatte sie sich total über sich selbst geärgert. Warum hatte sie sein Angebot nicht angenommen und war mit ihm in seine

Wohnung gefahren? Schon in England hatte sie beschlossen, sich nicht mehr einengen zu lassen und nur noch das zu tun, was sie tun wollte. Und sie hatte mit Nick schlafen wollen. Gott, warum hatte er in diesem Anzug und dem weißen Hemd mit dem offenen Kragen auch so sexy aussehen müssen? Und warum nur hatte sie gekniffen? Es wäre so einfach gewesen, eine heiße Nacht mit schweißtreibendem Sex mit ihm zu verbringen.

»Erde an Claire! Jemand zu Hause?«

Erschrocken zuckte sie zusammen und erinnerte sich an das Telefon neben ihrem Waschbecken. »Vicky ...«

»Wollten wir nicht zusammen bei Liz vorbeifahren und uns etwas Süßes für den Mittag mitnehmen?«, drang es durch das Badezimmer.

Claire atmete aus und warf einen letzten Blick auf ihr Spiegelbild, bevor sie nach dem Telefonhörer griff. »Eigentlich wollten wir das, Vicky. Mir ist nur etwas dazwischengekommen.«

»Was ist dir denn dazwischengekommen? Wir haben gerade erst sieben Uhr morgens.« Sie stockte und raunte anschließend listig: »Bist du etwa gar nicht zu Hause? Wie heißt er? War er gut?«

Mit einem Seufzen verdrehte Claire die Augen und verließ das Badezimmer, weil sie ihr Make-up heute ohnehin nicht besser hinbekommen würde. »Sei nicht albern. Ich bin in meiner Wohnung. *Allein.*«

Vicky klang enttäuscht. »Oh. Wie schade.«

»Ja, sehr schade«, bestätigte Claire übertrieben trocken. »Hör zu, ich muss lediglich etwas erledigen, bevor ich zur Redaktion fahre. Das ist alles.«

»Und was?«

»Warum bist du bloß so neugierig?« Claire klemmte sich

den Telefonhörer zwischen Ohr und Schulter und öffnete ihren Kleiderschrank. Sie zog ein luftiges Sommerkleid hervor und warf es auf ihr bereits gemachtes Bett.

»Ich habe kein Privatleben«, ertönte Vicky unerschrocken. »Deshalb solltest du mir alles über dein Sexleben erzählen. Abgemacht?«

»Nein, nicht abgemacht.« Mit einem Blick in ihr Schuhregal entschied sich Claire für ein Paar Sommersandalen, während sie Vicky informierte: »Ich wüsste nicht, was dich mein Sexleben anginge.«

Vicky klang empört. »Schon vergessen? Wir sind Freundinnen, und die erzählen sich pikante Details.«

Vielleicht hätte Claire sie daran erinnern sollen, dass sie sich noch nicht so lange kannten und befreundet waren. Aber sie wollte Vicky nicht unnötig vor den Kopf stoßen, selbst wenn es der neugierigen Wirtschaftsjournalistin vermutlich ganz gut getan hätte. »Das ändert nur nichts, weil es gar keine pikanten Details gibt. In meinem Sexleben herrscht absolute Ebbe.«

»Was eine Schande ist, wenn ich bedenke, dass ein waschechter Sexgott hinter dir her ist.«

Es fehlte nicht viel, und Claire hätte ihre Stirn gegen die Schranktür geschlagen. »Können wir bitte das Thema wechseln?«

»Bitte nicht«, flehte ihre Freundin. »Nick O'Reilly ist die heißeste Sahneschnitte, die ich kenne. Wenn ich nicht wüsste, dass er auf dich scharf ist, wäre er längst Protagonist in meinen Sexfantasien.«

»Ich weiß, ich werde es gleich bereuen, dass ich frage«, murmelte Claire und rümpfte die Nase. »Was hält dich davon ab, ihn zum Protagonisten deiner Sexfantasien zu machen?«

208

Es klang, als würde Vicky empört nach Luft schnappen. »Das fragst du?«

»Sieht so aus.«

»Na, hör mal«, echauffierte sich ihre Freundin gekränkt. »Er ist *dein* Lover! Fantasien mit ihm, das wäre ja ... das wäre wie Inzest, an ihn zu denken.«

Bevor sie das gerade Gesagte verdauen konnte, widersprach Claire völlig automatisch: »Er ist nicht mein Lover.«

»Ach ja? Und wen wirst du gleich treffen, he?«

Selbst in ihren Ohren klang ihre Stimme ein Quäntchen zu hoch. »Das ist rein geschäftlich! Wir haben immerhin eine Wette.«

»Macht er dir etwa Frühstück?« Vicky kicherte dreckig. »Hoffentlich ist er dabei nackt.«

Claire biss die Zähne zusammen. »Ganz sicher ist er nicht nackt, wir treffen uns nämlich in seinem Restaurant. Könntest du bitte aufhören, ständig über Sex zu reden?«

»Laut einer Studie hat jeder US-Bürger durchschnittlich eins Komma sechs Mal Sex in der Woche. Eingerechnet sind auch Menschen bis neunzig Jahre. Was sagt dir das?«

»Mir sagt es, dass du mir langsam Angst machst.«

»Denk doch einmal nach! Statistisch gesehen haben Menschen in unserer Altersspanne am meisten Sex, während ältere Semester eher selten die kleinen blauen Pillen einwerfen. Das bedeutet, dass unsere Altersklasse weit über den eins Komma sechs Mal liegen muss. Indem du Sex hast, rettest du die Statistik, Claire. Es ist quasi deine Pflicht als Staatsbürgerin.«

Sehr trocken entgegnete sie: »Ich zähle nicht, schließlich bin ich Britin.«

»Briten haben durchschnittlich sogar eins Komma acht Mal in der Woche Sex! Ein Grund mehr für versaute Spielchen neben dem Herd.«

»Ich lege jetzt auf.« Claire schüttelte den Kopf. »Und um eins klarzustellen: Niemand treibt versaute Spielchen neben dem Herd. Himmel, wir drehen doch keine Küchenpornos«, gab sie entrüstet von sich.

Keinesfalls gekränkt murmelte Vicky: »Küchenpornos ... Das klingt interessant. Ob es dafür einen Absatzmarkt gibt? Vielleicht sollte ich darüber recherchieren und einen Artikel dazu schreiben. Dürfte ich dich dann zitieren?«

»Nur wenn du zu Hackfleisch verarbeitet werden willst.«

»Wuhuuu! Du bist verdammt blutrünstig. Claire. Darf ich dir einen Tipp geben?«

»Lieber nicht.«

Selbstverständlich schien Vicky taub zu sein, weil sie Claires Bitte einfach überhörte. »Ein gutes Mittel gegen diese Blutrünstigkeit soll ...«

Anstatt auf Vickys Ratschlag zu warten, legte Claire einfach auf und machte sich daran, in ihr Kleid zu schlüpfen. Als sie kurz darauf das *Knight's* betrat, das zu dieser frühen Morgenstunde natürlich menschenleer war, stellte sie zu ihrer Erleichterung – und mit einem Quäntchen Enttäuschung – fest, dass Nick nicht nackt war. Dass sein Haar zerzaust war und seine Augenlider schwer wirkten, ließ ihn trotzdem geradezu unwiderstehlich erscheinen. Vicky hatte recht gehabt: Nick O'Reilly war eine absolute Sahneschnitte, der auch in ihren Sexfantasien gerne den Protagonisten mimen durfte.

Da er bereits am Herd stand, erübrigte sich die Frage, ob sie ihm zur Begrüßung die Hand reichen oder ihn auf die Wange küssen sollte. Der Gedanke, dass sie ihn stattdessen auf den Mund küssen könnte, blitzte kurz in ihrem Kopf auf. Doch Claire unterdrückte die verführerische Idee, bevor sie sich genauer überlegen konnte, welche versauten Spielchen sie eigentlich mit ihm neben dem Herd treiben wollte.

»Die Pancakes sind fast fertig.«

»Super«, murmelte sie und legte ihre Tasche auf einen der glänzend polierten Posten, während sie zögerlich näher trat. »Ich hoffe, ich habe dich nicht um deinen Schlaf gebracht.« Sobald sie die Worte von sich gegeben hatte, hätte sie sich am liebsten auf die Zunge gebissen.

»Ach, Claire.« Ein winziges Lächeln erhellte seine Züge. »Du bringst mich in letzter Zeit ziemlich oft um den Schlaf, aber das macht wirklich nichts – ganz im Gegenteil.«

»Sehr komisch«, murmelte sie. »Eigentlich wollte ich meine Sorge zum Ausdruck bringen, dass du meinetwegen so früh ins Restaurant kommen musstest.«

Er zuckte mit den Schultern und schenkte der Pfanne auf dem Herd seine volle Aufmerksamkeit. »Ich war schon beim Großmarkt, habe an neuen Gerichten gearbeitet und bin sowieso oft um diese Zeit hier. Außerdem war das Frühstück meine Idee. Du glaubst doch nicht, dass ich unsere Wette vergessen habe.«

»Wie könnte ich?« Sie lehnte sich mit der Rückseite gegen einen der Posten. »Diese Wette war tatsächlich eine grandiose Idee, schließlich wurde ich morgens noch nie von einem Mann mit Pancakes verköstigt.«

Nun schwenkte er den Kopf doch in ihre Richtung und sah sie in fassungslosem Entsetzen an. »Was?«

Verblüfft zwinkerte sie. »Was *was*?«

Nick schüttelte den Kopf. »Dir hat noch nie ein Mann Pancakes zum Frühstück gemacht?«

»Nicht dass ich mich erinnern könnte.« Möglichst unbefangen zuckte sie mit den Schultern.

»Scheiße«, raunte er. »Was haben englische Männer für ein Problem?«

Merkwürdigerweise verspürte sie das Bedürfnis, für ihre

Landsmänner in die Bresche zu springen. »Auch in den USA soll es Männer geben, die Frauen trotz einer gemeinsamen Nacht kein Frühstück machen! Habe ich erst vor kurzer Zeit gehört. Das Problem besteht anscheinend weltweit.«

Nick schnitt eine Grimasse, ignorierte jedoch ihren Seitenhieb. »Hat dein Ex niemals Frühstück für dich gemacht?«

Über Edward wollte sie nun wirklich nicht reden. Das hatte ihre Mum erst vorgestern versucht, als sie mit ihr telefoniert hatte. In dem Bemühen, Nick abzulenken, fragte sie mit einem verzückten Seufzer: »Was riecht hier so gut? Röstest du gerade Nüsse?«

»Walnüsse«, bestätigte er und stellte die Pfanne beiseite. »Und lenk nicht vom Thema ab. Hat dir wirklich noch nie ein Mann Pancakes zum Frühstück gemacht?«

»Himmel, Nick. Mach keine große Sache draus.« Sie naschte aus der kleinen Schüssel neben sich, in der sich gewaschene Himbeeren befanden. »Nicht jeder Mann ist ein Meisterkoch.«

»Frühstück sollte jeder Mann draufhaben.«

Provokativ zog sie eine Augenbraue in die Höhe. »Frühstück wird überbewertet, schließlich kommt es vor allem darauf an, wie viel Können betreffender Mann in der Nacht zuvor zeigt.«

»Jetzt wird es interessant.«

»Wird es nicht«, wehrte sie kategorisch ab.

»Also war dein Ex . . .?«

»Bitte nicht.« Stöhnend schnitt sie eine Grimasse. »Über Edward will ich nun wirklich nicht reden.«

»Edward?« Seine Miene drückte so viel Unwillen aus, dass Claire beinahe gelacht hätte.

Mit süßlicher Stimme wollte sie wissen: »Stimmt etwas mit dem Namen Edward nicht?«

»Nee, alles okay. Edward ist ein toller Name – er passt wie die Faust aufs Auge zu degenerierten Typen, die ihren Freundinnen nicht einmal Frühstück machen.«

Claire verschluckte sich an einem schockierten Lachen. »Degeneriert?«

Darauf ging Nick überhaupt nicht ein. »Lass mich raten: Er kennt kein anderes Thema als seinen langweiligen Job, kämmt sich die Haare über eine beginnende Halbglatze, und Sex gibt es nur im Dunkeln und in der Missionarsstellung.«

Bis auf die Tatsache, dass Edward volles Haar besaß, hatte Nick den Nagel auf den Kopf getroffen. Das wollte sie ihm jedoch nicht verraten und fragte stattdessen: »Kann es sein, dass du etwas gegen Männer namens Edward hast?«

»Ich habe nur etwas gegen Männer, die die Bedürfnisse von Frauen ignorieren«, antwortete er mit einem Lächeln, das charmanter nicht hätte sein können.

Ihre Antwort bestand darin, die Augen zu verdrehen.

»Warum habt ihr euch voneinander getrennt?«

Sie ließ den Kopf in den Nacken fallen. »Willst du mir das Frühstück versauen?«

»Ich bin einfach nur neugierig.«

Nach ein paar Sekunden rieb sich Claire über die Stirn und erklärte kurz angebunden: »Edward ist ein netter Kerl, und wir kennen uns ewig. Unsere Eltern sind miteinander befreundet, wir haben den gleichen Freundeskreis und bewegen uns in ähnlichen Kreisen. Alles nicht Grundlage für eine glückliche Beziehung.«

»Hast du Schluss gemacht oder er?«

»Ich. War es das mit dem Verhör? Ich habe nämlich Hunger und wurde mit dem Versprechen auf Pancakes hergelockt.«

»Ist er etwa ein rotes Tuch für dich?«

»Nein.« Sie sah an die Decke der Küche und erwiderte ehrlich: »Das zwischen Edward und mir war schon etwas Festes. Bis ich irgendwann gemerkt habe, dass es nicht das war, was ich wollte. Heute verstehe ich nicht, warum mir nicht früher aufgefallen ist, wie wenig wir im Grunde zueinander gepasst haben. Aber ich hab's ja noch rechtzeitig kapiert.«

»Aha.«

»Ja. Mehr gibt es dazu eigentlich nicht zu sagen.«

»Vermisst du ihn?«

Fast hätte sie gelacht. »Nein. Tue ich nicht.«

»Gut.« Er klang verdammt zufrieden. »Freut mich zu hören.«

Bevor er ein weiteres Mal von Edward anfangen konnte, wechselte Claire lieber das Thema. »Während du die Pancakes machst, könntest du mir erzählen, an welchen neuen Gerichten du momentan arbeitest.«

Nick zuckte mit den breiten Schultern und schien ihrem Blick auszuweichen. Er langte nach einer großen Emailleschüssel und gab etwas Teig daraus in eine Pfanne, bevor er sie hin und her schwenkte. »Ist schwer zu beschreiben.«

»Ein Geheimnis?« Claire kreuzte die Knöchel übereinander und verschränkte die Arme vor der Brust. »Komm schon, Nick. Ich werde auch nichts verraten.«

»Sie sind noch nicht ausgeklügelt.« Er schien sich geradezu zu winden. »Wenn ich zufrieden bin, werde ich sie für dich kochen.«

»Ein kleiner Tipp, in welche Richtung es geht«, verlangte sie gut gelaunt.

Seine Antwort bestand aus einem Kopfschütteln.

»Och«, bettelte sie regelrecht. »Lass mich in deine Aufzeichnungen schauen. Bitte.«

Als er ihr einen raschen Blick schenkte, hatte sie den Eindruck, dass seine Wangen einen rötlichen Hauch aufwiesen.

»Aufzeichnungen sind was für Amateure.« Nick tippte sich an die Schläfe. »Ich habe alles hier oben drin.«

In Claires Ohren klang das schräg. Alle Köche, die sie kannte, hielten jeden einzelnen Schritt der Rezeptfindung schriftlich fest. Sie hätte es nicht anders gemacht – schließlich lief sie als Journalistin auch mit einem Notizbuch herum, in dem sie jede noch so winzige Idee festhielt.

Schmunzelnd hakte sie nach: »Hast du ein fotografisches Gedächtnis?«

»Neidisch?« Mit lockerer Hand wendete er den Pancake, indem er ihn geschickt in die Höhe warf und in der Pfanne wieder fing.

Claire fixierte seinen Hinterkopf. »Neidisch bin ich höchstens darauf, dass du Pancakes wenden kannst, ohne die Küche anschließend renovieren zu müssen.« Gespielt skeptisch wollte sie wissen: »Für wie viele Frauen hast du diese Pancakes schon gemacht?«

»Kein Kommentar.«

Eine Minute lang beobachtete sie, wie er erneut Teig in die Pfanne gab und mit geübten Griffen am Herd herumhantierte. Nick beim Kochen zuzuschauen machte nicht nur Spaß, sondern beruhigte sogar. Wenn sie ehrlich war, hätte Claire den ganzen Tag damit zubringen können, ihn bei der Arbeit zu beobachten.

»Auch wenn du mir nicht verraten willst, wie deine neuen Gerichte aussehen, könntest du mir sagen, ob du damit einen Stern bekommst.«

Über die Schulter sah er sie an. Er lächelte schief. »Ich plane, mit jedem einzelnen Gericht einen Stern zu bekommen. Selbst mit diesen Pancakes.«

»Falls sie so schmecken, wie sie riechen, rufe ich noch heute bei Michelin an. Wäre das in deinem Sinne?«

»Absolut.« Er schaute wieder auf den Herd und kümmerte sich um die Pancakes, die sich übereinanderstapelten und langsam zu einem Türmchen anwuchsen. »Wenn du Michelin herlockst, dann bekommst du bis zu deinem Lebensende Pancakes umsonst von mir.«

»Bei diesem Angebot kann ich nicht nein sagen.«

Seine Antwort bestand aus einem heiseren Lachen.

Sehr viel ernster fragte Claire nach: »Dir ist schon klar, dass Michelin sehr schnell vorbeischauen würde, wenn du das Restaurant umstrukturierst und ihm deinen Stempel aufdrückst, oder? Hast du über den Vorschlag des Investors nachgedacht?«

»Und jetzt willst du mir anscheinend das Frühstück versauen.«

»Es ist mir ernst, Nick«, murmelte sie geduldig. »Das ist eine große Sache und eine wunderbare Chance für dich. Warum musst du überhaupt darüber nachdenken?«

Er blieb so lange stumm, dass Claire schon dachte, er würde überhaupt nicht antworten. Als er endlich das Wort ergriff, schien seine Stimme nicht ihm zu gehören, weil sie unnatürlich angespannt war – genau wie sein Rücken.

»Du hast recht: Es *ist* eine große Sache. Und deshalb zögere ich.«

»Das verstehe ich nicht.«

»Nun...« Nick stockte einen kurzen Moment.

»Nun?«

Widerwillig erklärte er: »Ich will es nicht versauen. Klar, ich kann kochen und würde sogar so weit gehen zu behaupten, dass ich ein verdammt guter Koch bin, aber das ganze Drumherum ... Das ist eine ganz andere Hausnummer. Wenn mein Name erst einmal vorn auf der Eingangstür steht und dann der Laden pleitegeht ...« Nick schüttelte den Kopf.

Ihn derart verletzlich und unsicher zu sehen, ohne sein sonst so unerschütterliches Selbstbewusstsein, war wie ein Schlag in den Magen. Und mit einem Mal wurde aus dem Funken Sympathie, den sie zuvor für ihn verspürt hatte, etwas Größeres.

»Du bist ein echter Macher«, hörte sie sich selbst sagen. »Nick, ich kann mir nicht vorstellen, dass dein Restaurant pleitegehen kann. Dafür bist du zu ehrgeizig und zielstrebig.«

»Ein Macher?« Er klang belustigt und drehte sich zu ihr um. Ebenso wie sie verschränkte er die Arme vor der Brust, doch im Gegensatz zu Claire präsentierte er dadurch ein Paar muskulöser Arme, die sich unter seinem T-Shirt anspannten. »Du hältst mich für einen Macher?«

»Sicher.« Sie nickte. »Schau doch nur, was du erreicht hast.«

»Du meinst für einen Jungen aus Detroit, der eigentlich in einer Autofabrik hätte landen sollen?«

Sie ignorierte seinen bitteren Tonfall. »Ich meine es so, wie ich gesagt habe. Du hast eine außergewöhnliche Karriere hingelegt. Darauf solltest du stolz sein.«

»Du klingst wie meine Granny.«

»Dann höre auf deine Granny. Großmütter haben immer recht. Punkt.«

»Autsch!« Nick kniff seine Augen zusammen. »Nicht dein Ernst! Meine Granny ist auch der Meinung, dass ich wegen meiner Tattoos niemals eine nette Frau finde. Claire, du zerstörst gerade all meine Hoffnungen auf eine glückliche Zukunft!«

»Eine nette Frau?« Sie konnte nicht anders und kicherte. »Tut mir leid, Nick, aber irgendwie wirkst du nicht wie ein Mann, der Interesse an einer *netten* Frau hat.«

Interessiert neigte er den Kopf zur Seite. »Ach! Und warum stehe ich dann in aller Herrgottsfrühe in der Küche, um dir Pancakes zu machen?«

Davon ließ sich Claire nicht beeindrucken. »Ich dachte, du stündest *immer* zu dieser Uhrzeit in der Küche? Du kannst mir nichts vormachen, Nick, ich weiß doch, wie sehr du unsere Wette gewinnen willst.«

Mit beiden Händen fuhr er sich durchs Haar und gab einen tiefen Seufzer von sich. »Du machst mich fertig.«

»Pass auf, dass der Pancake nicht anbrennt.«

»Jawohl, Ma'am.« Nick drehte ihr wieder den Rücken zu und schnaubte dabei. »Sei froh, dass ich auf diesen autoritären Tonfall stehe.«

»Wenn du glaubst, dass ich autoritär klinge, solltest du mal meine Internatsleiterin hören – oder meine Mum.«

Als er gluckste, zuckten auch seine Schultern. »Deine Mum ist autoritär? Komisch, ich habe immer gedacht, das hättest du von deinem Dad.«

Während sie geradezu ehrfürchtig beobachtete, wie sich die Muskeln unter seinem T-Shirt bewegten, als er den nächsten Pancake wendete, erwiderte sie leichthin: »Mein Vater ist eher ein zurückhaltender und nüchterner Zeitgenosse. Meine Mutter dagegen hat es im Blut, Befehle zu geben. Mit ihr zu telefonieren erweist sich für uns beide als ziemlich schwierig. Sie will ihren Kopf durchsetzen und beißt bei mir auf Granit. Wahrscheinlich sind wir uns in manchen Dingen einfach zu ähnlich.«

»Worin will sie denn ihren Kopf durchsetzen? Du bist schließlich erwachsen.«

Claire wollte nicht schon wieder über Edward reden und Nick verraten, dass ihre Mutter nicht von der Idee lassen konnte, ihre Tochter und Edward wieder als Paar zu sehen.

Daher entgegnete sie bloß: »In zwei Wochen habe ich Geburtstag, und meine Mutter will unbedingt, dass ich nach London fliege, um dort mit ihnen zu feiern. Nur habe ich darauf überhaupt keine Lust. Selbst wenn ich mir nicht freinehmen müsste.«

Mit hochgezogenen Augenbrauen drehte er sich zu ihr um. »Du hast Geburtstag?«

Claire verdrehte die Augen. »Jeder Mensch hat einmal im Jahr Geburtstag.«

Seine Augen funkelten vergnügt. »Und wie alt wirst du?«

»Das fragt man eine Frau nicht. Erst recht nicht eine nette.«

Der Idiot besaß die Frechheit, breit zu grinsen. »Willst du, dass ich rate?«

Sie hob ergeben beide Hände in die Höhe. »Ich werde dreißig. Zufrieden?«

»Dreißig?« Sein Grinsen wurde noch breiter. »Interessant.«

Pikiert verzog Claire den Mund. »Interessant?«

»Und wie. Ich hatte noch nie etwas mit einer älteren Frau.«

Am liebsten hätte sie ihm etwas an den Kopf geworfen. Einen Bratentopf oder ähnliches. Mindestens.

Empört öffnete sie den Mund, unterbrach sich jedoch. Er kam mit einer riesigen Portion Pancakes auf sie zu, die so köstlich aussah, dass ihr augenblicklich das Wasser im Mund zusammenlief. Selbstverständlich begann auch ihr Magen zu knurren, als ihr der buttrige Geruch frischer Pancakes, gepaart mit Ahornsirup, Vanille und gerösteten Nüssen, in die Nase stieg. In diesem Moment wusste Claire nicht, was köstlicher aussah: das verlockende Türmchen Pancakes mit den frischen Himbeeren oder Nick, dessen Haar herrlich zerzaust

219

war und dessen Grinsen merkwürdige Dinge mit ihrem Atem anstellte.

Hungrig verfolgte sie, wie er den Teller neben ihr auf den blank polierten Posten stellte.

Claire wollte einen Kommentar zu diesem unwiderstehlichen Frühstück machen, als er sie um die Taille fasste und problemlos in die Höhe stemmte. Ihr entfuhr ein erschrockener Laut, als sie plötzlich auf der Arbeitsfläche saß und sich somit auf Augenhöhe mit Nick befand.

Mit zittriger Stimme fragte sie nach: »Was ... was wird das?«

Schweigend trat Nick näher und stand so dicht vor ihr, dass ihre Knie seinen Bauch berührten. Ungerührt griff er nach dem Teller, während Claire sah, wie das Stück Butter auf den warmen Pancakes zerfloss. Gebannt verfolgte sie, wie Nick ein Stück der dicken Pfannkuchen mit der Gabel abteilte, es in die Mischung aus geschmolzener Butter, Ahornsirup und Himbeersaft tunkte und anschließend darüber pustete. Dann führte er die Gabel an ihren Mund.

»Aufmachen«, kommandierte er.

Völlig hypnotisiert starrte Claire ihm in die Augen und gehorchte.

Unweigerlich entfuhr ihr ein genießerisches Seufzen, als sie die wohl köstlichsten Pancakes probierte, die sie jemals gegessen hatte. Der Teig schmeckte nach einem Hauch Vanille, nach Zitrone und Buttermilch, und er zerging ihr unglaublich zart auf der Zunge. Sein köstliches Aroma verband sich mit dem von warmer Butter, herb-süßem Ahornsirup und leicht säuerlicher Himbeere. Sie war im Frühstückshimmel angekommen und würde einen Teufel tun, von hier zu verschwinden, bevor sie diese Portion vertilgt hatte.

Mit geschlossenen Augen kaute sie genüsslich, und es war

ihr völlig egal, ob Nick sie beim Essen beobachten konnte.
Wenn es nach ihr gegangen wäre, hätte sie sich in diesen Pancakes gewälzt.

Erst sein Seufzen ließ sie die Augen öffnen.

Nick stand nur eine Handbreit von ihr entfernt und schob sich mit der gleichen Gabel ein ordentliches Stück Pancake in den Mund.

Zwar war es Claire bereits gewohnt, dass Nick gerne von ihrer Gabel aß, aber dies hier war noch um einiges intimer als sonst. Schließlich stand Nick direkt vor ihr – so nah, dass sie jede einzelne seiner Bartstoppeln betrachten konnte, und so nah, dass sie seinen warmen Atem auf ihrer Haut spürte. Sie hätte lediglich die Knie öffnen müssen, um ihn noch näher an sich zu ziehen, wenn sie ihn hätte küssen wollen.

Als er die Gabel ein weiteres Mal schweigend in den Pancakes versenkte und an ihren Mund führte, öffnete Claire erneut den Mund und ließ zu, dass Nick sie fütterte. Während sie auf dem phänomenalen Frühstück herumkaute, ließ sie ihn keine Sekunde aus den Augen. Sie fühlte, wie ihr Rücken zu prickeln begann.

Nick hielt den Teller in seiner linken Hand, schob sich ein weiteres Stück Pancake in den Mund und wirkte verwirrt, als Claire ihm sowohl den Teller als auch die Gabel abnahm.

Mit vollem Mund zwinkerte er: »Was ...?«

Claire legte die Gabel auf den Teller und stellte beides neben sich auf der Arbeitsfläche ab. Wortlos legte sie die Hände auf seine nackten Unterarme und ließ sie langsam höher wandern: Sie konnte sehen, wie er schluckte, sie mit großen Augen ansah. Federleicht strichen ihre Finger über seine warme Haut, fuhren über das weiche Material seines T-Shirts, streichelten über seine breiten Schultern und glitten zu seinem starken Nacken, den sie mit beiden Händen umfasste.

Langsam öffnete sie die Knie, zog ihn zu sich und leckte sich über die Unterlippe. Dann, als wäre es das Normalste auf der Welt, küsste sie ihn. Enthusiastisch fiel sie über seinen Mund her, sog seinen Geschmack in sich auf und vergaß jegliche Zurückhaltung, sobald sie sein tiefes Stöhnen hörte. Es war Musik in ihren Ohren. Seine Bartstoppeln kratzten leicht über ihre Lippen, doch Claire fühlte nichts anderes als seinen köstlichen Mund, den Geschmack nach Pancakes auf seiner Zunge und seinen starken Körper, der sich an ihren presste. Am liebsten hätte sie seinen Mund verschlungen. Für alles um sich herum wurde sie blind und taub zugleich, als sich seine Hände auf ihre Hüften legten. Einzig dieser Moment zählte, dieser Mann, der ebenfalls jede Zurückhaltung vergessen hatte und sie tief und ausdauernd küsste. Seine Lippen glitten über ihre, zogen ihre Zunge in seine Mundhöhle und knabberten an ihrer Unterlippe. Und seine Hände strichen warm über ihre Hüften und entzündeten ein Feuerwerk in ihrem Inneren.

Niemals zuvor hatte sie jemanden so rückhaltlos geküsst und sich gleichzeitig an ihm gerieben, sich so sehr gewünscht, ihn in sich zu spüren, gleich hier in seiner Küche. Ihre Hände krallten sich in seinen kräftigen Nacken, und ihre Knie pressten sich gegen seine Hüften. Gott, sie wünschte, er würde endlich dieses T-Shirt loswerden ...

»Hey, Chef! Ich war heute Morgen bei Gary und habe gehört, dass der Albatrüffel ... oh! Störe ich etwa?«

Die fröhliche männliche Stimme war wie eine kalte Dusche. Claire und Nick fuhren auseinander und starrten den Eindringling an. Ein blonder, etwas schlaksiger Mann stand in der Tür zur Küche und machte keine Anstalten, wieder zu verschwinden.

»Cal.« Nicks Stimme war heiser, außer Atem und knurrig. »Hau ab! Wir haben zu tun.«

Der andere Mann gluckste vergnügt. »Scheint so.«

Dass Nick seinen Blick gleich darauf wieder auf Claires Lippen richtete, ließ sie wohlig erschauern. Gleichzeitig wollte sie nicht in einer so eindeutigen Position auf der Arbeitsplatte des *Knight's* sitzen, während einer seiner Mitarbeiter ihnen dabei zusah.

Ebenfalls außer Atem, zittrig und mit weichen Knien holte sie tief Luft und legte ihre Hände gegen Nicks Brust, unter der sie sein Herz in einem wilden Stakkato schlagen fühlen konnte. Himmel, ihr ging es nicht anders. Fast hätte sie befürchtet, unter einer bisher nicht diagnostizierten Herzkrankheit zu leiden.

Nachdrücklich schob sie ihn zurück und hörte sich ebenfalls atemlos sagen: »Ich bin spät dran ...«

»Claire.« Nick klang geradezu verzweifelt. Ihr Herz schlug höher.

»Nein, wirklich. Es ist spät.« Sie schüttelte den Kopf und wünschte sich gleichzeitig, wieder klar denken zu können. Momentan war das schwierig, wenn er ihr dermaßen hungrig ins Gesicht sah. »Ich muss los.«

Sicherlich machte sie keinen allzu würdevollen Eindruck, als sie von der Arbeitsplatte rutschte und dank ihrer wackeligen Knie beinahe auf ihrem Hintern landete. Glücklicherweise fasste Nick nach ihrem Ellenbogen, hielt sie fest und schickte gleichzeitig einen elektrisch aufgeladenen Schlag durch ihren Körper. Wohlig zuckte sie zusammen und fühlte sich durch seine Gegenwart wie benebelt.

Seinen Mitarbeiter namens Cal ignorierte sie komplett und gab dem Drang nach, Nick zu berühren. Sie legte ihm eine Hand auf die Wange, unter der ein Muskel zuckte, und stellte sich auf die Zehenspitzen, um ihm einen Kuss auf den Mund zu drücken.

»Danke für das Frühstück . . . und das andere.«

Anschließend griff sie nach ihrer Tasche und nickte dem anderen Mann grüßend zu, als hätte er sie nicht bei einer wilden Knutscherei mit seinem Chef erwischt. Hoch erhobenen Hauptes verließ sie die Küche. Erst zwei Straßen weiter begann sie zu grinsen.

»Falls es Probleme gibt, rufst du mich sofort an. Verstanden?«

»Es ist ein ruhiger Abend, Chef. Geh aus, amüsiere dich und tu all das, was ich auch tun würde.« Cal zwinkerte ihm zu. Seit er seinen Chef vorgestern beim Knutschen entdeckt hatte, riss er einen Witz nach dem nächsten auf Nicks Kosten. Unermüdlich informierte er die komplette Küchenbrigade darüber, was ihr Küchenchef morgens im Restaurant trieb, wenn es noch leer war.

Gutmütig versuchte Nick über die Frotzeleien hinwegzusehen und sich nicht daran zu stören, wie sein Privatleben unter seinen Mitarbeitern breitgetreten wurde. Zum Glück war er viel zu sehr damit beschäftigt, über Claire nachzudenken, die ihn nach einem Tag Funkstille angerufen und für heute Abend eingeladen hatte. Nach dem markerschütternden Kuss war Nick noch immer durcheinander. Was war da in seiner Küche nur passiert? Er hatte mehr Küsse bekommen und gegeben, als er zählen konnte, aber noch nie hatte es ihm dabei den Boden unter den Füßen weggezogen. Und noch nie hatte er eine Frau wie Claire erlebt: immer so wahnsinnig wohlerzogen, beherrscht und gefasst – und dann gab sie ihm den leidenschaftlichsten Kuss seines Lebens!

Er hatte keine Ahnung, was passiert wäre, wenn Cal plötzlich nicht aufgetaucht wäre und ihren Kuss unterbrochen hätte. Im Geiste aber hatte sich Nick bereits nackt in seiner Küche stehen sehen ...

»Du hast ein Date, Chef?«

»Er will anscheinend das beenden, was er vorgestern hier angefangen hat«, informierte Cal den Saucier und wackelte anzüglich mit den Augenbrauen.

Oh Mann, es fiel ihm wirklich zunehmend schwer, diesen Idioten nicht einfach den Mittelfinger zu zeigen. Vor allem, wenn sein Souschef laute Kussgeräusche nachahmte und so tat, als würde er die Suppenkelle abknutschen.

Mit der Autorität eines Zirkusdirektors, der seine Clowns in Schach halten musste, ordnete er streng an: »Die Hummerkrabbenschwänze der heutigen Lieferung sind etwas kleiner als normalerweise. Ihr müsst sie kürzer sautieren, damit sie innen noch glasig sind. Und beim Lachstatar dürft ihr die optimale Mischung des Traubenkernöls und der Limette nicht aus den Augen lassen. Wenn ich morgen höre, dass ...«

»Chef, du kommst noch zu spät zu deinem heißen Date«, fiel ihm jemand ins Wort.

»Ja, Chef! Frauen stehen nicht auf Kontrollfreaks, also bleib cool.«

»Hoffentlich haut er bald ab, damit wir den Gästen endlich fettige Burger und labbrige Pommes servieren können!«

Nick schnitt eine Grimasse und betrachtete das geschäftige Treiben in seiner Küche, das selbst vom kollektiven Lachen seiner Mitarbeiter nicht gestört wurde. So sehr es ihn auch danach drängte, sich auf sein Motorrad zu schwingen, um Claire zu ihrem Date abzuholen, fiel es ihm doch gleichzeitig unglaublich schwer, seine Küche Cal zu überlassen. Er wusste, dass das *Knight's* in den besten Händen war und jeder Einzelne sein Bestes gab, aber das hier war seine Küche, für die er verantwortlich war. Verdammt, er mutierte tatsächlich zu einem Kontrollfreak.

Daher schnappte er sich seine Jacke und nickte Cal zu. »Übernimm für mich.«

»Ja, Chef.« Er salutierte. »Und richte ihr schöne Grüße von mir aus.«

Anstatt seinem Souschef den Mittelfinger zu zeigen, verdrehte er lediglich die Augen und machte sich aus dem Staub, bevor Marah ihn fand und ihn dazu zwang, einen Gast zu begrüßen.

Als er zu Claires Wohnung in Beacon Hill fuhr und vor dem hübschen Backsteinhaus mit schmiedeeisernen Fenstergittern und Treppengeländer hielt, merkte er, wie sehr es ihn aufwühlte, sie nach ihrem Kuss wiederzusehen. Nach außen gab er sich zwar lässig, als er seine Maschine vor dem Haus abstellte und die Treppen zur Haustür erklomm, doch innerlich war er ... nervös. Scheiße. Er war noch nie wegen einer Frau nervös gewesen.

»Nick, hi.« Claire stand in der Tür zu ihrer Wohnung, sobald er den unteren Flur des Hauses betrat, und hob grüßend die Hand. »Hast du gut hergefunden?«

Er musste sich ein wölfisches Lächeln verkneifen. Denn er bemerkte allzu gut, dass Claire ebenfalls die Lässige spielte, während sie sich mit hektischen Bewegungen imaginäre Fussel von der Kleidung strich.

»Sehr gut«, erwiderte er leichthin, blieb direkt vor ihr stehen und beugte sich hinab, um ihr einen Begrüßungskuss zu geben.

Sie schnappte nach Luft, als er sie an sich zog, seinen Mund auf ihren presste und sie tief küsste. Dass sie sich beinahe augenblicklich an ihn schmiegte und den Kuss enthusiastisch erwiderte, ließ sein Herz schneller schlagen. Ihre Lippen waren so weich, ihr Geschmack so süß und ihr Geruch so einzigartig, dass er ewig hier hätte stehen und sie küssen können. Stattdessen löste er sich langsam von ihr und sah voller Befriedigung, wie sich ein Schleier über ihre Augen gelegt hatte.

»Hi.« Er umfasste ihre Oberarme mit seinen Händen und rieb über ihre seidenweiche Haut.

»Hi«, erwiderte sie mit rauer Stimme. »Ich ... ich muss noch meine Jacke holen. Willst du kurz reinkommen?«

»Klar.« Nick schob sie sanft zurück und betrat ihre Wohnung, die auf den ersten Blick nach einer Frau aussah. Neugierig sah er sich um und musterte amüsiert die geschmackvoll aufeinander abgestimmte Einrichtung, die romantisch wirkende Dekoration und die verspielten Möbel. Als er die dutzende Bücher bemerkte, die sich in Regalen, auf Tischen und sogar am Boden stapelten, verging ihm langsam das Lachen. Er kam sich vor, als sei er in eine Bibliothek geraten. Zwar hatte er immer gewusst, dass Claire Journalistin war, aber die Masse an Büchern erschreckte ihn nun doch.

»Wie war dein Tag?«

Nick hob den Blick von einem besonders hohen Bücherstapel zu Claire. Sie stand an einem winzigen Schreibtisch und schaltete gerade ihren Computer aus. In einem Paar dunkler Hosen und einem knappen Shirt sah sie anders aus als sonst, immerhin trug sie meistens Kleider. Doch der lässige Look stand ihr besonders gut und gefiel ihm nicht nur deswegen außerordentlich, weil er ihm einen fabelhaften Blick auf ihren Po gewährte.

»Ganz gut«, murmelte er und beobachtete, wie Claire hin und her eilte, um Lampen auszuschalten und nach ihrer Tasche zu suchen. »Deiner auch?«

»Mh?« Ratlos sah sie ihn an.

»War dein Tag auch gut?«

»Äh ja.« Sie griff nach ihrer Tasche. »Wir hatten eine lange Redaktionssitzung und … und … dann hatte ich einen … einen Interviewtermin. Der war ziemlich … gut.«

»Claire.« Amüsiert trat er zu ihr. »Mache ich dich nervös?«

»Unsinn!« Sie winkte ab, trat jedoch einen winzigen Schritt zurück und stieß dabei gegen einen Sessel. »Wieso solltest du mich nervös machen?«

»Ach.« Gespielt ahnungslos zuckte er mit den Schultern, während er vor lauter Vergnügen beinahe gelacht hätte. »Keine Ahnung. Eigentlich sollte ich nervös sein, schließlich warst du es, die sich vorgestern auf mich gestürzt hat – in meiner Küche.«

Ihre Mundwinkel zuckten. »Du Idiot.«

»Jetzt nennst du mich auch noch einen Idioten.« Kopfschüttelnd stöhnte er schwer und heftete den Blick anschließend auf ihre Lippen. »Außerdem hast du noch nichts zu meinen Pancakes gesagt. Ich meine … ich war natürlich sehr begeistert, mit welcher Leidenschaft du auf mein Frühstück reagiert hast. Nicht viele Gäste küssen mich derart heiß nach dem Verzehr meiner Gerichte und wollen mir die Klamotten vom Leib reißen, aber … «

Sie presste ihm eine Hand auf den Mund. »Du bist unmöglich, Nick!« Dabei lachte sie laut auf. »Außerdem wollte ich dir nicht die Klamotten vom Leib reißen.«

Er zog ihre Hand weg, um mit felsenfester Überzeugung zu raunen: »Oh doch, das wolltest du.«

Spielerisch rümpfte sie die Nase. »Das werden wir nun leider nie erfahren.«

»Es sei denn, ich mache dir noch einmal diese Pancakes zum Frühstück.«

Claire schmunzelte. »Jetzt bin ich vorbereitet.«

»Das heißt?«

Nach einem Blick auf ihre Armbanduhr erklärte sie gelassen: »Das heißt, dass wir uns auf den Weg machen sollten, um nicht zu spät zu kommen.«

Nick verzog das Gesicht. »Wir könnten auch hier bleiben. Deine Couch sieht ziemlich gemütlich aus und wäre somit perfekt für die Dinge, die ich heute Abend mit dir vorhabe.«

Sie strich sich eine Strähne ihres roten Haares zurück. »Ich weiß zwar nicht, was du vorhast, aber . . .«

»Eine wilde Knutscherei«, unterbrach er sie begeistert. »Und ich ließe sogar mit mir reden, falls du wieder einmal vorhast, mir die Klamotten vom Leib zu reißen.«

»Ha! In deinen Träumen.« Claire schulterte ihre Tasche und griff nach der Jeansjacke, die über der Lehne eines Sessels lag. Anschließend schob sie ihn regelrecht aus der Wohnung. »Mach meine schöne Überraschung für dich nicht zunichte, Nick.«

»Wie die Dame befiehlt, aber irgendwann bestehe ich auf einer wilden Knutscherei auf deiner Couch.«

Ihr Blick sagte alles.

Höflich hielt er ihr die Tür nach draußen auf und wäre auf der obersten Stufe beinahe gegen sie geprallt, weil sie abrupt stehen geblieben war. »Alles in Ordnung?«

»Das ist dein Motorrad, oder?«

»Bis vor fünf Minuten war es das noch, ja.«

Sie drehte sich zu ihm um und wirkte aufgeregt. »Sollen wir mit deinem Motorrad fahren?«

»Wir können es auch schieben, aber das würde vermutlich eine Weile dauern.« Er fischte den Schlüssel aus seiner Hosentasche.

»Nick«, murmelte sie tadelnd. »Das ist nicht komisch. Ich habe noch nie auf so einem Ding gesessen.«

Aha – sie hatte anscheinend Schiss. »Ich bin ein guter Fahrer.«

»Und ich bin mit großer Sicherheit ein lausiger Beifahrer«, gab sie zu bedenken und nagte auf ihrer Unterlippe herum.

»Komm schon.« Nick zwinkerte ihr zu. »Denk einfach daran, dass du dich während der Fahrt an mich schmiegen und mich befummeln kannst. Wie klingt das?«

Wieder strafte sie ihn mit Blicken.

Glucksend ergriff er ihre Hand und zog sie die Treppen hinunter. »Du wirst sehen, wie viel Spaß es macht.«

»Meine Reitlehrerin sagte etwas ganz Ähnliches, als sie mich mit sechs Jahren auf ein Pony setzte.«

»Und?«

Claire kniff ein Auge zusammen. »Das verdammte Vieh riss sich los, galoppierte durch die Reitbahn und warf mich ab. Auf meinem Einschulungsfoto trage ich einen Gipsarm. Spaß definiere ich anders.«

Zwar sagte er es nicht laut, aber er hätte ziemlich viel Lust gehabt, das Foto einmal in Augenschein zu nehmen. Claire als Sechsjährige konnte er sich nur schwer vorstellen, aber mit großer Sicherheit war sie ziemlich süß gewesen.

Als er ihr den Helm reichte, redete er ihr noch einmal gut zu und versprach, auch besonders langsam zu fahren.

»Wo geht es überhaupt hin?«

Sie kämpfte mit dem Verschluss unter ihrem Kinn. »Kennst du das Kino in Back Bay? Gegenüber der Esplanade?«

Wortlos nickte er und schob ihre Hände beiseite. Mit geübtem Griff kümmerte er sich um den Helmverschluss und genoss dabei, wie seine Fingerknöchel die zarte Haut ihres Halses streiften.

»In welchen Film geht es?«, fragte er angelegentlich und zog die Hände zurück.

»Das ist eine Überraschung.« Sie straffte die Schultern und nickte ihm zu, als wäre sie bereit, zum Schafott geführt zu werden.

Amüsiert stieg Nick auf sein Motorrad, startete es und wartete darauf, dass Claire hinter ihn kletterte. Als sie zaghaft ihre Hände auf seine Taille legte, ergriff er erst ihre linke und dann ihre rechte Hand und zog sie zu seinem Bauch, was Claire natürlich dazu zwang, sich eng an ihn zu schmiegen. Da sie sein Gesicht nicht sehen konnte, grinste er breit und fuhr los. Bedacht darauf, keine Kamikazeeinlagen zu vollführen, schaffte er es, Claire innerhalb von zehn Minuten sicher zum Kino zu bringen, und parkte seine Maschine direkt vor dem Gebäude.

»Und? War es schlimm?« Er half ihr, den Helm auszuziehen und packte ihn ins Helmfach der Maschine. Seinen eigenen musste er wohl oder übel mit ins Kino nehmen.

»Nein, schlimm war es nicht.« Ihre Wangen waren vom Fahrtwind gerötet. »Es war ziemlich ...«

»Ziemlich?«

Ihr Mund verzog sich zu einem begeisterten Lächeln. »Geil.«

Nick konnte nicht anders und lachte auf. »Geil? Hast du gerade geil gesagt?«

»Scheint so.« Claire reckte die Nase ein Stück in die Höhe. »Können wir jetzt ins Kino? Der Film fängt in ein paar Minuten an, und ich brauche immer ewig, um eine Snackauswahl zu treffen.«

»Ich hoffe, du schreibst dem Laden keine niederschmetternde Popcornkritik.«

Empört schnappte sie nach Luft. »Hey!«

Unschuldig hob Nick seine freie Hand in die Höhe. »Nichts für ungut! Aber es wäre sicherlich ein schlechtes Omen, wenn das Kino, in dem wir unser erstes Date haben, wegen deiner Kritik schließen muss. Karma und so weiter.«

»Du Spinner«, kanzelte sie ihn vergnügt ab. »Außerdem: Wer sagt, dass das hier ein Date ist?«

»Ist es«, entgegnete er fest entschlossen. »Und in der letzten Reihe sitzen wir auch, schließlich will ich knutschen.«

»Und mit wem, wenn ich fragen darf?«

»Du Spinner.« Mit einem Blick auf die hell erleuchtete Reklame über dem Kinoeingang wollte Nick wissen: »Welchen Film schauen wir uns denn an? Sag mir bitte nicht, dass es eine Schnulze ist.« Flehentlich ließ er sein Kinn zittern.

»Hast du mir nicht erst vor Kurzem gesagt, dass du Schnulzen lieber anschaust als Horrorfilme?«

Nick schnaubte abfällig. »Kann ein Mann nicht einmal mehr eine ironische Bemerkung machen? Sehe ich wirklich aus, als würde ich gerne Schnulzen schauen?«

»Ich glaube, der korrekte Terminus lautet romantische Komödien und nicht Schnulzen«, belehrte sie ihn amüsiert. »Was hast du gegen romantische Komödien?«

»Wo soll ich nur anfangen?«

»Du bist kein großer Romantiker, oder?«

Mit hochgezogener Augenbraue deutete er auf sich selbst. »Hallo? Crème brûlée, Dinner bei Kerzenschein, Pancakes ...«

Ihr Kopfschütteln sollte ihm anscheinend demonstrieren, dass er ein nerviger Zeitgenosse war.

Er schob seine freie Hand in seine Hosentasche. »Also? Welchen Film sehen wir uns an?«

»Keine Sorge, dir wird der Film gefallen.«

»Ja?«

»Ja.« Claire zog zwei Kinokarten aus ihrer Tasche hervor. »In dieser Woche läuft *La vie en vin* – ein französischer Film über die Ausbildung von Sommeliers. Die Kritiken sind überwältigend. Und da ich weiß, wie sehr du Weine und die französische Küche liebst, hielt ich es für eine gute Idee, dass wir ihn anschauen.« Freudig wedelte sie mit den Karten vor seinem Gesicht herum.

»Ein französischer Film?« Zweifelnd legte er den Kopf schief und scherzte: »Mein Französisch ist etwas eingerostet.«

»Der Film hat Untertitel«, beruhigte sie ihn kichernd.

Da sie ihn beobachtete, konnte Nick nicht einmal eine Grimasse schneiden. Einerseits fand er es süß von ihr, ihn in diesen Film einzuladen, weil er sich wirklich gut anhörte und sicherlich wahnsinnig interessant war. Nick hatte tatsächlich ein Faible für französische Weine, die er allen anderen Weinen dieser Welt vorzog, und einen guten Sommelier zu finden war keine leichte Sache. Verdammt, er hätte den Film zu gerne gesehen. Und zu gerne hätte er verstanden, was dort erzählt wurde. Sein Problem war leider, dass er auf Französisch war und Untertitel hatte. Aber wie hätte er dies Claire erklären sollen, ohne dass sie erfuhr, was mit ihm los war?

Nick schluckte.

»Sollen wir uns nicht doch diese romantische Liebeskomödie ansehen?«, hörte er sich selbst sagen.

»Eine Schnulze?« Ihre Verwirrung hätte nicht größer sein können.

»Ich glaube, der korrekte Terminus lautet romantische Komödien«, ahmte er sie nach.

»Du willst dir eine Liebeskomödie ansehen?« Zweifelnd sah sie ihn an, wie Nick aus dem Augenwinkel bemerkte.

»Klar.« Er legte ihr einen Arm über die Schulter und grinste schelmisch. »Ich habe irgendwo gelesen, dass Liebeskomödien auf Frauen die gleiche Wirkung haben wie Pornos auf Männer. Von daher wäre es mir eine große Freude, mit dir diese Liebeskomödie zu schauen.«

Ihr helles Lachen fuhr ihm bis in den Magen. »Wo hast du das denn gelesen? In einem Männermagazin, in dem außerdem steht, dass es nicht auf die Größe ankommt?«

»Das bleibt mein Geheimnis.«

Sie behielt seinen Arm zwar auf ihrer Schulter, schüttelte jedoch rigoros den Kopf. »Komm schon, Nick. Ich habe bereits die Karten geholt, weil ich dir eine Freude machen wollte. Wir müssen uns keine Liebeskomödie ansehen. Ich will doch selbst den Film sehen.«

Wenn er jetzt weiterhin protestiert hätte, wäre Claire sicherlich misstrauisch geworden. Daher nickte er nur wortlos und schlenderte mit ihr ins Kino. Sie hatte nicht übertrieben, was ihre Schwierigkeiten bei der Snackwahl anging. Nach einigem Hin und Her bestellte sie schließlich Eiskonfekt, zwei Biere und eine Portion gesalzenes Popcorn – eine Tatsache, die ihn dazu brachte, gnadenlos über englisches Kinoverhalten herzuziehen. Anschließend hatte sie tatsächlich den Nerv, mit ihm zu streiten, als er bezahlte. Nick gab ihr zu verstehen, dass amerikanische Männer für die Snacks ihrer Dates bezahlten, selbst wenn es sich dabei um gesalzenes Popcorn handelte. Wenig später suchte er mit Claire nach zwei Sitzplätzen, auf denen sie es sich gemütlich machten.

Was dann folgte, waren zwei der längsten Stunden seines Lebens. Mit einem Bier in der Hand tat er so, als würde er sich auf eine spannende Reportage über französische Sommeliers konzentrieren – von der er jedoch kaum etwas verstand. Hin und wieder schnappte er eine Weinsorte auf oder konnte nachvollziehen, dass sich ein junger Mann darüber freute, seine Ausbildung beendet zu haben, weil ihm ein Diplom überreicht wurde. Auch begriff er, wenn einer der Weine schlecht sein musste, weil einer der Tester eine Grimasse schnitt und eine abfällige Geste in Richtung Wein machte. Was sie jedoch genau zu sagen hatten und was die Sprecherin erklärte, wusste er nicht, weil die Untertitel vor seinen Augen verschwammen und gleichfalls außerirdische Hieroglyphen hätten sein können.

Anders als er hatte Claire keine Probleme, das Geschehen zu verfolgen. Sie saß auf ihrem Kinositz, futterte das Popcorn, teilte sich mit ihm das Eiskonfekt und lachte manchmal hell auf – wie der Rest des Kinosaals. An solchen Stellen beeilte sich Nick, ebenfalls zu lachen, selbst wenn er keine Ahnung hatte, was gerade so komisch sein sollte. Während Claire völlig entspannt wirkte und viel Spaß an dem Film zu haben schien, saß Nick wie auf heißen Kohlen. Musste sie jetzt nicht jeden Moment bemerken, dass ihr Sitznachbar nicht lesen konnte?

Kein Wunder, dass jede Minute der Reportage eine Qual für ihn war.

Vor Claire wie ein Sonderschüler zu erscheinen hätte ihn umgebracht. Ausgerechnet vor der Frau, die sich ihre Wohnung mit hunderten Büchern teilte, belesen war und sich immer so gewählt ausdrücken konnte, wollte er sich keine Blöße geben und dumm wirken. Seit seiner Schulzeit hatte er die ausgefallensten Strategien entwickelt, um genau das zu vermeiden, um nicht aufzufallen, deswegen wussten lediglich eine Hand voll Menschen Bescheid über ihn. Und eins war mal sicher: Claire sollte unter keinen Umständen dazugehören. Er hätte ihr niemals wieder in die Augen schauen können.

»Der Film war wirklich wahnsinnig gut«, raunte sie ihm zu, als endlich der Abspann eingeblendet wurde. »Nicht wahr?«

Nick grunzte lediglich eine Antwort.

In ihrer Euphorie bemerkte Claire sein Schweigen nicht

einmal. »Mein Respekt vor Sommeliers ist ganz sicher gestiegen. Nicht auszudenken, durch was für eine harte Schule sie gehen müssen. Und die Durchfallquote erst!« Seufzend ließ sie sich zurücksinken. »Als François bei den Bordeauxsorten beinahe gescheitert wäre, habe ich die Luft angehalten.«

Wer zum Teufel war François?

»Hättest du es geschafft?«

»Mh?« Nick blinzelte verwirrt. »Was?«

Claire flüsterte und schob ihr Gesicht näher an seines heran. »Bei der Prüfung. Ich wäre mit Pauken und Trompeten durchgefallen. Was glaubst du? Hättest du bestanden?«

Er hatte keine Ahnung, wovon sie sprach. Verzweifelt dachte er nach, was er sagen konnte, um sich nicht zu blamieren.

Anscheinend war sie heute nicht die Geduldigste. »Hättest du die beiden Sorten voneinander unterscheiden können? Den Gavi die Gavi Etichetta Nera von dem Chardonnay DOC Elioro?«

Erleichtert atmete er aus, zuckte lässig mit den Schultern. »Schwer zu sagen. Beide stammen aus dem Piemont und besitzen ähnliche Aromen.«

Mit gespitzten Lippen nickte sie und fragte keine Sekunde später: »Und was sagst du zu dem ...?«

Nick kannte nur eine Möglichkeit, um sich vor der nächsten Peinlichkeit zu schützen. Er unterbrach sie, indem er ihr Gesicht umfasste und sich zu ihr beugte, um sie zu küssen. Das klappte glücklicherweise vorzüglich. Der Kuss lenkte nicht nur Claire von ihren Fragen zum Film ab, sondern brachte auch Nick so durcheinander, dass er Zeit und Raum vergaß.

Erst das peinlich berührte Räuspern eines Ordners unterbrach ihre wilde Knutscherei. Der Kinosaal war längst geräumt. Wie lange sie beide hier gesessen und sich geküsst hatten, konnte Nick unmöglich sagen.

Erleichtert stellte er fest, dass Claire den Film schon vergessen zu haben schien, als er mit ihr in seiner Lieblingspizzeria an einem Stehtisch stand. Unbekümmert aß sie ihre Pizza mit Peperoni mit den Fingern und philosophierte darüber, warum sie niemals Fish and Chips aus Zeitungspapier essen würde. Ihr Lachen bezauberte ihn. Und die Tatsache, dass sie sich von ihm mit seiner Lieblingspizza füttern ließ, bezauberte ihn noch mehr.

Total entzückt war er, als er sie nach Hause brachte und auf der obersten Treppenstufe einen Gute-Nacht-Kuss bekam, der nach feuriger Peperoni schmeckte ... bevor sie ihm mit einem süßen Lächeln die Tür vor der Nase zuschlug. Ihr Lächeln stand ihm noch vor Augen, als er zu seinem Motorrad lief. Seltsamerweise war er nicht mal enttäuscht, weil sie ihn nicht in die Wohnung gebeten hatte.

∗ ∗ ∗

»Vicky lässt sich entschuldigen. Ihr ist irgendetwas dazwischengekommen.«

»Kein Problem.« Claire nickte der blonden Frau zu. Seit fünf Minuten lächelten ihr deren köstliche Pralinen, Törtchen und Gebäckstücke aller Art entgegen. Sie hatte bereits das eine oder andere für später ausgesucht, während sie auf einem winzigen Bistrostuhl gesessen und auf Vicky gewartet hatte. »Ich weiß, dass sie gerade an einem Artikel über den Brexit schreibt. Um Mitternacht ist Abgabetermin.«

»Meine Schwester war noch nie sonderlich gut darin, einen Abgabetermin einzuhalten.« Liz Miller zuckte mit den Schultern. »Als Schülerin machte sie ihre Hausaufgaben meist morgens am Frühstückstisch oder im Schulbus.«

»Ah. Wie nett von dir, das zu erwähnen. Das werde ich ihr jetzt immer unter die Nase reiben.« Claire lehnte sich zurück und schloss ihre Hände um die dampfende Tasse Schokolade, die für die sommerlichen Temperaturen vielleicht etwas zu warm, zu sündig und zu kalorienreich war. Doch sie schmeckte so gut, dass Claire am liebsten darin gebadet hätte. Mit einem wohligen Seufzen sah sie sich erneut in dem winzigen Geschäft um, das von Vickys Schwester, einer anscheinend begnadeten Patissière und perfekten Gastgeberin, betrieben wurde. Zwar war Claire heute zum ersten Mal hier, aber sie wusste schon jetzt, dass man in diesem Laden einfach gute Laune bekommen musste.

»Ich glaube kaum, dass sich Vicky dafür schämt.«

»Vermutlich nicht.«

Liz setzte sich ihr gegenüber und legte fragend den Kopf schief. »Sie hat mir erzählt, dass du von London nach Boston gezogen bist.«

»Vor ein paar Monaten schon.«

»Gefällt es dir in Boston?«

Angesichts der Tatsache, dass ein begnadeter Koch alias *Sexgott* auch noch ein begnadeter Küsser war, gefiel es Claire von Tag zu Tag mehr in Boston. Das sagte sie Liz jedoch nicht. Schließlich konnte sie momentan darauf verzichten, dass Vicky Wind davon bekam, was sich zwischen ihr und Nick abspielte. Daher entgegnete sie gelassen: »Ich fühle mich hier sehr wohl. Alle sind sehr freundlich und locker. Außerdem finde ich Boston unglaublich hübsch. Und die kulinarische Szene ist nicht zu verachten.«

»Na, das ist sie in London sicherlich auch nicht.«

»Da hast du recht.« Claire schmunzelte. »Aber so ein Tapetenwechsel kommt immer gut.«

Liz nickte ihr zu und lachte. »Das unterschreibe ich blind. Ich habe in den letzten drei Jahren als Patissière im *Belle Epoque* gearbeitet und bin sehr froh über eine berufliche Veränderung.«

»Du hast im *Belle Epoque* gearbeitet? Wow!«

Die andere Frau schlug die Augen nieder und lächelte in sich hinein. »Ja, es war auch eine sehr schöne Zeit. Aber mir wurde es zu hektisch. Zu unpersönlich.«

»Wie meinst du das?«, wollte Claire wissen.

»Ich möchte mit Menschen arbeiten und sehen, wie sehr sie sich über meine Kreationen freuen. Im *Belle Epoque* war das nicht möglich. Du stehst die ganze Zeit in der Küche und bekommst deine Gäste nicht einmal zu Gesicht. Irgendwann wurde mein Job zu kühl. Zu steril.«

Nachdenklich nickte Claire. »Das kann ich verstehen.«

»Aber?« Liz schmunzelte.

Auch Claire begann zu lächeln. »Aber vermisst du es nicht? Ich meine, das *Belle Epoque* hat ein wahnsinniges Renommee. Seit fünfzehn Jahren drei Sterne – ohne Unterbrechung.«

»Gegenfrage: Vermisst du London nicht?«

»Nicht wirklich.« Sie nahm einen kleinen Schluck von der göttlichen Schokolade. »Sogar London verliert mit der Zeit an Reiz.«

Liz legte ihr einen grünen Macaron auf den Teller. »So ähnlich ging es mir auch. Der hier ist mit Pistazien.«

»Gnade«, flehte Claire. »Ich passe in keinen meiner Röcke mehr hinein, wenn du mich hier mästest.«

»Ach was.« Liz tat Claires Bemerkung mit einem Achselzucken ab. »Du siehst nicht wie jemand aus, der sich Gedanken um Kalorien machen muss. Und jetzt erzähl: Hast du ein gebrochenes Herz in London zurückgelassen?«

Es fiel ihr ziemlich schwer, sich Edward mit einem gebrochenen Herzen vorzustellen. Daher lachte sie trocken und schüttelte den Kopf. »Unwahrscheinlich.«

Ebenso wie ihre ältere Schwester schien Liz zur Neugierde zu neigen. »Und hier in Boston?«

Claire schnappte sich den Pistazienmacaron und biss ein winziges Stück ab. »Das schmeckt einfach köstlich! Hast du die täglich im Sortiment?«

»So so!« Liz schien sich königlich zu amüsieren. »Ich habe den Wink mit dem Zaunpfahl verstanden. Anscheinend muss ich meine Schwester löchern, um mehr über den Sexgott zu erfahren, den sie erst letztens erwähnt hat.«

Während Claire kaute, überlegte sie, Vicky bei der nächstbesten Gelegenheit mit ebenjenem Zaunpfahl zu erschlagen.

»Tu das. Und in der Zwischenzeit kannst du gerne weitere dieser köstlichen Macarons herstellen. Hättest du etwas dagegen, wenn ich deine neue Stammkundin werde?«

»Absolut nicht.« Liz strahlte Claire mit ihren beneidenswert großen Puppenaugen an. Dann rührte sie in ihrer eigenen Tasse Schokolade herum. »Ich kann jede neue Kundin gebrauchen.«

Ein wenig ernster hakte Claire nach: »Läuft das Geschäft nicht?«

»Doch ... Nun ja, es könnte besser laufen. Zwar sagt dir jeder, dass die ersten drei Jahre mit einem eigenen Geschäft die schwierigsten sind, aber erst jetzt verstehe ich, was man damit meint.«

Claire legte den angebissenen Macaron auf ihren Teller zurück und wischte sich einen imaginären Krümel von der Lippe. »Um ganz ehrlich zu sein, Liz, dein Geschäft ist zuckersüß, und alles schmeckt göttlich. Das wird schon.«

»Dein Wort in Gottes Ohr.« Sie lächelte verhalten. »Hoffentlich denkst du nicht, dass Vicky dich nur deswegen hierher eingeladen hat, damit du über das *Chez Liz* berichtest. Das ist wirklich nicht der Fall. Ich wollte einfach die neue Arbeitskollegin meiner Schwester kennenlernen. Du musst die

Geduld einer Heiligen besitzen, wenn du mit ihr befreundet bist.«

Sie wischte den Kommentar mit einer Handbewegung beiseite. »Mach dir darum keinen Kopf. Das habe ich keine Sekunde gedacht, Liz. Und ja: Ich besitze die Geduld einer Heiligen.«

»Da hat Vicky ja richtig viel Glück!«

»Aber da wir schon einmal beim Thema sind: Mir wäre es tatsächlich eine Freude, bald einen kleinen Artikel zum *Chez Liz* zu schreiben. Die nächsten drei Artikel sind bereits verplant, aber danach ...« Sie lächelte ihr zu.

»Das musst du nicht tun«, wiegelte Liz ab.

»Ich weiß, dass ich es nicht *muss*, aber ich würde gerne.« Sie machte eine Handbewegung, die den gesamten Raum umfasste. »Das *Chez Liz* ist so hübsch, und deine Sachen sind so unglaublich lecker. Ihr verdient etwas Aufmerksamkeit.«

»Nun.« Liz holte Luft und lächelte. »Dann sollte ich wohl danke sagen.«

»Gern geschehen. Ich würde mit einem Fotografen herkommen, der eine nette Aufnahme von dir in deinem Geschäft macht. Anschließend rennen die Bostoner dir die Bude ein.«

Das herzförmige Gesicht der anderen Frau verzog sich. »Ein Foto?«

»Hast du etwas gegen Fotos?«, wollte Claire scherzhaft wissen. »Artikel mit Fotos sind beliebter und werden öfter gelesen.«

»Nein, nein ...« Liz lächelte geradezu gequält. »Dein Angebot ist unglaublich nett, und ich nehme es natürlich mit größter Freude an. Bisher ist das *Chez Liz* ein Geheimtipp, aber das zahlt leider nicht die Lokalmiete. Ich finde Fotos von mir nur nie sonderlich schmeichelhaft.«

»Welche Frau mag schon Fotos von sich?«

Liz prustete und widersprach mit einem ironischen Unterton. »Und warum wollen dann alle jungen Mädchen Models werden?«

»Touché.« Claire schnappte sich die andere Hälfte des Macarons und schob sie sich in den Mund.

Mit einem Blick auf die dekorative Uhr auf dem verschnörkelten Kaminsims nickte Liz und schlug vor: »Was hältst du davon, wenn ich den Laden schließe und uns einen kleinen Aperitif mache? Es dürften keine Kunden mehr kommen, und meine Schwester ist selbst schuld, wenn sie das alles hier verpasst.«

»Das klingt fabelhaft. Wenn Vicky uns versetzt, muss sie halt sehen, wo sie bleibt.«

»Ganz genau!«

Zwei Stunden später, etwas angeheitert und ziemlich ausgelassen, stieg Claire aus dem Taxi. In den Händen balancierte sie eine rosafarbene Schachtel, auf der in geschwungener Schrift *Chez Liz* stand – und in der sich allerlei Köstlichkeiten befanden.

Sie bezahlte den Taxifahrer, schlug die Autotür zu und sah sich kritisch um. Im Stockfinsteren wirkte ein Hafengelände alles andere als heimelig. Und außerdem roch es hier bei weitem nicht so gut wie in der schnuckeligen Patisserie, in der sie die letzten Stunden verbracht hatte. Nachdenklich sah sie den Rücklichtern des Taxis hinterher, bevor sie das alte Fabrikgebäude musterte, in dem Nick wohnen sollte. Während sie die dunkle, hoch aufragende Fassade betrachtete, fragte sie sich, ob es wirklich eine gute Idee gewesen war, herzukommen. Vorhin, nach dem zweiten Aperitif mit Liz, hatte sie sie noch für ziemlich brillant gehalten. Doch jetzt war es dunkel, kalt und sogar ein wenig unheimlich, hier mitten im verlassenen Hafengelände zu stehen. Und sie wusste nicht, ob Nick überhaupt zu Hause war. Oder ob er sie sehen wollte.

Claire straffte ganz automatisch die Schultern, schüttelte die Gedanken ab und machte sich auf den Weg zur Eingangstür. Tatsächlich dauerte es etwas, bis sie den Lastenaufzug entdeckte, Nicks Namen auf einer Klingel fand und anschließend in die oberste Etage fuhr, aus der laute Musik drang. Kaum hatte sie den Lastenaufzug verlassen, öffnete sich eine sperrige Eisentür, und Nick erschien im Türrahmen.

Ihr klappte der Mund auf, und sie blieb wie paralysiert im schwach erleuchteten Flur stehen.

Nick war nackt – also nicht richtig nackt, aber so spärlich bekleidet, dass nicht mehr viel der Fantasie überlassen blieb. Außerdem war er schweißüberströmt, atmete schwer und schien sich körperlich gerade verausgabt zu haben. Beinahe hätte Claire vermutet, dass er gerade einen Marathon gelaufen wäre. Oder dass er beim Sex gestört wurde. Den Gedanken, dass er gerade mit einer anderen Frau geschlafen hatte, konnte sie glücklicherweise sofort verwerfen, weil er in seinen Händen zwei Boxhandschuhe hielt.

Himmel, ihre Knie fühlten sich butterweich an, je länger sie hier stand und ihn musterte.

Das grelle Licht aus seiner Wohnung verlieh ihm so etwas wie einen Heiligenschein und zauberte gleichzeitig Lichtreflexe auf seine verschwitzte Haut. Claire war sich jedoch ziemlich sicher, dass der Mann vor ihr alles andere als ein Heiliger war. Und warum zum Teufel hatte er ihr die Tür derart spärlich bekleidet geöffnet? Außer den Boxhandschuhen trug er nämlich lediglich ein Paar schwarzer Boxershorts. Wie sollte sie bei diesem Anblick auch nur einen einzigen klaren Gedanken fassen? Versunken musterte sie die ausgeprägten Bauchmuskeln, die kurzen schwarzen Haare auf der Brust und die gestählten Arme. Sie biss sich unwillkürlich auf die Lippen.

»Claire? Was tust du denn hier?«

Das war eine gute Frage. Sie starrte ihn hilflos an, hielt noch immer den Karton in der Hand und suchte nach Worten. Gleichzeitig konnte sie gar nicht anders, als das schnelle Heben und Senken seiner Brust zu betrachten und sich zu fragen, wie es sich wohl anfühlen würde, sich an ihn zu schmiegen.

Bevor sie sich völlig lächerlich machen konnte, riss sie sich zusammen und hielt den Karton in die Höhe. »Ich wollte dir eine Kleinigkeit zu essen vorbeibringen.«

Mit dem Unterarm fuhr er sich über die verschwitzte Stirn und schenkte ihr ein spitzbübisches Lächeln, das sie mitten in den Magen traf.

»Was für eine Kleinigkeit?«

»Etwas aus einer sagenhaften Patisserie«, erwiderte sie schnell und zwang sich, eine Stelle über seiner Schulter zu fixieren. Sie wollte nicht dabei erwischt werden, wie sie eifrig die seitlichen Bauchmuskeln begutachtete, die unter dem Bund seiner Boxershorts verschwanden.

»Na, dann ist es ja gut, dass ich die zusätzlichen Kalorien schon abtrainiert habe.« Auf nackten Sohlen trat er einen Schritt zur Seite. »Auch wenn es mich wundert, dass du hier plötzlich bei mir auf der Matte stehst.«

Möglichst gelassen zuckte sie mit den Schultern. »Ich dachte, du bekochst mich ständig, also sollte ich mich revanchieren. Mit den besten Macarons der Stadt.«

»Zu den besten Macarons der Stadt kann ich natürlich nicht nein sagen. Willst du nicht reinkommen?«

Claire nickte, hob das Kinn und ging würdevoll an ihm vorbei – als wäre es für sie alltäglich, spätabends einen halbnackten Koch zu besuchen und ihn mitten im Boxtraining zu stören. Nicks leises Lachen ignorierte sie und betrat seine Wohnung, während er die riesige Eisentür wieder schloss.

»Nett hast du es hier.«

»Vor allem habe ich es hier geräumig.« Er ließ die Boxhandschuhe auf einen Sessel fallen, bevor er zu einer Stereoanlage ging und die dröhnende Musik leiser stellte.

Eigentlich hätte Claire das großzügige Industrieloft eingehend betrachten sollen, das aus einem einzigen riesigen Raum bestand. Sie hätte die roten Backsteinwände bewundern können, die seiner Wohnung trotz der spartanischen Einrichtung einen charmanten Eindruck verliehen, oder die alten Stahlfenster, die wunderbar nostalgisch waren. Auch hätte sie die bombastische Küche mit der Kücheninsel mustern können, die in der linken Hälfte des Lofts stand und darauf schließen ließ, dass ein Koch hier leben musste. Von dem Boxsack ganz zu schweigen, der am rechten Ende des Lofts hin und her pendelte. Dem zerwühlten Bett schenkte Claire zwar einen zweiten Blick, aber was sie wirklich fesselte, war ein anderer Anblick.

Sie hatte nämlich nur Augen für Nicks Rücken, als er sich vorbeugte, um an seiner Stereoanlage herumzuhantieren. Unter seiner makellosen Haut tanzten die Muskeln bei jeder noch so kleinen Bewegung. Seine breiten Schultern wirkten im nackten Zustand unwiderstehlich, es kribbelte in ihren Fingern, ihn zu berühren, die lange Furche seiner Wirbelsäule nachzufahren und seine beinahe dampfende Haut unter ihren Fingerspitzen zu fühlen. So breit seine Schultern auch waren, so schmal wirkten seine Hüften. Ihr Blick saugte sich an dem Bund seiner tiefsitzenden Boxershorts fest, und sie wünschte sich gerade jetzt, Superkräfte zu entwickeln und durch Stoff schauen zu können. Ja, sie gab es zu. Allzu gerne hätte sie gewusst, ob sein Po tatsächlich so gut aussah, wie es den Anschein hatte. Ihre Mundwinkel zuckten. Er hatte wirklich einen bemerkenswerten Körper, sagte sich Claire und leckte über ihre Lippen. Vielleicht lag es daran, dass sie im Laufe des Abends zwei Sektcocktails getrunken hatte. Vielleicht lag es auch daran, dass sie erst vor kurzem festgestellt hatte, welch grandioser Küsser Nick war. Und vielleicht lag es daran, dass sie ihre Augen nicht von den exotischen Mustern seiner Tattoos lassen konnte. Aber Claire hätte sich allzu gerne auf ihn gestürzt und herausgefunden, ob er auch außerhalb der Küche kreativ und einfallsreich war – und ob seine Hände beim Sex ebenso geschickt waren wie beim Kreieren seiner Speisen.

»Machst du das öfter?«

Verwirrt blinzelte sie und sah genau in dem Moment auf, als er sich wieder erhob und sich zu ihr drehte. »Was mache ich öfter?«

Mit der rechten Hand fuhr er sich durch sein verschwitztes Haar. »Männer spätabends mit Macarons zu überraschen.«

Claire verzog den Mund und wollte trocken wissen: »Und machst *du* das auch öfter?«

»Was?« Amüsiert kniff er die Augen zusammen. »Männer spätabends mit Macarons zu überraschen? Das kommt sehr selten vor, um ehrlich zu sein.«

Kopfschüttelnd stellte sie den Karton auf einem wackelig erscheinenden Tisch ab, schlüpfte aus ihrer Jacke und warf sie über die Sessellehne neben sich. »Frauen spätabends in halbnacktem Zustand die Tür zu öffnen.«

Keinesfalls reuig begannen seine Augen zu funkeln. »Man weiß ja nie, wer plötzlich auf der Matte steht.«

Claire wurde den Eindruck nicht los, dass das Funkeln seiner Augen etwas Wölfisches an sich hatte. Nichtsdestotrotz versetzte sie wie die Ruhe selbst: »Zu den Macarons würde Kaffee ziemlich gut passen.«

Eine schwarze Augenbraue wanderte in die Höhe. Gleichzeitig grollte er finster: »Soll ich die Macarons etwa mit dir teilen?«

»Selbstverständlich. Außerdem könntest du dir etwas überziehen.« Sie rümpfte die Nase, musterte ihn kritisch und stemmte die Hände in die Hüften. »Mir ist es unangenehm, wenn du dich derart vor mir produzierst, Nick.« Himmel, seit wann log sie so dreist?

Er lachte, als habe er ihre Lüge durchschaut, und kam einen gefährlichen Schritt näher. Auch er stemmte die Hände in die Hüften, was Claire einen kurzen Moment aus dem Konzept brachte. Immerhin lenkte er ihre Aufmerksamkeit durch diese Geste auf seinen trainierten Bauch und die Spur feiner Haare, die unter dem Bund seiner Boxershorts verschwand.

»Lügnerin.«

»Bitte zieh dir etwas an«, bat sie ihn gönnerhaft und tätschelte seine Wange – einfach, weil sie ihn berühren musste. »Das kann ja niemand mitansehen.«

»So so.« Er betrachtete sie eingehend. Als er sich über die Unterlippe leckte, musste Claire tatsächlich die Augen abwenden. Stattdessen richtete sie den Blick auf den dunklen Bartwuchs auf seinem Kinn sowie die kräftige Kehle. »Dafür, dass du es nicht mitansehen kannst, bekommst du aber ziemliche Stielaugen.«

Sie setzte ein Pokerface auf und übte sich erneut im schamlosen Leugnen. »Da musst du dich irren. Hier ist es einfach zu grell.«

»Soll ich für eine romantischere Stimmung das Licht dimmen und Kerzen anzünden?«

»Wieso? Hast du die Stromrechnung nicht bezahlt?«

»Oh Mann.« Nick legte den Kopf für eine Sekunde in den Nacken und stöhnte. »Okay, ich ziehe mir etwas drüber.«

Nein! »Sehr schön.«

»Soll ich vielleicht auch noch duschen gehen, Miss Parker-Wickham?«

Claire überhörte seinen Spott, schnupperte demonstrativ in der Luft herum und schob ihn ein Stück von sich. »Es wird auch ohne Dusche gehen . . . schätze ich.«

»Schade. Ich hätte nämlich darauf bestanden, dass du mir in der Dusche Gesellschaft leistest.«

»Ha!«

»Das war ernst gemeint«, erdreistete er sich mit einem frechen Grinsen. »Meine Dusche ist ziemlich geräumig. Du würdest sie mögen.«

»Kaffee, Nick«, kommandierte sie, auch wenn ihre Mundwinkel zuckten. »Und ein Sweatshirt.«

Glücklicherweise gehorchte er, indem er sich ein T-Shirt anzog und Kaffee aufsetzte. Allerdings hatte er nicht übertrieben, als er davon gesprochen hatte, romantische Stimmung zu verbreiten. Zwar zündete er keine Kerzen an, dimmte aber das Licht und legte leise Jazzmelodien auf. Claire hätte vermutlich protestieren sollen, fand sich jedoch wenige Minuten später mit ihm auf seiner Couch wieder und hatte sogar schon die Schuhe ausgezogen. Entspannt kuschelte sie sich gegen die bequeme Rückenlehne, während sie an ihrem Kaffee nippte und einen Heidenspaß hatte, ihn dabei zu beobachten, wie er einen Macaron nach dem anderen verschlang.

»Der ist bestimmt gut. Riecht sehr lecker nach Zitrone und Mandel.« Er hielt die köstliche Delikatesse in die Höhe und wartete ihre Entgegnung nicht einmal ab, sondern schob ihr das Gebäckstück zwischen die Lippen.

Claire blieb nichts anderes übrig, als ein Stück von dem

Macaron abzubeißen. Dass Nick die andere Hälfte selbst aß, die Augen schloss und genüsslich darauf herumkaute, trieb ihr aus unerfindlichen Gründen die Schamesröte in die Wangen.

»Göttlich! Woher hast du diese Köstlichkeiten? Ich glaube, ich brauche diesen Patissier.«

Sie wischte sich mit dem Zeigefinger einen Krümel vom Mundwinkel. »Tut mir leid, aber diese Patissière hat ihr eigenes Geschäft und ist nicht daran interessiert, in einem Restaurant zu arbeiten.«

»Woher willst du das wissen?« Er kramte in der Schachtel herum und senkte dabei den Kopf, sodass sie seinen dunkelhaarigen Scheitel betrachten konnte. »Vielleicht wird sie entzückt sein, bei mir zu arbeiten.«

»Vielleicht hat sie auch keine Lust, für selbstherrliche Chefköche zu arbeiten«, schloss sie zuckersüß.

»Hey!« Er sah zwar nicht auf, klang jedoch entrüstet. »Ich bin ein wahnsinnig cooler Chefkoch.«

»Aber sicher. Der coolste Chefkoch des Planeten.«

»Ganz genau.«

Sie räusperte sich, schwieg einen Moment und wollte anschließend neugierig wissen: »Hast du meinen Artikel gelesen?«

Nick schien einen winzigen Augenblick zu zögern, bevor er lässig nachhakte: »Welchen Artikel?«

Sie verdrehte die Augen und sagte sich, dass sie keinen Grund hatte, verletzt zu sein. »Den Artikel über den Hummerfischer, Nick. Kannst du dich nicht an deine Seekrankheit erinnern?«

»Vielen Dank für die Gedächtnisauffrischung.« Er schnitt eine Grimasse.

»Und?« Neugierig musterte sie ihn.

»Und was?«

Wieso war er so schwer von Begriff? »Der Artikel, Nick. Hast du ihn gelesen? Er ist gestern erschienen. Das weißt du doch.«

»Ach.« Nachlässig zuckte er mit den Schultern. »Ich bin noch nicht dazu gekommen.«

»Du bist noch nicht dazu gekommen?«

»Ich hatte viel zu tun.« Wieder zuckte er mit den Schultern. »Immerhin will ich eine Wette gewinnen.«

»Nick ...«

»Hast du den schon einmal probiert?« Er hielt ihr einen pinkfarbenen Macaron unter die Nase. Claire ignorierte ihn.

»Ich hätte zu gerne gewusst, wie du den Artikel findest, schließlich hattest du einen gewissen Anteil an den Recherchen.«

»Ach was ... ich habe dich lediglich nach Maine gefahren.« Seine lockere Handbewegung sollte wohl aussagen, dass diese Fahrt nicht der Rede wert sei. Er schob sich den Macaron in den Mund.

Claire konnte sich aus seinem seltsamen Verhalten keinen Reim machen, runzelte frustriert die Stirn und rückte ein Stück von ihm ab. »Ich glaube, du willst den Artikel gar nicht lesen.«

»Unsinn ...«

»Doch«, unterbrach sie ihn forsch.

»Ich bin einfach kein Zeitungsleser.« Er lächelte versöhnlich und stellte den Karton beiseite. »Tut mir leid, Claire. Ich lese ihn, sobald es geht. Versprochen.«

Keine Ahnung, warum es sie derart störte, dass er ihren Artikel nicht gelesen hatte. Sie hätte einfach gerne erfahren, was er dazu zu sagen hatte, weil sie seine Meinung schätzte und es sie interessierte, was er dachte. Und vielleicht störte es sie auch, weil sein Verhalten sie so ungut an Edward erinnerte.

»Mann, das habe ich ziemlich versaut, oder?« Nick klang betrübt und rutschte näher an sie heran.

Eingehend musterte sie ihn, nagte auf der Innenseite ihrer Wange herum und gestand ihm: »Es liegt nicht an dir, sondern ... Mein Ex-Freund hat sich nie für meinen Job interessiert. Bei unserem letzten Gespräch hat er sogar behauptet, meine Schreiberei sei lediglich ein Hobby und nicht ernstzunehmen.«

»Und dann komme ich und habe deinen Artikel noch nicht gelesen.« Seine Augenbrauen berührten sich beinahe, als er die Stirn runzelte. »Schöne Scheiße.«

»Du hattest einfach noch keine Zeit.«

Er schüttelte den Kopf. »Ich hätte sie mir nehmen sollen.«

Claire kam sich plötzlich albern vor und wollte ihm ein beruhigendes Lächeln schenken. »Halb so wild ...«

»Dein Ex muss ein Vollidiot sein.«

»Da hast du recht.« Sie nickte mit dem Kinn in Richtung Karton. »Ist noch etwas übrig?«

Es war, als hätte er gar nicht zugehört, da er seine Kaffeetasse auf den kleinen Couchtisch stellte und sich zu ihr drehte, um ihr seine völlige Aufmerksamkeit zu schenken. »Warum wolltest du Gastrokritikerin werden?«

Beinahe hätte sie gelacht. Ihr Dad war genau mit der gleichen Frage um die Ecke gekommen, als sie ihm nach ihrem elitären Journalismusstudium stolz den ersten Job präsentiert hatte. Nur hatte er im Gegensatz zu Nick nicht interessiert geklungen, sondern ziemlich enttäuscht. Vermutlich hätte er seine Tochter gerne als nächste Christiane Amanpour gesehen und nicht als jemand, der das Essen in Restaurants kritisierte. Glücklicherweise hatte es Claire niemals gestört, was ihr Vater von ihrem Job hielt – oder eben nicht hielt.

Betont ernst erklärte sie Nick: »Erst einmal liebe ich es, Restaurants zu besuchen, neue Gerichte kennenzulernen, die Handschriften verschiedener Köche zu erleben und in Kontakt mit Menschen zu kommen. Außerdem gibt es nichts Schöneres, als Wutausbrüche gewisser Köche mitzuerleben, weil man ihr Restaurant mit Tankstellenfraß vergleicht.«

Er brauchte eine Sekunde, um zu begreifen, dass sie ihn aufs Korn nahm. Seine blauen Augen rundeten sich. »Hey!«

»Du hättest dich sehen sollen!« Vergnügt zeigte sie mit dem Finger auf ihn. »Es war einfach zu komisch.«

»Machst du dich etwa über mich lustig?«

»Zweifelst du daran?«

Während er empört nach Luft schnappte, begann Claire laut zu lachen. Dummerweise schien das Nick auf die Idee zu bringen, sich auf sie zu werfen und sie zu kitzeln.

»Nick, nicht!« Claire lachte wie verrückt und wand sich unter seinen Händen, die genau die Stellen unter ihrem Rippenbogen fanden, die besonders empfindlich waren. Japsend versuchte sie, seine Hände wegzuschieben. Leider hatte sie keine Chance gegen ihn.

»Ich bin mit einer störrischen Schwester groß geworden«, raunte er ihr zu. »Tut mir leid, aber ich bin dir bei weitem überlegen.«

»Lass das«, forderte sie ihn auf und torpedierte eine etwaige Durchsetzungskraft durch ihr eigenes kindisches Gelächter. »Das ist nicht komisch!«

»Und warum lachst du dann?«

»Weil ich kitzelig bin«, wies sie ihn auf das Offensichtliche hin.

Claire rutschte auf der Couch ein Stück nach unten, immer darum bemüht, Nick abzuschütteln, und flehte um Gnade. Anstatt von ihr abzulassen, drückte er sie in die Couch hinein und hielt ihre Handgelenke umklammert.

Seinen warmen Atem konnte sie an der sensiblen Haut ihrer Schläfe spüren, als er mit heiserer Stimme wissen wollte: »Gibst du auf?«

Claire hörte abrupt auf, sich unter ihm zu winden und zu lachen, als sie sein Gewicht auf sich spürte. Und plötzlich wurde ihr klar, dass sie unter ihm auf seiner Couch lag, er sich an sie presste und ihre Handgelenke festhielt, während ihre Gesichter nur wenige Zentimeter voneinander entfernt waren. Ihr Atem beschleunigte sich, als sie in seine Augen sah, die sich merklich verdunkelt hatten, und sie sich der Nähe seines so warmen, starken Körpers bewusst wurde. Vermutlich hätte sie sich gefangen fühlen und darauf bestehen müssen, dass er sie losließ.

Das Einzige, was Claire jedoch losließ, war sie selbst.

Noch während Nick ihren Blick erwiderte, hob sie den Kopf und küsste ihn.

Hungrig erwiderte er ihren Kuss und ließ ihre Handgelenke los. Claire nutzte die Gelegenheit und schlang Nick die Arme um den Hals, während sie ihn wie entfesselt küsste und mit einem warmen Pulsieren in allen ihren Adern spürte, dass er auf diesen Kuss nicht minder erregt reagierte. Seine Lippen vollbrachten wahre Wunder, knabberten, saugten, leckten über ihre Lippen. Seine Zunge eroberte ihren Mund, sodass Claire sich nur stöhnend an ihn klammern konnte und hoffen, dass sie nicht einfach verglühte. Denn so fühlte es sich an.

Sein Geschmack nahm ihr den Atem. Die Mischung aus Mann und himmlischen Macarons schmeckte sündhaft gut. Und sein Geruch – eine einzigartige Kombination aus Mann, Schweiß und dem Leder der Boxhandschuhe – vernebelte ihr buchstäblich die Sinne. Als er den Kuss für einen Moment unterbrach, presste sie ihre Nase gegen seinen Hals, weil er einfach zu gut roch und sie seinen Duft in sich aufnehmen wollte.

Erregt wand sie sich unter ihm und fuhr mit einer Hand in sein dichtes Haar. Die andere Hand krallte sie in seine Schulter. Am liebsten hätte sie sich die Klamotten vom Leib gerissen, weil ihr so unbeschreiblich warm war und sie es kaum noch abwarten konnte, seine nackte Haut an ihrer zu spüren. Doch als er beide Hände in ihrem Haar vergrub und er ihren Kopf festhielt, um sie ein weiteres Mal tief zu küssen, wollte sie sich nicht bewegen, sondern wäre gerne für immer in dieser Position verharrt.

Sein Stöhnen stellte merkwürdige Dinge in ihrer Magengegend an. Und die Tatsache, dass sich seine steinharte Erektion gegen ihre Hüfte presste, ließ sie puren Triumph empfinden. Hastig zerrte Claire an seinem T-Shirt und zog es ihm unter Mühen über den Kopf.

Ihr Herzschlag schien sich zu verdoppeln, sobald er mit nacktem Oberkörper direkt vor ihr aufragte und der Schein der gedimmten Lampen auf seiner Haut tanzte.

Schweigend betrachtete sie seine breiten Schultern und ließ die Fingerspitzen über seine warme, glatte Haut gleiten. Bis in die Fußsohlen spürte sie dieses elektrisierende Prickeln, wenn sie ihn anfasste. Verwirrend war auch das überwältigende Bedürfnis, ihm in die Schulter beißen zu wollen und sich an ihm zu reiben wie eine Katze. Am liebsten hätte sie ihn nie wieder losgelassen. Stattdessen ließ sie zu, dass er sich auf seinen Unterarmen neben ihrem Kopf abstützte und seine Nase hinter ihrem Ohr vergrub.

»Du riechst so gut«, vertraute Nick ihr mit heiserer Stimme an. »Und du schmeckst noch viel besser.«

Weil er ihr Lächeln nicht sehen konnte, immerhin atmete er schwer gegen ihr Ohr, grinste sie schamlos und erkundete sanft die tätowierten Muster auf seinem Oberarm. Sein Körper verströmte eine solche Hitze, dass sie es sogar durch ihre

Kleidung fühlen konnte. Wohlig erschauerte sie, als er dazu überging, ihren Hals zu küssen, an ihrer Haut zu saugen und mit seiner Zunge über diese hochsensiblen Stellen zu lecken. Claire sah Sterne vor Augen und stöhnte seinen Namen. Ohne nachzudenken hob sie sich ihm entgegen und rieb sich an ihm. Ihre Finger krallten sich in seine Oberarme.

»Das ist nicht fair.«

Nick nuschelte gegen ihren Hals: »Was ist nicht fair?«

Sie schluckte schwer und suchte nach Worten, weil ihr Gehirn wie leergefegt war. »So kann ich nicht denken, Nick!«

»Denken wird überschätzt.« Sein Mund zog eine Kussspur von der empfindlichen Stelle gleich hinter ihrem Ohr über ihren Hals bis zu ihrem Schlüsselbein. »Außerdem ist es nicht fair, wenn du dich die ganze Zeit so an mir reibst. Glaubst du, dass ich dadurch denken könnte?«

Sie wollte lachen, doch ihre Antwort bestand aus einem weiteren Stöhnen, als er an ihrer Kehle saugte.

Wenig später bemerkte sie, dass er die Knöpfe ihrer Bluse öffnete und seine Fingerknöchel über ihre Haut streiften. Wie hätte sie dagegen protestieren sollen, wenn sich alles, was er tat, so unerträglich gut anfühlte?

Während er sich an ihrer Kleidung zu schaffen machte, suchten ihre Lippen seinen Mund. Sein Stöhnen war wie Musik in ihren Ohren, als sie sich tief küssten und Claire gleichzeitig ihre Hände auf seine breite Brust legte. Sie ertastete harte Muskeln, heiße Haut, gewölbte Flächen und genoss das winzige Zittern unter ihren Fingern, wenn sie ihn berührte. Die kurzen Haare, die auf seiner Brust wuchsen, fühlten sich wunderbar weich an; seine Bauchmuskeln dagegen waren hart wie ein Brett.

Erst als sie seine nackte Haut an ihrer spürte, wurde ihr klar, dass er sie von ihrer Bluse befreit hatte. Schamlos schmiegte sie ihren Oberkörper an seinen, drückte ihr linkes Knie gegen seine Hüfte und hätte ihm vor lauter Erregung beinahe in die Lippe gebissen. Nick war währenddessen mit dem Rückenverschluss ihres BHs beschäftigt und schien sich nicht darum zu kümmern, dass sich seine Erektion noch immer fordernd gegen Claires Bauch presste.

Wie eine Verhungernde küsste sie ihn und ließ zu, dass er ihr den BH auszog. Claire kam ihm entgegen und erhob sich ein Stück von der Couch, um ihm behilflich zu sein. Ebenso wie Nick spürte sie nicht, dass sie beide von dem Möbelstück rutschten, und keuchte überrascht, als sie zusammen zu Boden fielen. Sie landete auf ihm, hörte sein Ächzen und schüttelte sich kurz, bevor sie entdeckte, dass es etwas für sich hatte, nun oben zu sein, auf seinen Hüften zu sitzen und mit ihm machen zu können, was sie wollte.

Claire gab ihm keine Möglichkeit, etwas zu sagen oder gar zu protestieren, sondern stürzte sich ein weiteres Mal auf seinen Mund. Ihre Brustwarzen rieben über seine Brust und sorgten für eine Gänsehaut, die sich über ihren gesamten Körper ausbreitete. Als er seine großen Hände über ihren nackten Rücken gleiten ließ, erzitterte sie unter seinen Berührungen und keuchte in seinen Mund.

Manchmal zärtlich, manchmal stürmisch tasteten seine Hände über ihre Haut, massierten ihren Nacken, strichen federleicht über ihr Schulterblatt, umfassten ihre Taille, glitten über ihre Hüften und umfingen ihren Po, bevor sie über ihren Bauch streichelten und sich um ihre Brüste legten.

Automatisch fuhr Claire auf und wäre beinahe von seinen Hüften gerutscht.

Er stöhnte irgendetwas Sinnloses gegen ihre Haut, nahm ihr mit seinem Kuss den Atem und erforschte gleichzeitig mit seinen talentierten Fingern ihre Brüste.

Es war zu viel. Claire hatte das Gefühl, gleich in Ohnmacht zu fallen, wenn er nicht endlich aufhörte. Durch ihre Hose glaubte sie, das Pulsieren seiner Erektion zu fühlen, und schloss die Augen, als Nicks Mund über ihren Hals kroch und sich gleich darauf um eine Brustwarze schloss, um an dieser zu saugen.

Augenblicklich stieß sie einen heiseren Schrei aus. Warum Nick plötzlich von ihr abließ, verstand sie nicht, doch als er sich erhob, sie mit sich zog und auf seine Arme hob, protestierte sie nicht und schlang ihm die Arme um den Hals. Wenige Sekunden später landete sie in seinem zerwühlten Bett und zog sich auf die Ellenbogen.

Völlig ungeniert stand Nick vor dem Bett und schob sich die Boxershorts hinunter.

Auch wenn ihre Kehle angesichts des beeindruckenden Anblicks des nackten, erregten Mannes wie ausgedörrt war, schaffte sie es, mit geradezu beherrschter Stimme trotzdem einen Witz zu machen: »Was wird das, wenn es fertig ist?«

Er reagierte mit einem Kopfnicken. »Raus aus den Klamotten, Claire.«

Dass er ebenso heiser klang wie sie, ließ sie wohlig erschauern. Jedoch genoss sie es viel zu sehr, auf seinem Bett zu liegen und ihn nackt zu betrachten, als ihm zu gehorchen – jedenfalls jetzt sofort. Dass sie selbst nur noch ihre Hosen trug, machte ihr nichts aus. Claire fühlte sich viel zu wohl, als plötzlich Scham zu empfinden.

»Wieso?«

»Weil du für das, was ich vorhabe, viel zu viel anhast.«

»Ach.« Sie zog eine Augenbraue in die Höhe, ließ ihren Blick abwärtswandern und wollte betont beiläufig wissen. »Was könnte das denn sein?«

»Das wirst du gleich schon sehen.« Mit für einen Mann sehr geschmeidigen Bewegungen kam er auf das Bett zu und kroch zu ihr. Küsste sie und flüsterte ihr zu, was er mit ihr zu tun gedachte. Erwartungsvoll wollte sie ihre Hose hinunterschieben und lachte gegen seinen Mund, als er die Stoffhose einfach selbst samt ihrem Höschen packte und mit ungeduldigem Griff hinunterzog. Nur am Rande nahm Claire wahr, wie beide Kleidungsstücke hinter dem Bett landeten.

Nackt fühlte es sich noch besser an, ihren Körper gegen seinen zu pressen, sich an ihm zu reiben und die Wärme seiner Haut direkt an ihrer zu spüren. Sie ließ ihre Hände über seinen nackten Rücken gleiten, ertastete das Spiel seiner Muskeln und stöhnte, als er mit seinem Mund erneut ihren Hals reizte. Sie wollte seinen Körper erkunden, seine Haut schmecken und jeden einzelnen Quadratmillimeter erforschen, der sich vor ihren Augen entblößt hatte. Sie wollte ihn genauso erregen wie er sie, als er ihren linken Oberschenkel packte und ihn gegen seine Hüfte presste. Claire schnappte nach Luft, sobald sich seine Erektion gegen eine besonders empfindsame Stelle presste. Gleichzeitig ließ er seine Hände über ihren Körper wandern, reizte mit seinen Handflächen ihre Brüste, die sich voll und schwer anfühlten, und glitt anschließend tiefer.

Ihr stockte der Atem, und sie stöhnte seinen Namen. Jede einzelne Nervenzelle ihres Körpers begann zu pulsieren, eine wahnsinnige Hitze breitete sich bis in ihre Fingerspitzen aus.

Was er mit seinen Fingern anstellte, während sein Mund tiefer kroch und zum zweiten Mal ihre Brustwarzen fand, war so gut, dass alle ihre Gedanken daran, ihn selbst erforschen zu wollen, wie Seifenblasen zerplatzten. Sie schnappte nach Luft und umklammerte seine Schultern, nur um im nächsten Moment frustriert zu stöhnen, als Nick von ihr abließ und sich erhob.

Nackt und zitternd lag sie auf seinem Bett und öffnete bereits protestierend den Mund, schloss ihn jedoch augenblicklich, als sie sah, wie er ein Kondom aus dem Nachttisch zog und es gleich darauf überstreifte.

Seinen Eifer hätte sie vielleicht komisch gefunden, wenn sie selbst nicht vor lauter Erregung schwer geatmet und darauf gewartet hätte, dass er endlich wieder ins Bett kam. Kaum kniete er auf der Matratze, stürzte sich Claire förmlich auf ihn und rollte mit ihm über das Bett, bis sie unter ihm lag und erschauernd in seine Augen sah, die sich verdunkelt hatten und erwartungsvoll funkelten. Sie wölbte sich ihm entgegen, als er den Kopf senkte, um sie zu küssen, und konnte ein Stöhnen nicht unterdrücken, als er endlich in sie eindrang.

Claire glaubte, verglühen zu müssen, als sich Nick langsam zu bewegen begann und im Rhythmus seiner gemächlichen Stöße einen Stromschlag nach dem nächsten durch ihren Körper schickte. Vor lauter Erregung biss sie ihm in die Lippe und krallte sich an seinen Armen fest. Ein überwältigendes Sehnen breitete sich in ihrem Körper aus, und sie schlang ihm ein Bein um die Hüfte, um ihn enger an sich zu ziehen.

Sein raues Lachen verstand sie nicht. Doch das war auch egal. Sie entzog ihm den Mund und biss ihm sanft in die Kehle, bevor sie darüber leckte und voller Befriedigung sein Zittern wahrnahm. Da sie befürchtete, sterben zu müssen, wenn er sein Tempo nicht endlich steigerte, flüsterte sie ihm ins Ohr, wie gut er sich anfühlte und was sie für ihn tun würde, wenn er härter und schneller zustieß.

Seine Antwort bestand aus einem lusttrunkenen Grollen, ein Beben ging durch seinen Körper. Mit zitternden Händen glitt er über ihren Rücken, umfasste ihren Hintern und begann schneller in sie hineinzustoßen.

Im Takt seiner Stöße stieß Claire kleine Schreie aus, schien nur noch aus reiner Lust zu bestehen. Sie stammelte immer wieder seinen Namen und war zu keinem klaren Gedanken fähig, sondern nahm nur ihr eigenes wildes Herzklopfen und Nicks heiseres Stöhnen wahr. Das glühend heiße Pulsieren in ihrem

Inneren wurde stärker, nahm ihr den Atem. Unaufhaltsam trieb sie ihrem Höhepunkt entgegen und klammerte sich an Nick fest, der ebenso angestrengt atmete wie sie. In ihren Ohren rauschte es, Claire hörte lediglich ihren eigenen Schrei, als etwas in ihrem Inneren explodierte und sie mitriss.

Als sie wieder zu sich kam, lag sie zitternd, keuchend und verschwitzt auf dem Rücken, blinzelte unter brennenden Lidern nach oben und konnte ihre Glieder kaum spüren, weil die wohlig taub waren.

»Gott«, murmelte Nick neben ihr und schmiegte sich an sie.

Mit seinen großen Händen, die ebenfalls zitterten, zog er sie an seine heftig bebende Brust und begann, träge ihren Rücken zu streicheln. Claire vergrub die Nase an seiner Kehle und sog den Duft nach Sex, Lust und Mann in sich auf. Ihre Hand zog winzige Kreise über seine Brust und seinen Bauch.

Nick schien die Luft anzuhalten. »Was ... was wird das, wenn es fertig ist?«

In ihrem Inneren spürte sie ein warmes Glimmen – sie allein war dafür verantwortlich, wie heiser, erschöpft und zittrig Nick klang.

Sie schnurrte und schmiegte sich an ihn. »Ich habe dir doch gerade etwas versprochen. Und Versprechen pflege ich sehr ernst zu nehmen.«

»Wieso bist du schon wach?«

»Weil ich in einer Stunde Redaktionssitzung habe und diesmal pünktlich kommen will. Vorgestern war ich eine halbe Stunde zu spät dran – dank dir.«

»Das war nicht meine Schuld«, protestierte Nick verschlafen und rieb sich die Augen. Er war so müde, dass er am liebsten sofort wieder eingeschlafen wäre. »Vorgestern stand ich unter der Dusche, als du mich einfach so überfallen hast. Entschuldige, Claire, aber wenn ich etwas anfange, bringe ich es auch zu Ende.«

Ihr Schnauben klang selbst in seinen müden Ohren empört. »Du sprichst von vorvorgestern, Nick. Vorgestern hast du zum Frühstück Porridge gemacht und mich gezwungen, bei dir zu bleiben und davon zu kosten. Deshalb bin ich zu spät gekommen.«

Er schmiegte sich tiefer in das kuschelige Bettzeug, das zu seinem Leidwesen mit Blumen bedruckt war. Erstaunlicherweise fand er das aber gar nicht mehr so schlimm, er war fast so weit zu behaupten, dass er es mittlerweile zu schätzen gelernt hatte. Mit einem zufriedenen Lächeln verschränkte er die Hände hinter dem Kopf. Gähnend zwinkerte er ihr zu. »Das

Porridge muss mir ziemlich gut gelungen sein, wenn ich daran denke, wie wahnsinnig zuvorkommend du dich dafür bedankt hast.«

Prompt flog ihm ein Kissen an den Kopf.

»Hey«, grummelte er und stopfte sich das pastellfarbene Kissen in den Rücken, um Claire besser beobachten zu können, wie sie lediglich in Slip und BH durch ihr Schlafzimmer lief. »Sexgötter genießen Immunität und dürfen nicht attackiert werden.«

Abschätzig musterte sie ihn. »Sexgott – pah!«

Unschuldig riss er die Augen auf und fixierte ihr bildhübsches Gesicht. »Wenn ich mich recht erinnere, war nicht ich derjenige, der letzte Nacht ständig meinen Namen gerufen hat. Deine Nachbarn denken vermutlich, hier würden seit Kurzem Sektentreffen stattfinden, bei denen ein Messias namens Nick angebetet wird.«

»Erst ein Sexgott, jetzt ein Messias.« Sie schüttelte den Kopf und blieb vor dem Bett stehen. »Ansonsten geht es dir aber gut, oder?«

Grinsend klopfte er auf die Matratze neben sich. »Mir würde es noch viel besser gehen, wenn meine Lieblingskritikerin zu mir käme.«

»Deine Lieblingskritikerin muss zur Arbeit.«

»Meld dich krank«, schlug er prompt vor. »Ich rufe in der Redaktion an und sage, dass du die Grippe hast. Du hingegen rufst im Restaurant an und sagst, dass du mich ans Bett gefesselt hast, weil ich ein unübertroffener Sexgott, ein begnadeter Liebhaber und selbstloser Bettgenosse bin, den du erst in ein paar Tagen wieder frei lassen kannst. Deal?«

Ihr Lachen war für das merkwürdige Flattern in seiner Herzgegend verantwortlich, das seit einigen Tagen mit ziemlicher Regelmäßigkeit einsetzte, sobald sie auch nur lächelte. Vermut-

263

lich hatte es ihm noch nie so viel Spaß gemacht, mit einer Frau in deren Schlafzimmer Zeit zu verbringen, nackt in ihrem Bett zu liegen und über gemeinsame Scherze zu lachen. Normalerweise hatte er nie schnell genug aus dem Bett einer Frau verschwinden können, nachdem er mit ihr geschlafen hatte. Aber bei Claire konnte er es abends kaum abwarten, zu ihr zu fahren. Und Frühstück wollte er ihr auch immer machen.

Kurzum: Nick bekam einfach nicht genug von ihr.

Anfangs hatte er noch gedacht, dass sich dieser Drang spätestens nach dem dritten Mal Sex legen würde. Doch er hatte sich geirrt. Sie verbrachten nun schon einige Tage miteinander, aber die Sehnsucht, bei ihr zu sein, nahm eher noch zu, wurde immer intensiver.

Irgendwie hatte es etwas für sich, morgens in einem gemütlichen Bett wach zu werden, nachdem man eine höchst erfreuliche Nacht darin verbracht hatte, und Claire dabei zuzusehen, wie sie sich anzog. Oder mit ihr unter der Dusche zu stehen, oder für sie Eier zu braten, während sie hinter ihm am Küchentisch saß und sich über irgendetwas in der Zeitung aufregte.

»Ich melde mich ganz sicher nicht krank.« Kopfschüttelnd betrachtete sie ihn. »Und du solltest deinen ansehnlichen Hintern aus dem Bett schwingen, wenn du ...«

»Ansehnlicher Hintern?« Abrupt setzte er sich auf und hakte erfreut nach: »Hast du gerade meinen Hintern ansehnlich genannt?«

Sie verdrehte elegant die Augen. »Hätte ich süß sagen sollen? Du regst dich immer so schnell auf, wenn ich dich süß nenne.«

»Och.« Ohne darauf zu achten, dass er splitterfasernackt war, kniete er sich auf die Matratze. Er umschloss ihr Gesicht mit beiden Händen, bevor er ihr einen Kuss auf den Mund drückte und gegen ihre Lippen flüsterte: »Du darfst mich gerne alles nennen, Süße, sogar einen Sexgott. Solange du bloß Nacht für Nacht meinen Namen schreist.«

An ihrer plötzlichen Atemlosigkeit und dem Beben in ihrem Körper spürte Nick, dass Claire bei weitem nicht so teilnahmslos und abgeklärt war, wie sie vorgab. Das verrieten auch ihre nächsten Worte, die sie geradezu verzweifelt hervorbrachte: »Ich kann nicht schon wieder zu spät kommen, Nick. Irgendwann feuern sie mich noch.«

Im Brustton der Überzeugung widersprach er, streichelte über die hauchzarte Haut ihrer Wange. »Niemals würden sie ihre beste Gastrokritikerin feuern.«

»Das sagst du.«

»Ich würde dich sofort einstellen.«

Ihre Finger spielten mit dem Haar in seinem Nacken, während er die Hände abwärtswandern ließ und sie wie selbstverständlich auf ihren entzückenden Po legte.

»Als was denn?«

Nachdenklich schürzte Nick die Lippen. »Mh . . . als meine persönliche Assistentin?«

»Ist das nicht bereits Marahs Job?« Ihre Augenbrauen wanderten in die Höhe.

Schnaubend schnitt er eine Grimasse. »Eigentlich ist sie die Serviceleitung, aber in letzter Zeit scheint sie sich für meine persönliche Sklaventreiberin zu halten und mutiert zum Folterknecht.«

»Gott, dein Leben muss so hart sein«, heuchelte Claire Mitleid.

Nick räusperte sich ernst. »Apropos hart . . .«

Mit einem Lachen stieß sie ihn zurück und trat vom Bett zurück. »Nichts für ungut, Sexgott. Aber ich habe keine Lust, mich mit deiner Sklaventreiberin anzulegen, weil du zu spät zur Arbeit kommst.«

»Kann ein Mann nicht einmal seine Ruhe haben?«, schimpfte er und kratzte sich nachdenklich an der Brust. Claire schlüpfte bereits in ein Kleid, wie er enttäuscht feststellen musste. Seine Mundwinkel sanken herab. »Ich bin gerade in romantischer Stimmung.«

Claire sah ihn über die Schulter hinweg an. Ihre Stimme war an Trockenheit nicht zu überbieten. »Du bist nicht in romantischer Stimmung, sondern nur scharf auf Sex.«

»Siehst du! So gut kennen wir uns schon.«

Dass Claire weder in der einen noch in der anderen Stimmung war, sagten ihm seine Boxershorts, die haarscharf an seinem Kopf vorbeiflogen.

»Könntest du Kaffee aufsetzen? Ich muss noch meine Haare frisieren.«

Wie es aussah, konnte er sich den morgendlichen Sex abschminken. Claire verbreitete Hektik und schenkte ihm selbst dann keine Aufmerksamkeit, als er vom Bett aufstand und in seine Boxershorts schlüpfte.

»Wieso willst du dich frisieren? Sieht doch gut aus«, urteilte Nick und streckte sich mit einem Gähnen.

»Ja, wenn man auf Vogelscheuchen steht«, empörte sie sich und beugte sich vor, um in den Spiegel ihres Schminktisches zu schauen und einen Perlenohrring anzulegen.

Grinsend trat er hinter sie und tätschelte ihren Hintern. »Vogelscheuche? Du siehst nicht wie eine Vogelscheuche aus, sondern ...«

»Sondern?« Claire griff nach dem zweiten Ohrring.

Schulterzuckend entgegnete Nick: »Du siehst gut durchgevögelt aus. Mit einer Vogelscheuche besitzt du wirklich keine Ähnlichkeit.«

Wenn er mit einem Luftschnappen oder geröteten Wangen gerechnet hätte, wäre er enttäuscht worden. Claire fixierte ihn lediglich scharf und erklärte dann betont ruhig: »Kaffee, Nick. Ich dachte, du wolltest welchen aufsetzen.«

»Eigentlich wollte ich etwas ganz anderes, aber dein Hang zur Pünktlichkeit kam dazwischen.«

Ihre Augen funkelten, als ob sie jeden Moment lachen würde. Ihre Stimme klang jedoch wie ein Donnergrollen. »Geh!«

Unschuldig hob er seine Hände in die Höhe und spazierte mit einem fröhlichen Lied auf den Lippen aus dem Zimmer. In der Küche, die er mittlerweile wie seine Westentasche kannte, setzte er nicht nur Kaffee auf, sondern bereitete auf die Schnelle auch ein paar French Toasts zu. Claire hatte eine Schwäche für sie, er freute sich schon jetzt auf ihre Reaktion.

Gerade als die ersten vier in der Pfanne brutzelten und den köstlichen Geruch nach Vanille und Butter verströmten, klingelte sein Handy, das er gestern Abend auf dem Küchentisch hatte liegen lassen. Da er erst in zwei Stunden im *Knight's* sein musste, schwor er sich, Marah einen Kopf kürzer zu machen, falls sie es wagte, ihn so früh am Morgen zu belästigen.

Glücklicherweise war es nicht Marah, wie er mit einem Blick auf das Display feststellte. Doch dass es seine Schwester war, die ihn zu dieser unchristlichen Zeit anrief, gefiel ihm nicht sonderlich besser. Bevor Natalie aber zu ihrer Granny lief, um sich über ihn zu beschweren, fügte er sich lieber in sein Schicksal und hob ab.

»Natalie, wie geht's?«

»Hey, Nick. Habe ich dich geweckt?«

»Nein«, murmelte er ungnädig. Er klemmte das Handy zwischen Ohr und Schulter, um beide Hände für die French Toasts frei zu haben.

»Bist du schon im Restaurant? Es klingt so, als ob du kochst.«

Innerlich seufzte er auf. »Nein, ich bin noch nicht im *Knight's*, sondern mache gerade Frühstück.«

»Ach so ...« Natalie klang ratlos. »Aber zu Hause bist du nicht, oder? Ich habe dort gerade angerufen.«

Sie fing schon wie Granny an, sagte sich Nick. Eigentlich war er diese Verhöre von seiner Großmutter und nicht von seiner jüngeren Schwester gewöhnt. »Ich bin bei meiner ... ich bin bei einer Freundin, Natalie. Was gibt's?«

Für ein paar Momente war es am anderen Ende der Leitung still, bevor Natalie zögerlich entgegnete: »Ich weiß, dass du noch immer sauer auf mich bist, Nick. Könnten wir uns in Ruhe darüber unterhalten?«

Jetzt fing das schon wieder an! »Ich bin nicht sauer.«

»Natürlich bist du das – und ich kann dich sogar verstehen.«

Nick beförderte die French Toasts auf einen Teller und legte die restlichen Brotscheiben, die er zuvor in eine Mischung aus Milch, Ei und Vanilleextrakt getunkt hatte, in die Pfanne. Währenddessen bemühte er sich um Geduld. »Hör zu, Natalie. Ich bin nicht sauer. Es ist schließlich dein Leben. Ich bin nur dein Bruder.«

»Sag doch so etwas nicht.«

Scheiße, sie klang nach Tränen.

Brummig hakte er nach: »Geht's dir wirklich gut?«

»Mir geht's gut.« Sie schien sich zu schnäuzen.

Er atmete tief durch und nahm das Handy wieder richtig in die Hand. Sehr viel weicher als vorher murmelte er in sein Telefon. »Hör zu, Nat, wenn du etwas brauchst, dann ...«

»Ich brauche nur meinen Bruder«, unterbrach sie ihn beinahe weinerlich. »Es macht mich fertig, wenn wir streiten.«

Nick fuhr sich über sein Gesicht. »Wir streiten doch gar nicht.«

»Nein, aber wir reden auch nicht miteinander.«

Nachdenklich starrte er die Brotscheiben in der Pfanne an,

die bereits goldgelb zu werden versprachen. Natürlich war er sauer, dass seine Schwester ihren Dad angerufen hatte, um ihn um Geld zu bitten. Ausgerechnet ihren Dad! Vielleicht hätte Natalie sogar ihre Mom angerufen, wenn sie gewusst hätte, wo sich die gerade herumtrieb. Das letzte Lebenszeichen war eine Postkarte aus Florida gewesen. Fünf oder sechs Jahre musste es bereits her sein. Ihr Dad war nie so nachlässig, schließlich ließ er wenigstens alle paar Monate von sich hören. Ein toller Vater, der sich nie dafür interessiert hatte, was aus seinem Nachwuchs wurde. Der Nick als Kind immer zu verstehen gegeben hatte, dass er ein Versager war, der nicht einmal das Alphabet kannte. Der einzige Versager war tatsächlich er, der sich jetzt nicht zu schade war, regelmäßig anzurufen, um Nick um Geld anzubetteln. Ja, er war sauer, dass sich Natalie an den Menschen gewandt hatte, den sie längst in den Wind hätte schießen sollen. Und er war sauer, dass sie ihre Ausbildung in den Sand gesetzt und dabei das Geld ihrer Großmutter verschleudert hatte. Aber sie war seine Schwester, für die er sich verantwortlich fühlte. Und die er trotz allem ziemlich liebte.

Seine Bruderliebe siegte letztlich, weshalb er in den Hörer knurrte: »Ein Wort, Nat, und ich reiße Tyler den Arsch auf.«

Ihr unsicheres Lachen drang in sein Ohr. »Was?«

»Ein Wort, und ich verprügele den Mistkerl. Du musst nur ...«

»Nein, bloß nicht«, unterbrach sie ihn hastig. »Ich verschwende keinen Gedanken mehr an ihn. Du musst ihn nicht verprügeln.«

»Ein Wort reicht, Nat.«

»Bitte nicht«, seufzte sie schwer. »Willst du seinetwegen etwa Ärger bekommen? Das ist er nicht wert, glaub mir.«

»Ich könnte es wie einen Unfall aussehen lassen«, schlug er

mit verschwörerischer Stimme vor und meinte es nur zur Hälfte scherzhaft.

»Lieber nicht.« Natalie lachte. »Aber du könntest mir einen anderen Gefallen tun.«

»Der da wäre?«

Sie seufzte. »Ich komme morgen nach Boston, um Granny zu besuchen. Sie hat mir verraten, dass du montags deinen freien Tag hast, also ...«

»Also?«

»Der nächste Montag ist in drei Tagen, und ich fände es schön, wenn du zu Granny kommen würdest. Wir könnten zusammen essen und etwas Zeit miteinander verbringen, Nick.«

Wollte er wirklich ein Arschloch sein und seiner kleinen Schwester die kalte Schulter zeigen? Er musste schlucken.

»Klar, ich komme vorbei.«

Natalies anschließende fröhliche Bemerkungen über den Besuch, ihr Treffen und alles andere kommentierte er nur mit einem gelegentlichen Brummen, während er sich darauf konzentrierte, die French Toasts auf zwei Tellern anzurichten. Nachdem er sich von seiner Schwester verabschiedet hatte, drehte er sich um und entdeckte Claire, die im Türrahmen stand. Sie sah ihn neugierig an.

»Wie lange stehst du schon da?«

»Lange genug, du Auftragskiller.« Sie lächelte milde. »War das deine Schwester? Die aus New York?«

Verwundert darüber, dass sie sich an seine Familiengeschichte erinnerte, nickte er lediglich.

»Das habe ich mir fast gedacht.«

»Woher wusstest du, dass ich mit meiner Schwester telefoniere?«

Sie kam auf ihn zu und nahm ihm einen der Teller ab,

seufzte kurz genießerisch. Dann sah sie ihn an. »Erstens hast du während des Gesprächs wie ein großer Bruder gewirkt – ganz der Beschützer –, und zweitens hast du ihren Namen genannt. Sie heißt doch Natalie, richtig? Himmel, riecht das gut!«

Für einen Moment blieb Nick regungslos stehen. Er sah zu, wie Claire sich eine Gabel schnappte und sich an den Tisch setzte, an dem sie erst vor ein paar Tagen mitten in der Nacht nackt gesessen und Sandwiches gegessen hatten. Langsam trat er zu ihr, stellte seinen Teller ab und goss ihnen beiden Kaffee ein.

»Dass du dich daran erinnerst . . .«

Sie schnitt ein Stück Brot ab und führte die Gabel äußerst graziös an den Mund. Gleichzeitig zuckte sie mit den Schultern. »Eigentlich kann ich mich an ziemlich alles erinnern, was du mir bisher erzählt hast.«

»Muss ich jetzt Angst haben?«

Während sie kaute, zuckten ihre Mundwinkel amüsiert.

Nick nahm einen Schluck Kaffee und verriet ihr aus heiterem Himmel: »Um ehrlich zu sein, war ich in letzter Zeit wütend auf Natalie. Sie hat ziemlichen Mist gebaut.«

Claire nahm ihre Kaffeetasse entgegen. »Mist? Was meinst du damit?«

Er gab ein undefinierbares Geräusch von sich, sank auf seinen Stuhl und schob seine Tasse beiseite. Vor Claire einen Seelenstriptease aufzuführen fühlte sich zwar einerseits richtig an, andererseits blieb die Ungewissheit, was sie von seiner kaputten Familie halten würde. Er war nun einmal nicht in privilegierten Kreisen aufgewachsen und hatte keinen tollen Stammbaum vorzuweisen, sondern war das Ergebnis einer Teenagerschwangerschaft. Dass seine Eltern nicht nur geschieden waren, sondern ihre Kinder der Großmutter überlassen hatten und abgehauen waren, war ebenfalls nichts, auf das man stolz sein konnte.

Nichtsdestotrotz verriet er ihr: »Natalie ist ein kluger Kopf, viel cleverer als ich. Sie hat es sogar auf ein richtig gutes College geschafft. Und was macht sie? Bricht das Studium einfach ab, weil sie es langweilig findet. Jetzt jobbt sie in einem Klamottenladen und lässt sich gerade scheiden. Es war eine Blitzhochzeit in Las Vegas.« Er spürte, wie ein Muskel in seiner Wange zuckte. »Anstatt unsere Großmutter oder mich um Hilfe zu bitten, als sie Geld für einen Anwalt brauchte, hat sie unseren Vater gefragt. Dabei hat der sich noch nie für uns interessiert. Ich verstehe das nicht. Warum ist sie nicht zu mir gekommen?«

»Du bist wütend, weil sie nicht dich, sondern euren Vater gefragt hat.« Das war keine Frage, sondern eine Feststellung.

Nick knirschte mit den Zähnen. »Natürlich bin ich wütend auf sie! Erst lässt sie ihren Abschluss sausen, dann heiratet sie einen Komplett-Idioten und wendet sich auch noch an unseren Vater, wenn sie Hilfe braucht. Weißt du, dass ich durch ihn erst von der Scheidung erfahren habe?«

Claire musterte ihn nachdenklich. »Du bist enttäuscht . . .«

»Ich bin wütend«, korrigierte er sie. »Seit wann hat sie was mit unserem Vater zu tun? Bislang waren wir froh, wenn er uns in Ruhe ließ. Natalie weiß doch, wie er ist.«

»Wie ist er denn?«

Verächtlich bleckte er die Zähne. »Er ist verantwortungslos, egoistisch, ein totaler Versager. Natalie und ich können froh sein, dass wir Granny hatten. Mich wundert es sowieso, dass er ihr Geld gegeben hat. Normalerweise ist *er* nämlich derjenige, der *mich* anpumpt.«

»Mh . . . vielleicht hat er sich um deine Schwester Sorgen gemacht und ihr deshalb das Geld gegeben?«

Nick öffnete schon den Mund, um zu widersprechen. Sein Vater war ein Mistkerl, so einfach war das. Aber wollte er wirklich, dass Claire noch mehr von seiner kaputten Familie erfuhr? Schließlich war es ganz schön peinlich, dass seine Eltern ihn und seine Schwester einfach abgeschoben und sich nie um ihre Kinder gekümmert hatten.

Also brummte er nur in Richtung French Toast: »Wie ist dein Frühstück?«

»Sehr gut. Wie immer«, erklärte sie mit einem zufriedenen Lächeln.

»Gut.« Er senkte den Kopf, teilte mit seiner Gabel ein riesiges Stück ab und schob es sich in den Mund. Kauend starrte er seinen Teller an und fragte sich, warum Natalie ihn ausgerechnet heute Morgen hatte anrufen müssen. Sonst wäre er nie in die Verlegenheit gekommen, mit Claire über seinen miesen Erzeuger zu sprechen. Blieb nur zu hoffen, dass sie ihn nicht nach seiner Mom fragte. Die war noch armseliger als sein alter Herr.

»Ich kann verstehen, weshalb Natalie euren Vater nach Geld gefragt hat.«

Beinahe hätte er sich an seinem Frühstück verschluckt. Er riss den Kopf hoch. »Was?«

»Ja, Nick. Versetz dich doch in ihre Situation. Ihr Bruder ist ein wahnsinnig ehrgeiziger, erfolgreicher Küchenchef, der auch ohne Collegeausbildung erfolgreich ist. Sie dagegen hat ihr Studium abgebrochen und Hals über Kopf jemanden geheiratet – von dem sie sich jetzt auch noch wieder scheiden lässt. Du bist vermutlich ihr Vorbild, oder? Sie will dich nicht enttäuschen oder dich um Geld bitten. Also fragt sie euren Vater, weil es ihr ziemlich egal ist, was der von ihr hält. Du hingegen bist ihr wichtig, Nick.«

Fassungslos sah er ihr ins Gesicht. »Was?«

Sie zuckte mit den Schultern. »Deine Schwester will nicht, dass du schlecht von ihr denkst. Deshalb ist sie vermutlich zu eurem Vater gegangen, anstatt dich um Hilfe zu bitten.«

Missmutig runzelte Nick die Stirn und schüttelte abwehrend den Kopf. »Das ist doch ...« Ihm fiel kein Wort ein, also schwieg er.

Mit einem milden Lächeln erwiderte sie: »Das ist Frauenlogik. Dagegen kommst du nicht an.«

Frauenlogik hin oder her – Nick fragte sich, ob Claire nicht vielleicht recht hatte. Er war vorher nie auf die Idee gekommen, dass Natalie ihn deswegen nicht um Hilfe gebeten hatte, weil er ihr so wichtig war. Plausibel klang es. Irgendwie zumindest. Und mit einem Mal fragte er sich, ob er seine Schwester nicht zu harsch behandelt hatte. Nachdenklich betrachtete er Claire und fragte sich, warum es diese heiße, kluge und schöne Frau brauchte, damit er die Motive seiner Schwester nachvollziehen konnte. Scheiße, dabei hatte er sich doch immer für einen echten Frauenversteher gehalten.

»Jetzt sag nichts Falsches.« Claire zeigte mit der Gabel auf ihn, anscheinend interpretierte sie sein Schweigen nicht als Zustimmung. »Das würdest du sehr schnell bereuen, Nick.«

»Drohst du mir etwa? Dem Mann, der dir ein köstliches Frühstück gezaubert und dessen Namen du heute Nacht geschrien hast – mehrmals?«

Claire rümpfte die Nase. »Vielleicht sollte ich erwähnen, dass *du* meinen Namen letzte Nacht ebenfalls ziemlich häufig gestöhnt hast, mein Lieber.«

»Schuldig!« Belustigt hob er beide Hände. »War das hier unser erster Streit? Sollten wir jetzt nicht Versöhnungssex oder so haben?«

Anstatt über ihn herzufallen oder aus ihrem Kleid zu schlüpfen, hob sie leider bloß die Kaffeetasse an den Mund

und nahm einen Schluck. Dann gab sie ihm kühl zu verstehen: »Das war kein Streit, und Sex haben wir jetzt auch nicht. Ich muss zur Arbeit.«

Während sie aufstand und ihr Geschirr zur Spülmaschine trug, sagte er zu ihrem Rücken: »Für unsere zwischenmenschliche Beziehung könnte es der Todesstoß sein, wenn du mich hier einfach so sitzen lässt, Claire. Ich verspreche auch, mich zu beeilen.« Grinsend wandte er sich wieder seinem Frühstück zu.

Er war nicht überrascht, als sie ihm kurze Zeit später die Arme um den Hals schlang und ihm einen Kuss auf die Wange drückte.

»Der einzige Todesstoß für unsere zwischenmenschliche Beziehung wäre es, wenn du dich beeilen würdest, Nick O'Reilly. Von daher ...« Sie küsste ihn ein weiteres Mal auf die Wange und trat dann einen Schritt zurück.

Frustriert ließ er den Kopf in den Nacken fallen, auch wenn ihr zärtlicher Kuss eine bislang unentdeckte Saite in ihm zum Klingen gebracht hatte. »Du zerstörst gerade meine Hoffnung auf ganz, ganz viele morgendliche Quickies!«

»Tut mir wirklich leid«, entgegnete sie und klang dabei ganz und gar nicht so, als täte ihr irgendetwas leid. Claire griff nach Jacke und Tasche. »Soll ich dir zum Ausgleich ein paar nette Nachrichten aufs Handy schicken? Würde dir das gefallen?«

Seine Blicke verfolgten, wie sie ihre Schlüssel einsammelte, und blieben an dem knappen Sommerkleid kleben, das sich wie eine zweite Haut an ihren bemerkenswerten Körper schmiegte.

»Lieber nicht«, gab er mit einem Ächzen zurück. »Perverse Nachrichten während der Arbeit bringen mich nur in Schwierigkeiten. Oder willst du in der Küche stehen und Anweisungen brüllen, während du einen Ständer hast?«

Ihr kehliges Lachen hätte ihm beinah besagten Ständer verpasst. »Okay, dann keine netten Nachrichten. Schade.«

»Ja, sehr schade.« Er schluckte. »Gehst du schon?«

»Ich muss.« Claire presste ihre Finger gegen ihren Mund und gab ihm einen Luftkuss. »Hab einen schönen Tag. Wir sehen uns heute Abend, oder?«

Er nickte und verfolgte, wie sie mit einem letzten Lächeln die Wohnung verließ.

Als er an ihrem Küchentisch saß, wurde die Stille um ihn herum immer lauter. Warum zum Teufel störte es ihn, dass sie ihm keinen richtigen Abschiedskuss gegeben hatte? Und warum dachte er überhaupt über so etwas Bescheuertes nach?

* * *

Er hatte behauptet, seelischen Beistand zu benötigen, und nicht aufgehört, tagelang auf sie einzureden, dass sie ihn unbedingt zu seiner Granny begleiten müsste. Obwohl sie nicht so genau wusste, was sie davon halten sollte, hatte Claire irgendwann nachgegeben. Nun stand sie in einem gemütlichen Flur voller Bilder an den Wänden, während der Mann neben ihr brüllte: »Wir sind da! Ich hoffe, du hast genug Mandelkuchen gebacken, Granny! Claire ist schrecklich verfressen!«

Entrüstet sah Claire ihm ins Gesicht und hätte ihn gerne dahin getreten, wo es wirklich wehtat. Doch er grinste nur zufrieden und beugte sich vor, um ihr einen Kuss auf den Mund zu drücken.

»Sehr charmant«, grollte sie. »Was soll deine Großmutter jetzt von mir halten?«

Versöhnlich legte er eine Hand auf ihren Po und tätschelte ihn. »Darüber würde ich mir an deiner Stelle keine Sorgen machen. Für einen gesunden Appetit hat Granny jedes Verständnis. Denk lieber darüber nach, wie du ihr erklären willst, dass du ihren Enkelsohn, ihren Augenstern, verführt hast. Obwohl der fast drei Jahre jünger ist als du.«

Wie das klang! *Fast drei Jahre jünger . . .* Sie wurde erst in ein paar Tagen dreißig Jahre alt. Aber bei seinen Worten fühlte sie sich nun – mit neunundzwanzig – wie Madonna, deren Liebhaber gerade erst die Highschool hinter sich hatten.

Trocken rief sie ihm in Erinnerung: »Wer hat hier wen verführt?«

»Wer stand abends mit einer Schachtel Macarons vor wessen Tür?«

»Und wer hatte lediglich Boxershorts an?«

Der Idiot grinste natürlich breit. »Sag doch gleich, dass du meinem Astralkörper nicht widerstehen konntest!«

Es kostete sie all ihre Selbstbeherrschung, ihm nicht mit dem Blumenstrauß für seine Großmutter eins überzuziehen.

»Nicky! Da seid ihr ja.« Eine kleine Frau mit grauen Strähnen im Haar und einem unverkennbar irischen Zungenschlag kam mit ausgestreckten Armen aus der hinteren Küche durch den Flur.

Höflich wollte Claire einen Schritt zur Seite machen, damit Nicks Großmutter ihren Enkelsohn begrüßen konnte. Doch die ignorierte ihn und umarmte stattdessen Claire, die mit solch einer Begrüßung nicht gerechnet hatte. Ein wenig sprachlos und überrumpelt erwiderte sie die Umarmung, auch wenn sie Nick über die Schulter seiner Großmutter hinweg einen alarmierten Blick zuwarf. Sein Schulterzucken empfand sie nicht als sonderlich hilfreich.

»Oh, wie schön, dich kennenzulernen, Claire. Nicky hat noch nie ein Mädchen mit nach Hause gebracht.« Die ältere Dame umfasste Claires Schultern und schob sie ein Stück zurück, um sie mit freundlichen Augen zu mustern.

»Danke, Granny. Claire freut sich bestimmt, das zu hören«, brummte er wie die Lässigkeit in Person.

Seine Großmutter ignorierte auch das und strahlte Claire fröhlich an. »Du musst mir alles über dich erzählen. Von Nicky weiß ich, dass du Restaurantkritiken schreibst und aus England kommst. Gefällt es dir in Boston? Und …«

»Lass sie doch erst einmal Luft holen«, ertönte eine belustigte Frauenstimme von der Treppe her. »Du fällst mit der Tür ins Haus, Granny, und vertreibst Nicks Freundin noch, bevor er es selbst tun kann.«

»Danke, Nat. Zu freundlich von dir.«

»Ich habe dich auch vermisst, Bruderherz.«

Neugierig beobachtete Claire, wie Nicks Schwester in einem türkisfarbenen Mini-Overall die Treppen hinunterlief. Dass sie Nicks Schwester war, war unverkennbar. Ihr schwarzes Haar trug sie zu einem Bob geschnitten, und ihre blauen Augen waren dezent geschminkt, doch hier hörten die Ähnlichkeiten der Geschwister nicht auf. Natalie zog auf die genau gleiche Art eine Grimasse, wie Nick es immer tat. Und ihre Augenbrauen besaßen den gleichen Schwung wie seine.

Die beiden tauschten ein paar gutmütige Neckereien aus, als Natalie neben ihrem Bruder zu stehen gekommen war. Claire verfolgte den Schlagabtausch voller Interesse, als Einzelkind empfand sie beim Anblick von Geschwistern immer ein wenig Wehmut. Früher hatte sie sich immer eine Schwester gewünscht, fragte sich jetzt jedoch, wie es wohl mit einem älteren Bruder gewesen wäre. Dass Nick seiner Schwester zur Begrüßung einen Arm über die Schulter legte, sie auf die Schläfe küsste und ihr dann eine Kopfnuss gab, fand sie entzückend.

Seine Schwester vergalt es ihm mit einem Stoß in die Seite und rieb sich über den malträtierten Kopf. »Wieso habe ich überhaupt vorgeschlagen, dich einzuladen, Nick?«

»Weil ich ein Quell der Freude für meine Mitmenschen bin«, erwiderte Nick prompt und voller Überzeugung.

Claire lachte herzhaft auf und lenkte die Aufmerksamkeit seiner Schwester auf sich.

»Selbst deine Freundin lacht, Nick. Sie ist doch deine Freundin – oder schlaft ihr nur miteinander?«

Am vergnügten Augenzwinkern erkannte Claire, dass Natalie es nicht böse meinte. Deswegen traute sie sich auch zu sagen: »Wir schlafen nur miteinander.«

Nick schnappte nach Luft. Offenbar war es ihm peinlich – schließlich konnte seine Großmutter jedes Wort mithören.

Doch Mrs. O'Reilly war nicht so einfach zu beeindrucken. Sie nickte Claire kurz zu und meinte: »Es freut mich, dass mein Enkel endlich eine Frau gefunden hat, die ihm das Wasser reichen kann.« Dann schnalzte sie tadelnd mit der Zunge. »Aber du, Natalie, benimmst dich unmöglich.«

»Ich weiß, Granny, aber ich wollte nicht, dass Nick der einzige ist, der sich heute daneben benimmt. Sonst hätte der Arme sich womöglich ausgeschlossen gefühlt.«

»Wie rücksichtsvoll von dir, Nat«, ächzte Nick. »Interessierst du dich deshalb für unser Sexleben?«

Bevor dieser Idiot vor seiner Schwester und Großmutter noch eins draufsetzen und ihnen erzählen konnte, dass Claire und er heute Morgen zusammen geduscht und im Bett gefrühstückt hatten, räusperte sie sich vernehmlich und reichte der älteren Frau den Blumenstrauß. »Ich hoffe, Ihnen gefallen die Gerbera, Mrs. O'Reilly.«

Nicks Großmutter legte sich den Blumenstrauß in den Arm, griff nach Claires Hand und drückte sie. »Die Blumen sind ganz entzückend, meine Liebe. Und sag doch bitte Granny zu mir.«

Belustigt warf Natalie ein: »Tyler durfte dich nicht Granny nennen, als er dich kennengelernt hat.«

»Tyler hat mir auch keine Blumen mitgebracht«, informierte Granny ihre Enkelin. »Da hättest du schon merken müssen, dass er kein guter Mann ist. Claire dagegen ist gut erzogen und ein Schatz.«

Erfreut schlug Claire die Augen nieder, während sie spontan entschied, Nicks Granny gernzuhaben.

Nick begann hämisch zu lachen. »Siehst du, Nat? Wie konntest du jemanden heiraten, der deiner Granny keine Blumen mitbringt und Ketchup über sein Rührei gießt? Die Vorzeichen waren alle da. Du hättest sie nur deuten müssen.«

»Ich esse auch Ketchup zu meinem Rührei«, protestierte Natalie augenblicklich.

»Brauche ich mehr zu sagen?«

Grannys schweres Seufzen unterbrach die geschwisterlichen Foppereien, und sie zog Claire zu sich. »Zur Strafe für eure Streitereien seid ihr beide heute für das Essen zuständig, während Claire und ich zusehen. Wer will die Kartoffeln schälen?«

Es war lustig, wie beide sofort zu protestieren begannen und auf ihre Großmutter einredeten. Vergnügt sah Claire zu und entspannte sich, während ein heimeliges Gefühl in ihr hochkam.

»Granny, ich stehe jeden Tag in der Küche«, murmelte Nick mitleidheischend.

Gnadenlos feuerte seine Großmutter zurück: »Dann hast du ja Übung, mein Junge.«

Nick schob die Unterlippe vor, wie ein kleiner Junge. Claire kaufte ihm die Masche nicht ab und bezweifelte, dass seine Großmutter sich dadurch weichkochen ließ. »Es ist mein freier Tag. Da koche ich nie!«

»Ach.« Angelegentlich legte Claire den Kopf schief und tippte sich nachdenklich gegen die Lippen. »Wieso hast du mich dann an deinem letzten freien Tag bekocht?«

Als wäre es das Normalste auf der Welt, antwortete Nick: »Weil ich dich verführen wollte, Süße.«

Claire hatte keine Scheu, zu erwidern: »Dein Glück, dass ich nicht sonderlich anspruchsvoll bin. Immerhin war der Wolfsbarsch ziemlich verkocht, und das Risotto schmeckte angebrannt.«

Natalie begann laut zu lachen. Nick dagegen blieb der Mund offenstehen, und seine Granny kicherte vergnügt.

»Zwei zu null für Claire.« Natalie presste sich eine Hand gegen den Mund. »Oh Mann, Bruderherz!«

Wenig später fand sich Claire an einem Küchentisch wieder, half mit beim Kartoffelschälen und begutachtete währenddessen Kinderfotos des Mannes, der mit roten Ohren am Herd stand und Lammfleisch anbriet.

»Hier war Nicky sechs und kam in die Schule. Leider hatte er sich kurz vorher Läuse eingefangen und bekam den Kopf geschoren. Er hatte ja so schöne Locken als Kleinkind.«

Dass Nick ein hübsches Kind gewesen war, erkannte man auch so auf dem Foto. Trotz der Stoppeln auf seinem Kopf lachte ein pausbäckiger Junge mit Zahnlücke in die Kamera und hielt stolz eine Brotbox in die Höhe. Vermutlich hatte Claire niemals zuvor etwas Niedlicheres gesehen.

Nick schien da anderer Meinung zu sein. »Himmel, Granny! Läuse? Wenn du schon dabei bist, zeig ihr ruhig das Foto, auf dem ich nackt in der Badewanne sitze!«

»Laut eigener Aussage hat Claire dich schon das eine und andere Mal nackt gesehen, also stell dich nicht so an, mein Junge.«

Kichernd zog Claire die Schultern in die Höhe und legte die geschälte Kartoffel in eine Schüssel voller Wasser.

Abschätzig flötete Natalie, die dabei war, Selleriestangen zu schälen: »Zu Nicks Verteidigung sollte man vielleicht erwähnen, dass kein Mann stolz auf seine Nacktbilder aus Kindheitszeiten ist. Schließlich sehen sie da alle sehr klein und mickrig aus.«

Was Natalie mit *sie* meinte, musste niemand weiter erwähnen. Während alle drei Frauen glucksten, runzelte Nick grimmig die Stirn und warf seiner Schwester einen Topflappen an den Kopf.

»Es geht dich zwar nichts an, aber an meinem Penis ist nichts, was in irgendeiner Weise klein und mickrig ist. Ganz im Gegenteil: Er ist überdurchschnittlich groß. Frag ruhig Claire!«

Da sie nun einmal Claire war, hatte sie die Ehre, Natalies fragendem Blick zu begegnen. Meine Güte, dass Männer bei diesem Thema immer so empfindlich waren! Zwar war er tatsächlich alles andere als klein und mickrig, aber Nick war auch so schon eingebildet genug.

Zu ihrem Glück schaltete sich jedoch Granny ein, bevor Claire etwas sagen konnte. »Nicholas Callum O'Reilly, soll ich dir deinen Mund mit Seife auswaschen?«

»Nein, Ma'am.« Hinterhältig grinste er ihnen über die Schulter zu. »Das kann ich Claire nicht antun, schließlich knutscht sie zu gerne mit mir.«

»Soll ich ihn rauswerfen, Liebes?« Granny drückte tröstlich ihre Schulter.

Kopfschüttelnd entgegnete sie: »Nicht nötig. Viel lieber würde ich mir diese Badewannenbilder von ihm ansehen. Und könnte ich vielleicht ein paar Abzüge bekommen? Seine Mitarbeiter würden sicherlich auch gerne einen Blick drauf werfen.«

»Hey!«

»Du bist ein Mädchen ganz nach meinem Geschmack«, vertraute seine Großmutter ihr an und rief laut und deutlich in Richtung Herd: »Ich habe keine Ahnung, wie du es geschafft hast, diese nette Frau von dir zu überzeugen, Nicky. Dank dem Allmächtigen für dein außerordentliches Glück.«

»Der Allmächtige hat damit nichts zu tun«, prahlte ihr Enkelsohn und rührte gleichzeitig in dem großen Bräter herum, in dem er das Fleisch anbriet.

Irish Stew. Lecker.

»Bitte, bitte«, bettelte Natalie. »Behaupte jetzt nicht, dass dein überdurchschnittlich großer Penis etwas damit zu tun hat, dass du Claire für dich gewinnen konntest.«

»Eigentlich wollte ich sagen, dass sie meinen Kochkünsten nicht widerstehen kann, aber deine Theorie gefällt mir auch sehr gut, Nat.«

»Apropos Kochkünste.« Seine Großmutter deutete auf die Schüssel, in der die geschälten Kartoffeln lagen. »Willst du die Kartoffeln nicht langsam zugeben? Und was ist mit dem restlichen Gemüse?«

»Gemach, gemach, Granny. Heute koche ich. Setz dich hin, entspann dich, und zeig Claire ein paar weitere peinliche Fotos aus meinen Kindertagen.«

Nur widerwillig kam seine Großmutter seinem Wunsch nach und setzte sich zu ihr und Natalie. Claire nippte an dem leckeren Eistee und lauschte den Geschichten der älteren Frau, die sich allesamt um ihre beiden Enkelkinder drehten. Voller Stolz berichtete sie von Natalies Erfolgen im Turnen während der Highschool, von Nicks Ausbildung bei Mathieu Raymond und erzählte mit einem Zwinkern, dass er im Alter von vierzehn Jahren beinahe die Küche abgefackelt hatte, als er Crêpes flambieren wollte.

Voller Vergnügen hörte Claire ihr zu und ließ ab und zu den Blick zu Nick schweifen, der ganz in seinem Element war und für sie alle kochte. Es gefiel ihr, dass er am Herd stand, während sie drei am Tisch saßen und redeten. Und seine Fürsorge für seine Granny gefiel ihr noch mehr, als er sich danach erkundigte, ob mit ihrem Abfluss alles in Ordnung sei, ob sie ihr Auto zur Inspektion gebracht hatte und ob der Arzt ihr einen Termin zur Kontrolle ihrer Zuckerwerte gegeben hatte. Wie es aussah, nahm Nick am Leben seiner Großmutter teil, war auf dem Laufenden, was ihr Haus, ihr Auto und ihre Gesundheit anging, und kümmerte sich um sie. Es war rührend. *Er* war rührend. Das verschaffte ihr einen völlig neuen Blick auf Nick O'Reilly. Der Nick O'Reilly, der sich um seine Großmutter kümmerte und bei ihr in der Küche stand, ließ ihr Herz noch schneller schlagen, als es der Nick O'Reilly getan hatte, der sie zu einer Wette überredet hatte und immer einen flotten Spruch auf den Lippen hatte. Dass er sich um seine Familie kümmerte, machte ihn noch verführerischer ... und gab ihr zu denken, denn aus ihrer Familie kannte sie so etwas nicht.

Tatsächlich hatte sie keine Ahnung, ob mit den Abflüssen in ihrem Elternhaus alles in Ordnung war oder ob das Auto ihres Vaters zur Inspektion musste. Und was die Zuckerwerte ihrer Eltern betraf ... Claire wusste nicht einmal, zu welchem Arzt ihr Vater und ihre Mutter gingen.

Und ganz sicher konnte sie sich an kein einziges Mal erinnern, dass sie mit ihren Eltern bei einem gemütlichen Plausch in der Küche gesessen, Kartoffeln geschält und die anderen geneckt hätte.

Mit einem Mal sehnte sie sich danach, Teil einer Familie zu sein, in der man sich nach den defekten Abflüssen der anderen erkundigte und sich umeinander kümmerte.

»Deine Kocherei macht mich verrückt, Nicky. Warum schaltest du jetzt auch noch den Herd an? Stew wird so nicht gekocht. Außerdem rieche ich doch Portwein!«

Claire folgte dem Blick der älteren Frau und musste lächeln, denn Nick schob den Bräter in den Ofen und verbeugte sich förmlich. »Abwarten, Granny. Was du hier bald in deiner Küche erleben wirst, ist ein kulinarisches Erlebnis! Eine wahre Geschmacksexplosion. Ein ...« Ratlos stockte er. Ihm schienen die Worte zu fehlen.

»Ein Orgasmus auf der Zunge?«, schlug Claire vor und konnte kaum an sich halten, um nicht laut zu lachen.

»Richtig!« Er zeigte auf sie. »Ein Orgasmus auf der Zunge. Danke, Claire!«

»Mein Schatz?« Granny tätschelte freundlich ihre Hand und fragte zuckersüß nach: »Möchtest du den Mund mit Seife ausgewaschen bekommen?«

»Nein, Ma'am.« Wie ein braves Schulmädchen schüttelte sie den Kopf und erwiderte todernst. »Lieber nicht, Granny. Weißt du, Nick küsst mich doch so gerne. Das will ich ihm nicht zumuten.«

»So so.«

Sie nickte und lehnte sich auf ihrem Stuhl zurück, während Nick hinter sie trat und ihr eine Hand in den Nacken legte.

»Nett von dir, Claire. Danke.«

»Gern geschehen.« Sie blinzelte zu ihm hoch.

Einige Zeit später deckte sie zusammen mit Natalie den Tisch und hoffte, dass niemand ihr lautes Magenknurren hörte. Der Geruch nach köstlichem Irish Stew erfüllte schon seit geraumer Zeit die Küche und machte sie immer hungriger und hungriger.

»Mein Irish Stew sieht anders aus«, ließ sich Granny vernehmen und setzte sich zögernd auf ihren Platz, während Nick schon damit beschäftigt war, die Teller mit dem aromatischen Fleischeintopf zu füllen.

Man sah ihm den Küchenchef an, als er mit liebevoller Detailfreude die Teller anrichtete, die goldbraunen Kartoffelscheiben über den Fleischeintopf legte, etwas der sämigen Brühe darüber goss und das Gericht anschließend mit ein paar gerösteten Brotkrümeln verzierte.

Claire lief das Wasser im Mund zusammen.

»Das Fleisch habe ich mit etwas Portwein abgelöscht, anstatt nur Brühe zu verwenden, und die Kartoffeln habe ich nicht mitgekocht, sondern wie für ein Gratin über dem eigentlichen Eintopf verteilt und mit Butter bestrichen. So werden sie schön goldgelb und entfalten ihren vollen Geschmack.«

Sie klebte förmlich an seinen Lippen und sog gleichzeitig den Duft des Gerichts in sich auf.

Natalie dagegen schien weniger Begeisterung fürs Essen zu empfinden. Sie brummte lediglich: »Guten Hunger.« Keine Sekunde später begann sie zu essen.

Als Claire den ersten Löffel nahm, hätte sie sich beinahe die Zunge verbrannt. Doch das wäre es ihr wert gewesen, denn selten hatte sie ein derart köstliches, perfekt abgestimmtes und vollkommenes Gericht probiert. Das Fleisch zerging ihr auf der Zunge, während das Gemüse noch immer knackig war. Leicht sämig und voller Aromen verstand die Sauce selbst die letzte Geschmacksknospe zu entzücken. Der vollmundige Portwein war nur noch dezent zu erahnen und überdeckte somit nicht den Fleischgeschmack, gab dem Gericht jedoch die richtige Würze. Die Kartoffelscheiben zusammen mit den gerösteten Brotkrümeln hinterließen auf ihrer Zunge ein raues Prickeln, von dem sie nicht genug bekommen konnte. Außen waren die Kartoffelscheiben durch ihre goldgelbe Kruste knusprig, doch innen war das Fleisch der Kartoffel samtig.

Was Nick hier gezaubert hatte, verdiente mindestens einen Stern.

Claire war es absolut schleierhaft, wie man Irish Stew ein Arme-Leute-Essen schimpfen konnte, wenn es auch *so* schmecken konnte.

Nach dem zweiten Teller befürchtete sie, gleich platzen zu müssen, und leckte lediglich aus Rücksicht auf Granny und Natalie ihren Teller nicht aus.

Trotz allem ließ sie sich dazu überreden, ein Stück des Mandelkuchens seiner Großmutter zu essen. Keine Frage, von wem Nick das Talent fürs Kochen geerbt hatte!

Nach einem Kaffee im gepflegten Garten verabschiedeten Nick und sie sich und brachen zu einem Verdauungsspaziergang auf. Wie Nick es schaffen wollte, den restlichen Mandelkuchen zu essen, den ihm seine Granny eingepackt hatte, wusste Claire beim besten Willen nicht.

»Ich hoffe, du hast dich heute nicht allzu sehr gelangweilt«, verkündete Nick, während sie nebeneinander durch die winzigen Straßen von Charlestown liefen.

»Machst du Scherze? Ich habe schon sehr lange keinen so netten Tag verbracht! Deine Granny ist ein Schatz, und Natalie muss man einfach gernhaben.« Überhaupt waren ihr die Enkelkinder verdammt gut gelungen, wie Claire zugeben musste.

Aus dem Augenwinkel konnte sie sehen, wie er erfreut lächelte.

»Und der Mandelkuchen erst«, seufzte Claire schwärmerisch.

»Hey! Und was ist mit meinem Irish Stew?«

»Das war gar nicht so übel.« Spielerisch rümpfte sie die Nase und fixierte den Bürgersteig vor sich. »Beim nächsten Mal könntest du es mit einem Bordeaux anstelle eines Portweins versuchen, aber ...«

»Ha ha! Sehr komisch, Claire. Denkst du, ich hätte nicht gesehen, wie gierig du deinen Teller angestarrt hast?«

Sie korrigierte ihn würdevoll. »Frauen starren nichts und niemanden gierig an.«

»Oh doch! Das tun sie.« Sein Lächeln hatte etwas Wölfisches an sich. »Manchmal hast du diesen gierigen Blick drauf. Zum Beispiel immer dann, wenn ich aus der Dusche komme. Oder heute beim Irish Stew.«

Anstatt ihm zu antworten, streckte sie ihm die Zunge raus und spürte gleich darauf, wie er seinen Arm über ihre Schulter legte.

Nachdenklich rätselte er: »Unser nächstes Essen für die Wette steht an. Dieses Mal versuche ich es mit einem Heilbutt auf Brunnenkresse-Essenz an Pastinaken-Püree. Was hältst du davon?«

Sehr bedächtig erwiderte Claire: »Ich glaube, wir können die Wette einstampfen.«

Sein Schnauben hallte durch die Straße. »Nur weil wir miteinander schlafen, werde ich doch nicht unsere Wette vergessen, Claire. Nie zuvor war mir etwas ernster. Ich will unbedingt gewinnen.«

»Ach, tatsächlich?« Schmunzelnd sah sie zu ihm hoch. »Und ich dachte, du wolltest mich nur ins Bett bekommen.«

»Das auch«, gab er unter einem funkelnden Blick zu. »Meine zweite Kritik will ich aber auch. Deshalb will ich diese Wette gewinnen. Also? Was sagst du zum Heilbutt?«

»Ich sage, dass es unnötig ist«, erwiderte sie gelassen. »Du kannst aufhören, dir Gedanken um ausgefallene Gerichte zu machen.«

Nick blieb stehen und zwang sie somit, ebenfalls stehen zu bleiben. »Das verstehe ich nicht ...«

288

Sie zuckte mit den Schultern und lächelte. »Du hast gewonnen. Ich schreibe eine zweite Kritik über das *Knight's.*«

Sein Gesichtsausdruck war herrlich. Völlig ratlos starrte er sie an, runzelte die Stirn und brummte anschließend abwehrend: »Die zweite Kritik will ich mir verdienen – und zwar in der Küche und nicht im Bett. Du sollst mir eine zweite Kritik schreiben, weil ich dich *kulinarisch* überzeugt habe, Claire.«

»Und das hast du«, antwortete sie mit einem ernsten Nicken. »Ich bin restlos davon überzeugt, deinem Essen eine zweite Chance zu geben.«

»Aber ...« Ahnungslos musterte er sie. »Ich habe dir seit Tagen kein Gericht für unsere Wette gemacht. Woher kommt der plötzliche Meinungsumschwung?«

Sie strich ihm eine wirre Haarsträhne aus der Stirn. »Du darfst dich bei deiner Granny bedanken. Sie hat dich dazu genötigt, heute das Essen zu kochen.«

Es schien eine Ewigkeit zu dauern, bis bei ihm der Groschen fiel.

»Was?« Ihm klappte die Kinnlade herunter. »Das Irish Stew?!«

»Jep.«

»Willst du mir damit tatsächlich sagen, dass dich dieser lausige Eintopf von meinen kulinarischen Fähigkeiten überzeugt hat?« Nick klang fassungslos. »Ein Eintopf?!«

»Der verdammt beste Eintopf, den ich jemals gegessen habe. Meinetwegen kannst du ihn mir jeden Tag kochen, und ich würde glücklich sterben.« Claire seufzte und schmiegte sich an ihn, auch wenn Nick noch immer wie vom Blitz getroffen wirkte. »Könnten wir jetzt endlich weitergehen? Ich habe gerade eine Wette verloren und brauche körperliche Zuwendung.«

Es war, als hätte er sie gar nicht gehört. Tatsächlich war es schwer, ihn dazu zu bewegen, endlich weiterzulaufen. Als er sich in Bewegung setzte, schwieg er.

Claire hakte sich bei ihm ein und zuckte innerlich mit den Schultern. Auch wenn sie die Wette verloren und damit keine Chance auf ein Interview mit Mathieu Raymond hatte, war der Tag doch ziemlich gut verlaufen, immerhin hatte sie das beste Irish Stew der Welt gegessen – und Nicks Kinderfotos gesehen.

Eine andere Frage trieb sie jedoch fast in den Wahnsinn. »Wenn wir schon beim Thema sind. Was meinte deine Granny, als sie sagte, dass du noch nie ein Mädchen mit nach Hause gebracht hättest?«

Ganze zehn Sekunden musste sie warten, bis Nick sich endlich zu einer Antwort herabließ. »Vermutlich heißt das, dass ich vor dir noch nie eine Freundin mit nach Hause gebracht habe.«

»Freundin?« Neugierig musterte sie sein Profil. »Das bringt mich zu meiner nächsten Frage.«

»Die da wäre?«

»Nick«, tadelte sie ihn. »Wir sind erwachsen. Erwartest du, dass ich dir einen Brief schreibe, in dem du ankreuzen kannst, ob wir miteinander gehen?«

»Oha! So ernst ist es schon zwischen uns?«

Dieses Mal zwang sie ihn dazu, stehen zu bleiben. »Was ist das hier, was wir miteinander haben? Für mich fühlt es sich nicht mehr nur nach Sex an. Aber ich weiß nicht, was du fühlst und denkst.« Ganz automatisch dachte sie an die Sportjournalistin, mit der er vor ihr geschlafen hatte. Sah Nick in ihr ebenfalls nur ein Betthäschen, oder war zwischen ihnen mehr? Obwohl sie es vorhin noch vor Granny und Natalie behauptet hatte, glaubte sie nicht, dass sie beide nur unkomplizierten Sex miteinander hatten. Aber sicher konnte sie sich nicht sein.

Warum sollte es mit ihr anders sein als mit den Frauen vor ihr?

»Mit Worten bin ich nicht gut«, gestand er leise und legte ihr eine Hand auf die Wange. »Ich habe dir Granny vorgestellt.«

Mit hoch gezogenen Augenbrauen schaute sie ihm ins Gesicht. »Und das heißt?«

»Dass du meine Freundin bist.« Nick wirkte zögernd. »Ich meine . . . wenn du willst.«

Lächelnd ergriff sie seine Hand und murmelte: »Lass uns nach Hause gehen.«

»Also bist du jetzt meine Freundin?«

Wie konnte ein erwachsener Mann dermaßen niedlich klingen?

»Ja.« Claire nickte. »Wie könnte ich zu jemandem nein sagen, der so ein Irish Stew zubereiten kann?«

»Ein Irish Stew«, murmelte Nick neben ihr entgeistert. »Verdammt . . . Den Heilbutt wird es freuen.«

10

Fröhlich pfeifend trat Nick aus dem Fahrstuhl heraus, schulterte die Reisetasche und machte sich daran, die Redaktion des Boston Daily zu durchqueren. Hin und wieder nickte er einem der Mitarbeiter zu, selbst wenn er denjenigen nicht kannte. Er fühlte sich wie ein Kind zu Weihnachten, das es nicht erwarten konnte, bis es ans Geschenkeauspacken ging. Nur handelte es sich heute nicht um ein Geschenk, das er auspacken würde, sondern um eine Überraschung, die er geplant hatte. Für Claire.

Sie würde vermutlich ausflippen vor Freude. Und er konnte es nicht erwarten, ihr dabei zuzusehen. Seit knapp einer Woche plante er diesen Ausflug und hatte seine liebe Müh und Not damit gehabt, seine Pläne vor ihr geheim zu halten. Niemals zuvor hatte er für eine Frau so einen Aufstand gemacht. Eigentlich sah ihm das gar nicht ähnlich. Doch da die Überraschung für Claire gedacht war ...

Ihre roten Haare waren am hinteren Ende der Redaktionsräume ziemlich gut auszumachen. Also beschleunigte er seine Schritte und fand sie in ein Gespräch mit einer Kollegin vertieft, während sie an einem Kaffeebecher nippte. Zwar war es erst ein paar Stunden her, dass er sie in dem lockeren Jeanshemd und den engen schwarzen Hosen die Wohnung verlassen gesehen hatte, aber da er nicht genug davon bekam, sie anzuschauen, saugte sich sein Blick auch jetzt an ihr fest.

Als hätte eine Gedankenübertragung zwischen ihnen stattgefunden, drehte Claire ihm das Gesicht zu und ließ den Becher sinken. Mit großen Augen schaute sie ihn an. »Was tust du denn hier?«

»Das nenne ich eine herzliche Begrüßung.« Nach einem kurzen Kuss auf die Lippen nickte er ihrer Kollegin zu und forderte Claire kurz angebunden auf: »Hol deine Tasche. Wir wollen doch nicht zu spät kommen.«

Verwirrt runzelte sie die Stirn. »Was?«

Ungeduldig schnalzte Nick mit der Zunge. »Ich habe eine Überraschung für dich. Hol deine Tasche, damit wir verschwinden können.«

Ahnungslos öffnete sie den Mund, schüttelte stumm den Kopf und brachte anschließend hervor: »Wovon zum Teufel sprichst du?«

Wie selbstverständlich erwiderte er: »Ich bin hier, um dich abzuholen. Bist du so weit?«

»Nick, ich arbeite.«

»Nein, du trinkst Kaffee und quatschst, aber dir sei verziehen.« Er schenkte ihr sein breitestes Lächeln. »Wo ist deine Tasche? Das Taxi wartet nicht ewig.«

»Taxi?« Sie sah ihn an, als würde er Siamesisch sprechen. »Was willst du hier? Müsstest du nicht im Restaurant sein?«

»Mensch, Weib. Kannst du nicht einmal tun, was man dir sagt?« Nick nahm ihr den Kaffeebecher ab und reichte ihn mit einem Zwinkern an Claires Kollegin weiter. Die kicherte begeistert.

Die störrische Gastrokritikerin war leider nicht so leicht zu betören. Stattdessen verschränkte sie die Arme vor der Brust und zog demonstrativ eine Augenbraue in die Höhe. »Weib?«

Mit einem Augenverdrehen korrigierte er sich: »Okay, *Süße*. Kannst du nicht einmal tun, was man dir sagt?«

»Nein«, entgegnete sie prompt. »Ich weiß nicht, was du vorhast, aber ich komme sicherlich nicht mit. Meine Arbeit …«

Er unterbrach sie mit einem schweren Seufzer und schaute auf seine Armbanduhr. »Du hast seit fünf Minuten frei … nein, seit sechs Minuten.«

»Was?«

Selbstzufrieden lehnte er sich zurück. »Dein Chef hat deinen Urlaub bewilligt. Glückwunsch. Bis übermorgen bist du eine freie Frau. Und jetzt komm endlich.«

Sie öffnete den Mund, um etwas zu sagen, als ihr Blick auf die schwarze Reisetasche fiel. »Was hast du da?«

»Eine Reisetasche.«

»Das sehe ich auch, Nick. Was ist da drin?«

»Ein paar unserer Klamotten. Es war mir ein außerordentliches Vergnügen, mich durch deine Unterwäscheschublade zu wühlen.«

Ihre Kollegin schien seinen Kommentar lustig zu finden. Claire eher weniger.

»Woher hast du meinen Wohnungsschlüssel?«

»Gemopst«, erwiderte er zufrieden, zog den Schlüssel aus der Tasche und gab ihn ihr. »Kommst du jetzt bitte?«

Als sie sich noch immer nicht bewegt hatte, sondern ihn stur ansah, ließ er die Schultern nach unten fallen. »Könntest du bei dieser Entführung bitte etwas kooperativer sein? Ich habe mir verdammt viel Mühe mit diesem vorgezogenen Geburtstagsgeschenk gegeben. Also zwing mich nicht dazu, dich zu knebeln.«

»Ein vorgezogenes Geburtstagsgeschenk?«

»Ja, doch. Oder hast du mich angelogen, als du meintest, du hättest nächste Woche Geburtstag?«

Ihre Mundwinkel hoben sich eine Winzigkeit an. »Du willst mich zum Geburtstag überraschen?«

»So ungefähr.« Bedeutsam riss er die Augen auf. »Holst du bitte deine Tasche? Und keine Sorge, dein Chef weiß Bescheid.«

»An deiner Stelle säße ich schon mit ihm im Taxi«, ließ sich ihre Kollegin vernehmen.

»Da hörst du es!« Er grinste die andere Frau an. »Wie geht's so?«

Entrüstet schnappte Claire nach Luft. »Nick!«

Wunderbar – für die gute, alte Eifersucht war sogar Claire empfänglich. Gut zu wissen.

Grinsend tätschelte er ihren Hintern. »Komm schon, Baby. Wir sind spät dran.«

Fünf Minuten später saß er neben einer quengelnden Frau im Taxi, die ihn schrecklich neugierig auszuquetschen versuchte. Als das Taxi am Flughafen hielt, sah sie ihn an, als hätte er den Verstand verloren.

»Der Flughafen?«

»Haarscharf kombiniert, Holmes.« Er bezahlte den Taxifahrer, stieg aus und holte die Reisetasche aus dem Kofferraum, während Claire hinter ihm Aufstellung nahm.

»Wohin fliegen wir?«

»Nach Virginia«, entgegnete er fröhlich.

»Wieso?«

»Wieso nicht?«

»Nick...«

»Komm schon«, murmelte er und legte ihr einen Arm über die Schulter, während er seinen Mund in ihrem Haar vergrub. »Lass mir den Spaß, und genieße den Tag einfach, okay?«

»Okay«, gab Claire geradezu widerwillig zu. »Aber ich hoffe, du hast meine Zahnbürste eingepackt.«

»Scheiße, wusste ich doch, dass ich etwas vergessen habe. Na ja, wenigstens haben wir Kondome dabei – in Hülle und Fülle.«

»Ha ha!«

Flugreisen bedeuteten für Nick immer Stress und mussten akribisch vorbereitet werden. Es konnte ziemlich anstrengend werden, mitten in einem Flughafengebäude zu stehen und weder die unzähligen Schilder entziffern zu können noch zu wissen, was an den Tafeln stand. Die Durchsagen verstand sowieso kein Mensch, daher musste er sich wahnsinnig konzentrieren, um nicht als einziger Passagier am falschen Gate zu stehen, wenn der Ausgang kurzfristig geändert wurde. Alte Leute gingen normalerweise an den Schalter und ließen sich bis zu ihrem Gate bringen, aber er war ein junger Mann, von dem man erwarten konnte, im Flughafengebäude seinen Weg zu finden. Meistens fragte er andere Passagiere nach dem Weg, wenn er an einem fremden Flughafen war, gab vor, seine Brille verloren zu haben oder kaum Englisch zu verstehen. Einmal war er nach einem langen Wochenende in San Francisco so erschöpft gewesen, dass er einfach mit der Menge mitgelaufen und im internationalen Bereich gelandet war. Der Zoll hatte ihn zurückschicken müssen, und er hätte beinahe seinen Flug nach Boston verpasst.

Zwar konnte er den Ausgängen, die meistens mit A, B, C und D gekennzeichnet waren, folgen und auch die Ziffern der Gates lesen. Aber sobald andere Schilder ins Spiel kamen, auf denen mehr angeschlagen war, war er verloren. Alleine sich bei den vielen Schildern zu orientieren bedeutete eine wahnsinnige Herausforderung.

Glücklicherweise kannte er sich im Bostoner Flughafen aus

und wusste, wo der Check-in der Fluggesellschaft war, die er gebucht hatte. Auch die Lage der Sicherheitskontrollen kannte er und wo sich ihr Gate befand. Wirklich anstrengend würde es in Richmond werden, wenn er nicht wollte, dass Claire auffiel, wie orientierungslos er sich fühlte. Dort müsste er den richtigen Ausgang finden, das richtige Gepäckband, den Weg zur Mietwagenstation, und anschließend ging es darum, der Verkehrsschilder am Flughafen Herr zu werden. Von Granny hatte er sich bereits gestern die Adresse in das Navigationsgerät seines Handys einspeichern lassen. So müsste er nicht Claire erklären, warum er nicht in der Lage war, eine einfache Adresse in das Navi des Autos einzutippen. Das Gleiche hatte er auch vor ihrem gemeinsamen Trip nach Maine gemacht. Denn seine Großmutter war ihm auch noch heute dabei behilflich, Papierkram auszufüllen, seine Rezepte aufzuschreiben und die Speisekarten fürs *Knight's* zu verfassen, vorausgesetzt, er verdonnerte nicht irgendeinen Auszubildenden dazu. Sie hatte ihm erklären wollen, dass er Claire reinen Wein einschenken sollte.

Selbstverständlich! Als ob er ihr sagen würde, dass er ein Trottel war! Der noch nicht mal richtig lesen und schreiben konnte! Ausgerechnet der Frau, die so eloquent und gebildet war, daheim mehr Bücher als so manche Bibliothek hatte und von der er auf gar keinen Fall wollte, dass sie schlecht von ihm dachte. Vermutlich würde sie in der ersten Sekunde Mitleid mit ihm haben, und dann ins Grübeln kommen, warum zum Teufel sie ihre Zeit mit einem zurückgebliebenen Idioten wie ihm verbrachte.

Nein, sie durfte nicht erfahren, dass er ein Analphabet war.

»Wie lange fliegt man nach Virginia?«

Er schaute nach rechts, wo Claire gerade dabei war, den Anschnallgurt anzulegen. »Etwas weniger als zwei Stunden.«

»Na, wie gut, dass ich meinen Laptop mitgenommen habe. Dann kann ich etwas arbeiten.«

Nick verzog das Gesicht und stieß sie sanft in die Seite. »Wir könnten uns auch unterhalten. Außerdem hast du frei.«

»Und ich habe einen Abgabetermin.«

»Claire ...«

»Hey.« Gut gelaunt hob sie ihre Hände in die Höhe. »Zufällig arbeite ich gerade an einer Restaurantkritik.«

»Ach wirklich.« Interessiert rückte er näher und legte ihr einen Arm über die Schulter. »Um wen geht es?«

»Verrate ich nicht.« Schelmisch wackelte sie mit den Augenbrauen. »Nur so viel: Es geht um einen Küchenchef, der sich selbst als Sexgott beschreibt, vor seiner Granny über seinen überdurchschnittlich großen Penis redet und eine ganz passable Crème brûlée hinbekommt.«

»Den Typen kenne ich.« Er seufzte schwer. »Komischer Kauz. Wenn er dich angemacht hat, dann knöpfe ich ihn mir vor.«

»Oh ja, bitte!« Trotz der Armlehne zwischen ihnen schmiegte sie sich an ihn und senkte die Stimme. »Der Kerl ist schrecklich übergriffig! Gestern hat er meine letzten Schokokekse aufgegessen, dann hat er während meiner Abwesenheit meine Unterwäscheschublade durchwühlt, und heute hat er mich einfach entführt.«

»Was für ein Idiot«, grollte Nick und legte seine linke Hand auf ihren Oberschenkel. »Der Typ verdient eine Abreibung.«

Claire nickte. »Unbedingt.«

Leider wurden sie von einer Stewardess unterbrochen, die ihnen vor dem Start einen Drink anbot. Anschließend konnte Nick beobachten, wie Claire ihre Nase in das Airline-Journal steckte. Mit sich selbst wusste er nicht viel anzufangen. Schlafen konnte er im Flugzeug eh nie, weil er dank seines langen

Körpers keine halbwegs bequeme Position fand. Musik hören kam auch nicht infrage, weil es unhöflich gewesen wäre, und Filme liefen auf Kurzstrecken nicht. Daher griff er ebenfalls nach dem Journal in dem Sitzfach vor ihm und wusste dank der abgedruckten Bilder wenigstens, wie herum er das Magazin halten musste. Gelangweilt blätterte er durch die Seiten, betrachtete die Bilder und verfluchte die Buchstaben, die vor seinen Augen zu einem wilden Mischmasch verschwammen. Selbst bei den großen Überschriften hatte er seine Mühe, denn die Buchstaben waren vor seinen Augen verdreht und ergaben keinen Sinn. Je mehr er versuchte, die Wörter zu entziffern, desto frustrierter wurde er. Bereits nach wenigen Minuten bekam er Kopfschmerzen davon. Also steckte er das Journal wieder weg und machte es sich in seinem Sitz bequem. Das labbrige Sandwich war der Höhepunkt dieses Flugs – es lag ihm noch wie ein Stein im Magen, als sie endlich in Richmond landeten.

Dort begann der Spießrutenlauf.

Der Weg zu den Gepäckbändern verlief relativ reibungslos, schließlich mussten alle Passagiere dorthin laufen, sofern sie nicht mit Handgepäck verreisten. Selbst wenn jemand einen Anschlussflug gebucht hatte, musste er erst sein Gepäck in Empfang nehmen und es ein weiteres Mal einchecken. Außerdem halfen die Schilder, auf denen Gepäckbänder abgedruckt waren, den Weg zu finden.

»Ah ... Band vier. Schau mal, das Gepäck wird bereits ausgeliefert«, informierte ihn netterweise Claire, als sie an einer Anzeigentafel vorbeikamen.

In Boston hatte Nick bereits den Weg zur Mietwagenstation recherchiert und wusste daher, wo der Shuttle stehen würde, der sie dorthin brachte. Glücklicherweise erkannte er das Logo der Mietwagenfirma, als sie draußen standen und auf den Bus warteten. Innerlich vibrierte er vor Anspannung, denn obwohl er jede Meile dieses Ausflugs genauestens geplant hatte, konnte irgendwas dazwischenkommen und ihn ziemlich blöd aussehen lassen. Daheim in Boston fühlte er sich auf sicherem Terrain: Er kannte die Straßen, brauchte kein Navigationsgerät und konnte sich lässig aus der Affäre ziehen. Unterwegs war es zwar etwas schwieriger, aber auch das hatte er immer geschafft. Mit Claire an seiner Seite wäre es jedoch aufgefallen, wenn er jemandem weisgemacht hätte, seine Brille vergessen zu haben, oder er mit einer Frau geflirtet hätte, damit die ihm dabei half, Formulare auszufüllen.

Bei der Mietwagenstation musste er dem indischen Mitarbeiter zwar seinen Nachnamen buchstabieren, doch das war kein Problem. Als ihm der Mietvertrag vorgelegt wurde, orientierte er sich an den Kreuzen, um zu wissen, wo er unterschreiben musste. Was er da allerdings unterschrieb . . . es hätte auch der Kaufvertrag für eine Waschmaschine sein können.

Claires amüsierte Stimme riss ihn aus seinen Gedanken. »Liest du dir das Kleingedruckte nicht durch?«

Betont gelassen zuckte er mit den Schultern. »Steht sowieso immer das Gleiche drin.«

Ein anderer Mitarbeiter brachte sie zu ihrem Wagen, ließ sich von Nick abzeichnen, dass mit dem Auto alles in Ordnung war, und übergab ihnen den Schlüssel.

Sobald Claire und er saßen, bemerkte er mit Schrecken, dass sich sein Handy aufgehängt hatte. Es reagierte nicht, als er die integrierte Navigation einschalten wollte.

»Stimmt etwas nicht?«

Nick brummte und starrte das eingefrorene Display an. In seinem Kopf begann es zu rotieren. »Die Navigation meines Handys reagiert nicht.«

»Das Auto hat doch auch ein Navi. Dann schalte das ein«,

erwiderte Claire beiläufig und gähnte. Ungerührt öffnete sie das Handschuhfach und kramte in den Broschüren herum, die sich dort fanden. Zum Glück bemerkte sie offenbar nicht, wie angespannt Nick auf seinem Sitz saß und zu schwitzen anfing.

»Du bist hier der Beifahrer«, ließ er sie dank eines plötzlichen Geistesblitzes wissen. »Also bist du auch für das Navi zuständig.«

Kritisch musterte sie ihn. »Und wie soll das funktionieren, wenn ich nicht weiß, wohin es geht?«

Er bemühte sich um eine entspannte Miene. »Old Tavern Road in Powathan.«

»Was ist an der Old Tavern Road in Powathan?«

»Wirst du schon sehen.«

Nick atmete auf, als Claire sich nach vorn beugte, um die Adresse ins Navi einzugeben, und erlebte eine weitere Schrecksekunde, als sie nachhakte: »Wie schreibt man Powathan? Mit einem …? Ah, okay. Hier ist es schon aufgeführt.«

Entspannen konnte er sich erst, als sie das Gewusel des Flughafens hinter sich gebracht hatten und über freie Landstraßen fuhren. Der Weg zu seinem Zielort dauerte nur eine knappe Stunde. Es war fast zwei Jahre her, seit er zum letzten Mal hier gewesen war, aber er fand sofort die Ausfahrt zu einem abseits gelegenen Anwesen direkt an einem malerischen See. Der Mietwagen ruckelte über den mit Kies überzogenen Privatweg zwischen hochgewachsenen Bäumen hindurch. Nick konnte es kaum noch abwarten, was Claire zu seiner Überraschung sagen würde.

»Wo sind wir hier?«, fragte Claire, als er das Auto parkte und den Motor ausschaltete.

Bevor er antworten konnte, erklang lautes Hundegebell. Ein weißhaariger Mann mit einem kleinen Wohlstandsbauch

301

und Gummistiefeln an den Füßen erschien auf der weitläufigen Veranda. Grüßend hob er die Hand, während drei Hunde in Richtung Auto liefen und frenetisch bellten.

»Oh mein Gott«, flüsterte Claire neben ihm. »Das ist Mathieu Raymond.«

Zufrieden grinste Nick und schnallte sich ab. »Ja, ist er. Die Haarfarbe hat sich in den letzten Jahren ein wenig verändert, und er hat abgenommen, seit Sadie und er die Hunde haben.«

Ihre Stimme wirkte ein wenig dünn. »Sadie?«

»Seine Frau«, erläuterte er. »Sie freut sich, dich kennenzulernen. Und Mathieu ist ganz begeistert, dass er zur Feier des Tages sein Soufflé zubereiten darf. Dank Sadies Diätplan muss er wochentags auf Desserts nämlich verzichten.«

Claire sah ihn an, als verstünde sie kein Wort. Mit großen Augen starrte sie ihn an.

»Hey«, murmelte er und beugte sich vor, um ihr eine Hand an die Wange zu legen. »Ist die Überraschung gelungen?«

Nach Luft schnappend fragte sie nach: »Du bist mit mir nach Virginia geflogen, damit ich Mathieu Raymond kennenlerne?«

»Schläfst du nicht deshalb mit mir?«

»Nick!« Entsetzt öffnete sie den Mund und versetzte ihm einen Schlag gegen den Oberarm.

Lachend ergriff er ihre Hand und küsste sie auf den Daumenballen, bevor er murmelte: »Du wolltest ihn gerne kennenlernen und interviewen, also ...«

»Ich darf ihn interviewen? Ernsthaft?«

»Aber sicher.« Schulterzuckend verriet er ihr: »Ich habe ihn angerufen und erzählt, dass meine Freundin eine Gastrokritikerin und sein größter Fan ist. Und außerdem habe ich ihn gebeten, dass er dir ein Interview gibt.«

Schweigend sah sie ihn einen Moment lang an. Dann legte sie ihm die Hände auf die Wangen und beugte sich für einen so zärtlichen Kuss zu ihm, dass sein Herz in einen wilden Rhythmus fiel.

Nur unter Aufbietung seiner ganzen Kraft löste er sich von ihr und stieß heiser hervor: »Claire, nicht vor den Augen meines Lehrmeisters – beherrsche dich bitte!«

Mit einem amüsierten Laut schnallte sie sich ab und stieg aus dem Auto. Nick folgte ihr und empfand ein wahnsinniges Vergnügen dabei, ihr Mathieu vorzustellen.

* * *

»Sie hätten Nick sehen müssen, als er mit siebzehn Jahren bei mir angefangen hat! Ein schlaksiger Kerl mit einem furchtbaren Haarschnitt und dem Hang, das Essen zu versalzen. Ständig gab er Widerworte und verbrannte sich die Finger. Einmal hat er beim Flambieren seine Wimpern angesengt und sah aus wie ein gerade erst geschlüpfter Uhu.«

Claire hätte sich beinahe vor Lachen verschluckt. Entzückt betrachtete sie, wie Mathieu Raymond wild gestikulierte und auf Nick deutete, während er immer lauter und sein französischer Akzent immer deutlicher wurde. Zwar scherzte der berühmte Koch auf Kosten seines ehemaligen Lehrlings, aber es war trotzdem sehr offensichtlich, wie groß seine Zuneigung zu Nick war. Der schnitt prompt eine Grimasse.

»Vielen Dank, Mathieu. Ich hatte diese beschämende Episode beinahe vergessen. Nett, dass du mich erinnerst.«

»Du warst siebzehn, Nick. Das ist zehn Jahre her. Seitdem hast du ein bisschen was gelernt.« Mathieu schaute Claire ins Gesicht, während er unglaublich zufrieden wirkte. »Wissen Sie, dass Nick der jüngste Anwärter auf den Nachwuchspreis der Nouvelle Cuisine-Gesellschaft war *und* auch noch gewonnen hat? Damals hatte er seine Ausbildung nicht einmal abgeschlossen und konnte sich trotzdem gegen die ganzen anderen Bewerber durchsetzen.«

Natürlich hatte sie es gewusst. Sie war trotzdem gerührt, weil Raymond dieses Detail so stolz erzählte, als hätte er höchstpersönlich den Preis erkocht. Ihr Lächeln versteckte sie hinter ihrer Kaffeetasse und nickte lediglich. Ihr Gastgeber brauchte jedoch keinen weiteren Anreiz, um fortzufahren.

»Nick war der talentierteste Lehrling, den ich jemals hatte, Claire. Leider ist er auch der sturste Mensch, den ich kenne.« Tadelnd schaute er Nick an und schüttelte den Kopf.

Nick verdrehte nur die Augen. »Wir haben doch schon darüber gesprochen, Mathieu.«

»Haben wir, ja. Aber . . .«

»Heute keine Diskussionen darüber, ihr beiden«, schaltete sich jetzt Mathieus Ehefrau Sadie ein. Zusammen mit Claire und den beiden Männern saß sie an dem wuchtigen Holztisch auf der hübschen Terrasse. Von dort aus konnte man direkt auf einen See schauen – ein herrlicher Ausblick, wie Claire fand. Mathieu und Sadie lebten wohl erst seit einigen Jahren hier, nachdem er sich aus seinen Restaurants zurückgezogen hatte.

Noch immer konnte Claire nicht glauben, dass sie hier neben Mathieu Raymond saß, mit ihm gerade zusammen Mittag gegessen hatte und sie später gemeinsam ein Soufflé zubereiten würden. Und dann auch noch das Interview! Natürlich wäre es albern gewesen, Nick zu bitten, sie einmal zu kneifen, dennoch kam ihr das Ganze wie ein Traum vor. Der gut gelaunte Küchenchef, dessen Restaurants zusammengenommen beinahe dreißig Sterne hatten, war seit ihrer Teenagerzeit ihr absoluter Lieblingskoch und unerreichtes Idol. Er hatte eine Traumkarriere hingelegt, die wie ein Märchen klang. Als armer französischer Hilfskoch war er mit Anfang zwanzig in die USA gekommen und hatte hier ein regelrechtes Imperium aufgebaut, das von seinem Flaggschiff *La Bouche* in New York gekrönt wurde. Und diesen Mann durfte sie heute wirklich und wahrhaftig persönlich treffen.

Niemals zuvor hatte sie ein schöneres Geschenk bekommen.

»Aber ich kann immer noch nicht verstehen, warum Nick nicht das *La Bouche* übernommen hat«, ließ sich Mathieu geradezu grummelnd vernehmen. »Stattdessen tingelt er jahrelang als Souschef durch andere Restaurants.«

»Ich wollte mich in anderen Küchen umsehen, um Erfahrungen zu sammeln,«, erwiderte Nick so geduldig, als hätte er die Diskussion schon öfters geführt. »Und jetzt bin ich doch Küchenchef im *Knight's*.«

»Du hättest schon Jahre zuvor Küchenchef sein können! Warum stellst du dein Licht unter den Scheffel?«

Sadies schweres Seufzen unterbrach die Tirade ihres Mannes. »Und warum hörst du nicht auf zu debattieren? Nick hat heute einen Gast mitgebracht. Claire sollte dich nicht streiten hören wie einen alten Esel.«

»Gib's ihm, Sadie«, animierte Nick seine Gastgeberin mit einem verschmitzten Lächeln. »Alter Esel – das gefällt mir.«

»Und du, mein Lieber, solltest die beiden endlich allein lassen, damit Claire den alten Esel interviewen kann. Sonst überredet du meinen Mann wieder dazu, eine Flasche Wein zu öffnen. Anschließend seid ihr zu nichts mehr zu gebrauchen – vor allem du, Nick.«

»Gib's ihm, mon chou«, feuerte Mathieu zurück und strahlte über das ganze Gesicht. »Sie müssen wissen, Claire, dass Nick kaum Alkohol verträgt. Nach einem Glas ist er schon betrunken und führt sich dann immer grauselig auf.«

Nick schnaubte. »Sprich du nur von dir selbst.«

»Schluss, ihr zwei. Nick, du leistest mir und den Hunden bei einem Spaziergang Gesellschaft, während Claire ihr Interview führt. Mathieu und sie brauchen dafür schließlich Ruhe.«

Von Sekunde zu Sekunde fand sie Sadie sympathischer.

Geradezu lammfromm gehorchte Nick ihrer Gastgeberin und stand auf. Während er sich zu Claire hinunterbeugte, um ihr einen Kuss auf den Kopf zu drücken, sagte er laut und deutlich: »Fühl ihm ruhig richtig auf den Zahn, Claire. Der kann das vertragen.«

»Lass deine Freundin arbeiten.« Sadie scheuchte ihn vor sich ins Haus und schloss die Tür.

Mathieu atmete auf. »Endlich ist er weg. Ich dachte schon, er würde uns niemals in Ruhe dieses Interview machen lassen. Für so anhänglich hätte ich Nick ganz bestimmt nicht gehalten.«

»Er verbringt eben gerne Zeit mit Ihnen.«

»Komisch, ich habe eher den Eindruck, dass er gerne mit Ihnen Zeit verbringt, Claire.« Er zwinkerte ihr zu und goss ihr etwas Kaffee nach. »Schön, dass es ihm so gut geht.«

»Das stimmt. Danke«, erklärte sie, als er ihre Tasse füllte und ihr anschließend reichte. »Sie haben es außerordentlich schön hier.«

»Wir fühlen uns hier auch sehr wohl. Sadie mochte New York nie sonderlich, weil es ihr zu voll und zu laut war. Auf dem Land haben wir unsere Ruhe und können ein bisschen die Einsamkeit genießen.«

»Vermissen Sie das Stadtleben nicht ab und zu?«

Er wedelte mit der Hand vor seinem Gesicht herum. »Überhaupt nicht. Wissen Sie, ich bin nicht mehr der Jüngste. Früher fand ich es spannend und aufregend, in einer Großstadt wie New York zu leben und zu arbeiten. Für wichtige Leute kochen, ständig auf Partys eingeladen sein und mein Bild in der Zeitung sehen ... Aber das verliert im Alter seinen Reiz. Ich habe auf genügend Partys getanzt und oft genug den Kochlöffel geschwungen.«

Fragend hob Claire den Kugelschreiber in die Höhe und wusste genau, welche Fragen sie ihm stellen würde, schließlich wusste sie seit Ewigkeiten, was sie den berühmten Küchenchef fragen wollte.

»Macht es Ihnen etwas aus, wenn ich mir Notizen mache?«

»Nur zu. Dafür sind wir doch hier, mein Kind.«

Lächelnd versicherte sie ihm: »Eigentlich bin ich wegen des Soufflés hier.«

»Aha.«

Während sie sich ein paar Notizen machte, erklärte sie ihm: »Mit meinen Eltern war ich als Teenager für ein paar Tage in New York zum Urlaub, und wir gingen ins *La Bouche*. Dort aß ich Ihr Schokoladensoufflé und habe mich zum ersten Mal in meinem Leben verliebt.«

»In ein Soufflé?« Er klang überrascht.

Belustigt fügte sie hinzu: »Es war nun einmal das beste Soufflé, das ich jemals gegessen habe. Anschließend hatte ich fest vor, selbst Köchin zu werden. Stattdessen bin ich Gastrokritikerin geworden. Und alles fing mit Ihrem Soufflé an.«

Er deutete eine Verbeugung an. »Ich fühle mich geehrt.«

»Denken Sie nicht, ich hätte Ihre anderen Gerichte nicht ebenso fantastisch gefunden. Alles, was Sie bei jenem Restaurantbesuch auf den Tisch brachten, war köstlich.« Claire fuhr sich über die Lippen und wollte mit etwas Zurückhaltung wissen: »Sie haben sich einmal darüber beschwert, ständig auf Ihr Soufflé reduziert zu werden. Wie meinten Sie das?«

»In jedes meiner Gerichte habe ich Zeit, Energie und Herzblut gesteckt, und das sollte auch richtig gewürdigt werden. Wir Köche hassen Stillstand, arbeiten wie die Wahnsinnigen und bemühen uns stetig um Verbesserung. Da immer nur von mir als dem Mann mit dem Soufflé zu lesen und zu hören, frustrierte mich irgendwann.«

Weil sich Claire plötzlich an Nick erinnert fühlte, kam sie nicht umhin, Mathieu zu necken: »Dann habe ich es also Ihnen zu verdanken, dass mein Freund mit dem Job verheiratet ist?«

»Nichts für ungut, meine Liebe, aber ich bin nicht blind.« Auch er schien sie zu necken. »Nick findet Sie viel interessanter als seinen Job. Das kann man sehr gut sehen.«

Warum sie plötzlich das Gefühl hatte, jeden Moment zu erröten, wusste sie nicht. Um sich aus diesem persönlichen Bereich heraus zu manövrieren, räusperte sie sich kurz und fuhr mit ihren Fragen fort. Mathieu entpuppte sich als ebenso geduldiger wie interessanter Gesprächspartner, und so verspürte Claire mehr als nur ein leises Bedauern, als sie eine Stunde später zum Abschluss kamen.

»Fiel es Ihnen schwer, sich von Ihren Restaurants zu verabschieden?«

Mathieu zwinkerte ihr zu. »Oh ja, es war nicht leicht, schließlich waren meine Restaurants wie meine Kinder. Vor allem das *La Bouche* lag mir besonders am Herzen. Aber ich weiß, dass sie in fähigen Händen sind. Das hilft ein wenig.« Er nahm einen Schluck aus seiner Kaffeetasse. »Obwohl ich mir gewünscht hätte, dass Nick das *La Bouche* übernimmt. Er wäre dort ein vorzüglicher Küchenchef geworden.«

Wenn Mathieu Raymond sein preisgekröntes Restaurant, das drei Sterne besaß, an Nick hatte übergeben wollen – mit noch nicht einmal 25! –, dann musste er nicht nur extrem viel von ihm halten, sondern auch über alle Maßen von seinen

Qualitäten als Koch überzeugt sein. Und er musste ihm wie kaum einem Menschen vertrauen.

Geistesabwesend nagte sie an ihrer Unterlippe herum. »Er hat mir gar nicht erzählt, dass Sie ihm eine Stelle im *La Bouche* angeboten haben.«

Mathieu zuckte mit den Schultern. »Das ist ja auch schon ein wenig her. Er war damals Souschef in San Francisco. Unter uns: Der Küchenchef dort war kaum im Restaurant, sondern hat Nick die ganze Arbeit machen lassen. Der Stern, den das Restaurant bekam, galt ihm.«

»Oh.« Auch das hatte sie nicht gewusst.

»Ich hätte Nick meine Küche mit Freuden überlassen, aber er hat abgelehnt. Das musste ich akzeptieren.«

Claire schob den Notizblock beiseite, damit Mathieu verstand, dass das offizielle Interview vorbei war und sie nun privat mit ihm reden wollte.

»Wissen Sie, weshalb er abgelehnt hat?« Sie atmete aus und erklärte ihm nachdenklich: »Andrew Knight will sein Restaurant an einen Investor verkaufen, der Nick als Küchenchef und Aushängeschild des Restaurants etablieren will. Nick könnte es komplett nach seinen Wünschen gestalten und neu eröffnen. Aber er scheint nicht mal über das Angebot nachzudenken.«

»Nun . . .« Er sah sie prüfend an und legte den Kopf schief. »Was denken Sie denn, Claire? Als seine Freundin werden Sie sich doch ein paar Gedanken gemacht haben.«

Sie runzelte die Stirn. »Nick redet nicht gern über das Angebot, und ich will ihn nicht unnötig unter Druck setzen. Ich weiß nicht, was ihm durch den Kopf geht.«

»Tja, Nick hat schon früher einige Dinge lieber für sich behalten.« Mathieu zuckte mit den Schultern. »Mir hat er bis heute noch kein vernünftiges Argument dafür geliefert, dass er das *La Bouche* nicht übernehmen wollte. Aus ihm ist einfach nichts herauszubekommen.«

Irgendwie wurde sie das Gefühl nicht los, dass Mathieu längst einen Verdacht hatte, was hinter Nicks Weigerung stand. Doch noch wollte er offenbar nicht damit herausrücken. Zögernd hakte sie deshalb nach: »Sie kennen Nick seit zehn Jahren. Ganz schön lange also. Was glauben Sie denn, warum er Ihnen abgesagt hat?«

Mathieu wich ihrem Blick aus und murmelte kopfschüttelnd: »Der Junge ... nun ... er macht den Eindruck, als habe er Angst zu versagen. Dabei habe ich ihm oft gesagt, dass er ein fabelhafter Koch ist.«

»Nick hat keine Angst zu versagen«, widersprach Claire im Brustton der Überzeugung. »Er besitzt mehr Selbstbewusstsein, als gut für ihn ist.« Erschrocken stockte sie und blickte zu Mathieu. Der lachte nur.

»Es erleichtert mich ungemein, dass Nick an eine Frau geraten ist, die ihm anscheinend Paroli liefern kann. Und die vor lauter Vernarrtheit nicht völlig blind geworden ist.«

Claire verzog abwehrend den Mund. »Dass Nick vor Selbstbewusstsein sprüht, ist nicht besonders schwer zu erkennen.«

»Ah ... täuschen Sie sich nicht«, riet er ihr gutmütig. »Nick ist ein Schauspieler. Das war er schon mit siebzehn Jahren. Er verstand es vortrefflich, seine Schwächen zu tarnen. Ich glaube tatsächlich, dass sein Selbstbewusstsein gar nicht so ausgeprägt ist, wie wir immer denken.«

»Wie kommen Sie darauf?«

Wieder zuckte er mit den Schultern, bevor er zögerlich wissen wollte: »Darf ich Sie etwas Persönliches fragen, Claire?«

»Natürlich.«

»Meine Frage mag Ihnen vielleicht merkwürdig vorkommen, aber ...«

»Aber?«

»Aber liest Nick Ihre Kritiken?«

»Natürlich liest er meine Kritiken. Warum fragen Sie?«

Der frühere Küchenchef wirkte unsicher und schien nach Worten zu suchen. »Nichts ... es ist nur ... Vergessen Sie es.«

Claire konnte sich keinen Reim aus dem Verhalten ihres Gegenübers machen und spürte, wie sie unruhig wurde. »Glauben Sie, dass Nick mit meinen Kritiken nicht einverstanden ist? Hat er etwas in die Richtung gesagt?«

»Nein, nein«, beeilte sich Mathieu zu erwidern. »Das meinte ich überhaupt nicht. Es ist nur ... weil Sie und er so vertraut wirken, dachte ich, dass Ihnen ebenfalls etwas aufgefallen ist.«

Noch ratloser als zuvor sah sie ihn an. »Aufgefallen? Was soll mir denn aufgefallen sein?«

Er stieß den Atem aus und machte eine unwirsche Geste mit der Hand. »Ich möchte Nick nicht Unrecht tun oder mich in etwas einmischen, das mich nichts angeht. Nur liegt mir sehr viel an ihm.«

Claire nickte. »Mir auch.«

Sie konnte sehen, wie ihr Gesprächspartner schluckte, bevor er zurückhaltend nachfragte: »Hat er in Ihrer Gegenwart jemals etwas gelesen? Oder geschrieben?«

Im ersten Moment verstand sie noch immer nicht, worauf er hinauswollte, bis ihr urplötzlich ein Licht aufging.

Sprachlos sah sie Mathieu an, der atemlos ihre Reaktion zu beobachten schien.

Verblüfft zwinkerte sie. Wollte er sie etwa fragen, ob Nick lesen und schreiben konnte? Das war absurd. Die Frage war absurd. Selbstverständlich konnte er lesen und schreiben!

Dennoch sprach sie es aus: »Was wollen Sie mir damit sagen? Dass Nick ... dass Nick Dyslexie hat?«

Auch er flüsterte: »Das wollte ich eigentlich Sie fragen, Claire. Sie sind schließlich seine Freundin.«

Schockiert lehnte sie sich zurück. Mathieu musste sich irren, schließlich kannte sie Nick bereits eine Weile und wohnte fast schon mit ihm zusammen. Selbstverständlich hatte sie ihn bereits lesen gesehen! Er hatte keine Dyslexie. Immerhin hatte er ihre Artikel …

Claire erinnerte sich schlagartig daran, wie sie ihn damals in der Redaktion aufgefordert hatte, den Artikel vorzulesen. Er hatte die Zeitung einfach zerrissen. Sie hatte sich nichts dabei gedacht, die Reaktion für ganz normal gehalten, schließlich war er wütend gewesen. Ihren letzten Artikel hatte er ganz sicher gelesen, immerhin hatten sie sich ausführlich darüber unterhalten. Vor ihren Augen hatte er ihn jedoch nicht gelesen, da war sie sich ganz sicher. Wenn sie so darüber nachdachte, hatte sie ihn tatsächlich noch nie lesen sehen. Noch nicht mal die Zeitung am Frühstückstisch. Das musste aber nicht bedeuten, dass er nicht lesen konnte, oder? Er war vermutlich einfach keine Leseratte, in seiner Wohnung gab es keine Bücher. Immer schrieb er ihr regelmäßig Textnachrichten … Nein, das stimmte nicht. Er schickte ihr Sprachnachrichten aufs Handy.

Angestrengt dachte Claire nach. Ihr fiel plötzlich einiges ein, das ihr ein wenig merkwürdig erschienen war, dem sie aber keine Bedeutung beigemessen hatte. Da war der Film mit Untertiteln gewesen, über den er sich nicht hatte unterhalten wollen … im Restaurant neulich hatte sie die Gerichte auswählen sollen, und er hatte ihr die Weinkarte gereicht, ohne einen Blick hineinzuwerfen … und natürlich heute die Szene mit dem Navigationsgerät …

»Ich will sein Vertrauen nicht missbrauchen, Claire«, murmelte Mathieu. »Verstehen Sie bitte: Ich denke schon seit geraumer Zeit darüber nach. Aber es gibt so vieles, was sich sonst nicht erklären lässt. Und ich befürchte, dass Nick berufliche Chancen verpassen könnte – falls er wirklich nicht ...« Er sprach nicht weiter.

Blinzelnd schaute sie ihren Gastgeber an. »Seit wann vermuten Sie es bereits?«

»Schon seit ein paar Jahren.« Seine Mundwinkel verzogen sich zu einem leichten Lächeln. »Ich erwischte ihn dabei, wie er einer unserer Kellnerinnen ein Menü diktierte. Er redete sich damals heraus. Erst ein paar Monate später begann ich ernsthaft darüber nachzudenken, wagte jedoch nicht, ihn darauf anzusprechen. Bei der Energie, die er darauf verwenden muss, die Menschen um sich herum zu täuschen – er würde sicher alles ableugnen, wenn ich ihn einfach gefragt hätte. Und unangenehm wäre es ihm auch.« Er lächelte sie an. »Deshalb war ich ja so froh, als er Ihren Besuch angekündigt hat. Ich wollte mit Ihnen reden.«

Claire schluckte schwer. »Mit mir? Warum?«

»Unser Nick scheint an seinem Problem extrem zu knabbern zu haben. Ich möchte, dass ihm jemand hilft.«

Unser Nick kam wenige Minuten später von seinem Spaziergang mit Sadie und den Hunden zurück und sprudelte über vor guter Laune. Scheinbar ohne Luft zu holen gab er ihnen unzählige Tipps, als Claire neben Mathieu in dessen Küche stand und sich von ihm zeigen ließ, wie man sein weltberühmtes Soufflé zubereitete. Es war wirklich eine bittere Ironie des Schicksals, dachte Claire. Gerade ging ihr größter Traum in Erfüllung, aber sie konnte den Moment überhaupt nicht richtig genießen, weil sie in Gedanken ganz woanders war.

Warum hatte sie nicht gemerkt, was mit Nick los was? Und warum hatte er ihr keinen Ton davon erzählt? Dachte er etwa, ihr würde es etwas ausmachen, dass er Dyslexie hatte? Ihr machte es lediglich etwas aus, dass er selbst anscheinend so sehr darunter litt. Der Gedanke, Nick könne sich wegen seiner Dyslexie unzulänglich fühlen, sich vielleicht sogar vor ihr schämen, lag ihr wie ein Stein im Magen.

Während Nick Charme und Witz versprühte, sich köstlich amüsierte und sich im Haus seiner Freunde pudelwohl zu fühlen schien, ging es Claire von Stunde zu Stunde schlechter. Als sie sich abends von Mathieu und Sadie verabschiedeten, um sich auf den Weg zum Hotel zu machen, saß Claire angespannt neben ihm im Wagen und überlegte fieberhaft, ob sie das Thema ansprechen sollte. Wie sollte sie sich in Situationen verhalten, in denen ihm auffallen könnte, dass sie von seiner Dyslexie wusste? Aus diesem Grund gab sie auch vor, auf ihrem Handy E-Mails zu lesen, als der Concierge des Hotels Nick bat, seine Angaben wie Adresse und Geburtsdatum auf dem Anmeldebogen zu kontrollieren. Sie wollte nicht, dass er sich unangenehm beobachtet fühlte.

Ihre Schweigsamkeit schien er nicht zu bemerken, als sie das Doppelzimmer betraten.

»Müde?«

»Ziemlich«, gab sie mit einem leichten Lächeln zu und ließ sich auf das Bettende sinken. Währenddessen stellte Nick die Reisetasche auf einer kleinen Couch ab und öffnete sie anschließend.

»Es war ja auch ein langer Tag.«

»Es war ein sehr schöner Tag«, korrigierte sie ihn. »Danke, Nick.«

»Gern geschehen.«

»Ich glaube, ich habe niemals zuvor ein besseres Geburtstagsgeschenk bekommen.«

Er hob den Kopf, seine blauen Augen strahlten zufrieden. »Das freut mich.«

Claire erhob sich langsam und trat zu ihm, um sich an ihn zu schmiegen. Gerade jetzt wollte sie ihm nah sein.

Nick jedoch schien ihre Anhänglichkeit für Müdigkeit zu halten. »Warum gehst du nicht duschen, mh? Ich packe währenddessen aus.«

Eigentlich hätte sie lieber mit ihm reden sollen. Doch eine heiße Dusche war die perfekte Ausrede, um sich davor zu drücken, mit ihm über seine Dyslexie zu sprechen.

Verzagt betrat sie also das Badezimmer, nahm eine Dusche, putzte sich die Zähne und trat in einen Bademantel des Hotels gehüllt ins Schlafzimmer, wo Nick bereits die Tasche ausgepackt und den Fernseher angeschaltet hatte. Stumm sah sie ihm zu, wie er im Badezimmer verschwand, und setzte sich anschließend aufs Bett, um lustlos durch die verschiedenen Kanäle zu schalten.

Als Nick wieder aus dem Badezimmer kam, liefen gerade die Abendnachrichten. Er hatte sich ein Handtuch um die Hüften gebunden und trocknete sich mit einem weiteren das nasse Haar ab.

Spitzenmäßig gelaunt nickte er in Richtung Fernseher. »Sollen wir uns heute die nächste Folge dieser bekloppten Castingshow ansehen? Letzte Woche habe ich mir vor Lachen fast in die Hose gemacht.«

»Sicher.«

»Sadie hat mir erzählt, dass sogar Mathieu jede Woche einschaltet, obwohl er es nie zugeben würde.«

Claire leckte sich über die Lippen und ignorierte seinen prachtvollen, halb nackten Körper. »Warum hast du es mir nicht gesagt, Nick?«

Verdutzt blickte er sie unter dem Handtuch an, mit dem er sich kräftig durchs Haar rubbelte. »Das mit Mathieu? Es sollte doch eine Überraschung werden!«

Stumm schüttelte sie den Kopf, presste die Knie zusammen und spielte nervös mit dem Gürtel ihres Bademantels herum. »Nein, ich meine nicht deine Überraschung.«

»Sondern?« Unbekümmert legte er den Kopf schief und schien keine Sorgen auf dieser Welt zu haben.

Bedächtig und äußerst ruhig entgegnete sie: »Eigentlich meinte ich deine Dyslexie, Nick. Ich hatte ja keine Ahnung.«

Die Stimmung änderte sich schlagartig. Trotz der fröhlichen Geräusche und der lauten Lacher aus dem Fernseher war die Luft innerhalb des Hotelzimmers zum Schneiden dick. Und aus dem heiteren und lässigen Mann, der vor dem Bett stand, wurde mit einem Mal jemand, der in Schockstarre geriet. Sein ganzer Körper wirkte so verkrampft, als könne man ihn in der Hälfte durchbrechen.

»Was?«

Claire nickte unglücklich. »Du kannst nicht lesen und schreiben ...«

»Wie kommst du denn auf diesen Bullshit?«

»Es stimmt doch. Du kannst nicht lesen und schreiben. Als ich mit Mathieu geredet habe, da ...«

Rüde unterbrach er sie. »Hast du ihm etwa diesen Schwachsinn weisgemacht?«

Auf seine Wut reagierte sie mit Geduld. »Eigentlich war es Mathieu, der das Thema ansprach. Er sorgt sich um dich und wollte meine Meinung dazu hören.«

»Wie bitte?« Wie ein aufgebrachtes Raubtier hob er den Kopf, seine Stimme vibrierte vor Anspannung. Claire konnte sehen, wie in seiner Wange ein Muskel zuckte, die Adern an seinem Hals traten deutlich hervor.

Betont leichthin antwortete Claire: »Er ahnt es, schon seit einigen Jahren, Nick. Warum hast du ihn nie eingeweiht?«

Nick sagte nichts. Tatsächlich hatte Claire den Eindruck,

dass er am liebsten aus dem Hotelzimmer gestürmt wäre. Aber lediglich mit einem Handtuch um die Hüften ging das nun einmal nicht. Sie kannte ihn mittlerweile gut genug, um zu wissen, dass Nick viel zu stolz für Mitleid war – erst recht, wenn es von ihr kam. Daher sah sie ihn gelassen an.

»Ist doch keine große Sache und interessiert keinen Menschen.« Schulterzuckend warf er das Handtuch auf einen Stuhl und drehte sich zur Seite, um in der Reisetasche zu wühlen, obwohl er diese bereits ausgepackt hatte. Er war wirklich ein miserabler Schauspieler.

»Und warum hast du dann penibel darauf geachtet, dass niemand etwas von deiner Dyslexie bemerkt? Wenn es doch angeblich keine große Sache ist?«

Wieder antwortete er nicht sofort, sondern starrte ins Innere der Tasche. »Hast du mein Handykabel gesehen?«

»Nein, habe ich nicht«, erwiderte Claire. »Wir haben zwei Stunden lang in diesem französischen Film mit Untertiteln gesessen. Du musst dich zu Tode gelangweilt haben, oder? Warum hast du da nichts gesagt?«

Dass er nicht antwortete, machte sie beinahe verrückt.

»Nick ...«

»Was willst du denn hören?« Als er ihr abrupt das Gesicht zuwandte, wirkte seine Miene wie gefroren. »Hätte ich dir vor dem Kino sagen sollen: *Hör mal, Claire, nette Idee. Aber ich bin ein kompletter Idiot, der mit 27 nicht lesen und schreiben kann?*«

Von der Heftigkeit seiner Worte bestürzt, schnappte sie nach Luft. »Du bist kein Idiot.«

Er klang, als würde er mit den Zähnen knirschen. »Gut. Könnten wir jetzt bitte das Thema wechseln?«

»Nick, du bist kein Idiot, ganz im Gegenteil.«

Abfällig schnaubte er auf. »Und wie nennst du einen erwachsenen Menschen, der nicht in der Lage ist, ein verdammtes Kinderbuch zu lesen? Oder seine eigenen Rezepte aufzuschreiben?«

»Ich nenne ihn jemanden, der an Dyslexie leidet.«

Auf ihre anhaltende Ruhe reagierte Nick mit einer ausholenden Geste. Sein Mund wirkte hart und fast schon trotzig. »Dyslexie ist nur ein anderes Wort für Dummheit. Es wäre politisch nicht korrekt, einen Analphabeten das zu nennen, was er ist. Einen Schwachsinnigen.«

»Das hat überhaupt nichts mit politischer Korrektheit zu tun. Menschen mit Dyslexie sind weder dumm noch schwachsinnig, sondern meist überdurchschnittlich intelligent.«

»Genau. Dyslexie steht für überdurchschnittliche Intelligenz«, höhnte er voller Ironie. »Deshalb ist es auch der Traum jeden Schülers, der Klassentrottel zu sein. Ich fand es wirklich irre toll, dass ich noch nicht mal einfache Wörter von der Tafel abschreiben konnte.«

Auch wenn er wütete, wollte sie sich von seiner Gefühlslage nicht anstecken lassen. »Haben deine Lehrer in der Grundschule nichts bemerkt? Es gibt doch bestimmt Therapieansätze, die . . .«

»Auf schicken Privatschulen oder teuren Internaten achten Lehrer vielleicht auf so etwas«, feuerte er angriffslustig zurück. »Und da gibt es auch bestimmt Therapieansätze, wie du das so schön nennst. Bei *White Trash* ist es ziemlich egal, was aus uns wird.«

Nun wurde Claire trotz allem wütend und richtete sich ebenfalls abrupt auf. » *White Trash?* Hast du den Verstand verloren?«

Voller Sarkasmus konterte er: »Komische Frage. Schließlich solltest du mittlerweile wissen, dass bei mir nicht gerade viel Verstand vorhanden ist.«

Sprachlos sah sie ihn an und suchte nach Worten, weil sie

nicht fassen konnte, was sie da hörte. Und weil sie nicht fassen konnte, wie er über sich selbst sprach. Hielt er sich selbst tatsächlich für einen minderbemittelten Dummkopf? Das war völliger Unsinn! Und es passte nicht zu Nick, schließlich strotzte er normalerweise vor Selbstbewusstsein. War das alles nur Show? Hatte sie sich so in ihm geirrt? Und schlimmer noch: Hatte sie ihn irgendwann unbewusst verletzt, weil sie das nicht wusste? Denn diese verletzliche Seite, die er hinter einer wütenden Miene versteckte ... die rührte sie mehr, als sie gedacht hatte.

Als er die Arme vor der Brust verschränkte und sie angriffslustig ansah, begriff Claire plötzlich, dass er sie provozieren wollte. Er wollte sich absichtlich mit ihr streiten.

Sie kniff die Augen zu Schlitzen zusammen. »Jedenfalls ist bei dir genug Verstand vorhanden, um mich abzulenken. Du willst dich doch nur mit mir streiten, damit du nicht über deine Dyslexie reden musst.«

Nick schob das Kinn vor. »So ein Bullshit!«

»Ganz und gar nicht!« Claire sprang vom Bett und baute sich vor ihm auf, auch wenn sie dann den Kopf zurücklegen musste, um ihn anzusehen. »Warum willst du nicht darüber reden?«

»Weil es ein beschissenes Thema ist, deshalb«, erwiderte er grob. »Schluss jetzt!«

Claire atmete tief durch. »Was hat dein Lehrer gesagt? Und warst du als Kind bei einem Arzt?«

Wütend runzelte er die Stirn. »Verdammt, Claire. Ich will nichts davon wissen!«

Sie konnte ebenso stur sein wie er und starrte ihn herausfordernd an.

Er warf die Hände in die Luft. »Verflucht ... meine Lehrer waren der Ansicht, dass ich ein Trottel bin, dem man sowieso nichts beibringen kann. Mein Vater war ganz ihrer Meinung. Ich glaube, sein Lieblingsbegriff war Versager, wenn er über mich sprach.«

Seine Worte taten ihr weh. »Aber Granny ist doch bestimmt mit dir zu einem Arzt gegangen.«

Ruppig fuhr er sich durch sein nasses Haar und entgegnete eher widerwillig. »Ja. Aber der meinte, ich hätte eine Störung im Gehirn und sie solle sich bloß keine Hoffnung machen, aus mir würde jemals ein guter Schüler.«

Entsetzt ballte sie die Hände zu Fäusten. »Das ist kompletter Unsinn! Und so etwas schimpft sich Arzt? Warum hat Granny nicht...?«

Nick unterbrach sie brüsk. »Bei dir mag das anders gewesen sein. Du warst auf teuren Schulen und hast reiche Eltern, wurdest von vorn bis hinten umsorgt. Aber bei Kindern wie mir ist es Lehrern und Ärzten ziemlich egal, was aus ihnen wird. Außerdem – selbst wenn der Arzt meiner Großmutter etwas von einer Therapie erzählt hätte, Geld hätten wir keins dafür gehabt. Es wäre sowieso verschwendet gewesen.«

Schon wieder dieser Sarkasmus. »Können wir nicht darüber reden, ohne dass du sarkastisch wirst? Und ohne uns gegenseitig anzubrüllen?«

Abfällig verzogen sich seine Mundwinkel. »Warum willst du darüber reden? Ist doch alles geklärt.«

Völlig ahnungslos hob sie die Schultern. »Was ist geklärt? Ich möchte nur verstehen...«

»Claire, verdammt!« Er atmete schwer. »Denkst du, ich wüsste nicht, was jetzt kommt? Ein paar Tage lang sehen wir uns noch ab und zu, aber das war es dann auch. Warum soll ich hier vorher auch noch einen Seelenstriptease aufführen? Ganz so blöd bin ich nun doch nicht.«

Verwirrt runzelte sie die Stirn. »Was?«

»Schon klar.« Er nickte abgehackt. »Ich verstehe schon, dass eine Frau wie du kein Interesse an einem Mann wie mir hat.«

Ahnungslos suchte sie seinen Blick. »Ich habe keine Ahnung, wovon du sprichst.«

Seine Miene wurde immer finsterer, seine Stimme klang nach einem wütenden Grollen. »Du bist die cleverste Frau, die ich kenne. Warum solltest du deine Zeit mit einem Idioten verschwenden – der seinen eigenen Namen nicht lesen kann? Für Sex bin ich gut genug, aber deinen Eltern stellst du mich natürlich nicht vor. Die Gastrokritikerin und der White Trash-Analphabet. Gott, wie peinlich.«

Ihr rutschte die Hand aus.

Erst sein ungläubiger Gesichtsausdruck brachte ihr zu Bewusstsein, dass sie ihm tatsächlich eine Ohrfeige gegeben hatte.

Ihm klappte buchstäblich der Mund auf. »Hast du mich gerade geohrfeigt?«

Eigentlich wollte sie sich sofort bei ihm entschuldigen. Stattdessen brach es aus ihr heraus: »Hoffentlich hat es auch etwas genützt! Dich wieder klar denken lassen, du Arschloch! Du bist weder ein Idiot noch White Trash! Und ganz bestimmt mache ich nicht Schluss, weil du Dyslexie hast, verdammt noch mal! Du weißt sehr gut, was für ein kluger, erfolgreicher und talentierter Mensch du bist, Nick O'Reilly. Daran ändert sich auch nichts, wenn du zugibst, dass du an einer Krankheit leidest.« Sie schnappte nach Luft. »Wenn du nicht willst, dass ich richtig wütend werde, dann hältst du jetzt lieber die Klappe!«

Wie ein Fisch auf dem Trockenen öffnete und schloss er den Mund.

»Hast du gerade Arschloch gesagt? *Du?*«

»Ja, hab ich.« Ihre Wut verpuffte schlagartig.

Nick legte seine Hand auf seine Wange. »*Und* du hast mir eine Ohrfeige verpasst.«

»Ja.« Sie schluckte schwer und konnte nicht fassen, was hier gerade passiert war. Niemals zuvor hatte Claire jemanden ein Arschloch genannt. Und die Ohrfeige erst ... Sie hätte nicht gedacht, dass sie überhaupt dazu in der Lage war, jemanden zu schlagen. Wie hatte sie sich so vergessen können? »Es ... es tut mir leid. Nick, ich ...« Sie verstummte und trat einen Schritt zurück, ihr Gesicht brannte. Während sie den Blick senkte, machte sie noch einen Schritt zurück. Und noch einen.

»Claire ... warte.«

»Nein, lass mich«, murmelte sie verstört und wollte nach ihren Sachen greifen. Nick war jedoch schneller und umfasste ihren Arm, bevor er sie vorsichtig zu sich zog.

»Wohin willst du?«

Anstatt ihm ins Gesicht zu sehen, fixierte sie seine nackte Kehle. »Ich ... ich lasse mir ein anderes Zimmer geben. Entschuldige, bitte. Das mit der Ohrfeige ...«

»Ich hatte sie verdient.« Auch er klang merklich ruhiger. »Schon okay, Claire.«

Die hitzige Spannung und Wut zwischen ihnen war plötzlich weg, als habe es sie nie gegeben.

»Nichts ist okay. Ich habe dich geschlagen!«

»Du hast mir eine Ohrfeige verpasst, Schätzchen.« Mit einem Mal wirkte er belustigt. »Und keine allzu feste, um ehrlich zu sein. Meine Zähne haben nichts abbekommen.«

»Du Komiker«, murmelte Claire, atmete tief durch und schlang die Arme um seine Mitte. »Es tut mir leid.«

»Mir auch.« Seine Hand fuhr in ihr Haar.

»Ich mag es nicht, wenn du so schlecht von dir sprichst«, rief sie erbost, schmiegte sich jedoch gleichzeitig enger an ihn.

»Du bist nicht blöd. Und ein Versager bist du schon einmal gar
nicht!«

»Okay.«

»Es ist mein Ernst, Nick.«

»Schon klar.«

Er schien sich größte Mühe zu geben, besonders lapidar zu
klingen, doch Claire nahm ihm den lockeren Tonfall nicht ab.
Daher legte sie den Kopf zurück und sah ihm ins Gesicht.
»Denkst du wirklich, ich würde mich wegen so was von dir
trennen? Weil du Dyslexie hast?«

Das lockere Lächeln erreichte seine Augen nicht. »Im Streit
sagt man ab und zu Dinge, die man nicht so meint.«

»Das beantwortet meine Frage nicht«, hielt sie ihm ruhig
vor.

»Komm schon, Claire.«

Sehr ernst musterte sie ihn. »Ich will nicht, dass du
denkst, ich würde wegen so einer Nichtigkeit mit dir Schluss
machen ...«

»Nichtigkeit?« Nick klang ungläubig.

»Ja, Nichtigkeit«, entgegnete sie vehement. »Was dich ausmacht, hat nichts damit zu tun, ob du lesen und schreiben
kannst.«

»Was macht mich denn aus?«

Plötzlich hatte sie einen Kloß im Hals. »Du bist fürsorglich,
witzig, charmant und sensibel ...«

Seine dunklen Augenbrauen fuhren nach oben. »Sensibel?«

»Du verbirgst es ziemlich gut, aber ja: Du bist sensibel«,
behauptete sie und meinte es auch so. »Abgesehen davon
schaffst du es, dass ich mich in deiner Nähe entspannen und
ich selbst sein kann. Du zeigst Interesse an mir und an den
Dingen, die mir wichtig sind. Du hörst mir zu.«

Selbst in ihren Ohren klangen ihre Worte wie der Lobgesang einer komplett verliebten Idiotin.

Auch Nick musste dies so aufgefasst haben, weil er grinste. »Mach nur so weiter. Ich könnte dir ewig zuhören.«

Sie verdrehte die Augen und drohte: »Wenn ich noch einmal höre, dass du dich als White Trash bezeichnest, dann ... dann ...«

»Dann was?«

Claire musterte ihn grimmig. »Dann wasche ich dir den Mund mit Seife aus. Verstanden?«

»Verstanden.« Er salutierte spielerisch.

Deutlich sanfter flüsterte sie, während sie zärtlich über seinen Rücken streichelte: »Du bist großartig, Nick O'Reilly, und ich hätte nicht das geringste Problem damit, dich meinen Eltern vorzustellen.«

Zwar antwortete er ihr nicht, aber sein Kuss versöhnte sie ein wenig.

Leider ruinierte er die Stimmung, als er flüsterte: »Wenn mich nicht alles täuscht, wäre das jetzt die perfekte Gelegenheit für Versöhnungssex.«

»Mit wem wirst du die Macarons teilen, Geburtstagskind?« Vicky grinste anzüglich. »Vielleicht mit einem gewissen Küchenchef, den du später mit dem Gebäck meiner Schwester füttern kannst?«

Zwar klang das nach einer fantastischen Idee, jedoch hielt es Claire für besser, eine strafende Miene aufzusetzen und den Kopf zu schütteln. Vicky musste nicht alles wissen, was sich zwischen ihr und Nick abspielte. Ihre Freundin war sowieso neugierig genug. Nichtsdestotrotz lächelte sie verstohlen, während sie die hübsche Box wieder schloss, mit der Vicky sie gerade zu ihrem Geburtstag überrascht hatte und in der sich Köstlichkeiten in Hülle und Fülle befanden. Allein der Schriftzug *Chez Liz* verriet höchsten kulinarischen Genuss.

»Aha! Ich sehe doch dein freudiges Lächeln!« Vicky ließ sich wie selbstverständlich auf der Ecke des Schreibtisches nieder, auf der sich Claires Papierkram stapelte, und flötete: »Gab es heute Morgen heißen Geburtstagssex?«

»Such dir einen Freund, den du mit deinen perversen Fantasien beglücken kannst«, erwiderte Claire gelassen.

»Das war keine Antwort auf meine Frage.«

Claire lehnte sich entspannt zurück und faltete die Hände

wie zum Gebet. »Nick hat mich heute Morgen mit einem opulenten Geburtstagsfrühstück überrascht. Mit einem englischen Frühstück«, betonte sie. »Es gab Porridge, gegrillte Tomate, gebratene Champignons, Eier mit Speck, Würstchen und gebackene Bohnen ...«

»Ah, wie grauenvoll! Bohnen. Und das esst ihr drüben auf der Insel zum Frühstück? Kein Wunder, dass die Queen immer aussieht, als hätte sie Verstopfung!«

Diesen oder ähnliche Sprüche hatte Claire schon öfter gehört, als dass sie es hätte zählen können. Dass sie selbst gut und gerne auf Bohnen zum Frühstück verzichtete, sagte sie nicht. Ein wenig Nationalstolz besaß sie nämlich noch. Sie erzählte Vicky auch nicht, dass sie Nick zuliebe alles aufgegessen und ihm ihre Aversion gegenüber Bohnen nicht verraten hatte. Dass er ihr sogar ein Geburtstagsständchen gebracht hatte, verriet sie ihrer Freundin dann doch. Nick war aber auch zuckersüß gewesen.

»Er hat für dich gesungen? War er dabei nackt?«

Natürlich war er nackt. »Nein, natürlich nicht. Vicky! Könntest du dich beherrschen und dir nicht ständig vorstellen, wie mein Freund nackt aussieht?«

Höchst zufrieden nickte Vicky. »Dein Freund. So so. Habe ich etwas verpasst? Ich hätte schwören können, dass es bei euch nur um Sex geht.«

»Vielleicht hast du da falsch gedacht«, erwiderte sie spitz und deutete demonstrativ auf ihren Schreibtisch. »Seit wann ist mein Schreibtisch ein Sitzplatz?«

Es war, als hätte Vicky sie gar nicht gehört. »Wie ernst ist es zwischen euch?«

Frustriert stöhnte sie auf. »Sehr ernst! Ich überlege, mir seinen Namen auf die Stirn tätowieren zu lassen und mich an ihn zu ketten, okay?«

»Bei deinem verliebten Gesichtsausdruck weiß ich leider nicht, ob du es ernst meinst oder nicht, Claire.«

»Hast du nichts zu tun?«

»Nö, ich habe schon Schluss«, eröffnete Vicky ihr schulterzuckend. »Was hast du heute Abend vor? Dinner mit Champagner und Kerzenschein? Kocht er für dich?«

Da auch Claire kurz davorstand, ihren Feierabend einzuläuten, schloss sie einige Programme in ihrem Computer und verzog gleichzeitig den Mund. »Nick muss arbeiten, und ich arbeite an einem großen Artikel.«

»Er hätte sich ausnahmsweise für dich frei nehmen können. Man wird nur einmal im Leben dreißig.«

Ausnahmsweise? Nick hatte in letzter Zeit oft genug freigemacht, um beispielsweise mit ihr nach Virginia zu fahren. Aber das musste sie Vicky nicht auf die Nase binden. Seit ihrem Besuch bei Mathieu Raymond standen sie sich näher als zuvor, auch wenn sie das Thema Dyslexie kein weiteres Mal angeschnitten hatten. Dafür war es für Nick zu heikel. Deswegen wusste er auch noch nichts davon, dass Claire bereits begonnen hatte, über Dyslexie bei Erwachsenen und mögliche Therapien zu recherchieren. Denn selbst wenn er sich lässig geben wollte, ahnte sie, wie sehr es ihn belastete. Und sie wollte ihm unbedingt helfen, wusste nur noch nicht, wie sie es angehen sollte. Schließlich war er an jenem Abend, als sie ihn direkt darauf angesprochen hatte, wahnsinnig abweisend gewesen. Sie hatten sich vielleicht versöhnt, doch hieß das nicht, dass Nick dem Thema aufgeschlossener gegenüberstand.

Deshalb sagte sie nur: »Mich interessiert dieser Geburtstag nicht sonderlich. Ich werde zu Hause ein Schaumbad nehmen, ein Glas Wein trinken und es mir gemütlich machen. Morgen ist ein Arbeitstag.«

»Man könnte meinen, dass du Deutsche bist.« Vicky

rümpfte abfällig die Nase. »Wir könnten heute Abend auch einen draufmachen und morgen früh ein paar Alka Seltzer einwerfen.«

»Danke, ich verzichte«, schnaubte Claire. Als jemand an ihren Türrahmen klopfte, sah sie von ihrem Computerbildschirm auf.

Verwirrt öffnete sie den Mund und starrte überrascht auf die beiden Personen, die vor ihrem Büro standen und sich neugierig umsahen. »Mum? Dad? Was macht ihr denn hier?«

Ihre Mutter neigte den Kopf nach vorn und lächelte heiter. »Wir wollten dich zu deinem Geburtstag überraschen, Liebes. Wenn du nicht zu uns kommen kannst, dann müssen wir zu dir kommen.«

»Oh.« Zögernd erhob sie sich und wusste nicht, wie sie es finden sollte, dass ihre Eltern plötzlich hier auftauchten. »Das ist wirklich eine . . . eine Überraschung.«

»Das war auch der Plan.« Ihre Mum zwinkerte ihr zu. »Wir können doch unser einziges Kind nicht allein feiern lassen, wenn es dreißig wird.«

»Außerdem wollten wir uns mit eigenen Augen überzeugen, dass es dir hier gut geht«, ließ sich ihr Vater mit trockener Stimme vernehmen.

Claire antwortete mit einem aufgesetzten Lächeln. Schließlich wusste sie, wie wenig insbesondere ihr Vater über ihren Umzug nach Boston begeistert war. Davon zeugte auch sein verkniffener Mund, als er ihr winziges Büro betrat.

Pflichtschuldig umrundete sie ihren Schreibtisch und begrüßte ihre Eltern mit einem Kuss auf die Wangen. Dass ihr Vater sich mit einem abschätzigen Blick in ihrem Büro umsah, ignorierte sie. Stattdessen stellte sie ihnen Vicky vor, die sich glücklicherweise benahm und nicht auf die Idee kam, spaßeshalber vor ihren Eltern zu knicksen oder über die Verstopfung der Königin herzuziehen. Zuzutrauen war es ihr allemal.

Irgendwie fühlte sie sich im Beisein ihrer Eltern plötzlich gehemmt. Die beiden passten hier nicht her, wie sie in ihrem Büro standen und sie mit ihrem Besuch überraschten. Während ihre Mum in ihrem konservativen Kostüm samt Krokodillederhandtasche aussah, als wäre sie zu einem offiziellen Empfang eingeladen, stand ihr Vater in einen schwarzen Anzug gekleidet steif und nüchtern neben ihr. Große Gefühlsregungen hätte Claire eh nie erwartet, aber neben der quirligen Vicky, die so höflich war, die beiden zu ihrem Flug zu befragen, wirkten ihre Eltern wie eingefroren. Immerhin, vermutlich musste man es ihnen hoch anrechnen, dass sie extra den weiten Weg auf sich genommen hatten.

»Wir hoffen, dass du für heute Abend noch keine Pläne hast, Claire.«

»Nein, tatsächlich habe ich nichts geplant.« Sie lächelte angestrengt und lehnte sich mit der Hüfte gegen ihren Schreibtisch. »Wenn ihr nach dem Flug sehr müde seid, dann können wir auch morgen Abend etwas unternehmen.«

Ihr Vater entfernte einen imaginären Fussel von seinem Jackett. »Wir sind heute Morgen gelandet und haben uns ein paar Stunden im Hotel ausgeruht.«

Vicky kicherte los. »Ein Hotel scheint angebracht zu sein. Claires Couch ist furchtbar unbequem.«

Claire musste unwillkürlich lächeln. Doch ihre Eltern schienen nicht zu verstehen, dass ihre Freundin lediglich einen kleinen Scherz gemacht hatte.

Räuspernd fragte sie daher: »In welchem Hotel schlaft ihr?«

»Im Ritz-Carlton.« Ihr Vater gab einen kritischen Laut von sich.

Erklärend richtete ihre Mutter das Wort an sie. »Dein Vater ist verärgert, weil uns das Hotel nur eine Junior-Suite anstelle einer Executive-Suite gegeben hat.«

»Für die paar Tage wird es vermutlich reichen«, brummte ihr Vater wenig zugänglich.

»Das wird es schon«, warf ihre Mum ein. »Das Zimmer ist ganz entzückend und hat einen schönen Blick über die Stadt.«

»Der Lunch war jedoch nicht nach meinem Geschmack. Zu fad.« Ihr Vater sah ihr ins Gesicht. »Als Gastrokritikerin müsstest du eine gute Adresse kennen, wo wir heute Abend deinen Geburtstag feiern können, nicht wahr? In London wären wir mit dir zu Heston Blumenthal gegangen. Gibt es hier ein passendes Äquivalent?«

Bevor Claire auch nur den Hauch einer Chance erhalten hätte, ihrem Vater zu antworten, schaltete sich Vicky ein und informierte ihn fröhlich: »Wenn Sie nach einem exzellenten Restaurant für Claires Geburtstagsessen suchen, dann sollten Sie unbedingt im *Knight's* essen gehen. Die Küche dort ist außergewöhnlich. Sehr Haute Cuisine.«

Ihre Augen durchbohrten Vicky förmlich, die sich jedoch voll und ganz auf ihre Eltern konzentrierte.

»Oh, das klingt doch nett. Hätten wir dort reservieren müssen, Claire?«

»Bestimmt nicht«, erwiderte der Quälgeist einer Freundin. »Der Küchenchef ist ein ... äh ... Freund von Claire. Ich bin mir sicher, dass Sie deswegen problemlos einen Tisch bekommen.«

Ihr Vater zückte sein Handy. »Vorsichtshalber werde ich mich doch um eine Tischreservierung kümmern. *Knight's* war der Name?«

»Genau, Sir.« Vicky strahlte über das ganze Gesicht.

Claire hätte sie am liebsten getreten.

In dem anschließenden Trubel, der vor allem durch ihre Mutter befeuert wurde, die ihr jede Neuigkeit aus ihrem Bekanntenkreis erzählte, verabschiedete sich Vicky. Sie zwinkerte ihr noch einmal bedeutungsvoll zu und wünschte ihnen allen einen schönen Abend. Claire erhielt somit nicht einmal eine Gelegenheit, sich bei ihr für die nette Einmischung zu bedanken. Stattdessen war sie damit beschäftigt, ihren Eltern die Redaktion zu zeigen und sie anschließend mit in ihre Wohnung zu nehmen. Da ihre Mum kein anderes Thema als Edwards Eltern kannte, mit denen sie vor zwei Wochen eine Regatta besucht hatten, fand Claire es sogar schade, dass sie erst gestern Abend aufgeräumt und Nicks Klamotten in ihren Schrank verstaut hatte. Nicht einmal einen Blick ins Schlafzimmer oder Bad warf ihre Mutter. Beim Anblick der Männersportschuhe oder der zweiten Zahnbürste hätte sie vielleicht eins und eins zusammengezählt und endlich aufgehört, über Edwards Familie zu reden. Nick hatte jedoch heute Morgen die Spülmaschine eingeräumt, und deswegen zeugte nicht einmal eine zweite Kaffeetasse davon, dass Claire vergeben war. So tröstete sie sich damit, dass ihre Eltern spätestens beim Restaurantbesuch erfahren würden, wie sinnlos das Gerede über Edward war. Claire beabsichtigte nämlich, ihnen Nick vorzustellen, wenn sie schon einmal da waren. Vicky würde entzückt sein, wenn sie erfuhr, dass sie sozusagen Urheberin dieses Kennenlernens war. Innerlich lächelte Claire.

Eigentlich war sie ziemlich müde und sah einem Abendessen mit ihren Eltern nicht gerade begeistert entgegen. Als sie im Taxi zum *Knight's* fuhren, erzählte ihre Mum außerdem unablässig von einer Überraschung, für die sie sich so große Mühe gegeben hatten. Was das wohl werden würde? Sie lächelte jedoch nur artig und versicherte ihrer Mutter, sie könne die Überraschung kaum erwarten. Tatsächlich konnte sie ihr Bett kaum erwarten und fühlte trotz der Wiedersehensfreude eine Portion Enttäuschung, dass ihr gemütlicher Abend den Bach hinuntergegangen war.

Im Restaurant wurden sie von Marah begrüßt, die sie drei an einen hübschen Tisch direkt an den breiten Fensterfronten führte. Sie setzten sich und bestellten einen Aperitif. Claire überlegte noch, warum ihr Tisch für vier Personen gedeckt war, als sie geistesabwesend an ihrem Wasserglas nippte, durch den Gastraum sah und Edward entdeckte. Beinahe hätte sie vor lauter Schreck ihr Wasser wieder ausgespuckt.

»Da ist ja unsere Überraschung«, flötete ihre Mutter überglücklich und erhob sich, um den Gast zu begrüßen, der lässig an den Tisch trat und charmant in die Runde lächelte.

Während Edward ihre Mutter höflich mit einem Kuss auf die Wange begrüßte, warf Claire ihrem Dad einen wütenden Blick zu, als der ebenfalls aufstand. Sie selbst blieb sitzen und verschränkte die Arme vor der Brust. Innerlich kochte sie vor Zorn.

»Edward, mein Junge, was machen die Geschäfte?« Beide Männer schüttelten sich die Hände. Claires Ex-Freund begann prompt damit, ihrem Dad einen ausführlichen Bericht über Aktienkurse und seinen Geschäftstermin an der Wall Street zu liefern.

Ihre Mutter dagegen geriet in Entzückung und strahlte Claire an. »Ist das nicht ein wundervoller Zufall, Liebes? Als wir hörten, dass Edward diese Woche in New York ist, haben wir gedacht, dass er heute Abend zu uns stoßen könnte. Obwohl er sehr beschäftigt ist, hat er sofort zugesagt.« Sie überschlug sich beinahe, und es hätte Claire nicht gewundert, wenn sie Edward applaudiert hätte wie einem dressierten Seelöwen in Seaworld.

»Hallo, Claire.« Edward schien es nun endlich für an der Zeit zu halten, sie zu begrüßen, und sah sie über den Tisch hinweg an.

Nicht einmal im Traum dachte sie daran, aufzustehen und sich von ihm mit einem Wangenkuss begrüßen zu lassen. Bewegungslos blieb sie daher sitzen und hoffte, ihm und ihren Eltern durch die verschränkten Arme und die gerunzelte Stirn deutlich zu signalisieren, dass sie über seine Anwesenheit alles andere als begeistert war.

Sein aufgesetztes Lächeln wurde noch breiter. »Du siehst großartig aus. Alles Liebe zum Geburtstag. Ich hoffe, dich stört es nicht, wenn . . .«

Rüde unterbrach sie ihn, ignorierte sein Gesülze einfach und sah ihre Eltern an. »Das ist doch ein Scherz.«

»Claire, also wirklich. Was ist das denn für ein Benehmen?« Ihre Mum klang entsetzt. Tadelnd zog sie die Augenbrauen hoch. »Begrüß bitte deinen Gast. Er hat schließlich den weiten Weg von London auf sich genommen, um deinen Geburtstag zu feiern.«

»Ach«, spottete sie und kniff die Augen zusammen. »Und ich dachte, er hätte Termine in New York gehabt.«

»Wieso setzen wir uns nicht, bevor wir die Aufmerksamkeit des gesamten Restaurants auf uns lenken?«, ertönte die befehlsgewohnte Stimme ihres Vaters. Wie in einer billigen Schmierenkomödie setzen sich prompt alle drei. Claire blieb stocksteif sitzen und hätte das strafende Kopfschütteln ihrer Mutter vermutlich komisch gefunden, wenn sie selbst nicht derart wütend gewesen wäre. Sie stand kurz davor, einfach aufzustehen und zu gehen. Und danach würde sie endlich mit ihren Eltern Tacheles reden – und Edward klarmachen, dass sie längst getrennt waren und sie verdammt froh darüber war.

Dann musste sie auch noch beobachten, wie ein freundlicher Kellner Wasser in Edwards Glas goss und dieser sich weder bedankte noch den Mann überhaupt beachtete. Er hätte auch Luft für ihn sein können. Also bedankte sie sich besonders herzlich bei dem Kellner für das Wasser und erntete einen verständnislosen Blick ihres Ex-Freundes.

»Wie bitte?«

Aufgebracht zischte sie ihm zu: »Ich habe mich bei unserem Kellner dafür bedankt, dass er *dir* Wasser ins Glas gegossen hat.«

Wie es Edwards Art nun einmal war, schenkte er ihr ein amüsiertes Lächeln und klärte sie blasiert auf: »Claire, Liebes, es ist sein Job, Gästen Wasser einzugießen.«

Besagtes Wasser hätte sie ihm gerne in sein affektiertes Gesicht geschüttet. »Außerdem ist er ein menschliches Wesen, Edward. Wäre es zu viel verlangt, einfach Danke zu sagen?«

Natürlich war ihren Eltern nicht etwa Edwards Arroganz unangenehm, sondern sie begannen ihre Tochter zu kritisieren. »Können wir deinen Geburtstag bitte in Ruhe und Frieden feiern, Claire? Kannst du dich nicht darüber freuen, dass wir vier hier zusammen sitzen, und dich zivilisiert benehmen?«

Beinahe hätte sie geschnaubt. *Zivilisiert.* Sie wusste wirklich nicht, ob sie lachen oder heulen sollte.

»Genau, Liebes. Wir haben uns so darüber gefreut, mit dir und Edward diesen Abend zu verbringen.« Geradezu feierlich nickte ihre Mutter und warf ihr einen hoffnungsvollen Blick zu.

»Meine Eltern wären auch sehr gerne heute gekommen«, schaltete sich Edward ein. »Aber meine Mutter fungiert in diesem Jahr als Schirmherrin der John Gay-Society und ist daher wegen einer Veranstaltung verhindert.« Ihren Eltern erklärte er: »In Exeter findet eine Neuinszenierung seiner Beggar's Opera statt, und Mutter muss als Schirmherrin anwesend sein.«

»Selbstverständlich«, versicherte Claires Vater, und auch

ihre Mutter beeilte sich mit einem Nicken ihre Zustimmung kundzutun.

Misstrauisch runzelte Claire die Stirn. »Warum sollten deine Eltern überhaupt darüber nachdenken, für meinen Geburtstag extra nach Boston zu fliegen? Irre ich mich, oder sind wir nicht seit fast einem Jahr getrennt, Edward?«

Wieder schenkte er ihr sein gewinnendstes Lächeln, für das sie jedoch so gar nicht mehr empfänglich war. Im Gegenteil, es vertiefte eher ihr Misstrauen. »Deine Eltern, meine Eltern und ich haben darauf gehofft, mit dir einen schönen Geburtstag zu feiern und diese leidige Trennung zu vergessen.«

Pochende Kopfschmerzen begannen sich hinter ihrer Stirn zusammenzubrauen. »Wovon zum Teufel sprichst du überhaupt?«

Edward strich den Ärmel seines Jacketts glatt. »Nach unserem letzten Telefonat bin ich zu der Überzeugung gekommen, dass wir unsere Probleme sicherlich überwinden können, Claire. Die Trennung hat mir die Augen geöffnet. Wir waren das perfekte Paar.«

Sie zwinkerte verblüfft und öffnete fassungslos den Mund. »Was? Soll das ein Witz sein, Edward?«

»Natürlich nicht.« Er sah sie ernst an. »Deine Eltern und meine Eltern sind ebenfalls der Auffassung, dass wir es noch einmal versuchen sollten. Vor einem Jahr ist sehr viel falsch gelaufen, einiges war sicherlich auch meine Schuld.«

Wie großzügig von ihm.

»Wir hätten beispielsweise schon längst über eine Heirat reden sollen.«

Entsetzt starrte sie ihn an und schwor sich, augenblicklich Amok zu laufen, sollte Edward auf die schwachsinnige Idee kommen, ihr hier und jetzt einen Antrag zu machen. War sie in einem Irrenhaus gelandet, ohne es zu wissen?

Voller Sarkasmus gab sie zurück: »Und das alles musst du mir im Beisein meiner Eltern erzählen?«

»Wollt ihr allein sein?« Warum klang ihre Mum nur so erfreut?

Claire entfuhr ein halbverschluckter Laut. »Himmel, nein! Ich will nicht einmal hier sein!«

»Claire ...«

»Wessen Idee war diese Farce?« Sie schaute zwischen ihren Eltern hin und her. »Habt ihr wirklich geglaubt, ich würde mich freuen, wenn ihr mich zu dritt an meinem Geburtstag überfallt?«

»Wir wollten dich überraschen«, protestierte ihre Mutter.

»Wenn ihr mir meinen Geburtstag ruinieren wolltet, könnt ihr euch auf die Schulter klopfen.« Ihr wütender Blick glitt zu Edward. »Und was du dir hiervon versprochen hast, begreife ich erst recht nicht. Ist das einer deiner blöden Witze?« Einem Telegramm gleich peitschte sie hervor: »Ich habe Schluss gemacht. Ich liebe dich nicht. Ich lebe in Boston.«

Einen Augenblick lang schien er verwirrt zu sein, bevor er mit der Zunge schnalzte. »Du kannst doch nicht damit zufrieden sein, hier in Boston zu leben und Restaurantkritiken zu schreiben.«

»Dann kläre mich doch einmal auf, Edward. Tatsächlich bin ich wahnsinnig neugierig, wann ich deiner Meinung nach zufrieden sein kann.« Sie lehnte sich vor und schluckte. »Ich habe einen tollen Job, nette Kollegen und ... und bin mit einem wunderbaren Mann zusammen. Tu mir einen Gefallen und lass mich in Ruhe.«

Für einen Moment herrschte Stille am Tisch.

Wenn Claire jedoch angenommen hatte, Edward ließe sich durch den Hinweis auf einen anderen Mann ins Bockshorn jagen, hatte sie sich geirrt.

»Claire.« Lächelnd hob er eine Hand und merkte verständnisvoll an: »Mir macht es nichts aus, wenn du dich während deiner Zeit in Boston ein wenig amüsiert hast.«

Claire konnte nicht glauben, dass sie hier direkt vor der Nase ihrer Eltern ein solches Gespräch mit Edward führte. Überhaupt die Tatsache, *dass* sie mit Edward redete, war bereits zu viel des Guten. Wenn sie sich nicht mitten in Nicks Restaurant befunden hätte, wäre hier die Hölle los gewesen.

»Liebes, wir alle wollen doch nur dein Bestes«, beteuerte ihre Mutter. »Warum . . .«

»Warum haltet ihr euch nicht einfach aus meinem Privatleben heraus?«, schlug sie ruppig vor.

»Claire, du vergisst dich.« Ihr Vater sah sie über den Tisch hinweg streng an. »Deine Mutter hat sich sehr viel Mühe damit gegeben, dich an deinem Geburtstag zu überraschen. Und Edward hat extra ein Abendessen mit einem Investor abgesagt.«

»Gut, dass du es ansprichst, denn ich werde den Verdacht nicht los, ebenfalls nichts anderes als eine Investition zu sein – so, wie ihr hier redet.«

»Du machst dich lächerlich, Liebes«, warf ihre Mutter ein. Sie klang aufgeregt. »Wir denken an deine Zukunft. Und an Edwards.«

Und dafür hatte sie ihr schönes Schaumbad absagen müssen, um hier zu sitzen und sich diesen Schwachsinn anzuhören? Hatten sie denn tatsächlich geglaubt, dass sie ihre Beziehung zu Edward auffrischen würde, ja, ihn gleich heiraten würde, wenn sie ihn hierher schafften? Anscheinend kannten ihre Eltern sie nicht besonders gut. Und sie machten sich nicht sonderlich viel daraus, was sie wollte. Mit einem Mal dachte sie an den wunderbaren Nachmittag, den sie mit Nick bei seiner Granny verbracht hatte. Zwischen jenem gemütlichen Essen und diesem steifen sowie hochnotpeinlichen Dinner lagen Welten.

Sehr bestimmt entgegnete sie ihrem Vater: »Ich habe euch nicht gebeten, nach Boston zu kommen. Anstatt diese peinliche Verkupplung zu forcieren, solltet ihr mich lieber nach meiner neuen Beziehung fragen. Wenn euch wirklich etwas an eurer Tochter liegt.« Nur der Tatsache, dass sie in Nicks Restaurant keine Szene machen wollte, war es zu verdanken, dass sie nicht laut wurde. Oder dass sie alle drei nicht einfach stehen ließ.

»Aber, Claire.« Ihre Mutter klang verzagt. »Wir haben gedacht, du würdest dich freuen.«

Sie schnaubte abfällig. »Indem ihr Edward mitbringt? Wohl kaum!«

Ihre Mutter rang die Hände. »Ihr beiden seid so ein schönes Paar und passt so gut zusammen.«

»Außerdem bestehen zwischen unseren Familien jahrelange Geschäftsverbindungen«, betonte ihr Vater.

Sie hörte doch nicht recht! Sie hatte recht gehabt! Für ihren Vater war sie tatsächlich so etwas wie eine Investition, die man hin und her schieben konnte.

Edward klang beinahe gelangweilt und ordnete an: »Claire, sei vernünftig und mach keine Szene. Wir reden später darüber.«

Gerade als sie doch aufstehen und gehen wollte, um die drei allein zu lassen, legten sich zwei Hände auf ihre Schultern. Erschrocken zuckte sie zusammen und blinzelte nach oben, wo sie Nick entdeckte, der breit lächelnd in die Runde sah.

»Guten Abend zusammen.«

»Nick.« Sie konnte sich nicht überwinden, ihn anzulächeln, weil sie dafür noch immer zu wütend war. Trotzdem war sie froh, ihn zu sehen, und lehnte sich automatisch nach hinten, um ihm näher zu sein.

Seine Hände ruhten beruhigend auf ihren Schultern, gaben ihr neue Kraft. »Ich wusste nicht, dass du heute Abend bei uns deinen Geburtstag feiern wolltest. Marah hat mir gerade gesagt, dass du hier bist.« Fragend hob er eine Augenbraue. »Willst du mich nicht vorstellen, Claire?«

Sie holte tief Luft und lächelte gequält. »Mum, Dad, das ist Nick. Mein Freund. Er ist der Küchenchef des *Knight's*.« Ihre rechte Hand legte sich auf seine, die auf ihrer Schulter lag. »Nick, das sind meine Eltern, die mich überraschenderweise besuchen gekommen sind.« Edward ließ sie außen vor.

Nick zog seine Hände von ihren Schultern weg und klang besonders charmant, als er ihrer Mutter die Hand reichte. »Claire freut sich bestimmt sehr über Ihren Besuch, Ma'am. Wie nett, Sie kennenzulernen.«

Man konnte ihrer Mutter sehr gut ansehen, wie unangenehm ihr die Begegnung war, auch wenn sie Nick die Hand reichte und eine Entgegnung murmelte. Ihrem Vater dagegen hätte Claire gerne in den Hintern getreten, weil er Nick in seiner Kochjacke abschätzend maß und anscheinend zögerte, ihm die Hand zu geben.

Auch Nick schien seine Schlüsse aus dem distanzierten Verhalten ihrer Eltern zu ziehen. Er warf Claire einen langen prüfenden Blick zu, sein Gesicht verschloss sich. Dann trat er einen Schritt zurück.

Claire wollte auf keinen Fall, dass er sich ausgeschlossen oder unerwünscht fühlte, und fragte daher gespielt fröhlich nach: »Möchtest du dich nicht zu uns setzen?« Sie hörte selbst, wie unnatürlich ihre Stimme klang.

Er schüttelte den Kopf und erklärte dumpf: »Ich muss zurück in die Küche.«

»Nur fünf Minuten.« Sie legte den Kopf schief und griff nach seiner Hand. Dass sein finsterer Blick zu Edward glitt, ignorierte sie völlig und drückte stattdessen seine Hand. »Es ist immerhin mein Geburtstag.«

Darauf antwortete er ihr, indem er ihr die Hand entzog und die Arme vor der Brust verschränkte. Demonstrativ deutete er auf Edward und wirkte komischerweise alles andere als friedfertig. »Du hast mir deinen anderen Gast noch nicht vorgestellt.« Aufrecht stand Nick vor dem Tisch und hatte sich merklich verkrampft.

»Edward Thornton, Managing Director bei Sutton Industries.« Edward nickte ihm zu. »Ich war einmal Claires Verlobter.«

Sie schnappte nach Luft und stellte augenblicklich klar. »Wir waren niemals verlobt, Edward. Das wüsste ich.«

Er zuckte mit den Schultern. »Eine offizielle Verlobung ist eine reine Formsache, Darling.«

Claire knirschte mit den Zähnen. »Wenn du meinst.«

Ihr Ex-Freund erwiderte nonchalant: »Claire, wir alle wissen doch Bescheid. Unsere Trennung und dein Umzug nach Boston waren nur eine Trotzreaktion darauf, dass ich es versäumt habe, dir einen Antrag zu machen.«

Mit ihrem Blick erdolchte sie Edward förmlich. »Halt die Klappe, Edward!«

Er reagierte mit einem wissenden Lächeln auf ihre ruppige Antwort. »Warum wäre ich denn sonst heute hier? Wenn ich nicht glauben würde, ich hätte noch eine Chance bei dir?«

»Das würde ich auch sehr gerne wissen«, knurrte Nick verhalten. »Was macht er hier, wenn du nichts mehr mit ihm zu tun hast?«

Weil er klang, als wäre er nun wütend auf sie, drehte Claire den Kopf zu Nick und bemühte sich um Ruhe. »Keine Ahnung. *Ich* habe ihn jedenfalls nicht eingeladen.«

»Harrison und Beatrice haben mich freundlicherweise eingeladen. Unsere Familien sind seit ewigen Zeiten miteinander befreundet«, klärte Edward Nick auf.

»Ja, unglücklicherweise«, hörte Claire sich selbst sagen.

Dem aufgeregten und entrüsteten Luftholen ihrer Mutter schenkte sie nicht einmal einen Blick.

Bittend schaute sie stattdessen Nick an. »Setz dich doch, Nick.«

»Ich werde in der Küche gebraucht«, versetzte er grimmig, nickte in die Runde und drehte sich um.

Ausgerechnet in diesem Moment, und für Nick sicherlich noch sehr gut zu hören, fragte Edward mit einem überheblichen Lachen in der Stimme: »Das kann nicht dein Ernst sein, Claire. Ein Koch? Ist das nicht unter deinem Niveau?«

Man hatte ihnen noch keinen Wein gebracht. Aber der wäre auch viel zu gut gewesen, dachte Claire, als sie nach ihrem Wasserglas griff. Mit einem Gefühl der Erleichterung schüttete sie Edward dessen Inhalt ins Gesicht. Dann stand sie auf.

Auf dem Weg zur Tür traf sie Marah. Sie erklärte zerknirscht: »Entschuldigung, aber ich konnte nicht anders.«

Die Serviceleitung lächelte sie nur milde an. »Ich weiß, keine Sorge. Schließlich bist du mit Nick zusammen, musst also eine Engelsgeduld haben. Wenn du so ausflippst, weiß ich, dass du richtig provoziert worden bist.« Sie wedelte mit der Hand. »Und, Claire? Nick ist da vorne langgegangen.«

* * *

»Nick, warte!«

Er dachte nicht daran, stehenzubleiben und auf Claire zu warten, sondern stürmte wütend weiter.

Nick fühlte sich gedemütigt, für dumm verkauft, beleidigt und betrogen. In den letzten Minuten war er vorgeführt worden – und es war aus heiterem Himmel gekommen. Gerade war er noch an Claires Tisch getreten und hatte sich ihren Eltern vorstellen wollen, nur um dann mit einem Schlag zu Boden zu gehen. Die Überraschung auf den Gesichtern ihrer Eltern war deutlich genug – sie hatte es anscheinend nicht für nötig gehalten, ihren Eltern von ihm zu erzählen. Noch nicht einmal Briten konnten so unsensibel sein, in so einem Fall mit diesem eitlen Fatzke im Schlepptau an ihrem Geburtstag hier aufzutauchen. Alle drei hatten ihn behandelt, als wäre er nicht einmal gut genug, ihnen die Schuhe zu putzen. Und Claire hatte richtig ertappt gewirkt, auch wenn sie versucht hatte, das zu überspielen. Das sagte alles, was er wissen musste.

Das kann nicht dein Ernst sein, Claire. Ein Koch? Ist das nicht unter deinem Niveau?

Mit dem Gefühl, vor lauter Wut gegen eine Wand schlagen zu müssen, ballte er die Hände zu Fäusten und senkte den Kopf. Voller Wucht stieß er die Flügeltüren der Küche auf und zog so die Aufmerksamkeit der Küchenbrigade auf sich.

Der laute Knall, mit dem die beiden Türen gegen die Wände schlugen, hallten ihm noch in den Ohren, als er seine Mitarbeiter anfuhr: »Steht hier nicht rum und glotzt mich an! An die Arbeit, verdammt noch mal!«

Zwar machten sie sich augenblicklich an die Arbeit, trotzdem konnte er ihre verwirrten Blicke geradezu körperlich spüren. Nick konnte es ihnen nicht verdenken. Sein Schädel pochte, Blut rauschte ihm regelrecht durch die Ohren, wütend holte er Luft. So hatte er sich niemals zuvor gefühlt.

Hinter ihm erklang Claires Stimme. »Nick, könnten wir bitte reden?«

Er fuhr zu ihr herum und ignorierte die Tatsache, wie schön, elegant und anmutig sie aussah oder dass der Ausdruck in ihren Augen voller Bedauern war. »Worüber willst du mit mir reden?«, brüllte er, ohne darauf Rücksicht zu nehmen, dass seine Mitarbeiter ihren Streit hautnah miterleben konnten. »Geh lieber zurück an deinen Tisch und unterhalte dich mit deinem Verlobten!«

»Er ist nicht mein Verlobter«, widersprach sie heftig und runzelte die Stirn. »Hast du nicht zugehört . . .?«

»Oh doch! Ich habe sehr wohl zugehört«, unterbrach er sie. »Wie war das? Ein Koch wie ich ist unter deinem Niveau?«

Claire schnappte nach Luft. »Was Edward denkt und sagt, interessiert keinen Menschen!«

»Deine Eltern scheint es sehr wohl zu interessieren!« Aufgebracht schob er das Kinn nach vorn. »Denkst du, ich hätte nicht bemerkt, wie sie auf mich reagiert haben? Und denkst du, ich wüsste nicht, was es zu bedeuten hat, dass du ihnen nicht von mir erzählt hast?«

»Könnten wir das vielleicht unter vier Augen besprechen?«

»Nein, können wir nicht! Gib es zu, du schämst dich für mich!«

Hinter ihm war es merklich still geworden. Nick musste sich nicht umblicken, er wusste auch so, dass das gesamte Küchenpersonal mit gespitzten Ohren dem Streit zwischen ihm und Claire lauschte.

Obwohl Claire meist nicht aus der Reserve zu locken war, lief ihr Gesicht nun rot an. Sie wirkte nicht weniger wütend, als er sich fühlte. »So ein Bullshit! Wie kommst du auf so eine dämliche Idee? Natürlich schäme ich mich nicht für dich!«

Er hörte sich selbst wie ein Rhinozeros schnauben. »Ich habe doch Augen im Kopf! Es ist zwar okay, mit dem Küchenpersonal zu bumsen, nur erfahren darf es niemand, richtig?«

»Sag mal, spinnst du!« Fassungslos schüttelte sie den Kopf.

»Warum wussten deine Eltern dann nichts von mir?« Nick

beantwortete seine Frage selbst. »Weil es dir peinlich gewesen wäre, ihnen zu erklären, dass du mit einem Koch aus armen Verhältnissen schläfst! Obwohl ein englischer Unternehmer dich heiraten will!«

In ihren Augen blitzte etwas auf. »Hast du nicht gehört, wie ich meinen Eltern gesagt habe, dass du mein Freund bist? Oder dass ich Edward gesagt habe, er soll die Klappe halten? Und natürlich auch, dass wir nie verlobt waren?«

Ihre Einwände wischte er mit einer Handbewegung fort. »Deine Eltern halten mich für nicht gut genug für dich!«

»Das spielt doch überhaupt keine Rolle!«

»Ach ja? Und warum hast du ihnen dann nichts von mir erzählt?«

»Wissen denn deine Eltern von mir?«

Auch wenn es eigentlich nicht möglich war, wurde sein Gesicht noch grimmiger. »Nein, aber Granny kennt dich. Mit meinen Eltern habe ich nichts zu tun.«

Sie warf die Hände in die Luft. »Und ich habe kein sonderlich enges Verhältnis zu meinen Eltern, Nick. Deshalb habe ich ihnen nichts gesagt.«

»Sie sind deine Eltern. Sie kommen extra für deinen Geburtstag nach Boston«, hob er hervor.

»Ja, genau.« Claire schnitt eine Grimasse und fuhr sarkastisch fort: »Sie sind meine Eltern, die mich nicht verstehen und nicht begreifen, was mich ausmacht. Durch ihren Besuch hier wollen sie mich nur manipulieren. Wir haben kein herzliches Verhältnis, so wie du es zu Granny hast. Mir war schon immer relativ egal, was sie denken oder nicht.« Sie ließ die Schultern nach unten sacken. »Deshalb habe ich nichts gesagt. Weil es nicht wichtig war.«

Nick schüttelte den Kopf, senkte die Stimme und raunte ihr heiser zu: »Du lügst dir selbst etwas vor, Claire. Sie sollen nur nicht wissen, dass dein Freund ein Koch mit Dyslexie ist, der aus ärmlichen Verhältnissen stammt. Deswegen hast du nichts gesagt.«

Bevor er sich noch weiter blamierte, stampfte er aus der Küche heraus und blieb erst stehen, als er im Hinterhof des Restaurants stand. Dort legte er den Kopf in den Nacken, schloss die Augen und atmete die kühle Abendluft ein.

Zu seiner Überraschung erklangen hinter ihm Schritte, bevor die Tür zum Hinterhof geschlossen wurde. Claire räusperte sich.

»Hast du dich wieder beruhigt, damit wir in Ruhe reden können?«

Nick drehte sich nicht einmal zu ihr um, als er dumpf erwiderte: »Worüber willst du denn in Ruhe reden? Es ist doch alles gesagt.«

Ihr Seufzen verlor sich im Dröhnen der Kühlungsanlage, die nach draußen führte. »Ich verstehe, dass du wütend bist, Nick. Denkst du, ich wäre das nicht auch? Meine Eltern haben sich dir gegenüber schrecklich benommen und einfach Edward für heute Abend eingeladen.«

»Ist das nicht völlig egal?« Er öffnete die Augen, um in den dunklen Nachthimmel über sich zu schauen.

»Nein, das ist es nicht«, fuhr sie auf. »Mir ist es nicht egal, was du denkst und fühlst. Und dass du denkst, ich würde mich für dich schämen, ist mir erst recht nicht egal. Es macht mich traurig.«

Nun drehte er sich zu ihr um. »Sind wir doch ehrlich, Claire. Das zwischen uns hätte auf keinen Fall geklappt. So ein Typ wie dein Ex passt besser zu dir. Und deine Eltern scheinen ihn zu lieben.«

»Aber ich liebe ihn nicht.« Sie kam ein paar Schritte auf ihn zu und schlang die Arme um sich. »Wieso denkst du, dass

Edward der Richtige für mich ist? Ich war nämlich zufällig der Meinung, dass wir beide ziemlich gut zueinander passen, Nick.«

»Muss ich das wirklich beantworten?« Grimmig verzog er den Mund.

»Ja, das musst du.«

Ungeduldig atmete er aus. »Du warst auf Privatschulen, hast studiert, bist belesen und verdammt kultiviert. Ich dagegen habe noch kein einziges Buch in meinem Leben gelesen, habe mir meinen Highschoolabschluss erschummelt und komme aus einer kaputten Familie. Finde selbst den Fehler.« Er nickte in Richtung Tür. »Dein Ex sieht aus wie jemand mit einem tollen Stammbaum und einem grandiosen Uniabschluss.«

»Mein Ex ist ein snobistischer Idiot, der sich keinen Funken für mich oder meinen Job interessiert. Er würde mir weder Crème brûlée in die Redaktion bringen noch mit mir bis nach Maine fahren, um mich zu einem Interview zu begleiten. Er wüsste nicht einmal, wer Mathieu Raymond ist, weil er mir nie zugehört hat, wenn ich ihm etwas erzählt habe.«

Nick starrte sie schweigend an und spürte, wie ein Muskel in seiner Wange zuckte. Tonlos erklärte er: »Das habe ich nur getan, um dich ins Bett zu bekommen.«

Claire kniff die Augen zusammen. »Hast du nicht«, widersprach sie felsenfest.

Schulterzuckend ächzte er: »Vielleicht ist es gar nicht schlecht, dass das hier passiert ist. Du kannst dir einen anderen Typen suchen, einen wie deinen Ex, und den in langweilige französische Filme schleppen. Und ich kann endlich mit dem Kuschelkurs aufhören.« Nick machte eine abfällige Geste mit der Hand. »Es wurde mir eh zu viel.«

»Du bist kein Arschloch, Nick, also hör auf, dich wie eines zu benehmen«, befahl sie ihm ruhig.

Angriffslustig senkte er den Kopf. »Was soll das heißen?«

»Das soll heißen, dass ich verstehe, was du mit der ganzen Sache hier bezweckst.« Claire schüttelte den Kopf, als wolle sie ihn tadeln.

Wieder wirkte sie so verdammt gefasst. Warum konnte sie nicht toben, ihn anschreien und dann endlich gehen, damit er seine Wunden in Ruhe lecken konnte? Er wollte hier nicht stehen und sein Seelenleben ergründen lassen. Das Problem an Dates mit klugen Frauen war, dass sie nicht so leicht aufs Glatteis zu führen waren.

Träge lächelte er. »Ich bezwecke mit der ganzen Sache, dass zwischen uns Schluss ist, Claire.«

»Nein, du willst mich so wütend machen, dass ich dich in Ruhe lasse. Damit wir nicht darüber reden müssen, wie verletzt du bist. Und warum.«

»Ich bin nicht verletzt – mir ist nur einiges klargeworden. Das zwischen uns ist ... lächerlich.«

»Du machst aus der ganzen Sache ein unnötiges Drama!« Claire stampfte mit einem Fuß auf. »Heute Morgen war alles in bester Ordnung. Aber dann lernst du meine Eltern und meinen Ex kennen und willst auf einmal Schluss machen! Habe ich irgendetwas verpasst?«

Mürrisch runzelte er die Stirn. »Wie hat dein Ex so schön gesagt? Ich bin unter deinem Niveau. Belassen wir es doch dabei.«

»Jetzt pass mal auf. Edward ist unter deinem Niveau und nicht andersherum.«

Nick gab einen abfälligen Ton von sich. »Natürlich«, höhnte er. »Das glaube ich dir aufs Wort.«

Unbeherrscht fuhr sich Claire durch ihr Haar. »Verdammt, Nick!«

Er schüttelte den Kopf. »Es ist aus.«

»Was?«

»Ich würde es für dich ja buchstabieren, wenn ich es könnte, Claire ...«

»Geht es hier um deine Dyslexie?«, fragte sie ungläubig. »Es ist mir völlig egal, dass du nicht lesen und schreiben kannst. Und das weißt du auch.«

Mühsam holte er Luft und fragte mit einer Stimme nach, die vor Anspannung vibrierte: »Wie kannst du mit mir zusammen sein wollen, wenn du vorher mit einem Mann wie deinem Ex zusammen warst? Wolltest du Unterschichterfahrung sammeln?«

Auch ihre Stimme klang angespannt, als sie mit einem Grollen erwiderte: »Ich überhöre lieber, was du gerade gesagt hast, weil ich dir sonst eine verpassen müsste ...«

»Beantworte doch einfach meine Frage, Claire«, schnauzte er sie regelrecht an. »Oder traust du dich nicht, mir ins Gesicht zu sagen, dass du dich für mich schämst?«

Ihr Gesicht lief rot an, ihre Hände ballten sich zu Fäusten. »Wenn du endlich die Klappe halten würdest, könnte ich dir sagen, dass Edward mir niemals etwas bedeutet hat. Ich bin in dich verliebt, nur deshalb will ich mit dir zusammen sein.«

Nick blieb stumm, schaute sie bloß an. Erst nach ein paar Sekunden schüttelte er den Kopf und entgegnete hohl: »Netter Versuch. Für mich war es nur Sex.«

Auch Claire sah ihn einige Momente schweigend an und trat anschließend einen Schritt zurück. Im Gegensatz zu ihm klang ihre Stimme erstickt, als sie unter Tränen flüsterte: »Du bist ein Feigling, Nick O'Reilly, wenn du glaubst, dass du es nicht mit Edward aufnehmen kannst. Und ich will nicht mit jemandem zusammen sein, der nicht den Mut hat, seinen Mann zu stehen.«

12

Als es an seiner Wohnungstür klingelte, schnellte sein Puls automatisch in die Höhe, weil er einen kurzen Moment hoffte, dass es Claire war. Seit fast einer Woche ging es ihm nun jedes Mal so, wenn jemand an seiner Tür klingelte, sein Telefon ging oder sich die Tür zur Küche im *Knight's* öffnete. Jedes Mal wurde er enttäuscht und sagte sich einen Moment später, dass es besser so war.

Er konnte nicht vergessen, mit welchem Blick ihn ihre Eltern angesehen hatten. So klein und wertlos hatte er sich das letzte Mal gefühlt, als ihn sein Highschoollehrer vor der gesamten Klasse einen Versager genannt hatte. Wenn Nick nur daran dachte, dass Claire ihn irgendwann so ansehen könnte, drehte er in Gedanken bereits durch. Dass die Frau, die er liebte, sich für ihn irgendwann einmal schämen würde, war unerträglich. Bevor es so weit kam, machte er lieber Schluss. Feigling hin oder her.

Auch dieses Mal stand nicht Claire vor seiner Tür – warum sollte sie auch, nach dem, was er vor ihr behauptet hatte? –, sondern es war Vicky, die mit grimmiger Miene eine Zeitung in der Hand hielt.

»Lässt du mich rein?«

»Eigentlich ...« Weiter kam er gar nicht, weil sie ihn zurück in die Wohnung drängte und wie selbstverständlich eintrat. Ihm blieb nichts anderes übrig, als die Tür zu schließen und trocken zu fragen: »Kann ich dir etwas anbieten? Ein Wasser vielleicht? Oder lieber die Wegbeschreibung nach draußen?«

Davon schien sie sich nicht beeindrucken zu lassen. Sie ließ die Zeitung ohne Federlesen auf seinen Küchentisch fallen und drehte sich mit vor der Brust verschränkten Armen zu ihm um.

Da sie nichts sagte, fühlte sich Nick bemüßigt, sie grimmig zu fragen: »Hat dich Claire hergeschickt?«

»Natürlich nicht.« Abfällig runzelte sie die Stirn. »Und bevor du fragst: Sie weiß nicht, dass ich hier bin.«

Auch Nick verschränkte die Arme vor der Brust. Misstrauisch hakte er nach: »Und woher hast du dann meine Adresse?«

Ihre Stimme klang dieses Mal alles andere als schmeichelhaft, als sie verächtlich schnaubte: »Sexgott, wenn deine Adresse anonym bleiben soll, solltest du sie nicht jeder paarungswilligen Frau im Großraum Boston zustecken. Es war nicht sonderlich schwer, sie herauszufinden.«

Wunderbar! Am liebsten hätte er sich vor ihr verteidigt und ihr mitgeteilt, dass er bestimmt keiner einzigen Frau seine Adresse zugesteckt hatte, seit er Claire kennengelernt hatte. Aber wozu sollte er sich die Mühe machen?

Stattdessen zuckte er mit den Schultern und informierte sie kühl: »Ich habe noch ein paar Sachen von ihr hier. Die kannst du ihr mitnehmen.«

»Oh nein, das mach mal schön selbst.« Vicky maß ihn mit einem vernichtenden Blick. »Ich bin nur hier, um dir die heutige Ausgabe des Boston Daily zu bringen und um dir zu sagen, was für ein Idiot du bist.«

»Vielen Dank«, entgegnete er zynisch. »War es das jetzt?«

»Noch lange nicht!« Wütend bot sie ihm die Stirn. »Aus Claire ist nichts herauszubekommen, außer dass du mit ihr Schluss gemacht hast. An ihrem Geburtstag! Hast du den Verstand verloren? Claire ist toll, Nick.«

Am liebsten hätte er sie aus seiner Wohnung geworfen. Doch leider hatte ihm seine Granny eingetrichtert, niemals Hand an eine Frau zu legen – nicht einmal an solche Nervensägen wie Claires Freundin Vicky. Daher blieb ihm nichts anderes übrig, als mit den Zähnen zu knirschen.

»Ich wüsste nicht, was es dich angeht, was Claire und ich miteinander zu schaffen haben.«

»Claire ist meine Freundin. Daher geht es mich sehr wohl etwas an, dass sie seit Tagen mit geschwollenen Augen in die Redaktion kommt, nicht mehr mit mir spricht und heute diesen Widerruf veröffentlicht hat.« Sie nickte in Richtung Küchentisch, auf dem die Zeitung lag, die sie mitgebracht hatte.

Auch wenn sich ein Knoten in seinem Magen gebildet hatte, als sie von Claires geschwollenen Augen sprach, gab er sich distanziert. »Was Claire tut oder nicht tut, geht mich nichts mehr an.«

»Schön.« Vicky hob beide Hände in die Höhe und ging zur Tür. »Dann spiel weiter den dickköpfigen Idioten – aber lies wenigstens ihre Kritik.«

Vielleicht würde er es sogar tun, wenn er es könnte, überlegte Nick, während er die Wohnungstür nachdrücklich hinter Vicky schloss. Ihren strafenden Blick zum Abschied übersah er dabei konsequent.

Kaum war sie weg, pirschte er sich an den Küchentisch heran und betrachtete das Exemplar der druckfrischen Zeitung. Wenn er sich verdammt viel Mühe gab, konnte er den Zeitungsnamen gerade so entziffern – natürlich half die Tatsache, dass er wusste, wie die Zeitung hieß. Eigenständiges Lesen war ein hoffnungsloses Unterfangen. Weil er jedoch nicht Granny anrufen konnte, damit sie ihm Claires Artikel vorlas, hatte er keine Ahnung, wie er erfahren sollte, was sie über ihn geschrieben hatte. Seine Großmutter hätte ihn wie eine Zitrone ausgequetscht, um zu erfahren, warum er sich von Claire getrennt hatte. Und weil er seine Großmutter kannte, ahnte er, dass sie ihn für verrückt erklären würde, Claire zu verlassen. Sie würde ihm die Ohren lang ziehen, dass er mit einer Frau wie Claire Schluss machte, weil er sich für seine Dyslexie schämte. Und weil er die Hosen gestrichen voll hatte, nachdem er ihre Eltern kennengelernt hatte.

Missmutig schlug er die Zeitung auf und blätterte lustlos durch die Seiten. Als er ein Foto von sich in Kochjacke entdeckte, war er ziemlich sicher, dass es sich hier um Claires Artikel handelte. Lesen konnte er ihn nicht. Nick entzifferte zwar seinen Namen, aber alle anderen Buchstaben verschwammen vor seinen Augen. Jedes Mal, wenn er ein Wort genauer anschaute, ergaben die Buchstaben keinen Sinn. Frustriert ließ er die Zeitung auf den Tisch fallen. Er hätte zu gerne gewusst, was sie über ihn geschrieben hatte. Komischerweise machte er sich keine Sorgen darum, dass sie in ihrem Artikel seine Dyslexie erwähnen könnte. Claire würde niemals sein Vertrauen missbrauchen. Das war so sicher wie das Amen in der Kirche.

Das Klingeln des Telefons riss ihn aus seinen Gedanken.

»Hey, Nick! Muss ich die Kavallerie zu dir nach Boston schicken, oder schaffst du es alleine, deinen Kopf aus dem Strick zu ziehen?«

Er schnitt eine Grimasse. »Hast du schon wieder getrunken, Drew? Weiß Brooke denn nicht, dass du keinen Alkohol verträgst?«

Heiseres Lachen war die Antwort seines Kumpels, bevor der lässig wissen wollte: »Alles okay bei dir?«

Nein, nichts war okay, weil er sich von Tag zu Tag beschissener fühlte, aber Männer jammerten einander nicht die Ohren voll. »Sicher. Alles bestens.«

»Tatsächlich? Und warum ruft mich dann dieser potentielle Investor an und erklärt mir, dass du auf seine Anrufe nicht reagierst? Hör zu, Nick, das ist wichtig.«

Das wusste er selbst. Wenn er schon Scheiße baute, dann aber so richtig. »Ich weiß, dass es wichtig ist, aber ...«

»Ich muss das *Knight's* verkaufen, Nick«, unterbrach Drew ihn und klang alles andere als gelassen. »Aber ich will das Restaurant in guten Händen wissen. In *deinen* Händen. Dass dieser Käufer dich nicht nur als Chefkoch übernehmen, sondern dir die Verantwortung für das Restaurant geben will, ist wie ein Hauptgewinn im Lotto. Du kannst ihn nicht verprellen, indem du einfach seine Anrufe ignorierst.«

Schon zum zweiten Mal an diesem Tag biss er die Zähne zusammen. »Ich weiß«, knurrte er, ohne Drew eine Erklärung für sein Verhalten zu geben.

»Und dann ruft mich Marah an und erzählt mir, dass du völlig von der Rolle bist, seit du dir einen hollywoodreifen Streit mit deiner Freundin geliefert hast. In der Küche auch noch.« Nun klang Drew definitiv besorgt. »Muss ich mir Sorgen um dich machen?«

Wenn Drew jetzt mit ihm ein *Frauengespräch* führte, musste sich Nick erschießen. Nichtsdestotrotz brummte er in den Hörer: »Keine große Sache. Ich habe das geklärt.«

»Indem du seither unerträglich bist und die Belegschaft ständig anmotzt?«

»Ich bin nicht unerträglich, verdammte Scheiße!«

»Natürlich nicht«, höhnte Drew sarkastisch. »Ich sehe schon: Du bist das blühende Leben und die gute Laune selbst.«

Die Wut kam plötzlich, brach aus ihm heraus. »Soll das jetzt immer so sein? Sobald einer aus der Küche einen Furz quer sitzen hat, rufen sie dich an und heulen dir die Ohren voll, damit du mir am Telefon auf den Sack gehst? Ich bin der Küchenchef. Und wenn sie ein Problem mit mir haben, sollen sie gefälligst zu mir kommen! Du musst nicht glauben, dich in meine Küche einmischen zu können.«

Auch Drew klang wütend. »Hey, zieh deinen Kopf aus deinem Arsch, Nick! Ich mische mich nicht in deine Arbeit ein, sondern mache mir Sorgen, weil du mein Freund bist.«

Er ballte seine freie Hand zur Faust. »Niemand muss sich um mich Sorgen machen. Ich bin ein erwachsener Mann!«

»Ein erwachsener Mann, der seine schlechte Laune an den Mitarbeitern auslässt und in seiner Restaurantküche seine Freundin anbrüllt. Verdammt, Nick, was ist nur mit dir los?«

Mit ihm war nichts los, außer dass er es satt hatte, dass sich jeder Mensch in sein Leben einmischen wollte. »War es das jetzt? Ich muss mich um eine Weinlieferung kümmern.«

Drew ignorierte seinen Einwand einfach. Stattdessen fragte er ihn erschreckend ruhig: »Warst du heute schon bei Granny?«

»Was?« Verwirrt runzelte Nick die Stirn und legte fragend den Kopf schief. »Was soll ich heute Morgen bei Granny? Wie kommst du denn auf die Idee?«

Drews Seufzen hallte durch die Telefonleitung. »Weißt du nicht, dass Claire heute eine zweite Kritik veröffentlicht hat?«

»Doch, aber was hat Granny damit zu tun?«

Sein Kumpel erklärte sehr bedächtig: »Nun, ich hatte angenommen, dass du wissen willst, was Claire geschrieben hat, und deshalb zu deiner Großmutter fahren würdest. Damit sie dir den Artikel vorliest.«

Wie vom Donner gerührt stand Nick stocksteif mitten in seiner Küche und schluckte schwer. Das Schweigen zwischen ihm und Drew dehnte sich immer weiter aus, und das Ticken seiner Küchenuhr wurde stetig lauter.

Er atmete schwer. »Du weißt es.«

»Natürlich weiß ich es«, entgegnete Drew gelassen. »Wir haben lange miteinander gearbeitet, Nick, wir sind Freunde. Über kurz oder lang begreift man, warum der eigene Kumpel seine Rezeptideen nicht notiert oder jemand anderen dazu verdonnert, Inventur im Lagerraum zu machen.«

Ihm wurde kalt und heiß gleichzeitig. Erst Mathieu, nun Drew… Nur mühsam verdaute Nick die Neuigkeit, dass offenbar jeder geahnt hatte, was mit ihm los war. Heiser wollte er wissen: »Warum hast du nie etwas gesagt?«

»Warum hast *du* nie etwas gesagt?«

Fahrig schüttelte er den Kopf und kühlte merklich ab. »Hättest du mich eingestellt, wenn du es gewusst hättest?«

»Ich habe dich eingestellt, weil du ein wahnsinnig talentierter Koch bist, Nick.«

Er biss die Zähne zusammen. Angespannt erklärte er seinem Freund: »Begreifst du jetzt, warum ich nicht mit diesem Investor reden kann? Wer will schon auf einen Küchenchef setzen, der nicht einmal die Etiketten der Weinflaschen lesen kann?«

»Scheiß auf die Etiketten! Du kannst allein durch eine Geschmacksprobe die Jahrgänge eines Weins bestimmen und steckst so manch einen Sommelier in die Tasche.«

»Aber…«

Drew unterbrach ihn einfach. »Entweder du arbeitest an dir und suchst einen Spezialisten auf, der dir dabei hilft, lesen und schreiben zu lernen. Oder du weihst deine Mitarbeiter endlich ein, damit du dich auf deine Arbeit konzentrieren kannst und sie dich besser unterstützen können. Ich weiß doch genau, wie viel Energie du darauf verwenden musst, nicht enttarnt zu werden.« Er seufzte schwer. »Ehrlich gesagt bin ich mir ziemlich sicher, dass wenigstens Marah längst etwas vermutet. Zwar hast du niemals gecheckt, dass sie lesbisch ist, dafür durchschaut sie ihre Mitmenschen in null Komma nichts.«

Nick fasste sich an die Nasenwurzel und kniff die Augen zusammen. »Wenn du mich am Boden liegen sehen willst, mach nur so weiter.«

»Keiner von uns will dich am Boden liegen sehen, schließlich können wir dich alle ziemlich gut leiden, du Idiot.«

»Du klingst wie ein gefühlsduseliges Weib.« Trotz allem grinste Nick. »Aber das soll ja vorkommen, wenn ein Mann dazu verdonnert wird, für seine Liebste an gewissen Tagen im Monat Tampons zu kaufen. *Und* mit ihr Schnulzen im Fernsehen zu schauen.«

»Du solltest lieber nachdenken, wie du *deine* Liebste davon überzeugen kannst, dass du kein Arschloch bist, das ihr Sexleben vor der gesamten Küchenbrigade breittritt«, mahnte Drew ihn. »Die Überschrift ihrer Kritik lautet: *Gerichte zum Verlieben.*«

Nick antwortete, indem er schwieg.

»Hast du ihr wirklich vorgeworfen, dass sie mit dem Küchenpersonal bumst ...?«

Aufgebracht unterbrach Nick seinen Kumpel. »Was erzählt dir Marah bloß? Sie war doch gar nicht dabei!«

»Diese Information stammt von Cal«, informierte Drew ihn trocken. »Und von Mitch habe ich gehört, dass du seit einer Woche die beleidigte Leberwurst spielst. Ich komme mir hier vor wie bei der Telefonseelsorge, Nick! Soll ich vielleicht eine Standleitung zum *Knight's* installieren?«

»Ich sollte mit meinen Mitarbeitern ein ernstes Wort reden«, grummelte Nick und rümpfte dabei die Nase.

»Und du solltest dich bei ihnen für dein unausstehliches Verhalten entschuldigen.«

»Vielleicht«, wägte er zurückhaltend ab. »Mal abwarten.«

»Wenn du schon dabei bist, entschuldige dich bei Claire. Auch wenn sie in dich verliebt ist, werden deine Vorwürfe sie hart getroffen haben.«

Während der Knoten in seinem Magen immer größer wurde und er den Gedanken nur schwer verkraften konnte, Claire tatsächlich mit seinen Worten verletzt zu haben, spottete er heiser: »Und von wem hast du bitte gehört, dass sie in mich verliebt sein soll?«

»Das musste mir niemand sagen«, erwiderte Drew mit einem belustigten Prusten. »Ihre Kritik spricht doch Bände!«

»Vielleicht denkt sie, sie wäre in mich verliebt. Aber kannst du dir vorstellen, dass eine Frau wie Claire zu einem Mann wie mir passt? Zu jemandem, der nicht lesen und schreiben kann?«, presste Nick mühsam hervor.

»Ich denke, dass es Claire völlig egal ist, ob du lesen und schreiben kannst oder eben nicht.«

Finster runzelte er die Stirn. »Das denkt sie vielleicht jetzt, aber später ...«

»Scheiße, Nick, für einen Feigling habe ich dich eigentlich nie gehalten.«

Dann legte Drew einfach auf.

Nick hielt den Hörer noch ans Ohr, als in der Leitung bereits ein lautes Tuten zu hören war.

Hatte Drew etwa recht? Verhielt er sich wie ein Feigling? Haute er ab, wenn es schwierig wurde? Ein unangenehmes Gefühl breitete sich in ihm aus – ein Gefühl, das er bisher erfolgreich ignoriert hatte, das sich jetzt jedoch nicht mehr einfach wegschieben ließ. Nick kam sich wie sein Dad vor. Der hatte seine Probleme auch immer »bewältigt«, indem er sie ignoriert hatte und einfach abgehauen war, wenn es annähernd brenzlig wurde.

Nachdenklich starrte er den Hörer an und wählte nach einer gefühlten Ewigkeit eine Nummer. »Nat, ich bin's. Ich bräuchte deine Hilfe.« Er stockte einen Moment und atmete tief durch. »Schließlich will ich nicht die gleichen Fehler machen wie unser Dad und immer weglaufen, wenn es schwierig wird.«

* * *

Claire öffnete unter Mühen die Haustür, verfluchte den Schlüssel, der mal wieder im Schloss klemmte, und balancierte die Einkaufstüte auf ihrem Arm, während zwei Äpfel aus der Tüte fielen und über den Flur rollten. Genervt und am Rande ihrer Geduld riss sie den Schlüssel mit brachialer Gewalt aus dem Schloss heraus und taumelte ein Stück zurück, bevor sie die Tür mit dem Fuß zuschlug. Es war ihr egal, dass die Wände des Wohnhauses dabei vibrierten und der laute Knall bis nach Kanada zu hören war. Sollte sich einer ihrer Nachbarn über die Störung beschweren, würde es ihm verdammt leidtun. Bei ihrer Laune hätte Claire ihn einen Kopf kürzer gemacht.

Ungeduldig suchte sie ihren Wohnungsschlüssel am Schlüsselbund heraus und lief durch den Hausflur, nur um einen Augenblick später stehen zu bleiben und den Karton zu entdecken, der vor ihrer Wohnungstür auf der Fußmatte stand.

Augenblicklich schoss ihr Blutdruck in astronomische Höhen. Würde Edward es tatsächlich wagen...? Nach dem Strauß roter Rosen, den er ihr vor ein paar Tagen in die Redaktion hatte liefern lassen, hatte sie voller Wut zum Telefon gegriffen. Claire hatte die Schnauze voll, von ihm und ihren Eltern belästigt zu werden. Eigentlich war sie davon ausgegangen, dass er nach dem Gespräch begriffen hatte, dass sie eher eine Ratte als ihn heiraten würde. Sie war sehr deutlich geworden, was sie von ihm und seinem überheblichen Verhalten hielt. Zudem hatte sie ihm klipp und klar gesagt, dass sie ihn nicht liebte. Ihren Eltern hatte sie das Gleiche gesagt. Und sie hatte ihnen erklärt, dass sie einen anderen Mann liebte, der es nicht verdient hatte, von ihnen wie ein Aussätziger angeschaut zu werden.

Seither hielten sie die Füße still. Vorerst.

Denn angesichts des Pakets vor ihrer Wohnungstür befürchtete sie das Schlimmste. Und wäre es wirklich von Edward, würde sie sich noch heute in einen Flieger nach London setzen und ihn kaltblütig ermorden. Fast schon freute sie sich darauf.

Misstrauisch beäugte Claire es, als sie die Tür aufschloss und ihre Einkäufe in die Wohnung trug. Anschließend sammelte sie die beiden Äpfel ein und bückte sich widerstrebend, um den eingepackten Karton aufzuheben und ihn ebenfalls in die Wohnung zu bringen. Dort stellte sie ihn auf ihren Küchentisch und untersuchte ihn zögernd. Zwar stand kein Absender drauf, aber sie befürchtete trotzdem, dass er von Edward kam. Vermutlich hätte sie das Paket einfach in den Müll werfen sollen, doch ihre Neugierde siegte. Also machte sie sich daran, es zu öffnen, und staunte nicht schlecht, als sie einen mit rosafarbenem Zuckerguss verzierten Cupcake entdeckte, der sorgfältig in einem durchsichtigen Becker verpackt war. Verwundert kramte sie in dem Paket herum und fand schließlich einen weißen Briefumschlag, aus dem ein Zettel fiel, sobald sie ihn öffnete.

Fast hätte man meinen können, ein Kind hätte den Zettel beschriftet, da die Buchstaben krakelig und ungenau waren.

Lass es dir schmecken. Nick

Claire schluckte.

Nachdenklich setzte sie sich auf ihren Stuhl, vergaß komplett, ihre Einkäufe im Kühlschrank zu verstauen, und beäugte den zuckersüßen Cupcake sowie die Botschaft, die Nick selbst geschrieben haben musste. Was wollte er ihr damit sagen? Seit einer Woche hatte sie kein einziges Wort von ihm gehört – und jetzt schickte er ihr einen Cupcake mit einem Zettel, auf dem draufstand, dass sie es sich schmecken lassen sollte. Kopfschüttelnd lehnte sie sich zurück, völlig verwirrt.

Einerseits war sie wütend auf ihn und hätte ihm am liebsten den Kopf abgerissen, weil er sie verletzt und so unglaubliche Dinge gesagt hatte. Andererseits vermisste sie den Idioten. Sie zuckte mit den Schultern, schnappte sich den Cupcake und biss hinein.

Ein paar Stunden später kam sie gerade aus der Dusche, als jemand an ihrer Tür klopfte. Nur mit einem Bademantel bekleidet und mit einem Handtuchturban auf dem Kopf öffnete sie ihre Wohnungstür einen Spalt breit und sah sich mit einem Kurier konfrontiert, der ihr eine braune Papiertüte entgegenhielt.

»Claire Parker-Wickham?«

Sie nickte und ergriff zögerlich die Tüte, die er ihr wortlos entgegenhielt.

»Schönen Abend noch.« Mit einem Winken verschwand der Mann und ließ Claire mit der Tüte in der Hand einfach stehen.

Erst als sie den Essensgeruch wahrnahm, der aus der Tüte kam und ihr in die Nase fuhr, setzte sie sich in Bewegung und schloss die Tür. Der Inhalt dieser Lieferung stellte sich als eine Portion Hummersuppe mit Rosmarincroutons heraus. Auch in dieser Lieferung war ein Briefumschlag enthalten, aus dem Claire einen Zettel fischte.

In der gleichen krakeligen Handschrift wie zuvor stand darauf geschrieben: *Weil du abends immer hungrig bist. Nick*

Claire stand vor dem Teller Suppe, die wahnsinnig gut duftete und ihren Magen hungrig knurren ließ, und knabberte auf ihren Fingernägeln herum.

Was zum Teufel bezweckte Nick bloß mit diesen Lieferungen?

Sie musste sich dazu zwingen, nicht ihr Handy zu schnappen und ihn anzurufen. Wenn sie ihn nämlich angerufen hätte, hätte es bedeutet, dass sie wieder mit ihm sprach. Und so weit war sie noch nicht. Nichtsdestotrotz aß sie die Suppe bis zum letzten Bissen auf. Es wäre dumm gewesen, das gute Essen wegzuwerfen, nur weil dessen Urheber so ein Idiot war.

Am nächsten Morgen war sie nicht überrascht, wieder ein Paket vor ihrer Tür zu finden. Neugierig, was Nick mit dieser Aktion bezwecken wollte, und noch neugieriger, was er ihr schickte, und vor allem, was auf dem Zettel stand, öffnete sie das Paket. Sie entdeckte eine Dose voller noch warmer Pancakes und eine separate Dose, in der sich frischer Obstsalat befand. Wollte der Mann sie etwa mästen?

Iss etwas, bevor du zur Arbeit fährst. Nick

Ganz von allein stahl sich ein winziges Lächeln auf ihre Lippen, bevor sie zwei der köstlichen Buttermilchpancakes zusammen mit dem Obstsalat auf einem Teller anrichtete und sie verputzte. Der Mann mochte ein Idiot sein, aber kochen konnte er wie ein Gott.

In der Redaktion bemühte sie sich darum, sich auf ihre Arbeit zu konzentrieren und nicht die ganze Zeit an Nick oder seine Essenslieferungen samt Botschaften zu denken. Leider war das nicht ganz so einfach, als es um Punkt ein Uhr an ihrer Tür klopfte und ein neuer Kurier ihr eine weitere Lieferung übergab. Zu ihrem Leidwesen steckte ausgerechnet Vicky ihren Kopf zur Tür hinein, als Claire eine Portion frischer Tagliatelle mit Scampi in Safransauce öffnete.

»Wollten wir nicht beim Koreaner um die Ecke zu Mittag essen?«

»Ja«, murmelte Claire zögerlich. »Das wollten wir.«

Wie selbstverständlich warf Vicky ihre Handtasche auf den Besucherstuhl in Claires Büro, schnappte sich die Gabel, die direkt mitgeliefert worden war, und probierte eine der saftig aussehenden Scampi. Dass es ihr schmeckte, brauchte sie gar nicht erst zu sagen, weil sie ein lautes Stöhnen von sich gab und geräuschvoll schmatzte.

»Himmel, das schmeckt fantastisch! Warum hast du mir nicht auch etwas bestellt?«

Auf den vorwurfsvollen Tonfall reagierte Claire gar nicht, sondern stellte klar: »Ich habe das nicht bestellt. Ein gewisser Jemand schickt mir seit gestern Nachmittag ständig etwas zu essen.«

Vicky, die noch mit Kauen beschäftigt war, nickte anerkennend. »Der Sexgott ist ein cleveres Kerlchen.«

»Was?«

»Ja«, bekräftigte Vicky, die endlich den Bissen heruntergeschluckt hatte und nicht mehr mit vollem Mund sprach. »Die Rosen dieses englischen Typen sind postwendend im Müll gelandet, bevor du ihn am Telefon zur Schnecke gemacht hast. Aber zu gutem Essen kannst du nicht Nein sagen. Nick stellt sich bedeutend klüger an.«

Wie das klang! Als wäre sie verfressen! »Es geht weniger um den Inhalt der Pakete, sondern um die Männer, Vicky. Edward könnte mir meinetwegen eine eigene Pralinenfabrik schenken, und ich würde ihn dennoch in den Wind schießen. Bei Nick...« Sie stockte und fuhr sich unsicher über die Lippen. »Bei Nick geht das nicht so einfach.«

»Dann solltest du ihn auch nicht in den Wind schießen.«

Claire starrte Vicky finster an, bevor sie ihr in Erinnerung rief: »Falls du es vergessen hast: Nicht ich habe Schluss gemacht, sondern er!«

»Und jetzt scheint er sich mit dir versöhnen zu wollen«, konterte Vicky mit einem Schulterzucken. »Der Mann scheint sich wirklich Mühe zu geben.«

Ja, er gab sich Mühe, nämlich damit, sie völlig durcheinanderzubringen.

Weil Vicky keine Ruhe gab, teilte Claire die Portion Pasta großzügig mit ihr und wartete so lange ab, bis ihre Freundin wieder verschwand. Erst dann suchte sie nach dem Zettel, der in einem Briefumschlag darauf wartete, von ihr gelesen zu werden.

Danke für deinen Artikel. Nick

Ihr Mund klappte auf. Das war alles? Er bedankte sich bei ihr für den dämlichen Artikel, in dem sie ihre erste Gastrokritik widerrufen und seine Gerichte über den grünen Klee gelobt hatte? Seit Tagen wurde sie von ihren Kollegen darauf angesprochen, ob sie Nick O'Reilly nicht nur wegen seines Essens toll fand, sondern sich in den Küchenchef verknallt hatte. Anscheinend war es so offensichtlich, dass sie viel für ihn empfand. Sie war sogar über ihren Schatten gesprungen und hatte in dem vermaledeiten Artikel ihre Wette erwähnt. Und momentan arbeitete sie an der Reportage zu ihrem Treffen mit Mathieu Raymond, während sie sich ständig dazu ermahnen musste, Nick nicht immer zu erwähnen. Ganz Boston schien zu kapieren, dass sie in Nick O'Reilly verliebt war. Und was tat der?

Er schickte ihr lumpige Tagliatelle mit Scampi in Safransauce und bedankte sich förmlich!

Claire war so aufgebracht, dass ihr die Nudeln schwer im Magen lagen.

Männer waren wirklich das Letzte. Allesamt! Ihretwegen konnte man sie alle in einen Sack stecken und draufschlagen. Egal, wen es traf, er hatte es sicherlich verdient. Eines jedenfalls war ganz sicher: Mit Nick O'Reilly wollte sie nichts mehr zu tun haben.

Ihre Stimmung gelangte auf den Tiefpunkt, als sie nach Hause kam und dort kein Paket vor ihrer Wohnungstür fand. Trotz ihrer guten Vorsätze bekam sie nämlich vor lauter Enttäuschung feuchte Augen. Während sie die Wohnungstür öffnete, verfluchte sie Nick und bedachte ihn in Gedanken mit den unaussprechlichsten Schimpfwörtern. Sie war noch immer dabei, sich über ihn aufzuregen, als sie den Kuchen bemerkte, der auf ihrem Tisch stand. Vor lauter Schreck wäre ihr beinahe der Schlüsselbund aus der Hand gefallen.

Hastig trat sie an den Tisch heran, betrachtete den dunklen Schokoladenkuchen in Herzform, der mitten auf der Tischplatte stand, und schnappte sich den Briefumschlag, der daneben lag. Weil ihre Finger zitterten, schaffte sie es kaum, den Zettel herauszufischen.

Es tut mir von Herzen leid, Claire. In Liebe Nick. P.S. Ich vermisse dich.

Angesichts der krakeligen Schrift wurde ihr ganz warm ums Herz. Und der Kuchen schmeckte auch ausgezeichnet. Wie gerne hätte sie ihn mit Nick geteilt.

***

Marah wusste mittlerweile Bescheid.

Nick hatte nicht einmal im Traum geahnt, wie befreiend es sich anfühlen konnte, dass wenigstens seine Serviceleitung nun von seinen Problemen beim Schreiben und Lesen wusste. Vermutlich war es die beste Entscheidung gewesen, zuerst

Marah einzuweihen, immerhin war sie die Nüchternheit in Person und machte kein großes Drama aus der ganzen Sache. Außerdem hatte sie ihn weder mit Mitleid überschüttet noch mit Samthandschuhen angefasst. Stattdessen war sie einfach zur Stelle, wenn es um Bestellungen, Lieferungen und anderen Papierkram ging.

Natürlich war Nick klar, dass er wenigstens Cal als seinen Souschef einweihen sollte. Aber auch Rom war nicht an einem Tag erbaut worden.

Zusammen mit Marah ging er gerade an der gut ausgestatteten Bar des *Knight's* die Bestellungen der nächsten Woche durch, als sich die Tür des Restaurants öffnete und ein Kurier den Gastraum betrat. Nick hätte ihn vermutlich gar nicht weiter beachtet, weil in das *Knight's* ständig Pakete geliefert wurden. Dieser Kurier allerdings starrte derart verwundert auf den Lieferschein in seiner linken Hand, dass Nick neugierig wurde und ihn sowie das Paket unter seinem Arm fragend ansah.

»Äh ... hier muss eine Verwechslung vorliegen ...« Der Kurier sah mit hochgezogenen Augenbrauen auf. »Hier steht, dass ich das Paket an einen ... einen *Sexgott* liefern soll.«

Augenblicklich hob Nick den Kopf. »Was?«

»Jau.« Der Kurier zuckte ahnungslos die Schultern. »Hier steht es eindeutig. Sexgott.«

Nicks Mundwinkel begannen zu zucken.

»Keine Ahnung, was das soll. Ich nehme es ...«

»Schon gut«, unterbrach er den völlig irritierten Kurier und nahm ihm eilig das Paket ab, während er es Marah überließ, den Lieferschein zu unterschreiben. Er brauchte nur Sekunden bis ins Hinterzimmer, wo er sich ungestört wusste. Dort öffnete er eilig das Paket. Sofort strömte ihm köstlicher Kuchenduft in die Nase. Nun war er an der Reihe, verwirrt zu

sein, und er durchforstete das Paket weiter, bis er einen Briefumschlag fand.

Er selbst hatte ewig gebraucht, die winzigen Zettelchen zu
beschriften, die er Claire geschickt hatte. Immerhin hatte Nat
ihm geholfen, indem sie die Sätze, die er ihr diktiert hatte, aufschrieb und für ihn abfotografierte. Nick hatte sie regelrecht
abgemalt und war sich dabei wie ein Idiot vorgekommen. Wie
sollte er nun wissen, was Claire ihm schrieb, wenn er es nicht
lesen konnte?

Daher öffnete er den zusammengefalteten Zettel mit einem
unguten Magengefühl und begann einen Moment später breit
zu lächeln.

Auf dem Zettel stand nichts geschrieben. Lediglich ein großes Herz prangte darauf.

Nick ließ sich auf der Ecke des Schreibtisches nieder,
betrachtete das Herz und ließ den Blick anschließend zu dem
Kuchen wandern, den sie ihm geschickt hatte. Mandelkuchen,
ganz eindeutig. Bevor er wusste, was er tat, hatte er zum Telefonhörer gegriffen und rief seine Granny an.

»Hey, Granny. Hast du mir irgendetwas zu sagen? Ich
meine in Bezug auf deinen Mandelkuchen?«

»Und hast du mir etwas zu sagen in Bezug auf deine rei-
zende Freundin?«, konterte seine Großmutter wie aus der Pistole geschossen.

»Ich dachte, du würdest dein Rezept unter Verschluss halten?« Auch wenn er streng klingen wollte, konnte er nicht
anders, als fröhlich zu grinsen. »Nicht einmal ich kenne alle
Zutaten!«

»Du bist auch nicht dieses entzückende Mädchen mit den
guten Manieren, das mich sehr charmant um meine Hilfe
gebeten hat. Ich hoffe, du benimmst dich ihr gegenüber an-
ständig.«

»Ja, Ma'am«, versprach er und verabschiedete sich von ihr.

Der Kuchen roch verdammt einladend, und da Nick heute kaum etwas gegessen hatte, war er versucht, ein großes Stück abzuschneiden. Allerdings fand er den Gedanken, den Kuchen ohne Claire zu essen, nicht besonders reizvoll. Daher ließ er den Kuchen einfach auf dem Schreibtisch stehen, schnappte sich seinen Motorradhelm und machte sich auf den Weg nach draußen, um in die Redaktion zu fahren. Zu Claire.

So weit musste er jedoch gar nicht fahren. Gegen sein Motorrad gelehnt stand Claire auf dem Parkplatz, die Arme vor der Brust verschränkt.

Nick blieb einen kurzen Moment stehen, weil er so überrascht war, sie hier zu sehen. Dann straffte er die Schultern und ging auf sie zu.

»Sexgott?«, fragte er ungläubig. »Du hast das Paket tatsächlich an *Sexgott* adressiert?«

»Ich wollte nur, dass es die richtige Person bekommt«, entgegnete Claire leichthin.

»Aha.« Er blieb vor ihr stehen und sah schmunzelnd auf sie hinab. »Um ehrlich zu sein, gefällt es mir, wenn du mich einen Sexgott nennst.«

»Wieso überrascht mich das nicht?« Claire atmete aus, blinzelte zu ihm hoch und fragte neckisch: »Wolltest du mich in den letzten Tagen mästen? Zwar war alles sehr köstlich, was du mir geschickt hast, aber ich befürchte, bald zu platzen, Nick.«

Nein, er würde ihr nicht sagen, dass sie fabelhaft aussah und nicht wie jemand wirkte, der bald platzen würde. Stattdessen wurde er ernst. »Ich wollte mich bei dir entschuldigen. Tatsächlich habe ich mich beschissen verhalten und Dinge gesagt, die ich nicht gemeint habe.«

367

Wie so oft blieb Claire völlig ruhig und wollte lediglich wissen: »Also ging es dir nicht nur um Sex?«

»Scheiße, Claire.« Seine Stimme klang heiser, während er die Augen verdrehte. »Natürlich nicht. Es ging um viel mehr. Das weißt du doch.«

»Ja, aber ich wollte es aus deinem Mund hören.« Sie schenkte ihm ein kleines Lächeln. »Manchmal wollen wir Frauen einfach nur wissen, ob unsere Gefühle erwidert werden.«

»Natürlich werden sie das.« Nick atmete tief ein. »Hast du mir wirklich den Mandelkuchen meiner Großmutter gebacken?«

Sie nickte bedächtig. »Ich dachte mir, weil du mich ständig bekocht hast, solltest du jetzt selbst damit dran sein.« Claire fuhr sich über die Unterlippe und erklärte zurückhaltend: »Die Zettel, die du mir geschickt hast, waren wunderbar, Nick. Und du solltest wissen, dass es mir auch leidtut.«

Prompt schüttelte er den Kopf. »Dir muss nichts leidtun. Es war nicht deine Schuld . . .«

»Aber es waren meine Eltern, die dich vor den Kopf gestoßen haben.« Zögernd machte sie einen Schritt auf ihn zu und stand nun direkt vor ihm. Ihre rechte Hand legte sich vorsichtig auf seinen Brustkorb. »Nur, dass du es weißt, Nick, aber ich schäme mich nicht für dich. Überhaupt nicht. Ganz im Gegenteil. Und was meine Eltern denken oder sagen, interessiert mich nicht. Du interessierst mich. Die letzten Tage habe ich dich entsetzlich vermisst.«

Wortlos legte er die freie Hand auf ihre Wange. Sein Herz begann wie wild zu schlagen, und seine Kehle wurde eng. Er senkte den Kopf, presste seine Stirn gegen ihre. »Dann bin ich sehr erleichtert, dass es nicht nur mir so ging. Ich dachte schon, ich würde noch verrückt, wenn ich nachts wach wurde und dein Schnarchen nicht hörte«, erklärte er mit einem

Glucksen und lachte gleich darauf, als sie ihm einen Stoß in die Seite versetzte.

»Kannst du nicht ernst bleiben?«, maulte Claire, schlang ihm jedoch gleichzeitig die Arme um die Mitte.

Nick umfasste mit beiden Händen ihr Gesicht, lehnte den Kopf zurück, um ihr ins Gesicht sehen zu können, und flüsterte rau: »Ich liebe dich, Claire. Und das sage ich nicht nur, um Versöhnungssex zu haben.«

Ihre Mundwinkel zuckten. Nick wurde den Eindruck nicht los, dass Claire mehr als zufrieden war. »Kein Versöhnungssex?«

»*Das* habe ich nicht gesagt.«

Bei ihrem Lachen wurde ihm ganz warm ums Herz.

»Ach, Nick.« Claire räusperte sich. »Ich liebe dich auch.«

Seine Brust weitete sich vor Glück. »Kommst du mit rein? Da wartet ein Mandelkuchen darauf, verputzt zu werden.«

Ihr Gesicht strahlte. »Nichts täte ich lieber.«

Epilog

»Die Lektorin hat angerufen«, schallte Nicks Stimme durch die Wohnung, als Claire zur Tür hereinkam. »Mein letztes Rezept nannte sie *grandios*. Hach, ich liebe diese Frau!«

»Gut zu wissen«, erwiderte sie, indem sie ebenfalls durch die gesamte Wohnung brüllte. Demonstrativ hob sie die Tüte in die Höhe, die sie soeben hineingetragen hatte. »Dann brauche ich in nächster Zeit nicht auf dem Nachhauseweg bei Liz zu halten, um dir Macarons mitzubringen. Das kann deine neue Liebe tun.«

Keineswegs eingeschüchtert grinste Nick sie an, als er sie über seine Schulter hinweg ansah. »Ich liebe sie platonisch, mein Schatz. Rein platonisch!«

Claire verdrehte die Augen und schlüpfte aus ihrer Jacke, die sie einfach über einen Stuhl warf, der mitten in Nicks Wohnung stand. Das Chaos war Ergebnis eines geradezu apokalyptischen Umzuges. Nun, wenn sie ganz genau sein wollte, war es nicht mehr nur Nicks Wohnung, schließlich waren sie in den letzten Wochen zusammengezogen. Sie musste sich noch daran gewöhnen, dass es jetzt auch ihre Wohnung war. Ein bisschen ärgerte sie sich darüber, beim Münze-Werfen gegen Nick verloren zu haben, als es darum gegangen war, welche der beiden

Wohnungen zukünftig ihre gemeinsame sein sollte. Da Nicks Wohnung um einiges größer war als ihre alte Wohnung, war es zwar vernünftig gewesen, dieses Domizil zu wählen, aber trotzdem vermisste sie manchmal ihre wunderschöne und vor allem ordentliche Wohnung. Männer machten sich nun einmal nicht viel daraus, ob hübsche Bilderrahmen auf Möbelstücken standen, ob die Couchkissen zur Wandfarbe passten oder ob Duftkerzen im Badezimmer standen, damit man bei einem Schaumbad entspannen konnte. Da bei ihnen beiden momentan so viele Projekte anstanden, war Claire leider noch nicht dazu gekommen, aus dieser Junggesellenbude einen heimeligen Rückzugsort zu machen, aber Duftkerzen und Wandfarbe standen ganz oben auf ihrer Einkaufsliste – egal, wie sehr Nick auch zetern würde. Immerhin hatte sie ihm großzügig den Boxsack gelassen, obwohl der einen nicht unerheblichen Teil der Wohnfläche einnahm. Selbstverständlich hatte sie Nick verschwiegen, dass es ihr gefiel, ihm dabei zuzuschauen, wie er auf das Sportgerät eindrosch. Der Mann kam sich sowieso unübertrefflich vor.

Wie es jedoch aussah, müsste der Boxsack über kurz oder lang aus der Wohnung verschwinden. Nur wusste Claire noch nicht, wie sie Nick dies beibringen sollte. Sie wusste ja selbst noch nicht, wie sie es finden sollte.

Nichtsdestotrotz ging sie relativ gelassen den Stapel Post durch, der sich auf dem Tisch vor ihr türmte. Seit sie nach dem prämierten Interview mit Mathieu Raymond zur Leiterin des Ressorts Food und Lifestyle aufgestiegen war, häuften sich Einladungen zu Veranstaltungen und insbesondere zu Restauranteröffnungen. Die einzige Restauranteröffnung, die sie jedoch interessierte, war die Wiedereröffnung des *Knight's*, das ab dem kommenden Wochenende jedoch *Bonfire* heißen würde. Vermutlich war sie aufgeregter als Nick.

Der reagierte auf den ganzen Trubel der letzten Monate

sehr entspannt. Auch jetzt stand er am Herd und schien Stress nur dem Namen nach zu kennen. Belustigt fragte sich Claire, ob er auch dann noch so entspannt sein würde, wenn er wusste, was sie heute herausgefunden hatte.

»Wolltest du nicht im Restaurant nach dem Rechten sehen? Ich dachte, die neuen Gläser würden heute geliefert werden?«, rief sie ihm zu, während sie einen Briefumschlag öffnete, der an sie beide adressiert war.

»Darum kann sich Marah kümmern«, erwiderte Nick sorglos. »Ich wollte meine Freundin mit einem Irish Stew verwöhnen und noch etwas Zeit mit ihr verbringen, bevor ab morgen die Hölle los ist.«

Claire schnalzte mit der Zunge, während sie den Inhalt des Briefumschlags überflog. »Es ist herzerwärmend, wie sehr du meine Eltern liebst, Nick.«

Sein ironisches Schnauben war nicht zu überhören. »Dein Dad ist ganz okay. Jedenfalls wenn er einen im Tee hat. Und deine Mom ist ziemlich nett, aber vielleicht könntest du ihr sagen, dass sie mich nicht immer ansehen soll, als würde ich Unzucht mit ihrem kleinen Mädchen treiben. Wenn sie wüsste, wer von uns beiden diejenige mit den unzüchtigen Ideen ist, würde sie vermutlich einen Herzstillstand erleiden.«

Lachend zwinkerte sie ihm beziehungsweise seinem breiten Rücken zu. »Sie mögen dich, Nick, und das weißt du.«

»Ja, und trotzdem danke ich Gott, dem Allmächtigen, dass sie in einem Hotel schlafen, wenn sie morgen herkommen. Nicht auszudenken, was deine Mom sagen würde, wenn sie mitbekäme, wie unersättlich du bist.«

»Ist das etwa der Grund, weshalb du an Silvester neben mir gelegen hast, als hättest du Leichenstarre?«, wollte sie trocken von ihm wissen. Amüsiert dachte sie an ihren gemeinsamen Trip vor einem halben Jahr. Weihnachten hatten sie zusammen mit Granny und Natalie verbracht, bevor sie nach London geflogen waren. Abgesehen davon, dass sich ihre Eltern anfangs etwas steif im Umgang mit Nick verhalten hatten, war es verdammt romantisch gewesen, das neue Jahr mit ihm in ihrer alten Heimat zu verbringen.

Nick drehte sich zu ihr um und setzte eine Miene auf, als habe man ihn dazu verdonnert, die Apfeltaschen bei McDonald's zu frittieren. »Wir haben immerhin in deinem Elternhaus geschlafen, Claire! Denkst du, ich könnte deinen Eltern morgens beim Frühstück über eine Platte Würstchen hinweg ins Gesicht sehen, nachdem sie nachts mitangehört hätten, wie du meinen Namen stöhnst?«

Seine Empörung war so putzig, dass Claire vor lauter Belustigung die Lippen aufeinanderpresste.

»Ich weiß gar nicht, warum du das so lustig findest.« Kopfschüttelnd schlenderte er auf sie zu, nahm ihr den Brief aus den Händen und zog sie an sich. Selbst nach über einem Jahr, in dem sie nun bereits ein Paar waren, begann ihr Herz zu rasen und Hitze breitete sich in jeder ihrer Nervenzellen aus, wenn er sie berührte. Manchmal reichte auch nur ein Blick aus seinen Augen, um Claire durcheinanderzubringen. »Fünf Tage lang war ich in schrecklichen Nöten, weil ich dich nicht anfassen konnte«, fuhr er jammervoll fort.

Gespielt mitleidig verzog Claire den Mund, fuhr mit ihren Fingern durch sein Haar und lehnte sich in seiner Umarmung zurück. »Ganze fünf Tage? Armer, armer Mann ...«

»Mhh.« Seine blauen Augen funkelten erwartungsvoll. »Wie sehr tue ich dir leid?«

»Nicht annähernd genug, um dein Irish Stew zu verpassen.«

»Gib es zu, dir geht es in unserer Beziehung nur um meine fabelhaften Kochkünste!«

»Ganz genau.« Liebevoll tätschelte sie seine Wange. »Dafür

ertrage ich sogar hin und wieder deine Annäherungsversu-
che ... nicht, Nick!« Sie wand sich lachend in seiner Umarmung, als er seinen Mund in ihrem Nacken vergrub. »Ich habe
noch schrecklich viel zu tun!«

»Das kann warten«, befahl er grimmig und ließ nicht mit
sich reden, bis er sie bis auf die Unterwäsche ausgezogen hatte
und zum Bett zog, wo er sie auch von dem spärlichen Rest
ihrer Kleidung befreite.

Claire protestierte der Form halber, bevor sie vom Bett aus
zusah, wie sich Nick aus seiner Kleidung schälte. Vermutlich
hätte er ihr eher geglaubt, dass sie zu viel Arbeit hatte, um am
helllichten Tag mit ihm zu schlafen, wenn sie ihn dabei nicht
so selig angegrinst hätte. Kurz darauf bewies er ihr, dass sie seinen Namen in der Tat sehr laut stöhnte, wenn sie beide miteinander im Bett lagen.

Später lag Claire halb auf Nick und hatte den Kopf auf seine
Schulter gebettet. Sie sog seinen Geruch in sich auf, hörte an
ihrem Ohr das beruhigende Pochen seines Herzschlags und
kuschelte sich wohlig an ihn, während er einen Arm um sie
geschlungen hatte und mit seiner freien Hand federleichte
Kreise über ihren Unterarm zog.

Rundum zufrieden murmelte sie: »Das Irish Stew ist ganz
sicher verkocht.«

»Dann bestellen wir eine Pizza«, murmelte Nick und klang
verschlafen. »Mit Peperoni und doppelt Käse.«

Lächelnd schmiegte sie ihre Wange enger an seine Schulter. »Okay.«

»Aber du musst anrufen und bestellen. Ich bin zu erschöpft.« Nichtsdestotrotz legte er seine Hand auf ihren Po.

»Sicher«, erwiderte Claire, machte jedoch keine Anstalten,
ihren gemütlichen Platz zu verlassen, sondern kuschelte sich
weiterhin an Nick. Der anstrengende Arbeitstag, das enervie-

rende Interview mit einem Hotelier und die letzte Nacht, die sie damit verbracht hatte, die letzten Rezepte ihres gemeinsamen Buches zu überarbeiten, waren vergessen. Jetzt wollte sie nur hier liegen, Nick im Arm halten und nicht daran denken, dass morgen ihre Eltern in Boston ankämen und ihnen ein ungemein stressiges Wochenende bevorstand. Ein wenig Zweisamkeit genießen, auch wenn es im Grunde keine Zweisamkeit mehr war.

Dennoch fragte sie neugierig nach: »Was hat Sue zu der neuen Rezeptaufteilung gesagt?«

Als er stöhnte, vibrierte sein Brustkorb. »Ist das dein Ernst, Liebling? Ich spüre meinen Orgasmus noch bis in die Fußsohlen, und du willst über unsere Lektorin reden?«

Sie drückte ihm einen Kuss aufs Schlüsselbein und hakte arglos nach: »Dabei dachte ich, dass du sie liebst.«

»Keine Sorge.« Er gähnte erschöpft. »Mein Herz gehört nur dir. Und den köstlichen Macarons, die Liz herstellt. Wenn ich könnte, würde ich die Dinger heiraten und mit ihnen Kinder in die Welt setzen.«

Claire verschluckte sich an einem Lachen. »Da bin ich ja beruhigt.«

»Ich weiß deinen freien Geist zu schätzen, Claire.« Nick strich ihr eine wirre Haarsträhne beiseite und gab ihr einen Kuss auf die Stirn. »Vermutlich reagiert keine andere Frau so lässig auf die Nachricht, dass ihr Freund Gebäckstücke heiraten und sich mit ihnen fortpflanzen will. Zur Hochzeit bist du herzlich eingeladen.«

»Du Spinner«, gluckste sie und räusperte sich anschließend. »Apropos Hochzeitseinladung. Die von Brooke und Andrew war in der Post.«

»Dann scheinen sie sich endlich auf ein Datum geeinigt zu haben.« Leichthin spottete Nick: »Der arme Tropf.«

»Gott, Nick, du bist so herrlich romantisch«, warf sie ihm mit einem verliebten Seufzer vor. »Ein wahrer Märchenprinz, wie er im Buche steht. Womit habe ich nur dieses Glück verdient?«

»Weiß ich auch nicht. Sei froh, dass keine andere Frau mich dir vor der Nase weggeschnappt hat.«

Claire verdrehte die Augen. »Ja, ich kann mein Glück kaum fassen.«

Zärtlich begann er ihren Po zu tätscheln. »Sollten die Macarons meinen Antrag ablehnen, heiraten wir beide und setzen kleine O'Reillys in die Welt, Süße.«

»Oha«, säuselte sie. »Wenn das nicht die schönste Liebeserklärung aller Zeiten ist, weiß ich auch nicht weiter.«

Er zog sie enger an sich und griff nach der Bettdecke, um sie träge über sie beide zu ziehen. »Ernsthaft, Claire. Dich würde ich heiraten, ohne darüber nachdenken zu müssen. Und schwängern sowieso.«

»Wirklich?«

Nicks Stimme klang nach einem Gähnen. »Weißt du nicht, wie verrückt ich nach dir bin?«

Claire horchte auf. »Apropos *verrückt* ... Reden wir hier tatsächlich gerade übers Kinderkriegen?«

Schulterzuckend schmiegte er sich eng an sie. »Wieso nicht? Irgendwann könnten wir schon darüber nachdenken.«

Amüsiert hob sie den Kopf, betrachtete sein entspanntes Gesicht und fuhr sich mit der Zunge über die Unterlippe. »Irgendwann wäre in ungefähr sieben Monaten.«

Nick gähnte und schien ihren Hinweis missverstanden zu haben. »Von mir aus. In sieben Monaten ist mein Kurs vorbei, und vielleicht haben wir dann etwas weniger Stress. Lass uns einfach in sieben Monaten noch einmal über Babys reden.«

Claire zwickte ihn in die Seite. »Ich fürchte, fürs Nachdenken ist es etwas zu spät.«

»Mh?« Verständnislos blinzelte er sie an. »Was meinst du, Süße?«

»Ich meine«, erklärte sie und betonte jede Silbe, »dass ich heute beim Arzt war und nun stolze Besitzerin eines Mutterpasses bin.«

»Was?«

Dass ihm die Kinnlade herabfiel und sich seine Pupillen weiteten, als er sie betrachtete, fand Claire noch einigermaßen amüsant. Als er sich jedoch wie von der Tarantel gestochen aufsetzte, war das weniger lustig.

»Du bist schwanger?«

Sie nickte, als sei es das Natürlichste auf der Welt – was es im Grunde ja auch war. »In der siebten Woche.«

»Und das sagst du erst jetzt?«

Claire lehnte sich entspannt zurück und rückte ein Kissen zurecht. Gleichzeitig sah sie ihm ins Gesicht. »Ich hätte es dir beim Essen gesagt, aber du musstest ja über mich herfallen.«

Sein Gesicht verlor jede Farbe. »Himmel! Wir hatten Sex!«

»Normalerweise ist Sex die Voraussetzung für eine Schwangerschaft«, half sie ihm auf die Sprünge und kuschelte sich ins Bett.

Wie ein Fisch auf dem Trockenen öffnete und schloss er den Mund, bevor er stotterte: »Aber … aber … wenn ich es gewusst hätte, dann … dann wäre ich gerade doch vorsichtig gewesen!«

Prustend presste sich Claire eine Hand vor den Mund. »Was?!«

»Ja! Das ganze Durchgeschüttel kann doch nicht gut für ein Baby sein!«

Angesichts seiner entsetzten Miene hätte sie vielleicht nicht schallend lachen sollen, aber sie tat es dennoch. Um ihn nicht vor den Kopf zu stoßen, ergriff sie seine Hand und drückte sie. »Gott, du bist so süß!«

»Ich meine es ernst«, klagte er.

»Das *Durchgeschüttel* wird ihm oder ihr nichts ausgemacht haben.« Das Grinsen war auf ihrem Gesicht wie festgewachsen.

Misstrauisch legte er seinen Kopf schief. »Tatsächlich?«

Claire nickte, bevor sie mit einem Anflug von Nervosität wissen wollte: »Was sagst du dazu? Zu dem Baby?«

Seine misstrauische Miene wich einem Zucken seiner Mundwinkel, bis sich seine Lippen zu einem fast schon selbstherrlichen Lächeln verzogen. »Ich würde sagen, da habe ich ganze Arbeit geleistet.«

Sie antwortete mit einem Augenverdrehen.

Nick schien sich von seinem Schock sehr schnell zu erholen, denn mit einem strahlenden Lächeln rückte er nah an sie heran und legte eine seiner großen Hände auf ihren Bauch. »Wahnsinn, ein Baby. Ich werde verrückt!«

Zaghaft murmelte sie: »Also freust du dich?«

»Jep, und wie.« Er nickte mehrmals und versprach euphorisch: »Das wird das coolste Kind der ganzen Stadt. Was hältst du von dem Namen Rocky, wenn es ein Junge wird?«

»Rocky?« Erschrocken zuckte Claire zusammen. »Niemals! Ich glaube, dass ich mich lieber um die Namenswahl kümmere.«

Sein Grinsen verhieß nichts Gutes. »Unter einer Bedingung.«

Schwach fragte sie nach: »Die da wäre?«

»Ich darf deiner Mom sagen, dass du schwanger bist.«

Mein Dank gilt

meiner Familie und meinen Freunden, die mich auch bei diesem Projekt von Herzen unterstützt haben. Ich sage es viel zu selten, aber ich habe euch lieb. Ein besonderer Dank gilt Gina für die Umsetzung zahlreicher Kochvideos, die wahnsinnig viel Spaß gemacht haben, auch wenn ich mir dabei das eine und andere Mal in die Finger geschnitten habe. Danken möchte ich zudem meinen Leserinnen und Lesern, deren positive Rückmeldungen mir ein Lächeln auf die Lippen zaubern. Der Agentur Copywrite danke ich von Herzen für ihren unermüdlichen Einsatz – Georg, Felix, Caterina, Lisa und Vanessa, ihr seid ein tolles Team! Meiner Lektorin Bettina Steinhage möchte ich ebenfalls für die wirklich fruchtbare Zusammenarbeit und für ihre Offenheit danken. Nicht zuletzt gilt mein Dank dem Verlag Bastei Lübbe, der mir eine wundervolle Verlagsheimat gegeben hat, in der ich mich pudelwohl fühle.

Man nehme: Liebe, Lust und Leidenschaft

Poppy J. Anderson
TASTE OF LOVE -
GEHEIMZUTAT LIEBE
Roman
384 Seiten
ISBN 978-3-404-17468-3

Andrew Knight ist neuer Stern am Bostoner Gastrohimmel – doch mittlerweile total ausgebrannt. Beim spontanen Kurzurlaub in Maine trifft er auf Brooke Day, die den lokalen kulinarischen Geheimtipp leitet und nicht ahnt, wer sich da bei ihr einquartiert. Gemeinsam machen sie aus dem Geheimtipp eine In-Location, und Andrew hat zum ersten Mal seit Jahren wieder Spaß beim Kochen. Doch kann Brooke ihm verzeihen, dass er ihr nicht die Wahrheit gesagt hat?

Bastei Lübbe

Ein hinreißend schöner Roman über einen Mann, eine Frau und die wirklich wichtigen Fragen im Leben.

Charlotte Lucas
DEIN PERFEKTES JAHR
Roman
576 Seiten
ISBN 978-3-431-03961-0

Was ist der Sinn deines Lebens? Falls Jonathan Grief jemals die Antwort auf diese Frage wusste, hat er sie schon lange vergessen. Was ist der Sinn deines Lebens? Für Hannah Marx ist die Sache klar. Das Gute sehen. Die Zeit voll auskosten. Das Hier und Jetzt genießen. Und vielleicht auch so spontane Dinge tun, wie barfuß über eine Blumenwiese zu laufen. Doch manchmal stellt das Schicksal alles infrage, woran du glaubst …

Bastei Lübbe

Die Community für alle, die Bücher lieben

Das Gefühl, wenn man ein Buch in einer einzigen Nacht verschlingt – teile es mit der Community

In der Lesejury kannst du

★ Bücher lesen und rezensieren, die noch nicht erschienen sind

★ Gemeinsam mit anderen buchbegeisterten Menschen in Leserunden diskutieren

★ Autoren persönlich kennenlernen

★ An exklusiven Gewinnspielen und Aktionen teilnehmen

★ Bonuspunkte sammeln und diese gegen tolle Prämien eintauschen

Jetzt kostenlos registrieren: www.lesejury.de
Folge uns auf Facebook:
www.facebook.com/lesejury